LEE CHILD

Der Einzelgänger

W0035235

Autor

Lee Child wurde in den englischen Midlands geboren, studierte Jura und arbeitete dann zwanzig Jahre lang beim Fernsehen. 1995 kehrte er der TV-Welt und England den Rücken, zog in die USA und landete bereits mit seinem ersten Jack-Reacher-Thriller einen internationalen Bestseller. Er wurde mit mehreren hoch dotierten Preisen ausgezeichnet, u. a. mit dem »Anthony Award«, dem renommiertesten Preis für Spannungsliteratur.

Besuchen Sie uns auch auf www.facebook.com/blanvalet und
www.twitter.com/BlanvaletVerlag

Lee Child

Der Einzelgänger

12 Jack-Reacher-Storys

Deutsch von Wulf Bergner

blanvalet

Die Originalausgabe erschien 2017 unter dem Titel
»No Middle Name – The Complete Collected
Jack Reacher Short Stories« bei Bantam, New York.

MIX
Papier aus verantwor-
tungsvollen Quellen
FSC® C014496

Verlagsgruppe Random House FSC® N001967

1. Auflage
Erstmals im Taschenbuch
Copyright der Originalausgabe © 2017 by Lee Child
Published by arrangement with Lee Child
Dieses Werk wurde vermittelt durch die Literarische Agentur
Thomas Schlück GmbH, 30827 Garbsen.
»Everyone Talks« (dt. Das Verhör) first appeared in Esquire, 2012;
›Maybe They Have a Tradition‹ (dt. Vielleicht gibt es eine Tradition)
appeared in Country Life, 2016; ›No Room at the Motel‹
(dt. Kein Raum in der Herberge) appeared in Stylist, 2014.
›The Picture of the Lonely Diner‹ (dt. Das einsame Diner)
was first published in Manhattan Mayhem
(Mystery Writers of America), 2015. ›Too Much Time‹
(Erstveröffentlichung in dieser Ausgabe)
Die anderen Storys dieser Ausgabe erschienen als e-only:
›Second Son‹ (dt. Der zweite Sohn), © 2011; ›High Heat‹ (dt. Hitzewelle),
© 2013; ›Deep Down‹ (dt. Tief drinnen), © 2012; ›Small Wars‹
(dt. Kleinkriege), © 2015; ›Not a Drill‹ (dt. Dies isst keine Übung), © 2014.
Copyright der deutschsprachigen Ausgabe © 2018 by
Blanvalet in der Verlagsgruppe Random House GmbH,
Neumarkterstr. 28, 81673 München
Copyright dieser TB-Ausgabe © 2020 by Blanvalet
in der Verlagsgruppe Random House GmbH,
Neumarkterstr. 28, 81673 München
Umschlaggestaltung: www.buerosued.de
Umschlagmotive: Alex Potemkin/E+/Getty Images;
© Sally Mundy/Trevillion Images
HK · Herstellung: wag
Satz: Uhl + Massopust, Aalen
Druck und Bindung: GGP Media GmbH, Pößneck
Printed in Germany
ISBN 978-3-7341-0878-5

www.blanvalet.de

INHALT

ZU VIEL ZEIT

Sechzig Sekunden pro Minute, sechzig Minuten pro Stunde, vierundzwanzig Stunden pro Tag, sieben Tage pro Woche, zweiundfünfzig Wochen pro Jahr. Reacher überschlug die Zahlen im Kopf und kam auf etwas über dreißig Millionen Sekunden für jeden Zwölfmonatszeitraum. In den Vereinigten Staaten würden in dieser Zeitspanne fast zehn Millionen schwere Straftaten verübt werden. Grob gesagt alle drei Sekunden eine. Nicht gerade wenig. Tatsächlich als Augenzeuge zu erleben, persönlich und aus nächster Nähe, wie ein Verbrechen begangen wurde, war nicht völlig unwahrscheinlich. Wo man sich aufhielt, spielte natürlich eine Rolle. Verbrechen gab es, wo Menschen waren. Mitten in einer Großstadt standen die Chancen höher als mitten auf einer Wiese.

Reacher hielt sich in einer ehemals blühenden Kleinstadt in Maine auf. Nicht an einem See. Nicht am Atlantik gelegen. Hatte nichts mit Hummern zu tun. Aber sie musste einst für etwas gut gewesen sein. Das stand fest. Ihre Straßen waren breit, die Gebäude solide gemauert. Über allem lag ein Hauch von längst vergangenem Wohlstand. Was früher Luxusgeschäfte gewesen sein mochten, waren nun Dollar Stores. Aber nicht alles wirkte trist und trübe. Immerhin machten die Dollar Stores etwas Umsatz. Es gab einen Coffeeshop einer Kette. Auf dem Gehsteig standen Tische und Stühle. Auf den Straßen herrschte fast Gedränge. Dazu trug das Wetter bei. Der erste Frühlingstag, und die Sonne schien.

Reacher bog auf eine Straße ab, die so breit war, dass man sie in eine Fußgängerzone umgewandelt und in Plaza umbenannt hatte. Vor geduckten Klinkergebäuden auf beiden Seiten standen Cafétische, und auf der freien Fläche zwischen ihnen waren ungefähr dreißig Personen unterwegs. Reacher sah die Szene anfangs genau von vorn, wobei die Menschen vor ihm willkürlich verteilt zu sein schienen. Später wurde ihm klar, dass die Leute, auf die es ankam, ein fast perfektes großes T bildeten. Er befand sich an seinem Fuß, blickte nach oben, und ungefähr vierzig Meter entfernt, auf dem Querbalken des Buchstabens T, ging eine junge Frau rechtwinklig durch sein Blickfeld: von rechts nach links, von einem Gehsteig der breiten Straße zum anderen. Über einer Schulter hatte sie eine Stofftasche hängen. Der Stoff schien starkes Leinen in Naturfarbe zu sein, die sich blass von ihrer dunklen Bluse abhob. Sie war schätzungsweise zwanzig. Oder auch jünger. Vielleicht erst achtzehn. Sie lief langsam, blickte zum Himmel auf, genoss die Sonne auf ihrem Gesicht.

Dann kam vom anderen Ende des Querbalkens – aber viel schneller – ein Junge auf sie zugerannt. Ungefähr in ihrem Alter. Sneakers an den Füßen, enge schwarze Hose, Hoodie mit hochgeschlagener Kapuze. Er packte die Stofftasche der Frau, riss sie ihr von der Schulter. Sie öffnete den Mund wie zu einem atemlosen Schrei und schlug der Länge nach hin. Der Junge klemmte sich die Tasche wie einen Football unter den Arm, schlug einen Haken nach rechts und lief den senkrechten T-Balken entlang genau auf Reacher zu, der am Fuß des Buchstabens stand.

Dann erschienen am rechten Ende des Querbalkens zwei Männer in Anzügen, die wie zuvor die Frau von einem Gehsteig der breiten Straße zum anderen unterwegs waren. Sie kamen etwa zwanzig Meter hinter ihr. Die Straftat ereignete sich unmittelbar vor ihnen. Sie reagierten wie die meisten Leute: Nachdem sie im ersten Augenblick wie gelähmt dagestanden hatten, drehten sie sich um, sahen dem Flüchtenden nach, rissen die Arme lebhaft, aber unkoordiniert hoch und riefen etwas, das wie *He!* klang.

Dann nahmen sie die Verfolgung auf. Als wäre ein Startschuss gefallen. Sie rannten stampfend und mit flatternden Jackenschößen. Cops, dachte Reacher. Unbedingt. Wegen des stillschweigenden Einverständnisses. Sie hatten nicht mal einen Blick gewechselt. Wer außer Cops hätte sonst so reagiert?

In vierzig Metern Entfernung rappelte die junge Frau sich wieder auf und rannte weg.

Die Cops stampften weiter. Aber der Junge in dem schwarzen Hoodie hatte zehn Meter Vorsprung und war viel schneller. Sie würden ihn nicht einholen. Niemals. Sein Vorsprung vergrößerte sich stetig.

Der Junge war jetzt zwanzig Meter von Reacher entfernt, wich nach links aus, umkurvte rechts einen Passanten. Noch ungefähr drei Sekunden entfernt. Vor sich hatte er eine Lücke, dann wieder freie Bahn. Noch zwei Sekunden entfernt. Reacher machte einen Schritt nach rechts. Noch eine Sekunde entfernt. Ein weiterer Schritt. Reacher ließ den Jungen von seiner Hüfte abprallen, sodass er mit wild rudernden Armen und Beinen zu Boden ging. Die Stofftasche segelte durch die Luft, und der Junge wälzte sich auf den Bauch; aber dann kamen schon die Männer in Anzügen heran und stürzten sich auf ihn. Ein paar Neugierige blieben stehen. Die Stofftasche lag ungefähr einen Meter vor Reachers Füßen. Verschlossen war sie mit einem zugezogenen Reißverschluss. Reacher bückte sich, um sie aufzuheben, ließ sie dann aber doch liegen. Beweismittel, auch wenn sie nicht viel hergaben, fasste man lieber nicht an. Er trat einen Schritt zurück. Hinter ihm versammelten sich weitere Gaffer.

Die Cops richteten den benommen wirkenden Jungen auf, drehten ihm die Hände auf den Rücken und legten ihm Handschellen an. Während einer von ihnen ihn bewachte, hob der andere die Stofftasche auf. Sie erschien flach und gewichtslos und leer. Irgendwie kollabiert. Der Cop suchte die Gesichter der Umstehenden ab und fixierte zuletzt Reacher. Er zog seine Geldbörse aus der Hüfttasche und klappte sie mit geübtem Schwung auf. Hinter dem trüben Sichtfenster des Ausweisfachs steckte sein Dienstausweis mit Lichtbild. Detective Ramsey Aaron, County Police Department. Das Foto zeigte denselben Kerl: einige Jahre jünger und weit weniger außer Atem.

Aaron sagte: »Vielen Dank, dass Sie uns bei dieser Sache helfen.«

Reacher sagte: »Bitte sehr.«

»Haben Sie gesehen, was genau passiert ist?«

»Ziemlich alles.«

»Dann muss ich Sie bitten, Ihre Aussage zu Protokoll zu geben.«

»Haben Sie gesehen, wie das Opfer anschließend weggelaufen ist?«

»Nein, das habe ich nicht gesehen.«

»Ihr hat nichts gefehlt, glaube ich.«

»Gut zu wissen«, meinte Aaron. »Aber Ihre Aussage brauchen wir trotzdem.«

»Sie haben alles viel besser gesehen als ich«, sagte Reacher. »Es ist vor Ihrer Nase passiert. Protokollieren Sie Ihre eigenen Beobachtungen.«

»Ehrlich gesagt, Sir, würde die Aussage eines gewöhnlichen Bürgers mehr zählen. Geschworene mögen Aussagen von Polizeibeamten nicht immer. Ein Zeichen der Zeit.«

Reacher sagte: »Ich war auch mal ein Cop.«

»Wo?«

»In der Army.«

»Dann sind Sie sogar noch besser als ein gewöhnlicher Bürger.«

»Aber ich kann nicht bis zur Verhandlung hier rumhängen«, erklärte Reacher. »Ich bin auf der Durchreise und muss weiter.«

»Es kommt zu keiner Verhandlung«, sagte Aaron. »Wenn wir die Aussage eines Zeugen haben, der außerdem ein Veteran mit Erfahrung im Vollzugsdienst ist, plädiert die Verteidigung auf schuldig, um einen Deal zu erreichen. Einfache Arithmetik. Plus- und Minuspunkte. Wie bei Ihrem Kreditscore. So funktioniert das heutzutage.«

Reacher schwieg.

»Zehn Minuten Ihrer Zeit«, sagte Aaron. »Nur was Sie gesehen haben. Was könnte schlimmstenfalls passieren?«

»Okay«, entgegnete Reacher.

Es dauerte gleich zu Anfang länger als zehn Minuten. Sie warteten darauf, dass ein Streifenwagen kam, um den Jungen auf die Polizeistation zu bringen. Als er dann eintraf, folgte ihm ein Notarztwagen, damit der Junge auf Haftfähigkeit untersucht werden konnte. Um einen unerklärlichen Tod in der Zelle zu vermeiden. Das alles dauerte seine Zeit. Aber zuletzt fuhr der Streifenwagen mit dem Jungen auf dem Rücksitz und den beiden Uniformierten auf den Vordersitzen davon. Die Gaffer verliefen sich. Reacher und die beiden Cops blieben allein zurück.

Der zweite Cop sagte, er heiße Bush. Kein Verwandter der Bushs in Kennebunkport. Auch er war Detective im County Police Department. Er sagte, ihr Wagen stehe in der Querstraße am anderen Eck der Plaza. Er zeigte auf die Stelle, wo sie ihren Spaziergang in der Sonne begonnen hatten. Sie gingen alle in diese Richtung: den senkrechten T-Balken hinauf, dann rechts auf den Querbalken abbiegend. Die Cops kehrten dorthin zurück, woher sie gekommen waren, und Reacher folgte ihnen.

Reacher fragte: »Wieso ist das Opfer weggelaufen?«

Aaron antwortete: »Das müssen wir noch rauskriegen, denke ich.«

Ihr Wagen war ein alter Crown Vic, abgenutzt, aber keine durchgesessenen Sitze. Sauber, aber nicht auf Hochglanz poliert. Reacher stieg hinten ein, was ihm nichts ausmachte, weil der Wagen eine normale Limousine war. Ohne Trennscheibe aus Panzerglas. Und mit der meisten Beinfreiheit, wenn er sich seitlich so hinsetzte, dass er die Tür im Rücken hatte, was er unbesorgt tat, weil er sich ausrechnete, dass die hinteren Türen eines Cop-Cars nicht gleich beim leisesten Druck aufspringen würden.

Die Fahrt zu einem tristen niedrigen Betonbau am Stadtrand war kurz. Er hatte hohe Funkmasten und Satellitenschüsseln auf dem Dach. Davor lag ein Parkplatz, auf dem ordentlich aufgereiht drei neutrale Dienstwagen und ein einzelner schwarz-weißer Streifenwagen standen. Ungefähr zehn weitere Plätze waren frei, und ganz hinten in einer Ecke parkte ein Unfallwagen: ein SUV mit eingedrückter Motorhaube. Detective Bush fuhr vor und hielt auf einem mit D2 bezeichneten Platz. Sie stiegen alle aus. Die schwache Frühlingssonne schien noch immer.

»Damit keine Missverständnisse aufkommen«, erklärte Aaron. »Je weniger Geld wir in unsere Gebäude stecken, desto mehr können wir dafür ausgeben, die Kriminellen zu fassen. Hier geht's um Prioritäten.«

»Sie reden wie der Bürgermeister«, meinte Reacher.

»Gut geraten. Das war ein Stadtrat, in einer Rede. Wort für Wort.«

Sie gingen hinein. Drinnen sah die Polizeistation weniger schlimm aus als draußen. Reacher war sein Leben lang in Dienstgebäuden ein und aus gegangen. Nicht unbedingt in den eleganten Marmorpalästen in D.C., sondern in den schmuddeligen, abgenutzten Gebäuden, in denen tatsächlich regiert wurde. Und in Bezug auf luxuriöse Räumlichkeiten standen diese Country Cops ungefähr auf halber Höhe der Skala. Ihr Hauptproblem waren niedrige Raumhöhen. Selbst staatliche Architekten unterlagen manchmal Moden, und in der allgemeinen Atomhysterie der 1950er-Jahre hatten sie für kurze Zeit auf äußerst massive Betonbauten gesetzt, als könnte es die Bürger beruhigen, dass ihre Sicherheitskräfte allem Anschein nach atombombensicher untergebracht waren. Aber aus irgendwelchen Gründen verbreitete sich die Bunkermentalität auch oft im Inneren, in den beengten, schlecht belüfteten Räumen. Das war das einzige wirkliche Problem der County Police. Der Rest schien in Ordnung zu sein. Vielleicht etwas schlicht, aber smarte Leute wollten keine unnötigen Komplikationen. Vermutlich war es okay, hier zu arbeiten.

Aaron und Bush brachten Reacher in einen Vernehmungsraum in dem Korridor, der am Großraumbüro der Kriminalbeamten vorbeiführte. Reacher fragte: »Machen wir das nicht an Ihrem Schreibtisch?«

»Wie in Fernsehserien?«, fragte Aaron. »Nicht zulässig. Nicht mehr. Seit dem 11. September nicht mehr. Kein Zutritt zu Diensträumen für Unbefugte. Sie sind einer, solange Ihr Name nicht als aussagebereiter Zeuge in den Akten steht. Was ja noch nicht der Fall ist. Außerdem greift unsere Versicherung hier am besten. Ein Zeichen der Zeit. Sollten Sie ausrutschen und hinfallen, hätten wir lieber eine Kamera im Raum, die beweist, dass wir uns zu diesem Zeitpunkt nicht mal in Ihrer Nähe befanden.«

»Verstanden«, sagte Reacher.

Sie gingen hinein. Der standardmäßig eingerichtete Raum wirkte noch bedrückender durch das schwer auf ihnen lastende Gefühl, auf allen Seiten von Tausenden von Tonnen Beton umgeben zu sein. Die Wände waren unverputzt, aber schon so oft gestrichen worden, dass sie glatt und glänzend aussahen. Die Energiesparbirnen in den Lampen machten das dienstlich verordnete Blassgrün nicht besser. In die Wand gegenüber der Tür war ein großer Spiegel eingelassen. Garantiert eine Scheibe aus Einwegglas.

Reacher setzte sich dem Spiegel gegenüber auf die für böse Kerle vorgesehene Seite des quer stehenden Tischs. Auf der anderen nahmen Aaron und Bush Platz, beide mit Notizblöcken und jeweils mehreren Filzschreibern ausgestattet. Als Erstes warnte Aaron den Zeugen, hier würden Videoaufnahmen mit Ton gemacht. Dann forderte er ihn auf, seinen vollen Namen, sein Geburtsdatum und seine Sozialversicherungsnummer anzugeben, was Reacher wahrheitsgemäß tat. Warum auch nicht? Als Nächstes fragte Aaron nach seiner gegenwärtige Adresse, woraus eine große Debatte entstand.

Reacher sagte: »Ohne festen Wohnsitz.«

Aaron fragte: »Was soll das heißen?«

»Was es besagt. Das ist ein feststehender Ausdruck.«

»Sie wohnen nirgends?«

»Ich wohne an vielen Orten. Jeweils für eine Nacht.«

»In einem Wohnmobil? Sind Sie im Ruhestand?«

»Kein Wohnmobil«, antwortete Reacher.

Aaron sagte: »Mit anderen Worten, Sie sind obdachlos.«

»Aber freiwillig.«

»Was soll das heißen?«

»Ich bin ständig unterwegs. Einen Tag hier, einen Tag dort.«

»Warum?«

»Weil es mir gefällt.«

»Wie ein Tourist?«

»Das stimmt wohl.«

»Wo ist Ihr Gepäck?«

»Ich habe keines.«

»Sie haben keine Sachen?«

»Ich habe mal auf einem Flughafen in einer Broschüre geblättert. Anscheinend sollen wir uns von allem trennen, was uns keine Freude bringt.«

»Also haben Sie Ihr Zeug entsorgt?«

»Ich hatte schon nichts mehr. Zu diesem Schluss bin ich schon vor Jahren gelangt.«

Aaron starrte unsicher auf seinen Notizblock. Er fragte: »Was wäre die beste Bezeichnung für Sie? Vagabund?«

Reacher sagte: »Landstreicher. Obdachloser. Nichtsesshafter. Wohnsitzloser.«

»Ist Ihr Militärdienst wegen irgendeiner Erkrankung beendet worden?«

»Würde das meine Glaubwürdigkeit als Zeuge beeinträchtigen?«

»Das Ganze gleicht wie gesagt einem Kreditscore. Kein fester Wohnsitz ist schlecht. Eine posttraumatische Belastungsstörung wäre noch schlimmer. Die Verteidigung könnte im Zeugenstand Ihre Zuverlässigkeit anzweifeln. Das kann Sie ein paar Punkte kosten.«

»Ich war im 110th MP«, sagte Reacher. »Ich habe keine Angst vor einer PTBS. Die PTBS hat Angst vor mir.«

»Was war die 110th MP?«

»Eine Eliteeinheit.«

»Wie lange sind Sie schon draußen?«

»Länger, als ich drinnen war.«

»Okay«, sagte Aaron. »Aber das entscheide nicht ich. Hier geht's um Zahlen, um sonst nichts. Gerichtsverfahren laufen in Laptops ab. Spezielle Software. Zehntausend Simulationen. Die Mehrheitsmeinung gewinnt. Ein paar Punkte hin oder her können den Ausschlag geben. Auch ohne alles andere ist Wohnsitzlosigkeit nicht ideal.«

»Machen Sie, was Sie wollen.«

Wie Reacher erwartet hatte, machten die beiden weiter. Man konnte nie zu viel haben. Was nicht gebraucht wurde, konnte man später immer noch weglassen. Das war ganz normal. Selbst in eindeutigen Fällen wurde viel gute Arbeit vergeudet. Also schilderte er, was er gesehen hatte: sorgfältig, zusammenhängend, vollständig, von Anfang bis Ende, von links nach rechts, von unten nach oben, und als er fertig war, waren sich alle einig, so müsse es gewesen sein. Aaron schickte Bush weg, damit er den Mitschnitt abtippen ließ, sodass Reacher ihn unterschreiben konnte. Als sein Kollege gegangen war, sagte Aaron: »Nochmals vielen Dank für Ihre Hilfe.«

»Nochmals bitte sehr«, entgegnete Reacher. »Erzählen Sie mir jetzt, welches Interesse Sie an dem Fall haben.«

»Sie haben ja gesehen, dass sich alles direkt vor unseren Augen abgespielt hat.«

»Was anfängt, immer interessanter zu werden. Ich meine, wie wahrscheinlich war das? Detective Bush hat vorhin auf D2 geparkt. Das bedeutet, dass er bei den hiesigen Kriminalbeamten die Nummer zwei ist. Aber er hat den Wagen gefahren und ist jetzt in Ihrem Auftrag unterwegs. Folglich sind Sie hier die Nummer eins. Das heißt wiederum, dass die beiden wichtigsten Namen in der glorreichsten Abteilung der ganzen County Police zufällig hinter einer jungen Frau hergegangen sind, die dann zufällig beraubt wurde.«

»Zufall«, meinte Aaron.

Reacher sagte: »Ich glaube, dass Sie sie beschattet haben.«

»Wie kommen Sie darauf?«

»Weil es Ihnen gleichgültig zu sein scheint, was aus ihr geworden ist. Vermutlich wissen Sie, wer sie ist. Sie wissen, dass sie bald zurückkommen und Ihnen alles erzählen wird. Oder Sie wissen, wo sie zu finden ist. Weil Sie sie erpressen. Oder sie ist eine Doppelagentin. Oder vielleicht ist sie eine von Ihnen, eine verdeckte Ermittlerin. Jedenfalls vertrauen Sie darauf, dass sie selbst zurechtkommt. Die junge Frau macht Ihnen keine Sorgen – Sie interessiert nur ihre Stofftasche. Sie wird vor Ihren Augen beraubt, aber Sie waren nur an der Tasche interessiert, nicht an der jungen Frau. Vielleicht ist die Tasche wichtig. Ich wüsste allerdings nicht, wieso. Sie hat leer ausgesehen.«

»Das klingt wirklich nach einer großen Verschwörung, nicht wahr?«

»Stutzig gemacht hat mich Ihre Wortwahl«, sagte Reacher. »Sie haben mir für meine Hilfe gedankt. Meine Hilfe wobei? Weil ich spontan etwas getan habe? Ich glaube nicht, dass Sie sich dann so ausgedrückt hätten. Sie hätten vielleicht gesagt: Wow, das war was, wie? Oder so etwas in der Art. Oder nur eine hochgezogene Augenbraue. Als eine Art Erkennungszeichen, als Eisbrecher. Als wären wir alte Kumpels. Aber stattdessen haben Sie mir recht förmlich gedankt und gesagt: Vielen Dank, dass Sie uns bei dieser Sache helfen.«

Aaron sagte: »Ich wollte nur höflich sein.«

Reacher sagte: »Aber ich glaube, dass diese Art von Förmlichkeit eine längere Inkubationszeit bräuchte. Und Sie haben ›bei dieser Sache‹ gesagt. Damit sich jemand innerlich eine Sache vorstellt, ist mehr nötig als etwas, das nur eine Zehntelsekunde gedauert hat, glaube ich. Sie muss dann schon früher existiert haben. Außerdem haben Sie gesagt, dass ich Ihnen helfe, was einen fortdauernden Zustand bezeichnet. Etwas, das es gegeben hat, bevor der Junge sich die Tasche geschnappt hat, und weiterhin existieren wird. Und Sie haben den Plural benutzt. Sie haben gesagt: ›Danke, dass Sie uns bei dieser Sache helfen.‹ Bush und Ihnen. Bei etwas, das Ihnen schon gehört, das Sie schon betreiben und das nur ein bisschen entgleist ist, was sich aber noch leicht beheben lässt. Ich glaube, dass Sie mir für diese Art Hilfe gedankt haben, weil sie extrem erleichtert waren. Alles hätte viel schlimmer ausgehen können – zum Beispiel wenn dem Jungen die Flucht gelungen wäre. Deshalb haben Sie ›vielen Dank für Ihre Hilfe‹ gesagt. Aber das war viel zu herzlich für einen kleinen Raubüberfall. Folglich muss Ihnen diese Sache weit mehr bedeutet haben.«

»Ich wollte nur höflich sein.«

»Und ich glaube, dass meine Zeugenaussage für keinen Computer, sondern vor allem für den Polizeichef und die Stadträte bestimmt ist. Um denen zu zeigen, das das nicht Ihre Schuld war. Um denen zu beweisen, dass nicht Sie ein schon länger laufendes Unternehmen fast an die Wand gefahren haben. Deshalb wollten Sie einen gewöhnlichen Bürger. Jeder unbeteiligte Dritte wäre recht gewesen. Sonst hätten Sie nur Ihre eigenen Aussagen zu Ihren Gunsten gehabt. Bush und Sie, die sich gegenseitig den Rücken freihalten.«

»Wir waren auf einem Spaziergang.«

»Sie haben nicht mal einen Blick gewechselt. Keine Sekunde lang überlegt. Ihnen ist's nur um die Tasche gegangen. An die hatten Sie den ganzen Tag über gedacht. Oder die ganze Woche lang.«

Aaron gab keine Antwort. Er hatte keine Gelegenheit mehr dazu, denn in diesem Augenblick öffnete jemand die Tür einen

Spalt breit und streckte den Kopf herein. Er winkte den Detective auf ein Wort heraus. Aaron ging, und die Tür schloss sich mit leisem Klicken hinter ihm. Aber bevor Reacher sich Sorgen machen konnte, ob er nun eingesperrt war oder nicht, streckte nun Aaron den Kopf herein und erklärte: »Die restliche Befragung führen andere Detectives durch.«

Die Tür fiel wieder ins Schloss.

Ging wieder auf.

Der Mann, der zuvor den Kopf hereingestreckt hatte, trat zuerst ein. Ihm folgte ein ganz ähnlicher Kerl. Beide sahen wie typische Neuengländer auf historischen Schwarz-Weiß-Fotos aus. Das Produkt vieler Generationen langer Arbeit und strenger Selbstdisziplin. Beide waren hager und drahtig, sehnig und grobknochig, fast ausgezehrt. Sie trugen Chinos, dazu karierte Hemden unter blauen Sportsakkos. Sie hatten einen Bürstenhaarschnitt. Kein Versuch, Stil zu beweisen. Rein funktional. Sie sagten, sie seien von der Maine Drug Enforcement Administration, der Drogenbekämpfungsbehörde. Sie sagten, staatliche Ermittlungen hätten Vorrang gegenüber denen eines Countys. Daher die gekaperte Befragung. Sie sagten, sie hätten Fragen zu Reachers Beobachtungen.

Sie saßen dort, wo Aaron und Bush gesessen hatten. Der Mann links sagte, er heiße Cook, und der rechts stellte sich als Delaney vor. Er schien der Teamführer zu sein, der jetzt begann, Fragen zu stellen. Nach Reachers Beobachtungen, wiederholte er. Sonst nichts. Vor allem nichts, was ihm Sorgen machen müsse.

Aber dann sagte er: »Als Erstes brauchen wir mehr Informationen über einen bestimmten Aspekt. Wir glauben, dass unsere County-Kollegen ihn ein Stück weit vernachlässigt, ihn ein bisschen beschönigt haben, was vielleicht verständlich ist.«

Reacher fragte: »Was beschönigt?«

»Was genau haben Sie in dem Augenblick beabsichtigt, in dem Sie den Jungen zu Fall gebracht haben?«

»Ernsthaft?«

»Mit Ihren eigenen Worten.«

»Wie viele?«

»So viele Sie brauchen.«

»Ich wollte den Cops helfen.«

»Sonst nichts?«

»Ich habe den Taschenraub beobachtet. Der Täter ist direkt auf mich zugerannt. Er war schneller als seine Verfolger. Dass er schuldig war, stand für mich fest. Also habe ich ihm den Weg verstellt. Er hat sich nicht mal sehr wehgetan.«

»Woher wussten Sie, dass die beiden Cops waren?«

»Erster Eindruck. Hatte ich recht?«

Delaney hielt einen Moment inne.

Dann sagte er: »Erzählen Sie mir jetzt, was Sie gesehen haben.«

»Sie haben sicher schon beim ersten Mal zugehört.«

»Das haben wir«, erwiderte Delaney. »Auch bei Ihrem weiteren Gespräch mit Detective Aaron. Nachdem Detective Bush hinausgegangen war. Anscheinend haben Sie mehr gesehen, als in Ihrer Zeugenaussage steht. Sie haben von einem seit Langem laufenden Unternehmen gesprochen.«

»Das war eine Vermutung«, sagte Reacher. »Die gehört nicht in eine Zeugenaussage.«

»Aus ethischen Gründen?«

»Wahrscheinlich.«

»Sind Sie ein ethisch handelnder Mensch, Mr. Reacher?«

»Ich tue mein Bestes.«

»Aber jetzt können Sie Ihrer Fantasie freien Lauf lassen. Ihre

Aussage ist protokolliert. Jetzt können Sie nach Herzenslust spekulieren. Was haben Sie gesehen?«

»Wieso fragen Sie das mich?«

»Vielleicht haben wir ein Problem. Vielleicht können Sie uns dabei helfen.«

»Wie denn?«

»Sie waren bei der Militärpolizei. Sie wissen, wie so was funktioniert. Das große Bild. Was haben Sie gesehen?«

Reacher antwortete: »Ich denke, dass ich gesehen habe, wie Bush und Aaron die junge Frau mit der Stofftasche beschattet haben. Irgendeine Art Überwachungsaktion. Im Prinzip eine Überwachung der Tasche. Als sie geraubt wurde, haben sie die junge Frau völlig ignoriert. Ich vermute, dass die Tasche einem noch unbekannten Verdächtigen übergeben werden sollte. Zu einem späteren Zeitpunkt. An einem anderen Ort. Wie eine Lieferung oder als Bezahlung. Vielleicht war es wichtig, die Übergabe zu verfolgen. Vielleicht war der unbekannte Verdächtige das letzte Glied einer Kette. Daher die hochrangigen Augenzeugen. Oder was auch immer. Nur ist der Plan gescheitert, weil das Schicksal in Gestalt eines zufälligen Handtaschendiebs eingegriffen hat. Künstlerpech. Kann den Besten von uns passieren. Und eigentlich keine große Sache. Sie können die Übergabe gleich morgen wiederholen.«

Delaney schüttelte den Kopf. »Wir bewegen uns in trübem Gewässer. Verpasst man bei den Leuten, mit denen wir's zu tun haben, einen Treff, ist man für sie erledigt. Diese Sache ist gelaufen.«

»Das tut mir leid«, sagte Reacher. »Aber Scheiße passiert eben. Am besten versucht man, rasch darüber hinwegzukommen.«

»Sie haben gut reden.«

»Nicht meine Affen«, sagte Reacher. »Nicht mein Zirkus. Ich bin nur ein Kerl auf der Durchreise.«

»Darüber müssen wir auch noch reden. Wie können wir Sie notfalls erreichen? Besitzen Sie ein Handy?«

»Nein.«

»Wie erreichen Leute Sie dann?«

»Gar nicht.«

»Nicht mal Angehörige oder Freunde?«

»Hab keine Angehörigen mehr.«

»Auch keine Freunde?«

»Nicht von der Art, die alle fünf Minuten anrufen.«

»Wer weiß also überhaupt, wo Sie sind?«

»Ich«, sagte Reacher. »Und das genügt.«

»Bestimmt?«

»Bisher hat mich noch niemand retten müssen.«

Delaney nickte. »Reden wir noch mal darüber, was Sie gesehen haben.«

»Über welchen Teil?«

»Über alles. Vielleicht ist die Sache noch nicht vorbei. Könnte es eine andere Interpretation geben?«

»Möglich ist alles«, sagte Reacher.

»Was wäre noch möglich?«

»Früher bin ich für so was bezahlt worden«, meinte Reacher.

»Ich könnte Ihnen auf Kosten des Hauses einen Becher Kaffee anbieten.«

»Abgemacht«, sagte Reacher. »Schwarz, ohne Zucker.«

Cook ging hinaus, um ihn zu holen, und als er zurückkam, kostete Reacher einen Schluck und sagte: »Danke. Aber letzten Endes glaube ich doch, dass das ein zufälliges Ereignis war.«

Delaney sagte: »Benutzen Sie Ihre Fantasie.«

Reacher sagte: »Benutzen Sie Ihre.«

»Okay«, sagte Delaney. »Nehmen wir mal an, dass Bush und Aaron nicht wussten, wo oder wann oder wer oder wie, aber damit gerechnet haben, dass die junge Frau die Tasche irgendwann jemandem übergeben würde.«

Reacher bestätigte: »Okay, nehmen wir's mal an.«

»Und vielleicht haben sie genau das gesehen. Nur etwas früher als erwartet.«

»Möglich ist alles«, wiederholte Reacher.

»Wir müssen davon ausgehen, dass die bösen Kerle sich auf Geheimhaltung und Täuschungsmanöver verstehen. Vielleicht haben sie zum Schein einen Übergabeort vereinbart und wollten die Tasche schon unterwegs an sich bringen. Unberechenbarkeit ist immer für Überraschungen gut. Und die sind das beste Mittel gegen jegliche Form von Überwachung. Vielleicht war das Ganze sogar eingeübt. Ihrer Aussage nach ist die junge Frau gleich wieder auf den Beinen gewesen. Sie ist hingeknallt, hat sich blitzschnell aufgerappelt und ist geflüchtet.«

Reacher nickte. »Das bedeutet, dass Sie sagen würden, der Junge in dem schwarzen Hoodie sei der unbekannte Verdächtige gewesen, und die Tasche sei von Anfang an für ihn bestimmt gewesen.«

Delaney nickte ebenfalls. »Und wir haben ihn, folglich war das Unternehmen ein voller Erfolg.«

»Das können Sie leicht behaupten. Und sehr praktisch ist's außerdem.«

Delaney gab keine Antwort.

Reacher fragte: »Wo ist der Junge jetzt?«

Delaney wies mit dem Daumen auf die Tür. »Zwei Zimmer weiter. Wir bringen ihn bald nach Bangor.«

»Redet er?«

»Bisher nicht. Er ist ein braver kleiner Soldat.«

»Oder er ist gar kein Soldat.«

»Wir halten ihn für einen. Und wir glauben, dass er auspackt, wenn er merkt, in welcher Gefahr er schwebt.«

»Es gibt ein weiteres Problem«, gab Reacher zu bedenken.

»Nämlich?«

»Die Stofftasche hat leer ausgesehen. Was für eine Lieferung oder Zahlung soll das gewesen sein? Eine leere Tasche zu verfolgen reicht für keine Verurteilung aus.«

»Die Tasche war nicht leer«, sagte Delaney. »Zumindest nicht ursprünglich.«

»Was war drin?«

»Dazu kommen wir noch. Aber erst müssen wir noch mal zurückgehen. Zu der Frage, die ich Ihnen anfangs gestellt habe. Der nach Ihrer Gemütsverfassung.«

»Ich wollte den Cops helfen.«

»Tatsächlich?«

»Macht Ihnen die Haftungsfrage Sorgen? Als Zivilist, der Nothilfe leistet, genieße ich den gleichen Schutz wie ein Polizeibeamter. Außerdem ist der Junge nicht wirklich verletzt. Vielleicht ein paar Prellungen. Vielleicht ein aufgeschürftes Knie. Kein Problem. Außer Sie haben hier ein paar echt komische Richter.«

»Unsere Richter sind in Ordnung. Wenn sie den Kontext verstehen.«

»Was gibt's am Kontext zu verstehen? Ich habe eine Straftat beobachtet. Und gesehen, dass das Police Department versucht hat, den Täter zu fassen. Ich habe den Beamten geholfen. Wollen Sie sagen, dass Sie darin ein Problem sehen?«

Delaney fragte: »Würden Sie uns bitte einen Augenblick entschuldigen?«

Reacher gab keine Antwort. Cook und Delaney standen auf,

kamen hinter dem quer stehenden Tisch hervor. Sie gingen zur Tür und verließen den Raum. Die Tür schloss sich mit einem Klicken hinter ihnen. Diesmal war Reacher sich ziemlich sicher, dass er eingesperrt war. Er warf einen Blick in den Spiegel. Sah nur sein Spiegelbild, grau mit deutlichem Grünstich.

Nur zehn Minuten Ihrer Zeit. Was könnte schlimmstenfalls passieren?

Nichts passierte. Drei lange Minuten lang nicht. Dann kamen Cook und Delaney zurück. Sie setzten sich wieder an den Tisch, Cook links, Delaney rechts.

Delaney sagte: »Sie behaupten, Polizeibeamten geholfen zu haben.«

Reacher sagte: »Korrekt.«

»Möchten Sie diese Aussage abändern?«

»Nein.«

»Bestimmt nicht?«

»Glauben Sie mir nicht?«

»Nein«, sagte Delaney.

»Warum nicht?«

»Wir denken, dass die Wahrheit ganz anders aussieht.«

»Wie denn?«

»Wir glauben, dass Sie dem Jungen die Tasche weggenommen haben. Wie er sie zuvor der jungen Frau geraubt hat. Wir glauben, dass Sie ein weiterer überraschender, unvorhersehbarer Verbindungsmann waren.«

»Die Tasche ist zu Boden gefallen.«

»Wir haben Zeugen, die gesehen haben, wie Sie sich nach ihr gebückt haben.«

»Aber ich habe sie nicht angefasst. Ich habe sie liegen lassen. Aaron hat sie aufgehoben.«

Delaney nickte. »Und da war sie bereits leer.«

»Wollen Sie mich durchsuchen?«

»Wir glauben, dass Sie etwas aus der Tasche genommen und an jemanden in der Menge weitergegeben haben.«

»Wie kommen Sie darauf?«

»Warum sollte es keinen dritten Mann gegeben haben, wenn Sie der zweite waren?«

»Bullshit«, sagte Reacher.

Delaney sagte: »Jack-ohne-Reacher, Sie sind verhaftet wegen illegaler Beziehungen zu einer Organisation, die unter das RICO-Gesetz [Racketeer Influenced and Corrupt Organization Act] zur Bekämpfung von organisiertem Verbrechen fällt. Sie haben das Recht zu schweigen. Alles, was Sie sagen, kann vor Gericht gegen Sie verwendet werden. Sie haben das Recht, auf der Anwesenheit eines Anwalts zu bestehen, bevor Ihre Vernehmung fortgesetzt wird. Sollten Sie sich keinen Anwalt leisten können, wird Ihnen ein Pflichtverteidiger gestellt.«

Vier Cops kamen herein, drei mit schussbereiten Pistolen, der vierte Mann mit einer schräg vor dem Körper gehaltenen Schrotflinte. Auf der anderen Seite des Tischs öffneten Cook und Delaney nur ihre Sportsakkos, um ihre Glock 17 in Schulterholstern sehen zu lassen. Reacher saß reglos da. Sechs gegen einen. Zu viele. Chancenlos. Dazu nervöse Spannung in der Luft, Finger am Abzug und ein völlig unbekannter Ausbildungs-, Kenntnis- und Erfahrungsstand.

Da konnten Fehler geschehen.

Reacher blieb still sitzen.

Er sagte: »Ich verlange einen Pflichtverteidiger.«

Danach sagte er gar nichts mehr.

Sie fesselten ihm die Hände hinter dem Rücken und führten ihn auf den Korridor hinaus, um zwei Ecken und durch eine Stahltür, die aufgeschlossen werden musste, in den kleinen Zellenblock der Station, der aus drei leeren Zellen an einem schmalen Korridor bestand, dessen andere Begrenzung ein langer Tisch war. Einer der County Cops steckte seine Pistole weg und trat hinter den Tisch. Reacher wurden die Handschellen abgenommen. Er gab seinen Reisepass, seine Bankkarte, seine Zahnbürste, siebzig Dollar in Scheinen, fünfundsiebzig Cent in Münzen und seine Schnürsenkel ab. Im Tausch dafür bekam er einen Stoß in den Rücken und die erste der drei Einzelzellen. Die Tür fiel scheppernd ins Schloss, das laut metallisch klirrend einrastete. Die Cops sahen noch einen Augenblick wie Zoobesucher herein, dann machten sie kehrt und marschierten hintereinanderher an dem langen Tisch vorbei zum Ausgang. Reacher hörte, wie die Stahltür sich nach dem letzten Mann schloss. Er hörte, wie sie abgesperrt wurde.

Er wartete. Er verstand sich aufs Warten. Er war von Natur aus geduldig. Er wollte nirgendshin und konnte sich dafür alle Zeit der Welt nehmen. Er saß auf dem Bett, das ebenso wie der kleine Tisch mit dem Hocker davor aus Beton gefertigt war. Auf dem Hocker lag ein dünnes Plastikkissen aus demselben Material wie die Matratze auf dem Bett. Die Toilette aus Edelstahl hatte eine Vertiefung im Klodeckel, die als Waschbecken diente. Es gab nur kaltes Wasser. Das schlechteste Motelzimmer der Welt, nochmals abgespeckt und auf ein Mindestmaß reduziert. Die damaligen Architekten hatten hier noch mehr Stahlbeton verwendet als anderswo. Als wären Häftlinge, die auszubrechen versuchten, gefährlicher als Atombomben.

Reacher behielt die Zeit im Kopf. Mehr als zwei Stunden verstrichen, bevor der jüngste Cop vorbeikam, um nach ihm zu sehen. Er schaute durch die Gitterstangen und sagte: »Alles okay?«

»Mir geht's gut«, sagte Reacher. »Vielleicht ein bisschen hungrig. Mittag ist schon vorbei.«

»Da gibt's ein kleines Problem.«

»Hat der Küchenchef sich krankgemeldet?«

»Wir haben keinen und lassen das Essen von auswärts kommen. Aus dem Diner gleich um die Ecke. Ein Lunch darf bis zu vier Dollar kosten. Aber das ist der County-Satz. Sie sind ein Staatsgefangener. Wir wissen nicht, wie viel die fürs Mittagessen kriegen.«

»Mehr, hoffe ich.«

»Aber das müssten wir wissen. Sonst bleiben wir vielleicht darauf sitzen.«

»Weiß Delaney das nicht? Oder Cook?«

»Die sind schon weg. Sie haben den anderen Verdächtigen in ihre Zentrale in Bangor mitgenommen.«

»Wie viel gebt ihr fürs Abendessen aus?«

»Sechseinhalb.«

»Frühstück?«

»Zum Frühstück sind Sie nicht mehr hier. Sie sind ein Staatsgefangener. Wie der andere Mann. Sie werden heute Abend abgeholt.«

Eine Stunde später kam der junge Cop mit einem gegrillten Käsesandwich und einem Coke in einem Styroporbecher zurück. Drei Bucks und irgendwas. Detective Aaron hatte offenbar gesagt, wenn der Staat weniger zahle, begleiche er die Differenz aus eigener Tasche.

»Richten Sie ihm meinen Dank aus«, sagte Reacher. »Und bestellen Sie ihm, dass er vorsichtig sein soll. Eine Hand wäscht die andere.«

»In welcher Beziehung vorsichtig?«

»Auf wessen Seite er sich schlägt.«

»Was soll das heißen?«

»Keine Angst, er weiß, was ich meine.«

»Sagen Sie, dass Sie's nicht gewesen sind?«

Reacher lächelte. »Das haben Sie bestimmt schon oft gehört.«

Der junge Cop nickte. »Das sagen alle. Keiner von euch hat je was gemacht. Das erwarten wir.«

Damit ging der Mann weg, und Reacher verspeiste sein Sandwich und wartete dann weiter.

Wieder zwei Stunden später tauchte der junge Cop zum dritten Mal auf. Er sagte: »Die Pflichtverteidigerin ist da. Sie bespricht den Fall am Telefon mit den DEA-Kerlen in Bangor. Vorläufig telefoniert sie noch. Aber sie kommt bald zu Ihnen.«

Reacher sagte: »Wie ist sie so?«

»Sie ist okay. Als mir das Auto geklaut wurde, hat sie mir bei der Versicherung geholfen. In der Highschool war sie in der Klasse meiner Schwester.«

»Wie alt ist Ihre Schwester?«

»Drei Jahre älter als ich.«

»Und wie alt sind Sie?«

»Vierundzwanzig.«

»Hat die Versicherung Ihnen den Schaden ersetzt?«

»Einen Teil davon.«

Der Mann wandte sich ab, setzte sich auf den Hocker hinter dem langen Tisch. Um den Eindruck zu erwecken, der Häftling werde ständig betreut, dachte Reacher, solange seine Anwältin im Haus ist. Er selbst blieb, wo er war – auf dem Bett. Und wartete weiter.

Eine halbe Stunde später erschien die Anwältin. Zu dem Cop hinter dem Tisch sagte sie freundlich Hallo, weil er der jüngere Bruder einer Schulfreundin war. Dann fügte sie ruhig und bestimmt etwas hinzu, das die Vertraulichkeit des Gesprächs mit einem Mandanten betraf, und der Mann stand auf und ging hinaus. Er schloss die Stahltür hinter sich. Die Anwältin betrachtete Reacher durchs Gitter. Wie eine Zoobesucherin. Vielleicht im Gorillahaus. Sie war mittelgroß und mittelschlank und trug ein schwarzes Kostüm. Sie hatte kurzes braunes Haar mit hellen Strähnchen, braune Augen und ein rundes Gesicht mit heruntergezogenen Mundwinkeln. Wie ein umgekehrtes Lächeln. Als hätte sie in ihrem Leben schon viele Enttäuschungen erlebt. Sie trug eine lederne Aktentasche, die zu voll war, als dass ihr Reißverschluss sich hätte zuziehen lassen. Oben ragte ein gelber Block heraus, dessen erste Seite mit handschriftlichen Notizen bedeckt war.

Sie stellte die Aktentasche ab und holte sich den Hocker, der hinter dem langen Tisch stand. Sie schob ihn vor Reachers Käfig, setzte sich darauf und machte es sich mit zusammengepressten Knien und über die Querstrebe gehakten Absätzen bequem. Wie bei einem normalen Gespräch mit einem Mandanten, dem sie an einem Tisch gegenübersaß – nur gab es hier keinen Tisch oder Schreibtisch, bloß eine Wand aus dicken Stahlstangen mit geringen Abständen.

Sie sagte: »Mein Name ist Cathy Clark.«

Reacher schwieg.

Sie sagte: »Tut mir leid, dass ich erst so spät komme. Ich war wegen einer Zwangsversteigerung unterwegs.«

Reacher fragte: »Sie machen also auch in Immobilien?«

»Die meiste Zeit.«

»Wie viele Kriminalfälle hatten Sie schon?«

»Einen oder zwei.«

»Der prozentuale Unterschied zwischen einem und zweien ist groß. Wie viele waren's genau?«

»Einer.«

»Haben Sie gewonnen?«

»Nein.«

Reacher schwieg.

Sie sagte: »Sie kriegen den, der dran ist. So funktioniert das. Es gibt eine Liste. Ich habe heute auf Platz eins gestanden. Wie in der Taxischlange am Flughafen.«

»Wieso reden wir nicht in einem Konferenzraum miteinander?«

Sie gab keine Antwort. Reacher hatte den Eindruck, die Gitterstangen gefielen ihr. Er hatte den Eindruck, diese Barriere sei ihr nur recht. Als fühlte sie sich dadurch sicherer.

Er fragte: »Halten Sie mich für schuldig?«

»Was ich denke, spielt keine Rolle. Was ich tun kann, darauf kommt's an.«

»Und das wäre?«

»Reden wir erst mal miteinander«, sagte sie. »Sie müssen mir erklären, weshalb Sie hier sind.«

»Irgendwo muss ich schließlich sein. Diese Kerle müssen erklären, wieso ich ihnen meinen Komplizen ausgeliefert habe. Ohne mich hätten sie ihn nie erwischt.«

»Sie glauben, dass Sie ungeschickt waren. Sie wollten sich nur die Tasche schnappen und haben ihn versehentlich umgestoßen. Sie glauben, er wäre sonst weitergerannt.«

»Was hatten County Detectives mit einem staatlichen Unternehmen zu tun?«

»Sparzwänge«, sagte sie. »Außerdem fällt etwas Glanz auf sie ab, damit alle zufrieden sind.«

»Ich habe die Tasche nicht mal angefasst.«

»Sie haben vier Zeugen, die aussagen, dass Sie sich danach gebückt haben.«

Reacher schwieg.

Sie sagte: »Wieso waren Sie dort?«

»Auf der Plaza befanden sich mindestens dreißig Leute. Wieso waren die dort?«

»Allen Aussagen nach ist der Junge geradewegs auf Sie zuge-rannt. Nicht auf andere Leute.«

»Ganz so war's nicht. Ich habe mich ihm in den Weg gestellt.«

»Genau.«

»Sie halten mich für schuldig.«

»Was ich denke, spielt keine Rolle«, sagte sie noch einmal.

»Was soll in dieser Tasche gewesen sein?«

»Das sagen sie noch nicht.«

»Ist das legal? Müsste ich nicht erfahren, was man mir vor-wirft?«

»Ich glaube, dass das für gewisse Zeit legal ist.«

»Glauben Sie? Das reicht mir nicht.«

»Wenn Sie einen anderen Anwalt wollen, können Sie sich gern einen nehmen, den Sie selbst bezahlen.«

Reacher fragte: »Hat der Junge in dem Hoodie schon ausge-packt?«

»Er behauptet, das sei ein gewöhnlicher Raubüberfall ge-wesen. Er behauptet, er habe in der Tasche die Geldbörse des Opfers vermutet. Er behauptet, er habe auf Cash und Kreditkar-ten gehofft. Vielleicht auf ein Smartphone. Die DEA-Agenten sehen das als erfundene Ausrede – für alle Fälle.«

»Wieso bin ich ihrer Ansicht nach nicht weggelaufen? Wozu sollte ich stehen bleiben?«

»Noch mal das Gleiche«, sagte sie. »Eine erfundene Geschichte für den Fall, dass alles schiefgeht. Als Sie gesehen haben, dass Ihr Kumpel geschnappt wurde, haben Sie beide blitzschnell auf Plan B umgeschaltet. Er war ein Straßenräuber, und Sie haben den Cops geholfen. Er würde eine milde Strafe, Sie ein Lob der Polizei bekommen. Offenbar traut man Ihnen beiden eine gewisse Raffinesse zu. Diese Sache scheint ziemlich groß zu sein.«

Reacher nickte. »Wie groß, glauben Sie?«

»Hier geht's um umfangreiche Ermittlungen, die schon lange laufen.«

»Bestimmt teuer, was?«

»Ich denke schon.«

»In einer Zeit, in der Sparzwänge anscheinend ein Thema sind.«

»Sparzwänge sind immer ein Thema.«

»Genau wie Egos und berufliches Renommee und dienstliche Beurteilungen. Denken Sie an Delaney und Cook. Versetzen Sie sich in deren Lage. Schon länger andauernde, sündhaft teure Ermittlungen werden durch einen dummen Zufall entwertet. Sie stehen plötzlich wieder am Anfang. Vielleicht ist alles sogar noch schlimmer. Vielleicht gibt's kein Zurück mehr. Überall verlegene Gesichter. Was passiert dann als Nächstes?«

»Weiß ich nicht.«

»Menschliche Natur«, erklärte Reacher. »Anfangs haben sie gebrüllt und geflucht und an die Wand gehämmert. Dann hat ihr Überlebenstrieb gesiegt. Sie haben eine Möglichkeit gesucht, ihren Arsch zu retten. Vielleicht ließ sich alles doch so hindrehen, dass das Unternehmen ein Erfolg gewesen war. Genau das hat Agent Delaney getan. Sie haben sich die Idee einfallen lassen, der Junge sei Teil eines Täuschungsmanövers gewesen. Dann haben sie mitgehört, als Aaron mit mir gesprochen hat.

Sie haben gehört, dass ich nirgends wohne. Dass ich ein Vagabund bin, wie Aaron sagte. Das hat sie auf eine noch viel bessere Idee gebracht. Sie konnten einen Doppelschlag führen und behaupten, zwei Kerle geschnappt und damit die ganze verdammte Bande zerschlagen zu haben. So würden sie zuletzt doch noch ihr Schulterklopfen und ein Anerkennungsschreiben bekommen.«

»Sie behaupten, Ihr Fall sei erfunden?«

»Ich weiß, dass er's ist.«

»Schwer zu glauben.«

»Sie haben sich eigens bei mir vergewissert. Haben alles noch mal abgefragt. Sich bestätigen lassen, dass ich kein Handy besitze. Dass niemand auf dem Laufenden ist, was meinen Aufenthaltsort betrifft. Sie wussten, dass ich der perfekte Sündenbock bin.«

»Sie waren mit der Annahme einverstanden, der Junge sei mehr als nur ein Straßenräuber gewesen.«

»Ja, als Hypothese«, erwiderte Reacher. »Und nicht sehr enthusiastisch. Im Rahmen einer Diskussion unter Profis. Sie haben mich durch Schmeichelei dazu gebracht. Ich wollte nur mitspielen. Ich wusste, dass sie dabei waren, sich irgendwelchen Scheiß auszudenken, um ihren Arsch zu retten. Ich war zu höflich, glaube ich.«

»Sie haben gesagt, das sei denkbar.«

»Weshalb hätte ich das sagen sollen, wenn ich selbst daran beteiligt war?«

»Sie denken, dass das ein doppelter Bluff war.«

»So clever bin ich nicht«, meinte Reacher.

»Das glauben sie aber. Sie waren in einer Eliteeinheit der Militärpolizei.«

»Stünde ich dann nicht automatisch auf ihrer Seite?«

Die Anwältin sagte nichts. Sie rutschte nur etwas auf ihrem Hocker hin und her. Unbehagen, vermutete Reacher. Mangel an Empathie. Misstrauen. Vielleicht sogar Widerwillen. Der Wunsch, hier rauszukommen. Das war nur menschlich. Er wusste, wie solche Dinge funktionierten.

Er sagte: »Sehen Sie sich die Zeitangaben auf dem Tonband an. Sie haben gehört, dass ich keinen festen Wohnsitz habe, und wenig später hatten sie das Verhör gekapert und waren im Vernehmungszimmer mit mir allein. Später sind sie noch mal kurz rausgegangen. Um sich zu beraten. Sie haben sich gegenseitig bestätigt, dass sie genug in der Hand hatten. Dass sie's riskieren konnten, ihren Plan umzusetzen Also sind sie zurückgekommen und haben mich verhaftet.«

»Damit kann ich nicht vor Gericht auftreten.«

»Womit können Sie auftreten?«

»Mit nichts«, sagte sie. »Ich kann bestenfalls versuchen, einen Deal zu vereinbaren.«

»Ist das Ihr Ernst?«

»Absolut. Man wird Sie wegen einer schweren Straftat anklagen. Die DEA-Leute werden dem Gericht eine funktionierende Theorie vorlegen und sie mit Aussagen von gewöhnlichen Bürgern unterfüttern, die tatsächlich oder gefühlt Freunde und Nachbarn der Geschworenen sind. Sie sind ein Outsider mit einem ungewöhnlichen Lebensstil. Ich meine, woher kommen Sie überhaupt?«

»Schwer zu sagen.«

»Wo sind Sie geboren?«

»Westberlin.«

»Sind Sie Deutscher?«

»Nein. Mein Vater arbeitete beim Marine Corps. In New Hampshire geboren. In Berlin war er damals nur stationiert.«

»Sie waren also immer beim Militär?«

»Als Junge und als Mann.«

»Nicht gut. Die Leute danken Ihnen für Ihre langen Dienste, aber im Innersten denken sie, dass Sie an Traumata leiden. Die Wahrscheinlichkeit, dass Sie verurteilt werden, ist hoch, und Sie müssen dann mit langer Sicherungsverwahrung rechnen. Es wäre viel ungefährlicher, eine weniger schwere Tat zu gestehen. Damit würden Sie dem Gericht Zeit und die Kosten eines langen Verfahrens ersparen. Das zählt viel. Es könnte den Unterschied zwischen zwanzig und fünf Jahren ausmachen. Als Ihre Anwältin fühle ich mich verpflichtet, Ihnen diesen Weg zu empfehlen.«

»Sie empfehlen mir, fünf Jahre wegen einer Straftat zu sitzen, die ich nicht verübt habe?«

»Jeder behauptet, nicht schuldig zu sein. Das kennen die Geschworenen.«

»Und Anwälte?«

»Mandanten lügen ständig.«

Reacher schwieg.

Seine Anwältin sagte: »Sie sollen heute Abend nach Warren verlegt werden.«

»Was ist in Warren?«

»Das staatliche Zuchthaus.«

»Klasse.«

»Ich habe beantragt, Sie noch ein bis zwei Tage hierzulassen. Für mich wäre das praktischer.«

»Und?«

»Antrag abgelehnt.«

Reacher schwieg.

Seine Anwältin sagte: »Morgen früh werden Sie zur mündlichen Verhandlung über die Anklage zurückgebracht. Das Gericht befindet sich in diesem Gebäude.«

»Ich werde also in weniger als zwölf Stunden hin- und wieder zurückgebracht? Nicht sehr effizient. Ich sollte hierbleiben.«

»Sie sind jetzt ein Teil des Systems. So funktioniert es eben. In Zukunft wird Ihnen nie mehr etwas vernünftig erscheinen. Daran müssen Sie sich gewöhnen. Worauf Sie plädieren sollen, besprechen wir morgen früh. Ich rate Ihnen, heute Nacht sehr ernsthaft darüber nachzudenken.«

»Wie wär's mit einer Entlassung gegen Kaution?«

»Wie viel könnten Sie aufbringen?«

»Etwas über siebzig Bucks.«

»Das Gericht würde das als Beleidigung auffassen«, sagte sie. »Das lassen wir lieber.«

Dann rutschte sie vom Hocker und bückte sich nach ihrer überquellenden Aktentasche und ging ohne ein weiteres Wort hinaus. Reacher hörte, wie die Stahltür geöffnet wurde und wieder ins Schloss fiel. In dem Zellenblock herrschte wieder Stille.

Nur zehn Minuten Ihrer Zeit. Was könnte schlimmstenfalls passieren?

Eine weitere Stunde verstrich, dann kam der junge Cop zurück. Der Staat habe die gleichen sechseinhalb Dollar fürs Abendessen bewilligt, sagte er, die das County ausgegeben hätte. Dafür könne man fast alles auf der Speisekarte des Diners nehmen, sagte er. Und er ratterte eine erstaunlich lange Liste möglicher Gerichte herunter. Reacher überlegte kurz. Vielleicht die Hühnerpastete. Oder die Spaghetti bolognese. Oder den Eiersalat. Er dachte laut über diese drei Optionen nach. Der Cop empfahl die Hühnerpastete. Die sei echt gut, sagte er. Reacher vertraute ihm. Und schwarzen Kaffee, fügte er hinzu. Viel Kaffee, betonte er, am besten eine Thermoskanne voll. Dazu eine richtige Tasse mit Untertasse. Ohne Sahne, ohne Zucker. Der Cop notierte sich alles mit einem Bleistiftstummel auf einem Zettel.

Dann sagte er: »War die Pflichtverteidigerin okay?«

»Klar«, sagte Reacher. »Eine nette junge Frau. Und clever dazu. Sie denkt, dass das Ganze irgendein Missverständnis ist. Dass diese DEA-Agenten manchmal ein bisschen übertreiben. Anders als ihr County-Leute. Kein gesunder Menschenverstand.«

Der junge Cop nickte. »Das stimmt wohl.«

»Sie sagt, dass ich wahrscheinlich schon morgen freikomme, dass ich mich ruhig verhalten und dem System vertrauen soll.«

»Das ist immer am besten«, meinte der Junge. Er steckte den Zettel in seine Hemdtasche und ging hinaus.

Reacher blieb auf seinem Bett. Er wartete. Er spürte, wie es in dem Gebäude ruhiger wurde, als die Nachtschicht zum Dienst erschien. Weniger Leute. Sparzwänge. Ein ländliches County in einem bevölkerungsschwachen Teil von Maine. Nach einiger Zeit tauchte der junge Cop mit dem Essen auf. Das war heute bestimmt seine letzte Aufgabe. Er trug ein Tablett mit einem Teller unter einer Warmhaltehaube, einer kannelierten bauchigen weißen Thermoskanne, einer Tasse, die umgekehrt auf ihrer Untertasse stand, und Messer und Gabel, die in eine Papierserviette gewickelt waren.

Die Thermoskanne gab den Ausschlag. Ihretwegen passte das Ganze nicht durch die waagrechte Durchreiche zwischen den Gitterstäben. Der Junge konnte die Kanne nicht einfach aufs Tablett legen. Sie würde umherrollen und auslaufen und die Hühnerpastete in Kaffee ertränken. Er konnte sie aber auch nicht aufrecht durchs Gitter hineinreichen, denn dafür waren die Abstände zwischen den Stäben zu eng.

Der junge Cop zögerte unsicher.

Vierundzwanzig Jahre alt. Noch neu im Vollzugsdienst. Ein junger Kerl, der Reacher nur als friedlichen älteren Mann kannte, der die meiste Zeit auf seinem Bett lag und entspannt resigniert wirkte. Kein Fluchen, kein Schreien. Keine Klagen. Keine Wutanfälle.

Vertraut dem System.

Keine Gefahr.

Er würde das Tablett wie ein richtiger Ober auf den Fingern einer Hand balancieren. Er würde seine Schlüssel vom Gürtel loshaken. Er würde die Tür aufsperren, sie mit der Schuhspitze öffnen. Sein Holster würde leer sein. Keine Waffe. Das entsprach der weltweit geübten Praxis. Gefängniswärter waren nie bewaffnet. Sich mit einer geladenen Waffe unter Häftlingen zu bewegen konnte nur schiefgehen. Der Junge würde in die Zelle kommen, den Schlüssel wieder einhaken und das Tablett wie zuvor in beide Hände nehmen. Er würde sich abwenden, dabei Reacher den Rücken zukehren, um es auf den Schreibtisch aus Beton zu stellen.

Aus diesen verschiedenen Positionen konnten sich unterschiedliche Möglichkeiten ergeben.

Reacher wartete.

Aber er wurde enttäuscht.

Der Junge war ein Anfänger, der sich sogar das Auto klauen ließ, aber er war nicht ganz blöd. Er stellte das Tablett vorübergehend auf den Fußboden vor der Zelle ab, nahm Thermoskanne, Tasse und Untertasse herunter und stellte sie auf die Fliesen vor den Gitterstäben. Dann hob er das Tablett wieder auf und schob es durch die waagrechte Durchreiche. Reacher nahm es entgegen. Wollte er einen Kaffee, würde er durchs Gitter greifen und ihn draußen einschenken müssen. Die Tasse konnte er dann zu sich hereinholen. Vielleicht nicht auf der Untertasse stehend, aber schließlich war hier nicht das Ritz.

Der junge Cop sagte: »So müsste es klappen.«

Nicht ganz blöd.

»Danke«, sagte Reacher trotzdem. »Sehr freundlich.«

Der Junge sagte: »Guten Appetit.«

Den hätte Reacher gebraucht. Die Pastete war schlecht, der Kaffee dünn.

Nach einer Stunde kam ein anderer Uniformierter, um das Geschirr abzutragen. Jemand von der Nachtschicht. Reacher sagte: »Ich muss Detective Aaron sprechen.«

Der Neue sagte: »Er ist nicht hier. Er ist heimgefahren.«

»Dann soll er zurückkommen. Sofort! Diese Sache ist wichtig.«

Der Mann gab keine Antwort.

Reacher sagte: »Wenn er rauskriegt, dass Sie meine Bitte nicht weitergegeben haben, tritt er Sie in den Hintern. Oder sorgt dafür, dass Sie entlassen werden. Wie ich höre, gibt es Sparzwänge. Ich würde Ihnen raten, ihm keinen Vorwand zu liefern.«

»Worum geht's überhaupt?«

»Um etwas, mit dem er punkten kann.«

»Wollen Sie gestehen?«

»Vielleicht.«

»Sie sind ein Staatsgefangener. Wir sind vom County. Uns ist's egal, was Sie verbrochen haben.«

»Rufen Sie ihn trotzdem an.«

Der Mann sagte nichts. Er nahm lediglich das Tablett mit und schloss die Stahltür hinter sich.

Der Mann musste angerufen haben, denn Aaron kam ungefähr anderthalb Stunden später. Gegen Mitte des Abends. Er trug noch denselben Anzug und wirkte weder gespannt noch ärgerlich. Nur neutral. Vielleicht ein bisschen neugierig. Er sah durch die Gitterstäbe und fragte: »Was wollen Sie?«

Reacher antwortete: »Über den Fall reden.«

»Für den ist die DEA zuständig.«

»Nicht wenn es sich um einen einfachen Raubüberfall handelt.«

»Das war er nicht.«

»Denken Sie das wirklich?«

»Es war eine glaubhafte Methode, eine Überwachung zu durchkreuzen.«

»Und was ist mit mir als dem zweiten geheimen Faktor?«

»Ebenfalls glaubwürdig.«

»Das hätte unglaublich präzise Koordination erfordert, stimmt's? Exakt zur rechten Zeit am rechten Ort.«

»Vielleicht haben Sie stundenlang dort gewartet.«

»Tatsächlich? Was sagen Ihre Augenzeugen dazu?«

Aaron gab keine Antwort.

Reacher sagte: »Kontrollieren Sie die Zeitangaben auf dem Tonbandmitschnitt. In dem Augenblick, in dem Sie und ich miteinander reden. Stellen Sie sich den zeitlichen Ablauf vor. Delaney hat's auf mich abgesehen, weil er irgendwas aufgeschnappt hat.«

Aaron nickte. »Das hat Ihre Anwältin schon weitergegeben. Der Obdachlose als Sündenbock. Hat mich zuvor nicht überzeugt, überzeugt mich auch jetzt nicht.«

»Kein berechtigter Zweifel?«, fragte Reacher.

»Ich bin Kriminalbeamter. Berechtigter Zweifel ist etwas für die Geschworenenbank.«

»Ihnen macht es also nichts aus, wenn ein Unschuldiger hinter Gitter kommt?«

»Über Schuld oder Nichtschuld entscheiden die Geschworenen.«

»Was ist, wenn ich freigesprochen werde? Macht es Ihnen nichts aus, wenn Ihr Fall brennend abgeschossen wird?«

»Nicht mein Fall. Dafür ist die DEA zuständig.«

Reacher sagte: »Hören Sie sich das Tonband noch mal an. Achten Sie auf die Zeiten.«

»Geht nicht«, entgegnete Aaron. »Es gibt kein Tonband.«

»Aber Sie haben gesagt, alles würde aufgenommen.«

»Wir sind die County Police. Wir dürfen keine staatliche Vernehmung aufzeichnen. Nicht unsere Zuständigkeit. Also ist die Aufnahme eingestellt worden.«

»Ich meine einen früheren Zeitpunkt. Als Sie und ich miteinander gesprochen haben.«

»Der erste Teil ist nicht mehr vorhanden. Alles davor ist versehentlich gelöscht worden, als das Gerät ausgeschaltet wurde.«

»Gelöscht?«

»Kann mal passieren.«

»Wer hat die AUS-Taste gedrückt?«

Aaron gab keine Antwort.

»Wer war's also?«, fragte Reacher.

»Delaney«, sagte Aaron. »Als er mich abgelöst hat. Er hat sich dafür entschuldigt. Es ist passiert, weil er mit unserem Gerät nicht vertraut war.«

»Haben Sie ihm das geglaubt?«

»Wieso nicht?«

Reacher schwieg.

»Kann mal passieren«, wiederholte Aaron.

»Wissen Sie bestimmt, dass das ein Versehen war? Wissen Sie bestimmt, dass die beiden kein Beweismaterial beseitigen wollten? Wissen Sie bestimmt, dass sie nicht versucht haben, ihre Spuren zu verwischen?«

Aaron schwieg.

Reacher fragte: »Haben Sie so was noch nie erlebt?«

»Was soll ich dazu sagen? Als Cop ist er ein Kamerad.«

»Das bin ich auch.«

»Das waren Sie früher mal. Jetzt sind Sie nur ein Mann auf der Durchreise.«

»Das sind Sie eines Tages auch. Sollen all diese Jahre wirklich nicht zählen?«

Aaron gab keine Antwort.

Reacher sagte: »Gleich zu Anfang haben Sie mir erklärt, dass Geschworene oft nicht viel von Aussagen von Polizeibeamten halten. Woran mag das liegen? Oder irren die Geschworenen sich alle?«

Keine Antwort.

Reacher fragte: »Können Sie sich wenigstens daran erinnern, was wir besprochen haben?«

»Selbst wenn ich's könnte, stünde mein Wort gegen das der beiden. Und hier ist niemand mit einem rauchenden Colt in der Hand geschnappt worden, oder?«

Reacher sagte nichts. Aaron betrachtete ihn noch eine halbe Minute lang durch die Gitterstäbe, bevor er ging.

Reacher streckte sich auf dem schmalen Bett aus, stemmte einen Ellbogen gegen die Wand und ließ seinen Kopf in der gewölbten Handfläche ruhen. Stellen Sie sich den zeitlichen Ablauf vor. Er rief sich ins Gedächtnis, woran er sich aus seinem ersten Gespräch mit Aaron erinnerte. In dem grünen bunkerartigen Raum. Seine Zeugenaussage. Die Präambel. Name, Geburtsdatum, Sozialversicherungsnummer. Dann seine Anschrift. Ohne festen Wohnsitz und so weiter und so fort. Er stellte sich vor, wie Delaney sie dabei belauschte. Ein blechern klingender Lautsprecher im Raum nebenan. Mit anderen Worten, Sie sind obdachlos, hatte Aaron gesagt. Das hatte auch Delaney gehört. Laut und deutlich. Wie lange hatte er gebraucht, um seine Chance zu erkennen und die Vernehmung an sich zu reißen?

Zu lange, dachte Reacher.

Anfangs hatte es noch eine nicht sehr ernsthafte Debatte über PTBS und die 110th MP gegeben, bevor Aaron sich lange darüber ausließ, ob seine Aussage nützlich oder schädlich sein würde. Und dann die Aussage selbst: überlegt, nüchtern, zusammenhängend, detailliert, klar und langsam. Anschließend ihr privates Gespräch, nachdem Bush den Raum verlassen hatte. Die Vermutungen und die sie bestätigende sprachliche Analyse. Sie haben »vielen Dank für Ihre Hilfe« gesagt. Und so weiter. Dieses ganze Zeug. Insgesamt vielleicht sieben Minuten. Oder acht, möglicherweise neun.

Oder zehn.

Zu viel Zeit.

Delaney hatte auf etwas anderes reagiert.

Auf etwas, das er später gehört hatte.

Als die Uhr in Reachers Kopf zweiundzwanzig Uhr anzeigte, hörte er das Trampeln schwerer Schritte auf dem Flur vor der Stahltür. Sie wurde aufgestoßen. Sechs Männer kamen herein. Andere Uniformen. State Police. Das Begleitkommando für Gefangenentransporte. Sie hatten Schlagstöcke, Pfefferspray und Taser an ihren Gürteln. Dazu Hand- und Fußfesseln und dünne Stahlketten. Sie gingen methodisch vor. Ließen Reacher rückwärts an die Gitterstäbe treten und die Hände durch die Durchreiche hinausstrecken. Sie hielten ihn an den Handschellen fest, während sie durch die Stäbe griffen, um ihm Fußfesseln anzulegen, die sie mit einer Kette mit seinen Handschellen verbanden. Erst dann sperrten sie die Zellentür auf und schoben sie zur

Seite. Er schlurfte mit kleinen klirrenden Schritten heraus. Sie ließen ihn an dem Tisch haltmachen, aus dessen Schublade sie seinen persönlichen Besitz nahmen: den Reisepass, die Bankkarte, die Zahnbürste, die siebzig Dollar in Scheinen, die fünfundsiebzig Cent in Quarters und die Schuhbänder. Das alles steckten sie in einen festen braunen Umschlag, der zugeklebt wurde. Dann führten sie Reacher über den zweimal rechtwinklig abknickenden Korridor, unter den niedrigen Betondecken hindurch und auf den Parkplatz hinaus. Neben dem SUV-Wrack in einer Ecke stand ein grau lackierter Schulbus mit vergitterten Fenstern. Sie stießen ihn hinein, und er musste auf einer hinteren Bank Platz nehmen. Er war der einzige Fahrgast. Einer der Kerle fuhr, die anderen fünf saßen vorn beieinander.

Warren erreichten sie wenige Minuten vor Mitternacht. Das Gefängnis war schon aus einer Meile Entfernung zu sehen, denn das zurückgeworfene Licht seiner Bogenlampen durchdrang selbst den Nebel. Der Bus wartete mit laut nagelndem Dieselmotor am Tor, während Suchscheinwerfer über ihn hinwegglitten. Dann öffnete sich das Tor metallisch klirrend, und der Bus fuhr hindurch, um gleich wieder am nächsten Tor zu halten. Dahinter lag eine hell beleuchtete Fläche vor einer Stahltür mit der zweizeiligen Aufschrift HÄFTLINGSEMPFANG.

Reacher wurde hineingeführt und an einer Y-förmigen Gabelung des Korridors nach rechts zu den Zellen für Untersuchungshäftlinge dirigiert. Man nahm ihm Handschellen, Stahlkette und Fußfesseln ab. Sein persönlicher Besitz in dem braunen Umschlag wurde weggesperrt, und er bekam einen weißen Overall und blaue Badeschuhe. Dann brachte man ihn in eine Zelle, die mehr oder weniger mit der identisch war, die er vor zwei Stunden verlassen hatte. Die Gittertür schloss sich scheppernd und wurde abgesperrt. Die Uniformierten gingen, und eine Minute später erlosch das Licht. Der Zellenblock versank in lärmendes, rastloses Dunkel.

Um sechs Uhr morgens ging das Licht wieder an. Auf dem Korridor hörte Reacher einen Wärter, der eine Gittertür nach der anderen aufschloss. Irgendwann erschien er vor Reachers Zelle: ein bösartig aussehender Typ Anfang dreißig. Er sagte: »Los, hol dir dein Frühstück.«

Das Frühstück gab es in einem langen niedrigen Raum, in dem es nach Garküche und Desinfektionsmitteln roch. Reacher stellte sich mit ungefähr einem Dutzend Männer an. Der Junge in dem schwarzen Hoodie war nicht darunter. Weiterhin in Bangor, vermutete Reacher, in der dortigen DEA-Zentrale. Wo er vielleicht redete, vielleicht auch nicht. Reacher erreichte die Essensausgabe und bekam einen Klacks von einer hellgelben Masse, die Rührei sein konnte, auf einer Scheibe, die Weißbrot sein konnte, und einen Melaminbecher mit etwas, das Kaffee sein konnte. Oder das Spülwasser vom Vorabend. Er setzte sich an einem freien Tisch auf die Bank und aß. Sein Kleinhirn führte automatisch eine Bedrohungsanalyse durch, entdeckte aber nichts, was ihm hätte Sorgen machen müssen – es sei denn, Karies war ansteckend.

Nach dem Frühstück wurden sie alle zu dem einstündigen morgendlichen Hofgang hinausgescheucht, der hier Vorschrift war. Weil der Trakt für Untersuchungshäftlinge viel kleiner als das eigentliche Gefängnis war, hatte er einen entsprechend kleineren Hof, der von den restlichen Insassen durch einen hohen Maschendrahtzaun abgetrennt war. In den Zaun war eine Tür mit Klinke, aber ohne Schloss eingelassen. Der Schließer, der sie ins Freie getrieben hatte, baute sich davor auf. Hinter ihm zog ein blässlicher Frühlingstag am Morgenhimmel auf.

Der größere Gefängnishof war voller Männer in Overalls in allen möglichen Farben. Hunderte von Männern. Die meisten liefen in Gruppen unterschiedlicher Größe durcheinander. Manche sahen verwegen aus. Einer davon war ein über zwei Meter großer Hüne, der mindestens hundertdreißig Kilo wog. Er wirkte fast wie die Karikatur eines Holzfällers aus dem alten Maine. Dazu fehlten ihm nur noch ein kariertes Flanellhemd und eine zweischneidige Axt. Der Kerl schien größer als Reacher zu sein, was statistisch selten war. Er stand sechs, sieben Meter weit entfernt und schaute durch den Maschendraht. Starrte Reacher an. Reacher erwiderte seinen Blick. Der Kerl kam näher. Reacher sah ihm weiter ins Gesicht. Im Gefängnis war das gefährlich. Aber Wegsehen konnte noch gefährlicher sein. Zu unterwürfig. Unklarheiten in Bezug auf die Hackordnung löste man am besten sofort. Das kam der menschlichen Natur entgegen. Reacher wusste, wie solche Dinge funktionierten.

Der Kerl trat an den Zaun.

Er fragte: »Was gibt's zu glotzen?«

Die Standarderöffnung. Uralt. Reacher sollte sich einschüchtern lassen und »nichts« sagen. Woraufhin der Kerl fragen würde: »Nennst du mich nichts?« Woraufhin eine bereits prekäre Situation noch prekärer würde.

Also sagte Reacher: »Dich seh ich an, Arschloch.«

»*Was* hast du mich genannt?«

»Ein Arschloch.«

»Du bist tot.«

»Noch nicht«, sagte Reacher. »Nicht, als ich letztes Mal nachgesehen habe.«

In diesem Augenblick entstand in der entferntesten Ecke des großen Hofs ein lauter Tumult. Später wurde Reacher klar, dass er präzise ausgelöst worden war. Ein Flüstern und Handzeichen waren diagonal, von Mann zu Mann weitergegeben worden. In der Ferne war eine Schlägerei ausgebrochen; dort schrien und brüllten Männer durcheinander. Auf den Wachtürmen flammten Suchscheinwerfer auf, wurden dorthin geschwenkt. Sprechfunkgeräte knackten. Alle liefen hinüber. Auch das Wachpersonal. Auch der Wärter an der Tür zu dem kleineren Hof. Er schlüpfte hindurch und verschwand in der Menge.

Worauf der große Kerl sich in Gegenrichtung bewegte. Durch die unbewachte Tür. Auf den kleineren Hof. Direkt auf Reacher zu. Kein erfreulicher Anblick. Schwarze Badeschuhe, keine Socken, ein orangeroter Overall, der sich über Muskelpaketen spannte.

Dann kam es noch schlimmer.

Als der Kerl den rechten Arm schlenkerte, erschien in seiner Hand eine Waffe. Die hatte er im Ärmel versteckt. Eine selbst gebastelte Knastwaffe. Aus durchsichtigem Kunststoff. Vielleicht der an einem Stein zugeschliffene Stiel einer Zahnbürste, etwa fünfzehn Zentimeter lang. Wie ein Stilett. Ein Drittel seiner Länge war mit Heftpflaster umwickelt. Um es besser anfassen zu können. Nicht gut.

Reacher streifte seine Badeschuhe ab.

Der große Kerl tat das Gleiche.

Reacher sagte: »Für mich gibt's seit jeher eine Regel. Bedroh mich mit einem Messer, dann brech ich dir die Arme.«

Der große Kerl erwiderte nichts.

Reacher sagte: »Die Regel ist eisern, fürchte ich. Ich kann keine Ausnahme machen, bloß weil du ein Schwachkopf bist.«

Der große Kerl machte einen Schritt auf ihn zu.

Die übrigen Männer auf dem Hof wichen zurück. Reacher hörte den Maschendrahtzaun klirren, als sie sich an ihn drückten. Der Tumult in der Ferne ging weiter. Künstlich erzeugt, daher etwas halbherzig. Konnte nicht endlos lange dauern. Die Suchscheinwerfer würden bald wieder zurückschwenken und die Wärter auf ihre Posten zurückkehren. Er brauchte nicht mehr zu tun, als zu warten.

Nicht seine Art.

»Letzte Chance«, sagte er. »Lass die Waffe fallen und setz dich hin. Oder ich tu dir echt schlimm weh.«

Er benutzte seine MP-Stimme, deren Klang im Lauf der Jahre eiskalt und bedrohlich geworden war, mit der gefährlichen Unberechenbarkeit unterlegt, mit der er als Jugendlicher auf dunklen Straßen in aller Welt gekämpft hatte. Er bemerkte ein Flackern im Blick des Kerls. Aber nicht mehr. Das würde nicht funktionieren. Er würde kämpfen müssen.

Womit er plötzlich sehr zufrieden war.

Zehn Minuten Ihrer Zeit. Nur was Sie gesehen haben.

Er mochte keine Messer.

Er sagte: »Komm schon, Fatty. Zeig, was du kannst.«

Der Kerl kam auf ihn zu, drehte sich dabei etwas zur Seite, hielt das Stilett in der ausgestreckten Hand. Reacher wich nach links aus, die Waffe stieß in diese Richtung, also wich er nach rechts zurück und griff mit der linken Hand nach dem Handgelenk des Kerls. Aber er verschätzte sich ein wenig, bekam stattdessen seine Pranke zu fassen, riss den Kerl noch etwas weiter herum und traf sein Gesicht mit einer dreifachen rechten Geraden, peng, peng, peng, während er seine Rechte mitsamt dem Stilett mit aller Kraft zusammenquetschte. Der Kerl zog die Hand zurück, bis Reachers Finger nur noch das Stilett umfassten, aber das war in Ordnung, denn die Waffe hatte keine Schneide, nur eine Spitze. Und sie bestand aus Kunststoff, sodass Reacher, dessen Daumenballen auf der Stelle lag, wo der umwickelte Griff begann, die Klinge mühelos abbrechen konnte.

So weit, so gut. In diesem Augenblick, nach ungefähr drei Sekunden, erkannte Reacher, dass sein Hauptproblem darin bestehen würde, dem Kerl wie angedroht die Arme zu brechen. Die waren riesig. Dicker als die Beine der meisten Leute. Und mit harten Muskeln bepackt.

Dann kam es wieder schlimmer.

Der Kerl blutete aus Mund und Nase, aber seine Verletzungen schienen ihn nur zu mobilisieren. Er richtete sich auf und röhrte wie einer dieser Muskelmänner, die man nachmittags in einem Motelzimmer im Kabelfernsehen sehen konnte. Als pumpte er sich auf, um einen Sattelschlepper zu ziehen oder einen Felsblock von der Größe eines Volkswagens zu stemmen. Er würde wie ein Wasserbüffel heranstürmen und Reacher über den Haufen rennen, ihn unter sich begraben.

Das Fehlen von Schuhen war ebenfalls ein Manko. Barfüßig kicken war nur etwas fürs Fitnessstudio oder die Olympischen Spiele. Badeschuhe aus einem gummiartigen Material waren schlimmer als gar keine Schuhe. Deshalb mussten die Häftlinge sie tragen, vermutete Reacher. Also schieden Tritte als Waffe aus. Was er eine bedauerliche Einschränkung fand. Aber die Knie ließen sich noch gebrauchen, ebenso die Ellbogen.

Der Kerl kam laut brüllend und mit ausgebreiteten Armen auf ihn zugestürmt, als wollte er Reacher umarmen. Also stürzte Reacher sich seinerseits auf ihn. Ihm blieb gar nichts anderes übrig. Ein Zusammenprall konnte eine wundervolle Sache sein. Je nachdem, was wen zuerst traf. In diesem Fall waren es Reachers Ellbogen und die Oberlippe des Kerls. Wie ein Frontalzusammenstoß zweier Lastwagen. Als brächte man einen Mann dazu, sich selbst ins Gesicht zu boxen.

Die Gefängnissirenen heulten los.

Das große Bild. Was haben Sie gesehen?

Die Suchscheinwerfer schwenkten zurück. Der Tumult war beendet. Auf dem Gefängnishof herrschte plötzlich Stille. Der große Kerl konnte der Versuchung nicht widerstehen, das lag in der menschlichen Natur. Er wollte sich umschauen. Er wollte wissen, was hinter ihm vorging. Also drehte er den Kopf ein wenig zur Seite. Ein Instinkt, der sofort unterdrückt wurde.

Aber dieses kleine Zucken genügte. Reachers Faust traf sein Ohr. Dabei konnte er sich ruhig Zeit lassen. Und niemand hat Muskeln am Ohr. Alle Ohren sind ziemlich gleich. Die kleinsten Knochen des Menschen befinden sich dort. Und alle möglichen Mechanismen zur Erhaltung des Gleichgewichts. Ohne sie geht man zu Boden.

Der Kerl schlug hin.

Die Suchscheinwerfer erfassten den Zaun.

Reacher ergriff die Hand des großen Kerls. Als wollte er ihm aufhelfen. Aber das tat er nicht. Dann sah es so aus, als wollte er ihm respektvoll die Hand schütteln, ihm zu einem tapferen Kampf gratulieren.

Auch das nicht.

Reacher trieb das abgebrochene Stilett so durch die Handfläche des Kerls, dass es auf beiden Seiten herausragte. Dann entfernte er sich von ihm und mischte sich unter die anderen Häftlinge in der Nähe der Tür. Sekunden später erfasste ein Suchscheinwerfer den zu Boden gegangenen Mann. Das Sirenengeheul veränderte sich und signalisierte jetzt Einschluss!

Reacher wartete in seiner Zelle. Er rechnete nicht damit, lange ausharren zu müssen. Der Verdacht würde sofort auf ihn fallen. Die anderen Untersuchungshäftlinge waren ein Drittel kleiner als der große Kerl. Also kämen die Wärter vermutlich gleich zu ihm. Was ein Problem sein konnte. Theoretisch war eine Straftat verübt worden. Das würden manche behaupten. Andere würden sagen, Angriff sei die beste Verteidigung, die als Notwehr straffrei sei. Alles eine Auslegungsfrage.

Jedenfalls eine schwierige Abwägung.

Was könnte schlimmstenfalls passieren?

Er wartete.

Er hörte Stiefel auf dem Korridor. Zwei Uniformierte steuerten geradewegs auf seine Zelle zu. Schlagstock, Pfefferspray und Taser an ihren Gürteln. Handschellen, Fußfesseln und dünne Stahlketten.

Einer sagte: »Auf Befehl drehen Sie sich um und strecken die Hände durchs Essensfach hinaus.«

Reacher fragte: »Wohin bringen Sie mich?«

»Das erfahren Sie früh genug.«

»Ich möchte es aber gleich wissen.«

»Und ich würde liebend gern meinen Taser einsetzen. Wer von uns kriegt heute wohl, was er sich wünscht?«

Reacher sagte: »Am besten wär's, wenn kein Wunsch erfüllt würde, schätze ich.«

»Genau«, entgegnete der Kerl. »Geben wir uns also Mühe, damit es dabei bleibt.«

»Ich möchte es aber trotzdem wissen.«

Der Kerl sagte: »Wir bringen Sie dorthin zurück, wo Sie hergekommen sind. Heute Vormittag findet Ihr Haftprüfungstermin statt. Davor dürfen Sie eine halbe Stunde mit Ihrer Anwältin sprechen. Ziehen Sie also die eigenen Klamotten an. Auch für Sie gilt die Unschuldsvermutung. Also müssen Sie entsprechend aussehen. Sonst verstoßen wir gegen Ihre Bürgerrechte. Oder so ähnlich. Häftlingskleidung sieht nach einer Vorverurteilung aus, heißt es. Daraus entstehen dann Vorurteile, wissen Sie. Aber so funktioniert die Justiz eben.«

Er führte Reacher, der nur kleine klirrende Schritte machen konnte, aus der Zelle, während sein Partner dicht hinter ihm blieb. In einer Art Luftschleuse, die sich zu gleichen Teilen innerhalb und außerhalb des Gebäudes befand, wurde Reacher zwei Beamten der State Police übergeben. Sie brachten ihn wie am Abend zuvor zu einem grauen Häftlingsbus. Reacher wurde durch den Mittelgang gestoßen und musste sich auf die hinterste Bank setzen. Einer der Uniformierten fuhr den Bus. Sein Partner saß mit seiner Schrotflinte auf den Knien zur Seite gedreht hinter ihm.

Sie fuhren dieselbe Strecke zurück, die Reacher vor weniger als zwölf Stunden in Gegenrichtung zurückgelegt hatte. Jeden einzelnen Meter Asphalt. Die beiden Uniformierten redeten die ganze Zeit. Reacher bekam einiges davon mit. Das hing vom jeweiligen Motorengeräusch ab. Einzelne Wörter gingen verloren. Aber er hörte reichlich Tratsch über den großen Kerl, der an diesem Morgen auf dem kleinen Hof liegend aufgefunden worden war. Bisher gab es noch keinen Schuldigen, weil niemand sich den Vorfall erklären konnte. Der Mann sollte in vier Wochen seine erste Anhörung wegen einer Entlassung auf Bewährung haben. Weshalb sollte er also eine Schlägerei anzetteln? Und wer hätte mutwillig eine mit ihm angefangen? Wer hatte mit ihm gekämpft und gesiegt und ihn wie eine Art Trophäe auf den kleinen Hof hinübergeschleppt?

Sie schüttelten die Köpfe.

Reacher sagte nichts.

Die Rückfahrt dauerte wie die Hinfahrt knapp zwei Stunden, ohne Unterschied zwischen Tag und Nacht, weil ihr Tempo nicht von Sichtverhältnissen oder Verkehrsdichte, sondern von einem wenig drehfreudigen Diesel und einem kurz abgestuften Getriebe abhing, das eher für Stadtverkehr als Überlandfahrten geeignet war. Zuletzt bogen sie jedoch auf den Parkplatz ab, den Reacher kannte, und parkten neben dem SUV-Wrack mit der eingedrückten Motorhaube. Reacher wurde nach vorn gewinkt, musste aussteigen und wurde durch dieselbe Tür eskortiert, durch die er herausgekommen war. Am Ende des Korridors mit den rechten Winkeln lag ein abschließbarer Vorraum, in dem ihm die Fesseln abgenommen wurden, bevor man ihn einem aus zwei Personen bestehenden Empfangskomitee übergab.

Eine der beiden war Detective Bush.

Die zweite Person war Reachers Pflichtverteidigerin Cathy Clark.

Die beiden Uniformierten machten kehrt und verschwanden eilig. Sie würden später zurückkommen. Ihr Bus durfte nicht ungenutzt herumstehen. Sie machten den Eindruck, als hätten sie an diesem Tag noch viel zu erledigen. Vielleicht stimmte das sogar. Oder sie spekulierten lediglich auf eine lange, entspannte Mittagspause und wussten auch, wo es einen guten Lunch gab.

Reacher blieb mit Bush und der Anwältin allein.

Nur für einen Augenblick.

Wollt ihr mich verarschen?, dachte er.

Seine Faust traf Bush am Übergang vom Brustkorb zur Magengrube, nur eine höfliche kleine Erinnerung ans Sonnengeflecht, eben genug, um alle möglichen Muskeln aus einem Reflex heraus hilflos zucken zu lassen, ohne wirklich Schmerzen zu verursachen. Reacher griff in Bushs Jackentasche, zog seine Autoschlüssel heraus und steckte sie ein. Dann stieß er den Kerl beiseite, ziemlich sanft, so rücksichtsvoll wie möglich, nur so kräftig, dass er ein paar Schritte weit zurückstolperte.

Die Anwältin fasste er überhaupt nicht an. Er drängte sich nur an ihr vorbei und ging davon: selbstbewusst, mit erhobenem Haupt, unter den niedrigen Betondecken, den Korridor mit den rechten Winkeln entlang und ins Freie hinaus. Er lief direkt zu Bushs Wagen, der auf D2 geparkt stand. Der Crown Vic. Abgenutzt, aber nicht durchgesessen. Sauber, aber nicht auf Hochglanz poliert. Der noch warme Motor sprang sofort an. Die Uniformierten, die Reacher hergebracht hatten, waren schon daran vorbei und auf dem Weg zu ihrem Bus. Sie sahen sich nicht um.

Reacher fuhr los, als die ersten Augenblick-verdammt-nochmal-Gesichter an Fenstern und Türen zu erscheinen begannen. Er bog rechts ab, dann links, dann wieder rechts auf irgendwelche Straßen, die in die sogenannte Stadtmitte führten. Der erste Streifenwagen, der ebenfalls von der Polizeistation starten würde, war über zwei Minuten hinter ihm. Eine Schande. Andere lagen noch weiter zurück. Dies schienen nicht die besten fünf Minuten des County Police Departments zu sein.

Sie fanden ihn nicht.

Reacher rief kurz vor Mittag an. Von einem Münztelefon aus, von denen es in der Kleinstadt noch viele gab. Der Handyempfang war schlecht. Reacher verfügte über ein paar Quarter aus einem Fach in der Mittelkonsole des Crown Vic. Jedenfalls genug für einige Ortsgespräche. Die Telefonnummer hatte er auch – von einer Geschäftskarte, die in einem Five-and-Dime, noch billiger als ein Dollar Store, hinter der Registrierkasse gesteckt hatte. Zusammen mit mehreren solchen Karten, als sollten sie gemeinsam einen Schutzschild bilden. Mit Telefonnummer und E-Mail-Adresse. Vielleicht war das ein Versuch, mehr Bürgernähe zu erzeugen. Dazu ließ sich die heutige Polizei alles Mögliche einfallen.

Die Nummer auf der Karte stellte offenbar eine Verbindung zu dem Telefon auf Aarons Schreibtisch her. Der Kriminalbeamte meldete sich nach dem ersten Klingeln.

Er sagte: »Hier ist Aaron.«

Reacher sagte: »Hier ist Reacher.«

»Wieso rufen Sie mich an?«

»Um Ihnen zwei Dinge zu sagen.«

»Aber wieso mir?«

»Weil Sie vielleicht zuhören.«

»Wo sind Sie?«

»Inzwischen schon weit außerhalb der Stadt. Mich bekommen Sie nie wieder zu sehen. Ihre uniformierten Kollegen haben Sie böse im Stich gelassen, fürchte ich.«

»Sie sollten sich stellen, Mann.«

»Das war der erste Punkt«, sagte Reacher. »Dazu kommt's nie. Das muss von Anfang an klar sein. Sonst vergeuden wir eine Menge Energie mit einer fruchtlosen Diskussion. Mich finden Sie nie. Versuchen Sie's also nicht mal. Geben Sie einfach auf. Konzentrieren Sie sich lieber auf den zweiten Punkt.«

»Waren Sie das im Gefängnis? Der den auf Bewährung Entlassenen zusammengeschlagen hat?«

»Was hätte ein auf Bewährung Entlassener im Gefängnis zu suchen?«

»Was ist der zweite Punkt?«

»Sie müssen ermitteln, wer genau die junge Frau mit der Stofftasche und der Junge in dem Hoodie waren. Namen und Biografien. Und was sich genau in der Tasche befand.«

»Wozu?«

»Weil ich's Ihnen sagen werde, bevor Sie's mir erzählen. Vielleicht hören Sie aufmerksamer zu, wenn Sie feststellen, dass ich recht habe.«

»Wer sind die beiden?«

Reacher sagte: »Ich rufe später wieder an.«

Er saß in einem Diner in der Nähe der Polizeistation, aus dem sein Mittag- und sein Abendessen geholt worden waren. Der sicherste Aufenthaltsort in der allgemeinen Panik. Hier kannte ihn niemand. Kein Cop würde auftauchen, um einen Kaffee zu trinken. Nicht heute. Ausgeschlossen. Und die Polizeistation war das Auge des Taifuns, was bedeutete, dass im Umkreis alle Streifenwagen unterwegs waren, um irgendein entferntes Objekt zu durchsuchen, oder scharf abbremsten, wenn sie deprimiert, enttäuscht und frustriert von auswärts zurückkamen. Mit anderen Worten: Es gab visuelles Drama und Emotionen, aber gerade deshalb wenig Achtsamkeit, was die unmittelbare Umgebung betraf.

Das Wandtelefon befand sich auf dem zum Notausgang führenden Korridor zwischen den Toiletten im rückwärtigen Bereich des Diners. Reacher hängte ein und ging an seinen Tisch zurück. Er war einer von nur sechs Gästen, die sich in dem schwach beleuchteten Raum verloren. Niemand achtete auf ihn. Er hatte das Gefühl, Fremde seien hier nicht selten. Zumindest theoretisch. Die Wände zierten alte Fotos und Gebrauchsgegenstände. Die Stadt verdankte ihre Blüte der Holzindustrie. Damals hatte man Vermögen gemacht. Hundert Jahre lang waren Leute gekommen und gegangen, hatten Holz transportiert, Werkzeuge verkauft und sich gutmütig spottend über Wucherpreise beschwert.

Vielleicht existierte davon noch etwas. Hier und da ein einzelnes Sägewerk. Vielleicht tauchten weiterhin Holzaufkäufer auf. Nicht mehr viele, aber doch einige. Jedenfalls starrte ihn hier niemand an. Niemand versteckte sich hinter einer Zeitung und wählte heimlich eine Nummer auf seinem Handy.

Reacher wartete.

Nach einer guten Stunde rief er wieder an. Diesmal bedeckte er die Sprechmuschel halb mit der Hand, damit die Hintergrundgeräusch nicht wie zuvor klangen. Die Polizei sollte glauben, er sei ständig in Bewegung. Glaubte sie das nicht, würde sie anfangen, sich zu überlegen, wo er sich verkrochen haben könnte, und Aaron war clever genug, um das Richtige zu vermuten. Er konnte an Reachers Tisch treten und sich einen Stuhl herausziehen.

Auch diesmal hob er nach dem ersten Klingeln ab.

Aaron sagte: »Hier ist Aaron.«

Reacher sagte: »Sie müssen sich eine Transportfrage stellen. Gestern Abend haben mich sechs Kerle nach Warren gebracht. Aber beim Rücktransport heute Morgen waren es nur zwei. Sechs Männer haben an einem Abend einen Haufen Überstunden gemacht, um einen einzelnen Häftling zu eskortieren. Overkill, könnte man sagen – vor allem wegen der herrschenden Sparzwänge. Warum ist das so angeordnet worden?«

Aaron sagte: »Das erzählen Sie mir sicher gleich.«

»Zwei Möglichkeiten. Nicht wirklich gegensätzlich. Irgendwie zusammenhängend.«

»Ich höre.«

»Gestern Abend wollten sie mich unbedingt nach Warren verlegen. Das war äußerst wichtig. Meine Anwältin hat einen vernünftigen Antrag gestellt. Den haben sie abgelehnt und eine unnötige Fahrt genehmigt, die nur Sprit und Mannstunden gekostet hat. Um ganz sicherzugehen, haben sie zu meiner Bewachung sechs Männer abgestellt.«

»Und?«

»Dass ich das Gefängnis heute Morgen verlassen würde, haben sie nicht erwartet. Sie hatten keine Begleiter eingeteilt. Als es dann doch so weit war, mussten sie sich mit zwei Leuten behelfen, die heute schon alle möglichen Dinge zu erledigen hatten.«

»Das ist Unsinn. Alle wussten, dass Sie heute Morgen zurückgebracht werden würden. Zur Anklageerhebung. Das übliche Verfahren. Diesen Ablauf kennt jeder.«

»Wieso dann der Notbehelf?«

»Keine Ahnung.«

»Sie haben nicht erwartet, dass ich fahren würde.«

»Sie wussten, dass Sie fahren mussten.«

»Nicht wenn ich im Koma im Krankenhaus läge. Oder tot in der Leichenhalle. Was normalerweise ein überraschendes Ereignis wäre. Aber sie wussten schon weit vorher davon. Deshalb haben sie keinen Rücktransport organisiert.«

Aaron machte eine kurze Pause.

Er sagte: »Das im Gefängnis waren Sie.«

Reacher sagte: »Der Kerl hat mich nicht mal gekannt. Wir waren uns nie über den Weg gelaufen. Trotzdem ist er direkt auf mich zugekommen. Während seine Kumpel weit entfernt ein Ablenkungsmanöver veranstaltet haben. Er sollte vielleicht schon bald auf Bewährung entlassen werden. Ich vermute, dass Delaney ihn damals hinter Gitter gebracht hat. Hab ich recht?«

»Ja, das stimmt.«

»Also haben sie einen Deal vereinbart. Wenn der große Kerl mich unauffällig zum Schweigen bringt, würde Delaney bei der Anhörung vor dem Bewährungsausschuss zu seinen Gunsten aussagen. Er würde erklären, der Kerl habe sich in der Haft gebessert. Wer wüsste das besser als der Beamte, der ihn damals verhaftet hat? Die Leute vermuten eine Art mythischer Verbindung zwischen den beiden. Bewährungsausschüsse lieben diesen Scheiß. Der Mann wäre freigekommen. Aber er hat den Auftrag nicht ausgeführt. Er hat seinen Gegner unterschätzt. Vielleicht hatte er nicht genügend Informationen über ihn.«

»Sie geben eine schwere Körperverletzung zu?«

»Mich finden Sie nie. Ich könnte morgen schon in Kalifornien sein.«

Aaron sagte: »Erzählen Sie mir, wer die junge Frau war. Und der Junge in dem Kapuzenpulli. Beweisen Sie mir, dass Sie wissen, worum es hier geht.«

»Die junge Frau und der Junge waren Marionetten. Beide dazu gezwungen, eine Rolle zu spielen. Die junge Frau war vermutlich mit Drogen geschnappt worden. Vielleicht zum zweiten Mal. Vielleicht auch erstmals. Von der DEA, von Delaney. Sie glaubt, dass er überlegt, ob er den Fall einstellen kann. Er schlägt ihr einen Deal vor. Dazu muss sie nur eine Stofftasche tragen. Einen ähnlichen Deal bietet er dem Jungen an. Ein kleines Drogenvergehen könnte niedergeschlagen werden. Er könnte wieder auf die Uni gehen, ohne vorbestraft zu sein. Daddy bräuchte nie davon zu erfahren. Er müsste nur ein bisschen laufen und eine Tasche in seinen Besitz bringen. Die junge Frau und der Junge kennen sich nicht. Ihre Fälle haben nichts miteinander zu tun. Alles richtig?«

Aaron fragte: »Was befand sich in der Tasche?«

»Im Polizeibericht steht bestimmt Meth, Oxycontin oder Geld. Eine Lieferung oder eine Bezahlung.«

»Es war Geld«, sagte Aaron. »Es war eine Bezahlung.«

»Wie viel?«

»Dreißigtausend Dollar.«

»Nur stimmt das nicht. Denken Sie darüber nach. Was habe ich mit der jungen Frau und dem Jungen gemeinsam – und was macht mich völlig anders als sie?«

»Das sagen Sie mir sicher gleich.«

»Drei Personen hätten beschwören können, dass die Tasche von Anfang an leer war. Die junge Frau und der Junge, weil sie sie getragen und dabei festgestellt haben, dass sie nichts wog, und später ich, weil sie an mir vorbeigesegelt ist und offensichtlich leer war.«

»In welcher Beziehung sind Sie anders?«

»Die junge Frau und den Jungen kontrolliert er. Aber mich hat er nicht unter Kontrolle. Ich bin unberechenbar, ein Kerl, der öffentlich behauptet, die Tasche sei leer gewesen. Das hat er auf dem Tonband gehört. Darauf musste er reagieren. Das durfte er mich nicht sagen lassen. Kein Außenstehender durfte erfahren, dass die Tasche leer gewesen war. Das konnte alles ruinieren. Also hat er die Aufnahme gelöscht und dann versucht, mich auszuschalten.«

»Das können Sie nicht beweisen.«

»Deshalb hat er gefragt, wie Leute mich erreichen. Das hat ihm gezeigt, dass er mich in einem Armengrab verscharren kann, ohne dass ein Hahn nach mir kräht.«

»Sie spekulieren.«

»Für das alles gibt es nur eine logische Erklärung: Delaney hat die dreißig Mille unterschlagen. Er wusste, dass das Geld übergeben werden sollte. Schließlich ist er bei der DEA. Er hat geglaubt, er würde mit einem geschickt arrangierten Unfall durchkommen. Ich meine, Unfälle passieren schließlich, nicht wahr? Zum Beispiel wenn das Haus abbrennt und man sein Geld im Sofa versteckt hatte. Das ist ein operativer Verlust. Ein Rundungsfehler. Für diese Leute sind das Betriebskosten. Sie trauen ihren Müttern nicht, wissen aber, dass manchmal Scheiße gebaut wird. Ich hab mal von einem Kerl gelesen, der fast eine Million Dollar verloren hat – von Mäusen in seinem Keller gefressen. Also hat Delaney sich ausgerechnet, damit durchzukommen. Ohne dass bezahlte Schläger ihm die Beine brechen. Er brauchte nur ein entschlossenes Gesicht zu machen und bei seiner Story bleiben.«

»Augenblick!«, sagte Aaron. »Das ist alles unlogisch.«

»Es sei denn …«

»Das ist lächerlich.«

»Sagen Sie's laut. Vielleicht kling es dann nicht mehr lächerlich.«

»Das ist alles unlogisch, weil … okay, Delaney kann gewusst haben, dass dreißig Mille übergeben werden sollten, aber wie kommt er an das Geld heran? Wie organisiert er, wer was in einer Stofftasche transportiert? Und wann und wohin und auf welcher Route?«

»Es sei denn …«, begann Reacher noch mal.

»Das ist verrückt!«

»Sagen Sie's laut.«

»Es sei denn, Delaney trüge auf beiden Schultern Wasser.«

»Verstecken Sie sich nicht hinter blumigen Worten. Sagen Sie's laut.«

»Es sei denn, Delaney wäre selbst ein Glied in der Kette.«

»Noch immer zu blumig.«

»Es sei denn, Delaney wäre nicht nur DEA-Agent, sondern auch ein heimlicher Drogenhändler.«

»Dreißig Mille könnten ungefähr die Schutzgebühr sein, die ein Händler wie er zu entrichten hat. Nicht allzu viel, aber auch nicht wenig. Gesundes Mittelmaß mit relativ zivilisierter Klientel. Die Arbeit ist einfach. In seiner Position kann er juristische Probleme schon im Vorfeld abblocken. Und mit dem Drogenhandel verdient er recht gut. Jedenfalls mehr, als er später als Pension zu erwarten hat. Alles war gut, bis er geldgierig geworden ist. Dieses Mal wollte er das ganze Geld für sich behalten. Er hat nur so getan, als würde er dem Boss seinen Anteil überbringen lassen. Diese Tasche war von Anfang an leer. Aber das würde niemand erfahren. Im Polizeiprotokoll würde stehen, dreißig Mille seien gestohlen worden. Alle Zeugen würden einen Raubüberfall schildern. Sein Boss würde den Verlust schulterzuckend abschreiben. Vielleicht wollte Delaney diesen Trick in unregelmäßigen Abständen wiederholen. Sich ein kleines Zusatzeinkommen verschaffen.«

»Klingt trotzdem unlogisch«, sagte Aaron. »Wozu sollte die Tasche leer sein? Er hätte einen Packen Zeitungspapier hineingesteckt.«

»Das glaube ich nicht«, sagte Reacher. »Was wäre, wenn der Junge versagt hätte? Wenn er die Stofftasche nicht zu fassen gekriegt oder schon vorher kalte Füße bekommen hätte? Die junge Frau hätte durchkommen und die Tasche übergeben können. Ein Packen Zeitungspapier wäre schwierig zu erklären gewesen, aber eine leere Tasche hätte sich als Erkundungsvorstoß verkaufen lassen. Ein Probelauf, um Überwachungsmaßnahmen aufzuspüren. Vielleicht etwas übervorsichtig. Aber darüber würden die bösen Kerle sich nicht beschweren. Vielleicht erwarten sie das sogar. Wie bei einem Wettbewerb um den Titel ›Angestellter des Monats‹.«

Aaron schwieg.

Reacher sagte: »Ich rufe bald wieder an.« Er hängte ein.

Diesmal bewegte er sich weiter im Umkreis. Er verließ den Diner durch den Hinterausgang, überquerte die Straße an einer exponierten Stelle und verschwand in einem Durchgang neben einem ehemaligen Möbelhaus, dessen Schaufenster mit Brettern verschalt waren. An der Rückwand der Werkstatt eines Reifendienstes entdeckte er ein Münztelefon. Vermutlich damit man ein Taxi rufen konnte, wenn ein Reifenwechsel unerwartet länger dauerte.

Reacher drückte sich in einen Hauseingang und wartete. Die Polizeistation war jetzt zwei Blocks weit entfernt. Er konnte noch immer hören, wie Autos wegfuhren und ankamen. Alle hatten es eilig. Er wartete eine weitere halbe Stunde, dann machte er sich auf den Weg zu dem Reifendienst, zum Telefon in der Werkstattwand. Aber bevor er dort ankam, trat ein Mann aus dem Bereich mit nicht zueinander passenden Sesseln und einem Kaffeeautomaten, in dem die Kunden warteten. Der Kerl hatte einen Bürstenhaarschnitt und trug ein blaues Sportsakko über einem karierten Hemd und dazu beige Chinos.

Der Kerl hielt eine Glock in der Hand.

Aus seinem Schulterholster.

Delaney.

Der mit der Pistole zielte und sagte: »Halt, stehen bleiben!«

Reacher blieb stehen.

Delaney sagte: »Sie sind nicht so clever, wie Sie meinen.«

Reacher schwieg.

Delaney sagte: »Sie waren in der Polizeistation. Sie haben gesehen, wie rückständig sie in vielem ist, und sich darauf verlassen, dass sie Ihr Münztelefon nicht in Echtzeit orten kann. Also haben Sie so lange gequatscht, wie Sie wollten.«

»Hatte ich recht?«

»Das County kann's nicht, aber die State Police. Ich wusste, wo Sie sich befanden. Von Anfang an. Sie haben einen Fehler gemacht.«

»Das ist theoretisch immer möglich.«

»Sie haben einen Fehler nach dem anderen gemacht.«

»Glauben Sie? Überlegen Sie mal. Versuchen Sie, die Dinge mit meinen Augen zu sehen. Erst habe ich Ihnen gesagt, wo ich bin, und dann habe ich Ihnen Zeit gelassen herzukommen. Ich musste mich stundenlang hier rumtreiben. Aber das ist in Ordnung. Jetzt sind Sie endlich hier. Vielleicht bin ich exakt so clever, wie ich glaube.«

»Ich sollte herkommen?«

»Persönlich ist immer besser.«

»Sie wissen, dass ich Sie erschießen werde.«

»Aber nicht gleich. Erst müssen Sie rausbekommen, was Aaron von mir erfahren hat. Weil ich auch da etwas riskiert habe: Ich habe mir ausgerechnet, dass Sie das Telefon orten würden, ohne aber die Gespräche mithören zu können. Nicht augenblicklich und an jedem beliebigen Ort. Nicht ohne richterliche Anordnung. Dazu sind Sie nicht befugt. Noch nicht. Sie wussten also von den Telefongesprächen, ohne den Inhalt zu kennen. Jetzt müssen Sie herausfinden, wie viel Schadensbegrenzung nötig ist. Sie hoffen natürlich, keine betreiben zu müssen, denn Aaron wäre viel schwieriger zu beseitigen als ich. Das würden Sie lieber nicht tun müssen. Aber Sie wollen Klarheit haben.«

»Nun?«

Reacher fuhr fort: »Reden wir über die technische Ausrüstung der County Police. Nur ganz kurz. Solange ich telefoniert habe, war ich ungefährdet. Dort drüben geht's einfach zu, aber die Zustände sind nicht steinzeitlich. Zumindest können sie nach dem Ende eines Gesprächs die Nummer feststellen. Garantiert. Sie können rauskriegen, wem sie gehört. Vielleicht haben sie sie sogar erkannt. Ich weiß, dass sie manchmal den Diner anrufen.«

»Und?«

»Deshalb vermute ich, dass Aaron ziemlich bald wusste, wo ich war. Aber er ist ein cleverer Kerl. Er weiß, warum ich so viel quatsche. Er weiß, wie lange die Fahrt von Bangor hierher dauert. Also unternimmt er zunächst gar nichts, sondern wartet in aller

Ruhe ab. Warum auch nicht? Was hat er schließlich zu verlieren? Was könnte schlimmstenfalls passieren? Und dann sind Sie auf-gekreuzt. Damit ist meine verrückte Theorie bewiesen.«

»Wollen Sie mir einreden, Sie hätten Verstärkung? Ich sehe niemanden.«

»Aaron wusste, dass ich in dem Diner war. Er weiß, dass ich irgendwo in der Nähe bin. Hier geht's darum, wo die Münztele-fone hängen. Das war ihm bestimmt sehr früh klar. Ich vermute, dass er uns in diesem Augenblick beobachtet. Wahrscheinlich mit seiner ganzen Truppe. Das sind jede Menge Leute. Wir sind hier nicht allein, Delaney. Um uns herum gibt es viele Leute.«

»Was soll dieser Scheiß? Versuchen Sie's jetzt mit psychologi-scher Kriegführung?«

»Die Sache ist riskant, das gebe ich zu. Aaron ist ein cleverer Typ. Er hätte mich schon vor Stunden verhaften lassen können. Aber er hat's nicht getan. Weil er sehen wollte, was als Nächstes geschehen würde. Er beobachtet mich seit Stunden. Er beob-achtet uns auch in diesem Augenblick. Oder auch nicht. Weil er vielleicht schon immer ein blöder Kerl war. Aber hatten Sie den Eindruck, er sei dumm? Darin liegt das Risiko. Ich persönlich neige dazu, ihn für clever zu halten. Als Profi würde ich Ihnen raten, die Pistole fallen zu lassen und die Hände zu heben. Wir sind von Zeugen umgeben.«

Delaney sah nach links, zur Rückseite der Reifenwerkstatt. Dann nach rechts, zu dem leer stehenden Möbelhaus. Nach vorn, die schmale Durchfahrt entlang. Überall Fenster und Türen und Schatten.

Er sagte: »Hier ist niemand.«

Reacher sagte: »Das lässt sich nur mit einer Methode feststel-len.«

»Und die wäre?«

»Treten Sie rückwärts an eines der Fenster und warten Sie ab, ob jemand Sie packt.«

»Kommt nicht infrage!«

»Warum nicht? Sie haben doch gesagt, dass niemand hier ist.«

Delaney gab keine Antwort.

»Wird Zeit, dass Sie sich entscheiden«, meinte Reacher. »Ist Aaron clever oder dumm?«

»Er wird sehen, wie ich einen Straftäter auf der Flucht erschieße. Ob er blöd oder clever ist, spielt keine Rolle. Solange er meinen Namen richtig schreibt, kriege ich einen Orden.«

»Ich bin nicht auf der Flucht. Er hat mich nur von Bush und der Anwältin abholen lassen. Das war praktisch eine Einladung. Ich bin nicht verfolgt worden. Er wollte, dass ich in Freiheit bin, um Sie zu ködern.«

Delaney zögerte kurz.

Er schaute nach links. Schaute nach rechts.

Er sagte: »Sie reden lauter Scheiß.«

»Das ist immer eine theoretische Möglichkeit.«

Mehr sagte Reacher nicht. Delaney sah sich erneut um. Altes Mauerwerk, dessen Ziegeln Ruß und Regen zugesetzt hatten. Türen. Und Fenster. Manche mit unbeschädigtem Glas, andere mit eingeworfenen, zersplitterten Scheiben, wieder andere nur mehr rahmenlose, blinde Fensterhöhlen in den Wänden abbruchreifer Häuser.

Das nächste rahmenlose Fenster befand sich im Erdgeschoss des ehemaligen Möbelhauses. Ungefähr in Brusthöhe über dem Gehsteig. Keine drei Meter schräg hinter Delaneys rechter Schulter. Eine Feuerstellung wie aus dem Lehrbuch. Infanteristen wären begeistert gewesen. Sie beherrschte praktisch den ganzen Block.

Delaney wandte sich zu dem Fenster um.

Er bewegte sich seitlich darauf zu, bedrohte mit seiner Pistole weiter Reacher, sah dabei aber über die Schulter. Als er die Mauer fast berührte, schob er sich das letzte Stück an ihr entlang weiter und versuchte, Reacher im Auge zu behalten, während er sich zugleich bemühte, einen Blick in den Raum hinter der Fensterhöhle zu werfen.

Dann war er am Fenster. Weiterhin Reacher zugekehrt. Er machte noch einen Schritt rückwärts. Sah über die Schultern nach links und rechts. Konnte niemanden entdecken.

Er drehte sich um. Hastig, als wollte er nur einen raschen Blick in den Raum werfen. Eine Sekunde lang stand er dem Gebäude zugekehrt. Er stellte sich auf die Zehenspitzen, legte die Hände mitsamt der Glock, die vorübergehend hinderlich war, aufs Fensterbrett, beugte sich nach vorn und streckte den Kopf in die Fensterhöhle.

Ein langer Arm schlang sich um seinen Hals und riss ihn nach vorn. Eine zweite Hand schnappte sich die Pistole. Eine dritte packte ihn am Jackenkragen und zerrte ihn über die Fensterbank ins Dunkel dahinter.

Reacher wartete in dem Diner bei Kaffee und Kuchen, alles auf Einladung des County Police Departments. Zwei Stunden später kam der uniformierte junge Cop herein. Er war nach Warren gefahren, um den braunen Umschlag mit Reachers Sachen zu holen. Seinen Reisepass, seine Bankkarte, seine Zahnbürste, seine siebzig Dollar in Scheinen, seine fünfundsiebzig Cent in Münzen und seine Schuhbänder. Der Junge übergab das Zeug und ließ sich den Empfang quittieren.

Dann sagte er: »Sie haben die dreißig Mille gefunden. In Delaneys Haus, im Tiefkühlschrank. In Folie eingeschweißt und mit Steak beschriftet.«

Dann verschwand er. Reacher fädelte seine Schuhbänder wieder ein und verknotete sie. Er steckte seine Sachen ein, trank seinen Kaffee aus und stand auf, um zu gehen.

Aaron kam zur Tür herein.

Er fragte: »Sie gehen?«

Reacher sagte, ja, er gehe.

»Wohin wollen Sie?«

Reacher sagte, er habe keine Ahnung.

»Unterschreiben Sie mir eine Zeugenaussage?«

Reacher sagte, nein, das werde er nicht tun.

»Auch nicht, wenn ich Sie höflich darum bitte?«

Reacher sagte, nein, selbst dann nicht.

Als Nächstes fragte Aaron: »Was hätten Sie gemacht, wenn ich dort keine Männer postiert hätte?«

Reacher antwortete: »Er war schon ziemlich nervös, kurz davor, Fehler zu machen. Das hätte Möglichkeiten eröffnet. Mir wäre bestimmt etwas eingefallen.«

»Mit anderen Worten, Sie hatten nichts. Sie haben darauf gesetzt, dass ich ein guter Cop bin.«

»Machen Sie nicht zu viel daraus«, sagte Reacher. »Tatsächlich hab ich mir ausgerechnet, dass die Chancen dafür bestenfalls fifty-fifty stehen.«

Er verließ den Diner und durchquerte die Kleinstadt bis zu einer County Road, an der er die Wahl hatte: links oder rechts, Norden oder Süden, Kanada auf einer Seite und New Hampshire auf der anderen. Er entschied sich für New Hampshire und reckte den Daumen hoch. Acht Minuten später saß er in einem Subaru und hörte sich an, was der Fahrer über seine Tabletten gegen Rückenschmerzen erzählte. Einmalig gut. Die besten überhaupt, sagte der Mann.

DER ZWEITE SOHN

1

An einem heißen Dienstag im August 1974 tat ein alter Mann in Paris etwas, das er noch nie gemacht hatte: Er erwachte morgens in seinem Bett, aber er stand nicht auf. Er konnte nicht. Sein Name war Laurent Moutier, und er hatte sich zehn Tage lang ziemlich mies und weitere sieben Tage lang wirklich schlecht gefühlt. Seine Arme und Beine kamen ihm dünn und schwach vor, und sein Brustkorb schien aus Beton zu bestehen, der langsam aushärtete. Er wusste, was mit ihm los war. Von Beruf Möbelrestaurator, war aus ihm nun etwas geworden, das Kunden ihm manchmal gebracht hatten: ein aus dem Leim gegangenes, wurmstichig gewordenes altes Erbstück. Dabei litt er an keiner bestimmten Krankheit. Stattdessen versagten alle möglichen Organe gleichzeitig. Dagegen war nichts zu machen. Unvermeidlich. Also lag er geduldig keuchend da und wartete auf seine Haushälterin.

Sie tauchte wie immer um zehn Uhr auf und wirkte weder überrascht noch sehr schockiert. Die meisten ihrer Arbeitgeber waren alt, sodass Krankheiten und Todesfälle nicht selten vorkamen. Sie rief einen Arzt an, und Moutier hörte sie im Lauf des Gesprächs offenbar als Antwort auf eine Frage nach seinem Alter »neunzig« sagen – auf eine befriedigt resignierte Weise, die Bände sprach, als umfasste dieses einzelne Wort einen ganzen Absatz. Das erinnerte ihn daran, wie er in seiner Werkstatt gestanden und Staub und Leim und Firnis eingeatmet hatte, während er ein sich in Wohlgefallen auflösendes Schränkchen begutachtet und »Na, sehen wir's uns mal an« gesagt hatte, obwohl er in Wirklichkeit schon darüber nachdachte, wie er den Kunden damit heimschicken konnte.

Ein Hausbesuch wurde für den Nachmittag vereinbart, aber wie um die unausgesprochene Diagnose zu bestätigen, fragte die Zugehfreu Moutier nach seinem Adressbuch, damit sie seine nächsten Angehörigen anrufen konnte. Moutier besaß ein Adressbuch, aber keine nahen Angehörigen außer seiner Tochter Josephine, die das kleine Buch trotzdem fast allein ausfüllte, weil sie ständig umzog. Seite um Seite stand voller durchgestrichener Postfachnummern und langer ausländischer Telefonnummern. Die Haushälterin wählte die letzte Nummer und hörte das Summen und Pfeifen großer Entfernungen, bevor sich eine Stimme meldete, die Englisch sprach, das sie nicht verstand, sodass sie wieder auflegte. Moutier sah sie zögern, aber wie um die Diagnose nochmals zu bestätigen, verließ sie dann die Wohnung, um den pensionierten Lehrer zwei Etagen tiefer aufzusuchen – einen schüchternen kleinen Mann, den Moutier immer für einen Kretin gehalten hatte, aber wie großartig musste man als Linguist schon sein, um *votre père va mourir* in *your dad is going to die* übersetzen zu können?

Die Haushälterin kam mit dem Lehrer zurück, beide vom Treppensteigen ein bisschen außer Atem. Und der kleine Mann rief noch mal dieselbe Nummer an und verlangte Josephine Moutier.

»Nein, Reacher, *imbécile*«, sagte Moutier mit einer Stimme, die ein kraftvoller Bass gewesen war, aber nun jämmerlich schwach, fast bittend klang. »Sie ist eine verheiratete Reacher. Josephine Moutier kennt dort niemand.«

Der Lehrer entschuldigte sich, verbesserte sich und verlangte Josephine Reacher. Er hörte kurz zu, dann bedeckte er die Sprechmuschel mit der Hand, sah Moutier an und fragte: »Wie heißt der Ehemann Ihrer Tochter? Ihr Schwiegersohn?«

»Stan«, sagte Moutier. »Aber nicht Stanley. Einfach nur Stan. So steht's in seinem Pass. Das habe ich selbst gesehen. Er ist Captain Stan Reacher vom United States Marine Corps.«

Der Lehrer gab diese Information weiter und hörte wieder zu. Dann legte er auf. Er drehte sich um und erklärte: »Sie sind fort. Anscheinend erst seit ein paar Tagen. Die ganze Familie. Captain Reacher ist versetzt worden.«

2

Der pensionierte Pariser Lehrer hatte mit dem Offizier vom Dienst des Stützpunkts der U.S. Navy auf der Pazifikinsel Guam gesprochen, auf die Stan Reacher drei Monate lang als Verbindungsoffizier des Marine Corps abkommandiert gewesen war. Diese angenehme Verwendung hatte geendet, und man hatte ihn nach Okinawa versetzt. Seine Familie war ihm vier Tage später über Manila nachgeflogen: seine Frau Josephine und die beiden Sohne Joe und Jack, fünfzehn und dreizehn Jahre alt. Josephine Reacher, vierundvierzig, war eine kluge, lebhafte und energische Frau, noch neugierig auf die Welt und glücklich darüber, so viel von ihr sehen zu können, auch wenn das häufige Umzüge und schlechte Unterkünfte mit sich brachte. Joe Reacher war mit fünfzehn schon fast ausgewachsen, über einen Meter fünfundachtzig groß und fast neunzig Kilo schwer, neben seiner Mutter ein Riese, aber noch still und fleißig, noch sehr

Clark Kent, nicht Superman. Jack Reacher sah mit dreizehn wie der Entwurf eines Konstrukteurs für etwas noch Größeres, noch Ehrgeizigeres aus; sein großer knochiger Körper glich dem Gerüst um eine Großbaustelle. Weitere fünfzehn Zentimeter und dreißig Kilo Muskeln fehlten noch, aber sie würden kommen. Er hatte große Hände und einen wachen Blick. Er war still wie sein Bruder, aber nicht fleißig. Im Gegensatz zu Joe wurde er stets nur mit seinem Nachnamen gerufen. Den Grund dafür kannte niemand, aber die Familie bestand aus Stan und Josie, Joe und Reacher. So war es schon immer.

Stan holte die drei von der Marine Corps Air Station Futenma ab, und sie fuhren mit einem Taxi zu dem eine halbe Meile vom Strand entfernten Bungalow, den er gemietet hatte. Drinnen war es heiß und ruhig. Das Haus stand an einer schmalen Betonstraße mit tiefen Straßengräben. An der schnurgeraden Straße reihten sich auf kleinen Grundstücken kleine Häuser, und an ihrem Ende war als blauer Fleck das Meer zu erkennen. Zu diesem Zeitpunkt hatte die Familie geschätzte vierzig Umzüge hinter sich, sodass der Einzug reine Routine war. Die Jungen bekamen das zweite Schlafzimmer und sollten selbst entscheiden, ob es geputzt werden musste oder nicht. In diesem Fall hatte Joe wie üblich etwas an der Sauberkeit auszusetzen, das Reacher nicht nachvollziehen konnte. Also ließ er Joe putzen und ging in die Küche hinunter, um ein Glas Wasser zu trinken. Und dort teilte man ihm die schlechte Nachricht mit.

3

Reachers Eltern saßen nebeneinander an der Küchentheke und studierten ein amtliches Schreiben, das seine Mutter aus Guam mitgebracht hatte. Reacher kannte den Umschlag. Der Brief schien irgendwas mit dem Schulsystem zu tun zu haben. Seine Mutter sagte: »Joe und du müsst euch einem Test unterziehen, bevor ihr hier zur Schule gehen könnt.«

Reacher fragte: »Warum?«

»Einstufung«, antwortete sein Vater. »Sie müssen wissen, auf welchem Stand ihr seid.«

»Schreib ihnen, dass wir gut zurechtkommen und dankend ablehnen.«

»Wie meinst du das?«

»Ich fühle mich wohl, wo ich bin. Ich will keine Klasse überspringen, und Joe bestimmt auch nicht.«

»Du glaubst, dass es darum geht, eine Klasse zu überspringen?«

»Etwa nicht?«

»Nein«, sagte sein Vater. »Es geht darum, euch eine Klasse zurückzustufen.«

»Wieso denn das?«

»Neue Bestimmungen«, erklärte seine Mutter. »Eure Schulbildung ist ziemlich bruchstückhaft. Sie müssen prüfen, ob ihr vorrücken könnt.«

»Das haben sie noch nie gemacht.«

»Das liegt an den neuen Bestimmungen. Im Gegensatz zu den alten.«

»Sie wollen, dass Joe einen Test schreibt? Um zu beweisen, dass er versetzt werden kann? Da flippt er aus.«

»Das glaube ich nicht. Bei Tests war er immer gut.«

»Darum geht's nicht, Mom. Du weißt, wie er ist. Er sieht das als Beleidigung. Also strengt er sich an, um hundert Prozent zu erreichen. Oder hundertzehn. Dabei arbeitet er sich auf.«

»Niemand kann hundertzehn Prozent erreichen. Das ist nicht möglich.«

»Genau. Ihm wird der Kopf explodieren.«

»Und was ist mit dir?«

»Mit mir? Ich komme schon zurecht.«

»Versprichst du, dir Mühe zu geben?«

»Mit wie viel Prozent kommt man durch?«

»Vermutlich mit siebzig.«

»Dann versuche ich, einundsiebzig zu schaffen. Zwecklos, sich unnütz anzustrengen. Wann ist der Test?«

»Heute in drei Tagen. Bevor das Schuljahr anfängt.«

»Klasse«, sagte Reacher. »Welches Schulsystem kennt nicht mal die Bedeutung eines einfachen Wortes wie Ferien?«

4

Reacher trat auf die Betonstraße und betrachtete das blaue Stück Meer in mittlerer Entfernung am Ende der Straße. Das Ostchinesische Meer, nicht der Pazifik. Der Pazifik lag in entgegengesetzter Richtung. Okinawa gehörte zu den Ryukyu-Inseln, und der Archipel trennte die beiden Meere voneinander.

Auf der linken Straßenseite standen ungefähr vierzig Bungalows zwischen Reacher und dem Wasser; auf der rechten Seite waren es ebenso viele. In den strandfernen Häusern in seiner Nähe wohnten vermutlich amerikanische Soldatenfamilien, und die Häuser näher am Wasser würden Einheimischen gehören: japanischen Familien, die ständig dort lebten. Er wusste, wie der Immobilienmarkt funktionierte. Nur wenige Schritte zum Strand. Solche Wohnlagen waren begehrt, und im Allgemeinen überließ das Militär die Filetstücke den Einheimischen. Das Verteidigungsministerium war stets wegen Spannungen besorgt. Vor allem auf Okinawa. Die Marine Corps Air Station lag mitten in Ginowan, einer mittelgroßen Stadt. Immer wenn dort ein Frachtflugzeug startete, musste der Unterricht wegen des Krachs für ein paar Minuten eingestellt werden.

Er kehrte dem Ostchinesischen Meer den Rücken zu und ging landeinwärts, an identischen kleinen Häusern vorbei, über eine Straßenkreuzung und in ein Wohngebiet mit noch mehr identischen Häusern an exakt rechtwinkligen Straßen. Sie waren schnell und billig gebaut worden, aber in gutem Zustand. Sie wurden gewissenhaft instand gehalten. Auf einigen Veranden hielten sich puppenartige japanische Ladys auf. Er nickte ihnen höflich zu, aber sie schauten alle weg. Japanische Kinder sah er keine. Vielleicht waren sie schon in der Schule. Vielleicht hatte ihr Schuljahr bereits begonnen. Er kehrte um und begegnete nach hundert Metern Joe, der auf der Suche nach ihm war.

Joe fragte: »Haben sie dir von dem Test erzählt?«

Reacher nickte. »Keine große Sache.«

»Wir müssen durchkommen.«

»Das tun wir natürlich.«

»Nein, ich meine, dass wir ihn wirklich bestehen müssen, und zwar mit Bravour.«

»Warum?«

»Sie wollen uns demütigen, Reacher.«

»Uns? Sie kennen uns nicht mal.«

»Leute wie wir. Tausende von uns. Wir müssen sie unsererseits demütigen. Es soll ihnen peinlich sein, dass sie den Test überhaupt verlangt haben. Wir müssen auf ihren blöden Test pissen.«

»Das machen wir bestimmt. Wie schwer kann er schon sein?«

Joe sagte: »Wenn das neue Bestimmungen sind, gibt's vielleicht einen neuartigen Test. Mit allen möglichen neuen Fragen.«

»Zum Beispiel?«

»Keine Ahnung. Könnte alles Mögliche sein.«

»Schön, ich tue jedenfalls mein Bestes.«

»Wie steht's mit deinem Allgemeinwissen?«

»Ich weiß, dass Mickey Mantle vor zehn Jahren .303 geschlagen hat. Und vor fünfzehn Jahren .285. Und vor zwanzig .300. Was durchschnittlich .296 ergibt – fast genau sein lebenslanger Durchschnitt von .298, was irgendetwas bedeuten muss.«

»Nach Mickey Mantle werden sie nicht fragen.«

»Nach wem denn?«

Joe sagte: »Das müssen wir rauskriegen. Und wir haben ein Recht darauf, es zu wissen. Wir müssen in die Schule gehen und uns nach den Einzelheiten erkundigen.«

Reacher sagte: »Bei Tests geht das nicht. Das widerspricht irgendwie ihrem Zweck, findest du nicht auch?«

»Wir haben ein Recht darauf, wenigstens zu erfahren, welche Fächer geprüft werden.«

»Lesen und Schreiben und die Grundrechenarten. Du weißt, wie das ist. Mach dir deswegen keine Sorgen.«

»Der Test ist eine Beleidigung!«

Reacher sagte nichts.

5

Die Brüder Reacher gingen nebeneinanderher zurück, über die Straßenkreuzung, auf der langen Betonstraße weiter. Ihr neues Haus stand links vor ihnen. In der Ferne leuchtete das schmale Stück Meer in der Sonne blassblau. Davor lag ein angedeuteter Strand. Vielleicht sogar mit Palmen. Zwischen ihrem Haus und dem Meer waren Kids auf der Straße. Lauter Jungen. Amerikaner, Schwarze und Weiße, ungefähr zwei Dutzend. Kinder von Marineinfanteristen. Sie lungerten vor den eigenen Häusern herum, am billigen Ende der Straße, tausend Schritte vom Strand entfernt.

Reacher sagte: »Komm, wir sehen uns das Ostchinesische Meer an.«

Joe sagte: »Ich hab's schon mal gesehen. Du übrigens auch.«

»Wir könnten uns den ganzen Winter lag in Korea den Arsch abfrieren.«

»Wir waren gerade auf Guam. Wie viel Strand braucht der Mensch?«

»So viel wie nur möglich.«

»In drei Tagen haben wir einen Test.«

»Genau. Also brauchen wir uns heute noch keine Sorgen zu machen.«

Joe seufzte, und sie gingen weiter, an ihrem Bungalow vorbei, auf das Stück Blau zu. Vor ihnen sahen andere Kids sie kommen. Sie erhoben sich von Bordsteinen, stiegen über Straßengräben, schlurften in die Straßenmitte und bildeten einen lockeren Keil: mit durchgedrücktem Kreuz und verschränkten Armen, über zwanzig junge Kerle, manche kaum zehn Jahre alt, einige wenige etwas älter als Joe.

Willkommen in der Nachbarschaft.

An der Spitze des Keils stand ein ungefähr sechzehnjähriger Schläger mit Stiernacken. Er war kleiner als Joe, aber größer als Reacher. Er trug ein T-Shirt mit dem Emblem des Marine Corps und eine zerschlissene Khakihose. Seine fetten Hände hatten Grübchen statt hervortretender Knöchel. Er stand fünf Meter von den Brüdern entfernt, wartete einfach nur.

Joe sagte halblaut: »Sie sind zu viele.«

Reacher schwieg.

Joe sagte: »Fang nichts an, meine ich. Mit denen setzen wir uns später auseinander, wenn's sein muss.«

Reacher grinste. »Nach dem Test, meinst du?«

»Den darfst du nicht auf die leichte Schulter nehmen.«

Sie gingen weiter. Vierzig verschiedene Orte. Vierzig verschiedene Begrüßungen in vierzig verschiedenen Wohngebieten. Nur waren sie nicht unterschiedlich, sondern alle gleich gewesen. Stammesdenken, Testosteron, Hierarchien, alle möglichen verrückten Instinkte. Tests einer anderen Art.

Joe und Reacher blieben zwei Meter vor dem Schläger stehen und warteten. Der Kerl hatte ein Geschwür an der rechten Halsseite. Und er roch ziemlich schlecht. Er sagte: »Ihr seid die Neuen.«

Joe sagte: »Wie hast du das rausgekriegt?«

»Gestern wart ihr noch nicht hier.«

»Klasse Schlussfolgerung. Hast du schon mal an eine Karriere beim FBI gedacht?«

Darauf gab der Schläger keine Antwort. Reacher grinste. Er rechnete sich aus, das Geschwür mit einem linken Haken treffen zu können. Was vermutlich äußerst schmerzhaft sein würde.

Der Schläger fragte: »Wollt ihr zum Strand?«

Joe sagte: »Gibt's hier einen?«

»Ihr wisst, dass es einen Strand gibt.«

»Und du weißt, wohin wir wollen.«

»Dies ist eine Mautstraße.«

Joe fragte: »Was?«

»Du hast gehört, was ich gesagt hab. Ihr müsst Maut zahlen.«

»Woraus besteht die?«

»Hab ich mir noch nicht überlegt«, sagte der Typ. »Wenn ich sehe, was ihr habt, weiß ich, was ich nehmen will.«

Joe gab keine Antwort.

Der Kerl fragte: »Kapiert?«

Joe sagte: »Nein, überhaupt nicht.«

»Das kommt daher, dass du ein Blödmann bist. Ihr zwei seid die Schwachsinnigen. Wir wissen alles über euch. Ihr müsst den Idiotentest machen, weil ihr Idioten seid.«

Reacher sagte: »Joe, das ist wirklich eine Beleidigung.«

Der große Kerl sagte: »Der kleine Schwachkopf kann auch reden, was?«

Joe sagte: »Kennst du das neue Denkmal an der Einfahrt zur Air Station?«

»Was ist mit dem?«

»Der letzte Junge, der Streit mit meinem Bruder gesucht hat, liegt unter dem Sockel begraben.«

Der Kerl musterte Reacher und sagte: »Das klingt nicht sehr nett. Bist du ein Psychoschwachkopf? Ich glaube schon.«

Reacher fragte: »Was ist das?«

»Na ja, ein Psychopath.«

»Du meinst, ob ich richtig finde, was ich mache, und anschließend nichts bedaure?«

»Ich denke schon.«

Reacher sagte: »Dann bin ich vermutlich ein Psychopath.«

Stille bis auf ein näher kommendes Motorrad. Dann zwei

Motorräder, dann drei. Noch in der Ferne, aber sich rasch nähernd. Der große Kerl sah zu der Kreuzung. Hinter ihm löste die keilförmige Formation sich auf. Kids schlenderten zu den Randsteinen, gingen zu ihren Häusern zurück. Ein Motorrad bremste, bog auf der Kreuzung ab und tuckerte langsam die Straße entlang. Gefahren wurde es von einem Marine in einem Flecktarnanzug. Ohne Sturzhelm. Ein Unteroffizier, der nach Dienstschluss vom Stützpunkt zurückkam. Ihm folgten zwei weitere Unteroffiziere, von denen einer eine große Harley-Davidson fuhr. Strenge Väter, die jetzt heimkehrten.

Der große Junge mit dem Geschwür sagte: »Wir machen ein andermal weiter.«

Joe sagte: »Sieh dich vor, was du dir wünschst.«

Reacher sagte nichts.

6

Stan Reacher war von Natur aus schweigsam, und beim Frühstück am vierten Morgen seines neuen Kommandos, das sich als unerwartet schwierig erwies, war er noch schweigsamer als sonst. Daheim in den USA war die Präsidentschaft etwas vorzeitig in andere Hände übergegangen, und die Vereinten Stabschefs hatten sich beeilt, dem neuen Mann alle nur möglichen Optionen zur Entscheidung vorzulegen. Das übliche Verfahren bei jedem Regierungswechsel. Es gab Pläne für alle nur denkbaren Eventualitäten, die sämtlich abgestaubt worden waren. Vietnam war praktisch vorbei, in Korea gab es ein Patt, Japan war ein Verbündeter, die Sowjetunion verhielt sich wie immer, deshalb stand neuerdings China im Fokus. Öffentlich wurde viel über Entspannung geredet, aber insgeheim plante man weitere Kriege. Früher oder später würden die Chinesen geschlagen werden müssen, und dabei sollte Stan Reacher eine wichtige Rolle spielen. Das hatte er an seinem zweiten Morgen erfahren.

Ihm unterstanden vier Schützenkompanien, und er hatte einen streng geheimen Befehl erhalten, der ihren Auftrag beschrieb; dieser bestand darin, als Spitze eines riesigen Speers unmittelbar nördlich von Hangzhou zu landen und im Uhrzeigersinn ausholend Schanghai zu isolieren. Ein Himmelfahrtskommando. Die voraussichtlichen Verluste waren erschreckend, aber nach Stans Ansicht etwas zu pessimistisch. Er hatte sich ein Bild von seinen Männern gemacht und war beeindruckt. Auf Okinawa war es immer schwierig, insgeheim keine Vergleiche mit den Geistern der Generation tapferer Marines anzustellen, die vor dreißig Jahren die Insel erobert hatten. Doch auch seine Jungs waren gut. Sogar sehr gut. Und sie lagen ganz auf Stans Linie, was die bekannte alte Redensart betraf: Im Krieg geht's nicht darum, für sein Land zu sterben, sondern den anderen Kerl für seines sterben zu lassen. Für die Infanterie lief alles auf eine einfache Rechnung hinaus. Fügte man dem Gegner für jeden eigenen Verlust zwei zu, lag man vorn. Schaffte man fünf, befand man sich auf der Straße zum Sieg. Bei acht oder zehn gehörte er einem dann. Und Stan war der Überzeugung, seine Männer könnten leicht acht bis zehn schaffen.

Aber Chinas Bevölkerung war riesig. Und fanatisch. Die Chinesen würden kommen und kommen. Männer, dann Jungen. Vermutlich auch Frauen. Jungen nicht älter als seine Söhne. Frauen wie seine Ehefrau. Er beobachtete sie beim Essen und stellte sich Ehemänner und Väter in tausend Meilen Entfernung vor, die das Gleiche taten. Eine kommunistische Armee würde einen Jungen in Joes Alter bedenkenlos einziehen. Sogar in

Reachers Alter, wenn er so groß und kräftig war. Und dann die Frauen. Und anschließend die Mädchen. Nicht dass Stan sentimental oder innerlich zerrissen gewesen wäre. Er konnte jemanden umlegen und trotzdem wie ein Baby schlafen. Aber dies waren seltsame Zeiten. Das stand fest. Wer Kinder hatte, dachte an die Zukunft, aber für kämpfende Marines war die Zukunft eine theoretische Möglichkeit, keine feststehende Tatsache.

Stan hatte keine wirklichen Pläne für seine Söhne. Diese Art Vater war er nicht. Trotzdem vermutete er, dass sie beim Militär bleiben würden. Was kannten sie denn sonst? In diesem Fall würde Joes Gehirn dafür sorgen, dass er ungefährdet blieb. Natürlich gab es an der Front genug clevere Leute. Aber Joe war kein Kämpfer. Er glich einem Gewehr ohne Zündnadel. Alle körperlichen Voraussetzungen waren vorhanden, doch er verfügte über keinen Abzug im Kopf. Stattdessen ähnelte er der Startkonsole einer Atomrakete voller Ausfallsicherungen und Prüfsequenzen und nacheinander zu betätigender Knöpfe. Er dachte zu viel. Das tat er sehr schnell, gewiss, aber die geringste Verzögerung, das kleinste Zögern konnte verhängnisvoll werden, wenn ein Kampf begann. Deshalb rechnete Stan sich aus, dass Joe beim Geheimdienst landen und dort sehr gute Arbeit leisten würde.

Bei seinem zweiten Sohn handelte es sich um einen ganz anderen Typ. Der Junge würde ein Hüne werden. Eine Achteltonne Fleisch und Muskeln, was eine erschreckende Vorstellung war. Der Junge war oft genug blutig und mit Abschürfungen heimgekommen, aber soviel Stan wusste, hatte er seit seinem fünften Lebensjahr keinen Kampf mehr verloren. Vielleicht hatte er noch nie einen verloren. Wenn Joe einer permanent gesicherten Waffe glich, war Reacher entsichert und auf Dauerfeuer eingestellt. In ein paar Jahren würde er nicht mehr aufzuhalten sein.

Eine Naturgewalt. Ein Albtraum für jeden Gegner. Auch wenn er nie einen Streit provozierte. Das hatte seine Mutter ihm frühzeitig ausgetrieben. Auf solche Sachen verstand Josie sich gut. Weil sie die Gefahr kommen sah, hatte sie Reacher eingeschärft, niemals Streit anzufangen. Aber es war völlig in Ordnung zu reagieren, wenn ein anderer Streit suchte. Das konnte sich sehen lassen. Clevere Menschen kamen mit einer Schusswaffe zu einer Messerstecherei. Reacher brachte eine Wasserstoffbombe mit.

Aber der Junge hatte auch Verstand. Er war kein Akademiker wie Joe, aber praktisch veranlagt. Ihr IQ hielt sich vermutlich in etwa die Waage, aber Reacher verfügte über den zupackenden Intellekt eines Straßenkämpfers und hatte weniger Spaß an Gedankenexperimenten. Er mochte Tatsachen und Informationen, aber keine großen theoretischen Erläuterungen. In diesem Punkt war er ganz und gar Realist. Stan hatte keine Ahnung, was die Zukunft für den Jungen bereithielt. Er würde weder in ein Flugzeug noch in einen Panzer passen. Also müsste sich etwas anderes ergeben.

Aber die Zukunft war für beide noch weit entfernt. Sie waren noch Kids, nur seine blonden Jungen. Stan wusste, dass Joes Horizont nur bis zum Beginn des neuen Schuljahrs reichte, während Reacher lediglich an seine vierte Tasse Kaffee zum Frühstück dachte – die der Junge sich jetzt wie aufs Stichwort hin einschenkte. Ebenfalls wie aufs Stichwort hin sagte Joe: »Ich gehe heute mal in die Schule und frage nach dem Test.«

»Negativ«, sagte Stan.

»Warum nicht?«

»Zwei Gründe. Erstens darf man sich nie anmerken lassen, dass man schwitzt. Zweitens habe ich gestern etwas angefordert, das heute kommen müsste.«

»Was denn?«

»Ein Telefon.«

»Mom ist hier.«

»Nicht heute«, sagte Josie. »Ich habe einiges zu erledigen.«

»Den ganzen Tag?«

»Wahrscheinlich. Ich muss einen Supermarkt finden, in dem ich euren riesigen Proteinbedarf preiswert decken kann. Und mittags bin ich mit den anderen Müttern zum Lunch im Officers' Club eingeladen, der bis weit in den Nachmittag hinein dauert, wenn Okinawa sich seit unserem letzten Aufenthalt nicht verändert hat, was ich vermute.«

»Reacher kann zu Hause auf das Telefon warten«, sagte Joe. »Er braucht keinen Babysitter.«

»Darum geht's nicht«, erklärte Stan. »Geh schwimmen, spiel Ball, interessiere dich für Mädchen, aber lauf nicht hin und frag nach dem Test. Tu einfach dein Bestes, wenn er vor dir liegt.«

7

In diesem Augenblick war es in Paris sehr spät am vorigen Abend, und der pensionierte Lehrer telefonierte wieder mit der U.S. Navy auf Guam. Laurent Moutiers Haushälterin hatte ihm zugeflüstert, er müsse wirklich dringend versuchen, die Tochter des Alten zu erreichen. Aber der Lehrer kam damit nicht weiter. Was das Pentagon in Bezug auf China plante, wusste der Offizier vom Dienst nicht, aber Stan Reachers neuer Dienstort war als geheim eingestuft, also würde kein Ausländer das Geringste darüber erfahren. Nicht von der Navy. Nein, Sir, niemals.

Moutier bekam die hörbare Hälfte dieses Hin und Her in seinem Bett liegend mit. Er sprach genug Englisch, um sich einigermaßen verständigen und den Sinn des Gesagten erfassen zu können. Und er wusste genau, wie das Militär tickte. Wie praktisch jeder Europäer im 20. Jahrhundert hatte er gedient. Bei Ausbruch des Ersten Weltkriegs war er schon dreißig gewesen, aber er hatte sich freiwillig gemeldet, hatte diese vier Jahre mit Verdun und der Somme überlebt und war mit der Brust voller Orden und praktisch ohne einen Kratzer heimgekehrt. Am Entlassungstag wünschte ein einarmiger, einäugiger Brigadegeneral ihm alles Gute und fügte ohne besonderen Anlass düster hinzu: »Merken Sie sich, Moutier, jeder große Krieg hinterlässt einem Land drei Heere: ein Heer von Krüppeln, ein Heer von Trauernden und ein Heer von Dieben.«

Und Moutier war allen dreien sofort nach seiner Rückkehr nach Paris begegnet. Überall gab es Trauernde: Mütter, Ehefrauen, Verlobte, Schwestern, Greise. Hätte man jedem Gefallenen einen Nachruf von einer Seite zugebilligt, hieß es, nur eine kümmerliche Seite für all seine Hoffnungen und Träume, wäre der entstehende Papierstapel höher als der Eiffelturm gewesen.

Diebe gab es überall, teils einzeln, teils in Horden oder Banden, manche mit politischer Ausrichtung. Und Moutier lief den ganzen Tag lang Invaliden über den Weg: viele auf den Straßen, aber noch mehr in der Werkstatt, denn seine Möbelschreinerei war vom Staat zwangsverpflichtet worden, in den kommenden zehn Jahren nur hölzerne Beinprothesen herzustellen. Das tat Moutier, der dafür Tische aus bankrotten Restaurants aufkaufte. Es war durchaus möglich, dass in Paris Veteranen auf Holzbeinen umherstapften, auf denen sie einst diniert hatten.

Der Zehnjahresvertrag mit dem Staat endete eine Woche vor dem großen Börsenkrach an der Wall Street, und das folgende Jahrzehnt war hart, auch wenn er in dieser Zeit die Frau kennenlernte, die sehr bald seine Ehefrau wurde: eine Schönheit, die töricht genug war, ein fünfundvierzigjähriges Wrack wie ihn zu nehmen. Und ein Jahr später kam ihr einziges Kind zur Welt, ihre Josephine mit den braunen Locken, die später einen Marine aus New Hampshire in Amerika geheiratet hatte und jetzt fast unerreichbar war – trotz der unzähligen technischen Innovationen, die Moutier im Lauf der Jahre erlebt hatte und von denen viele amerikanische Erfindungen waren.

8

Stan Reacher zog seine Feldmütze tief in die Stirn und verließ das Haus, um in die Arbeit zu fahren. Wenig später brach Josephine mit großer Tasche und schmalem Geldbeutel zum Einkaufen auf. Reacher setzte sich auf den Randstein und wartete darauf, dass der Junge mit dem Geschwür zum Spielen auftauchte. Joe blieb im Haus. Aber nicht sehr lange. Eine halbe Stunde später kam er frisch gekämmt und in einem Sakko heraus. Er sagte: »Ich mache einen Spaziergang.«

»Zur Schule?«, fragte Reacher.

»Ich will's hinter mich bringen.«

»Sie demütigen dich nicht. Du demütigst dich selbst. Wie kannst du dich über ein hundertprozentiges Testergebnis freuen, wenn du dich im Voraus nach den Fragen erkundigt hast?«

»Hier geht's ums Prinzip.«

»Nicht mein Prinzip«, sagte Reacher. »Diese Tests sind so ausgelegt, glaube ich, dass durchschnittlich Begabte sie bestehen können. Also sind meine Chancen gut genug, um mir nicht in die Hosen machen zu müssen.«

»Willst du, dass die Leute dich für durchschnittlich halten?«

»Mir ist egal, was die Leute denken.«

»Du weißt, dass du hier auf die Lieferung warten musst, stimmt's?«

»Ich bin hier«, sagte Reacher. »Außer der fette Stinker kommt mit so vielen Freunden raus, dass ich im Krankenhaus lande.«

»Hier kommt niemand raus. Sie sind alle zu einem Baseballspiel gefahren. Heute Morgen, mit einem Bus. Ich hab sie gesehen. Sie sind den ganzen Tag fort.«

9

Das Telefon kam, als Reacher beim Mittagessen war. Er hatte sich ein Schinken-Käse-Sandwich und eine Kanne Kaffee gemacht und war halb damit fertig, als der Ausfahrer an der Haustür klingelte. Der Mann packte das Telefon selbst aus und drückte es Reacher in die Hand. Den Karton müsse er wieder mitnehmen, sagte er. Anscheinend waren Kartons auf der Insel knapp.

Das Telefon war ein seltsames Ding. Es hatte keine Ähnlichkeit mit irgendeinem Telefon, das Reacher kannte. Er stellte es auf die Esstheke neben sein halbes Sandwich und betrachtete es von allen Seiten. Bestimmt ein ausländisches Fabrikat, vermutlich etwa dreißig Jahre alt. Also aus den Lagerhäusern irgendeines besiegten Gegners. Unmengen von Material waren erbeutet worden. Hunderttausend Schreibmaschinen hier, hunderttausend Ferngläser dort. Hunderttausend Telefone, die überholt und wieder ausgegeben werden konnten. Gerade zur rechten Zeit. Zelte und Nissenhütten in aller Welt in feste Gebäude umzuwandeln musste viele Leute unter großen Druck setzen. Wozu auf Bell Labs oder GE warten, wenn man einfach mit einem Lastwagen rückwärts an ein Lagerhaus in Frankfurt heranstoßen konnte?

Reacher fand die Telefonbuchse in der Küche, steckte das Gerät ein und nahm probeweise den Hörer ab. Der Wählton war da. Also ließ er das Telefon stehen und machte sich auf den Weg zum Strand.

10

Der Strand war großartig. Besser als die meisten, die Reacher kannte. Er zog Hemd und Schuhe aus, schwamm lange in dem warmen blauen Wasser und lag dann mit geschlossenen Augen in der Sonne, bis seine Sachen wieder trocken waren. Als er die Augen öffnete, sah er nichts als den blendend hellen Widerschein des Sandstrands. Dann blinzelte er, drehte den Kopf zur Seite und stellte fest, dass er nicht allein war. Kaum fünf Meter von ihm entfernt lag ein Mädchen in einem Einteiler auf einem Badetuch. Sie schien dreizehn oder vierzehn zu sein. Noch nicht erwachsen, aber auch kein Kind mehr. Sie hatte Wassertropfen auf der Haut, und ihr Haar war feucht und schwer.

Reacher stand ganz von Sand bedeckt auf. Weil er kein Handtuch hatte, benutzte er sein Hemd, um sich abzureiben, schüttelte es dann aus und schlüpfte hinein. Das Mädchen sah zu ihm hinüber und fragte: »Wo wohnst du?«

Reacher deutete in eine Richtung.

»Die Straße entlang«, sagte er.

»Kann ich nachher mit dir zurückgehen?«

»Klar. Warum?«

»Für den Fall, dass die Jungs da sind.«

»Heute nicht. Die sind den ganzen Tag weg.«

»Vielleicht kommen sie früher zurück.«

»Haben sie dir auch diesen Mautscheiß erzählt?«

Sie nickte. »Ich habe mich geweigert zu zahlen.«

»Was wollten sie?«

»Darüber möchte ich nicht reden.«

Reacher sagte nichts.

Das Mädchen fragte: »Wie heißt du?«

Reacher sagte: »Reacher.«

»Ich heiße Helen.«

»Freut mich, dich kennenzulernen, Helen.«

»Wie lange bist du schon hier?«

»Seit gestern«, sagte Reacher. »Du?«

»Gut eine Woche.«

»Bleibst du länger?«

»Sieht so aus. Du?«

»Weiß ich nicht genau«, sagte Reacher.

Helen stand auf und schüttelte ihr Badetuch aus. Sie war schlank, nicht sehr groß, aber langbeinig. Sie hatte rot lackierte Zehennägel. Die beiden überquerten den Strand, erreichten die menschenleere Betonstraße. Reacher fragte: »Wo steht dein Haus?«

Helen antwortete: »Auf der linken Seite, fast ganz oben.«

»Meines steht rechts. Wir sind praktisch Nachbarn.« Reacher begleitete sie bis zur Haustür, aber ihre Mom war nicht da, weshalb er nicht hineingebeten wurde. Helen bedankte sich freundlich lächelnd, und Reacher überquerte die Straße zu seinem eigenen Haus, in dem er niemanden antraf. Also setzte er sich auf die Stufen vor der Haustür und wartete. Zwei Stunden später kamen die drei Unteroffiziere auf ihren Bikes heim, dann folgten zwei weitere und noch zwei in Autos. Eine halbe Stunde später traf ein gelber amerikanischer Schulbus mit den Jungs vom Baseballspiel ein, die ausstiegen und in Häusern entlang der Straße verschwanden. Dabei starrten sie Reacher finster an. Der starrte ebenso finster zurück, ohne sich jedoch zu rühren. Zum Teil auch, weil er sein Ziel nicht gesehen hatte, was er merkwürdig fand. Er schaute sich nochmals genau um, und als der Dieselqualm sich verzogen hatte, war er sich seiner Sache ganz sicher: Der übelriechende Fettsack mit dem Geschwür am Hals war nicht in dem Bus gewesen.

11

Irgendwann kam Joe wieder heim – schweigsam und in Gedanken versunken. Er sagte nicht, wo er gewesen war. Er sagte überhaupt nichts. Er ging nur in die Küche, wusch sich die Hände, kontrollierte den Wählton des neuen Telefons und duschte dann, was für Joe um diese Tageszeit ungewöhnlich war. Als Nächster erschien überraschenderweise ihr Vater, ebenfalls schweigsam und in Gedanken versunken. Er holte sich ein Glas Wasser, kontrollierte das Telefon und igelte sich im Wohnzimmer ein. Als Letzte tauchte ihre Mutter auf, mit ihren Einkäufen und einem Blumenstrauß, den sie bei dem Lunch zur Begrüßung bekommen hatte. Reacher nahm ihr die Sachen ab und trug sie in die Küche. Als sie das neue Telefon auf der Theke sah, hellte sich ihre Miene etwas auf. Waren sie umgezogen, fühlte sie sich nie recht wohl, bevor sie mit ihrem Dad telefoniert hatte, um ihm mitzuteilen, wo man sie erreichen konnte. Japan war Frankreich sieben Stunden voraus, sodass es in Paris jetzt später Vormittag war, eine gute Zeit für einen Anruf. Also wählte sie die lange Nummer und hörte das Klingeln am anderen Ende.

Natürlich meldete sich die Haushälterin, und eine Minute später befand sich der kleine Bungalow auf Okinawa in heller Aufregung.

12

Stan Reacher benutzte das neue Telefon sofort, um seinen Staff Sergeant anzurufen, der einen Kerl unter Druck setzte, der seinerseits einen anderen Kerl unter Druck setzte, sodass Josie innerhalb von dreißig Minuten den letzten Platz in der Abendmaschine nach Tokio hatte – und binnen vierzig Minuten einen Weiterflug nach Paris.

Reacher fragte: »Möchtest du Gesellschaft?«

Seine Mutter antwortete: »Sehr gern. Und ich weiß, dass dein Großvater sich freuen würde, dich noch mal zu sehen. Aber ich bin vielleicht ein paar Wochen dort. Unter Umständen auch länger. Und du musst diesen Test schreiben und dann zur Schule gehen.«

»Das verstehen sie bestimmt. Mir macht's nichts aus, ein paar Wochen zu versäumen. Und den Test könnte ich später nachholen. Oder vielleicht vergessen sie ihn ganz.«

Sein Vater erklärte: »Deine Mutter meint, dass wir uns das nicht leisten können, Sohn. Flugtickets sind teuer.«

Das waren Taxis auch, aber zwei Stunden später fuhren sie mit einem zum Flughafen. Ein alter Japaner kreuzte mit einem großen kantigen Datsun auf. Stan stieg vorn ein, während Josie und die Jungen sich auf dem Rücksitz zusammendrängten. Josie hatte nur einen kleinen Koffer. Joe war nach dem Duschen sauber, hatte aber wie immer zerzaustes Haar. Reacher war vom Strand noch sandig und roch salzig. Keiner redete viel. Reacher konnte sich gut an seinen Großvater erinnern, bei dem er dreimal zu Besuch gewesen war. Er hatte einen Schrank voller Prothesen. Offenbar mussten die Erben verstorbener Veteranen ihre Prothesen noch immer dem Hersteller zurückgeben, damit sie neu angepasst und wiederverwendet werden konnten. Das war damals der Deal gewesen. Grandpa Moutier sagte, etwa einmal pro Jahr werde eine abgeliefert, selten zwei oder drei. Manche seien aus Tischbeinen hergestellt.

Am Flughafen stiegen sie aus. Es war dunkel, und die Luft begann kühl zu werden. Josie umarmte Stan und küsste ihn, sie umarmte Joe und küsste ihn, und sie umarmte Reacher und küsste ihn, bevor sie ihn zur Seite zog und ihm etwas ins Ohr flüsterte. Dann ging sie allein zum Check-in weiter.

Stan und die Jungen stiegen die Außentreppe zur Aussichtsplattform hinauf. Im Scheinwerferlicht auf dem Vorfeld wartete eine Boeing 707 der JAL mit pfeifendem Hilfstriebwerk, von Fahrzeugen der Bodendienste umringt. An die vordere Kabinentür war eine Fluggasttreppe herangerollt worden, und die Triebwerke drehten sich langsam. Jenseits der Startbahn ging der Blick weit über die südliche Hälfte der Insel hinaus. Ihre lange Betonstraße lag viele Meilen weit entfernt im Südwesten, und auf der sichtbaren Fläche glosten zehntausend kleine Feuer. Müllfeuer in eigens dafür konstruierten Verbrennungsöfen, aus denen jeweils eine dünne Rauchsäule in den Nachthimmel aufstieg.

»Müllabend«, sagte Stan, und Reacher nickte. Jede Insel, die er kannte, hatte ein Müllproblem, das im Allgemeinen durch regulierte wöchentliche Verbrennung gelöst wurde. Er hatte den kleinen Verbrennungsofen aus Drahtgeflecht im Garten hinter dem kleinen Haus gesehen.

»Diesmal haben wir ihn verpasst«, meinte Stan. »Ich wollte, wir hätten davon gewusst.«

»Macht nichts«, sagte Joe. »Wir haben noch kaum Müll.«

Die drei warteten mit auf das Geländer gestützten Armen, bis Josie in einer Gruppe von etwa dreißig Passagieren unter ihnen aus dem Gebäude kam. Sie ging über das Vorfeld, drehte sich unten an der Gangway noch mal um und winkte. Dann stieg sie die Treppe hinauf und verschwand in der Maschine.

13

Stan und die Jungen beobachteten den Start, sahen die Maschine im Steigflug wegkurven, verfolgten, wie ihre Positionsleuchten verschwanden, und warteten, bis der Triebwerkslärm verklungen war, bevor sie zu dritt nebeneinander die lange Außentreppe hinabpolterten. Sie marschierten nach Hause, wie es Stans Gewohnheit war, wenn Josie nicht dabei war und die Entfernung weniger als acht Meilen betrug. Zwei Stunden in flottem Tempo. Für einen Marine nichts Besonderes und billiger als ein Bus. Er war ein Kind der Weltwirtschaftskrise, aber seine Familie in New England wäre auch in besseren Zeiten sparsam gewesen. Spare in der Zeit, so hast du in der Not; behilf dir mit dem, was du hast; nimm dich nicht so wichtig. Sein Vater hatte mit vierzig aufgehört, sich neue Kleidungsstücke zu kaufen, weil er vermutete, seine Sachen würden ihn überdauern, sodass zusätzliche Käufe unnützer Luxus gewesen wären.

Die Müllfeuer waren fast erloschen, als sie ihre Straße erreichten. Rauchschwaden waberten in der Luft, und selbst in dem heißen kleinen Haus hing Brandgeruch. Sie gingen sofort in ihre Betten mit den dünnen Decken, und zehn Minuten später herrschte Stille.

14

Reacher schlief schlecht. Er hatte Albträume, in denen sein Großvater, der grimmige alte Franzose, statt Gliedmaßen vier Tischbeine besaß, mit denen er sich wie ein mobiles Möbelstück aufbäumte und bewegte. Dann weckte ihn in den frühen Morgenstunden etwas draußen im Garten, eine Katze oder ein Nagetier oder irgendein Aasfresser, und wenig später klingelte das neue Telefon in kurzem Abstand zweimal hintereinander. Zu früh, als dass seine Mutter schon in Paris hätte sein können, und zu spät für die Meldung von einem Absturz auf dem Flug nach Tokio. Anscheinend etwas ganz anderes, deshalb ignorierte er das Klingeln beide Male. Kurz danach stand Joe auf. Reacher nutzte sein Alleinsein, drehte sich um und schlief bis kurz nach acht, was für ihn spät war.

Seinen Vater und seinen Bruder traf er in der Küche an: beide stumm und in einem Ausmaß gestresst, das er als exzessiv empfand. Kein Zweifel, Grandpa Moutier war ein netter alter Mann, aber mit neunzig hatte man logischerweise keine sehr hohe Lebenserwartung mehr. Das war keine Überraschung. Irgendwann musste der Kerl den Löffel abgeben. Keiner lebte ewig. Und er hatte der Statistik ohnehin schon ein Schnippchen geschlagen. Großer Gott, der Kerl war schon zwanzig gewesen, als die Brüder Wright sich in die Lüfte erhoben haben!

Reacher bereitete sich selbst Kaffee zu, weil er ihn stärker mochte als die anderen. Dann machte er sich Toast, schüttete Cornflakes in eine kleine Schüssel, aß und trank, ohne dass jemand mit ihm sprach. Schließlich fragte er: »Was gibt's?«

Sein Vater bewegte den Kopf zur Seite und senkte den Blick, sodass er die Tischdecke eine Handbreit vor Reachers Teller traf. Er sagte: »Die Anrufe heute Morgen ...«

»Nicht Mom, stimmt's?«

»Nein, das nicht.«

»Was sonst?«

»Wir haben Probleme.«

»Was, wir alle?«

»Joe und ich.«

Reacher fragte: »Warum? Was ist passiert?«

In diesem Augenblick schrillte jedoch die Klingel, sodass er keine Antwort erhielt. Als weder sein Vater noch Joe Anstalten machten, die Haustür zu öffnen, stand Reacher auf und ging hinaus. Draußen war wieder der Zusteller von gestern. Auch das Ritual war unverändert: Er packte einen Karton aus, behielt ihn und übergab Reacher den Inhalt, diesmal eine schwere Kabeltrommel. Auf der Trommel von der Größe eines Autoreifens mussten mindestens hundert Meter graues Elektrokabel für Feuchträume sein. An der Trommel hing an einer kurzen Kette ein Seitenschneider.

Reacher ließ sie im Vorraum liegen und ging in die Küche zurück. Er fragte: »Wozu brauchen wir hundert Meter Elektrokabel?«

»Wir brauchen keines«, antwortete sein Vater. »Ich hatte Stiefel bestellt.«

»Gekriegt hast du aber keine. Draußen liegt eine große Rolle Elektrokabel.«

Sein Vater gab einen frustrierten Laut von sich. »Dann hat jemand einen Fehler gemacht, was?«

Joe sagte nichts, was sehr ungewöhnlich war. Normalerweise hätte er in einer solchen Situation sofort zu spekulieren begonnen, nach Art und Format des Bestellcodes gefragt, darauf hingewiesen, wie leicht Zahlendreher vorkommen konnten, und laut darüber nachgedacht, dass auf QWERTY-Tastaturen alphabetisch weit entfernte Buchstaben nebeneinander angeordnet seien, sodass Ungeübte ständig Gefahr liefen, sich zu vertippen und beispielsweise Gummireifen in Gummiseifen zu verwandeln. So arbeitete sein Gehirn immer. Für alles musste es eine Erklärung geben. Aber dieses Mal sagte Joe nichts. Er hockte einfach nur schweigend da.

»Was gibt's?«, fragte Reacher nochmals in die Stille hinein.

»Nichts, was dir Sorgen machen müsste«, entgegnete sein Vater.

»Ich mache mir aber welche, wenn ihr nicht aufhört, Trübsal zu blasen. Und wie ihr ausseht, macht ihr das noch länger.«

»Ich habe ein Codebuch verloren«, sagte sein Vater.

»Ein Codebuch wofür?«

»Für ein Unternehmen, das ich vielleicht anführen müsste.«

»China?«

»Woher weißt du das?«

»Was ist sonst noch übrig?«

»Vorläufig ist das alles Theorie«, sagte sein Vater. »Nur eine Option. Aber es gibt natürlich Pläne. Und es wäre verdammt peinlich, wenn sie durch ein Leck bekannt würden. Schließlich kommen wir offiziell mit China gut aus.«

»Stehen in dem Codebuch Dinge, mit denen jemand etwas anfangen könnte?«

»Allerdings. Klarnamen und die Decknamen zweier Großstädte, dazu eine lange Liste von US-Einheiten. Ein cleverer Analyst könnte mit seiner Hilfe kombinieren, was wir vorhaben, wo wir angreifen wollen und wie viele wir sein werden.«

»Wie groß ist das Buch?«

»Es ist ein normaler Ringordner.«

»Wer hat's zuletzt gehabt?«, fragte Reacher.

»Einer unserer Planer«, antwortete sein Vater. »Aber ich bin dafür verantwortlich.«

»Seit wann weißt du, dass es weg ist?«

»Seit gestern Abend. Mit dem Anruf heute Morgen ist mir gemeldet worden, dass die von mir angeordnete Suche vergeblich war.«

»Nicht gut«, meinte Reacher. »Aber was hat Joe damit zu tun?«

»Nichts. Das ist ein anderes Problem. Der zweite Anruf hat sich auf diese Sache bezogen. Kaum zu glauben, aber es geht wieder um einen Ringordner. In der Schule sind die Testergebnisse verschwunden. Und Joe war gestern dort.«

»Ich habe das Buch mit den Lösungen nie zu sehen bekommen«, sagte Joe. »Und ich hab's erst recht nicht mitgenommen.«

Reacher fragte: »Was hast du dort genau gemacht?«

»Letztlich nichts. Ich bin bis ins Büro des Direktors vorgedrungen und habe der Sekretärin gesagt, dass ich mit dem Mann über den Test reden wolle. Dann habe ich mir die Sache anders überlegt und bin gegangen.«

»Wo befand sich dieser Ordner mit den Lösungen?«

»Offenbar auf dem Schreibtisch des Direktors. Aber so weit bin ich nie gekommen.«

»Du warst lange weg.«

»Ich bin ein bisschen herumgelaufen.«

»In der Nähe der Schule?«

»Auch. Und anderswo.«

»Warst du in der Mittagspause in dem Gebäude?«

Joe nickte.

»Und das ist das Problem«, erklärte er. »In dieser Zeit soll ich den Ordner an mich gebracht haben.«

»Was kann passieren?«

»Mir droht eine Schulstrafe. Ich könnte für ein Quartal ausgeschlossen werden. Vielleicht für ein ganzes Jahr. Und ich würde eine Klasse zurückgestuft, was zuletzt zwei ergäbe. Ich könnte in deiner Klasse landen.«

»Du könntest meine Hausaufgaben machen«, sagte Reacher.

»Sehr witzig!«

»Mach dir deswegen keine Sorgen. Wir ziehen sowieso wieder um, bevor das Quartal zu Ende ist.«

»Vielleicht auch nicht«, sagte ihr Vater. »Nicht wenn ich im Knast sitze oder zum Gefreiten degradiert für den Rest meiner Dienstzeit Randsteine anmalen muss. Vielleicht sitzen wir alle für immer auf Okinawa fest.«

In diesem Augenblick klingelte erneut das Telefon. Ihr Vater nahm den Hörer ab. Am anderen Ende war ihre Mutter, die aus Paris anrief. Stan zwang sich zu einem heiteren Tonfall. Er redete und redete, legte dann auf und teilte den Jungen mit, ihre Mutter sei gut angekommen, aber der alte Moutier habe allem Anschein nach nur noch ein paar Tage zu leben, worüber ihre Mutter verständlicherweise traurig sei.

Reacher sagte: »Ich gehe an den Strand.«

Reacher trat aus dem Haus und sah in Richtung Strand. Die Straße war leer. Keine Kids. Er fasste einen impulsiven Entschluss, überquerte die Straße und klopfte an Helens Haustür. An die Tür des Mädchens, das er am Vortag kennengelernt hatte. Sie machte auf, und als sie sah, wer draußen stand, trat sie zu ihm auf die beengte kleine Treppe und schloss die Tür hinter sich, als würde sie sich seinetwegen genieren. Sie erriet, was er dachte, und schüttelte den Kopf.

»Mein Dad schläft«, erklärte sie. »Das ist alles. Er hat die ganze Nacht gearbeitet. Und jetzt ist er natürlich erledigt. Vor einer Stunde ist er ins Bett gegangen.«

Reacher fragte: »Gehst du mit an den Strand?«

Sie blickte die Straße entlang, stellte fest, dass niemand unterwegs war, und sagte: »Klar. Ich brauche fünf Minuten, okay?« Sie schlüpfte wieder leise ins Haus, und Reacher drehte sich um und beobachtete die Straße, wobei er sich einerseits wünschte, der Fettsack mit dem Geschwür würde rauskommen, und andererseits, er würde wegbleiben. Tatsächlich zeigte er sich nicht. Dann kam Helen, die über ihrem Badeanzug ein Strandkleid trug, aus dem Haus. Unter dem Arm hatte sie ein Badetuch. Sie gingen mit einem Viertelmeter Abstand im Gleichschritt nebeneinanderher die Straße entlang und sprachen darüber, wo sie schon überall gelebt und welche Städte sie gesehen hatten. Auch Helen war viel umgezogen, aber weniger oft als Reacher. Weil ihr Vater bei keiner kämpfenden Einheit war, sondern zur Etappe gehörte, waren seine Versetzungen im Allgemeinen länger und stabiler.

Jetzt vormittags war das Wasser wärmer als am Nachmittag

zuvor, deshalb schwammen sie nur etwa zehn Minuten. Helen ließ Reacher ihr Badetuch mitbenutzen, auf dem sie nun nah beieinander in der Sonne lagen. Sie fragte ihn: »Hast du schon mal ein Mädchen geküsst?«

»Ja«, sagte er. »Zweimal.«

»Ein Mädchen zweimal oder zwei Mädchen einmal?«

»Zwei Mädchen mehr als einmal.«

»Oft?«

»Jede viermal, schätze ich.«

»Wo?«

»Auf den Mund.«

»Nein, wo? Im Kino oder was?«

»Eine im Kino, eine im Park.«

»Mit der Zunge?«

»Ja.«

Sie fragte: »Küsst du gut?«

Er sagte: »Weiß ich nicht.«

»Zeigst du's mir? Ich hab's noch nie gemacht.«

Also stützte Reacher sich auf einen Ellbogen und küsste sie auf den Mund. Ihre Lippen waren klein und beweglich, ihre Zunge kühl und feucht. Sie küssten sich fünfzehn bis zwanzig Sekunden lang, dann zog er den Kopf zurück.

Er fragte: »Hat's dir gefallen?«

Sie sagte: »Irgendwie schon.«

»War ich gut?«

»Kann ich nicht sagen. Ich habe keinen Vergleich, weißt du.«

»Nun, du warst besser als die beiden anderen, die ich geküsst habe«, meinte er.

»Danke«, sagte sie, aber ihm war nicht klar, wofür sie sich bedankte. Für das Kompliment oder die Kussdemonstration?

Reacher und Helen schlenderten zurück und hätten es fast bis nach Hause geschafft, als nur noch fünfzig Meter von ihrem Ziel entfernt der Fettsack mit dem Geschwür hinter seinem Haus auftauchte und sich mitten auf der Straße aufpflanzte. Er trug wieder ein T-Shirt mit dem MC-Emblem und dieselbe zerschlissene Khakihose. Und er war allein, zumindest vorläufig.

Reacher bemerkte, wie Helen neben ihm verstummte. Sie blieb stehen, und er trat einen Schritt vor sie. Der große Kerl befand sich fünf Meter vor ihnen. So bildeten die drei die Eckpunkte eines sehr spitzwinkligen Dreiecks. Reacher sagte: »Bleib, wo du bist, Helen. Ich weiß, dass du diesen Kerl allein in den Hintern treten könntest, aber ich möchte dir den Gestank ersparen.«

Der Fettsack grinste nur.

Er sagte: »Ihr wart am Strand.«

Reacher sagte: »Und wir dachten, Einstein sei clever.«

»Wie oft wart ihr dort?«

»Öfter, als du zählen kannst.«

»Du willst mich provozieren, was?«

Natürlich wollte Reacher das. Er war von Geburt an immer sehr groß gewesen. Seine Mutter behauptete, er sei das größte Baby gewesen, das ihre Hebamme je gesehen habe, aber weil sie zu Übertreibungen neigte, nahm Reacher diese Behauptung nicht ganz ernst. Unabhängig davon hatte er stets zwei bis drei Klassen höher gekämpft, manchmal sogar noch höher, mit dem Ergebnis, dass er praktisch immer der kleinere Kerl gewesen war. Also hatte er gelernt, wie ein solcher zu kämpfen. Bei sonst gleichen Voraussetzungen gewinnt Größe im Allgemeinen – aber

nicht immer, sonst würde die Weltmeisterschaft im Schwerge-
wicht nicht im Ring, sondern auf der Waage entschieden. Ist der
kleine Kerl schneller und cleverer, kann er manchmal gewinnen.
Cleverer kann man sein, indem man den anderen Kerl dümmer
macht, indem man ihn reizt. Blinde Wut des Gegners ist der
beste Freund des kleinen Kerls. Deshalb versuchte Reacher tatsächlich, den übelriechenden Typen wütend zu machen.

Aber der Fettsack fiel nicht darauf rein. Er stand nur da und
ließ alles von sich abtropfen: angespannt, aber beherrscht. Er
stand gut, und seine Schultermuskeln zeichneten sich unter
dem T-Shirt ab. Er brauchte nur noch die Fäuste hochzureißen.
Reacher machte ein paar Schritte nach vorn, in das Miasma
aus Mundgeruch und Schweiß. Regel Nummer eins bei einem
Kerl dieser Art: Lass dich nicht von ihm beißen. Davon konnte
man eine Infektion bekommen. Regel Nummer zwei: Beobachte
seine Augen. Bleiben sie oben, schlägt er zu. Senkt er den Blick,
tritt er.

Der Blick des Kerls blieb oben, als er sagte: »Wir haben eine
Zuschauerin. Du kriegst deine Tracht Prügel vor einem Mädchen. In Zukunft kannst du dein Gesicht nicht mehr zeigen.
Dann kennen alle dich als den schwachsinnigen Feigling. Vielleicht verlange ich jedes Mal Maut, wenn du aus deinem Haus
kommst. Vielleicht kassiere ich für die ganze Insel. Vielleicht
lasse ich euch beide zahlen – dich und deinen schwachsinnigen
Bruder.«

Regel Nummer drei im Umgang mit solchen Kerlen: Unter-
brich die Choreografie. Warte nicht, weich nicht zurück, lass
dich auf keine Wortgefechte ein, sei nicht der Underdog, denk
nicht defensiv.

Mit anderen Worten, Regel Nummer vier: Angriff ist die
beste Verteidigung.

Schlag zuerst zu. Aber nicht mit einem halbherzigen Jab mit der Führhand.

Das wegen der Regel Nummer fünf: In den finsteren Ecken Okinawas gelten keine Regeln.

Reachers überraschende rechte Gerade ins Gesicht des Kerls traf seine rechte Wange.

Das weckte seine Aufmerksamkeit.

Der Bursche wankte, schüttelte den Kopf und antwortete seinerseits mit einer rechten Geraden, auf die Reacher jedoch gefasst war. Er beugte sich zur Seite und ließ die Faust des Fettsacks an seinem Ohr vorbeizischen. Cleverer und schneller. Dann musste der Kerl seinen Schwung abbremsen und konnte nichts anderes tun, als zurückzuweichen, sich zu ducken und neu anzufangen. Damit war er erst einmal beschäftigt.

Bis er das Geräusch eines Motorrads hörte, das für ihn wie ein Gong war, der eine Runde beendete. Darauf reagierte er wie ein Pawlow'scher Hund. Er zögerte eine fatale Zehntelsekunde lang.

Auch Reacher zögerte. Aber nicht so lange. Allein wegen seines Standorts. Er sah die Straße entlang, hatte die Kreuzung im Blick. Als er kurz den Kopf hob, konnte er beobachten, dass das Motorrad nicht auf ihre Straße abbog, sondern geradeaus weiterfuhr. Er verarbeitete diese Information und löschte sie, sobald klar war, dass die Maschine zu schnell fuhr, um noch abbiegen zu können. Danach konzentrierte er sich sofort wieder auf seinen Gegner.

Der wegen seines Standorts im Nachteil war. Auch er schaute die Straße entlang, hatte jedoch den Strand im Blick. Also musste er sich allein auf das Motorengeräusch verlassen, das laut, aber diffus war, nicht genau zu orten. Nur ein Röhren, das vielfältige Echos erzeugte. Wie jedes Säugetier, das besser sieht als hört, folgte der Kerl seinem Instinkt. Er drehte den Kopf zur Seite, um sich umzusehen. Ein unwiderstehlicher Drang. Im nächsten Augenblick wurde der akustische Eindruck unzweideutig, als das Röhren durch Häuser abgeschirmt wurde, sodass der Kerl zu einer Schlussfolgerung gelangte, seine Bewegung stoppte und anfing, den Kopf wieder zurückzudrehen.

Inzwischen war es jedoch viel zu spät, denn Reachers linker Haken hatte schon die Hälfte seines Weges zurückgelegt. Er beschrieb einen knappen Halbkreis, wuchtig und schnell, alle Sehnen und straffen Muskeln seines schlanken Körpers in einem glatten Bewegungsablauf koordiniert, der ein einziges Ziel hatte: den Fettsack mit der linken Faust seitlich am Hals zu treffen.

Voller Erfolg. Seine Faust traf das Geschwür, zerquetschte es, ließ Haut aufplatzen und stauchte Knochen. Der große Bursche ging wie vom Blitz getroffen zu Boden. Seine Knie gaben nach, und er sackte wie ein Stummfilmkomiker mehr oder weniger senkrecht in sich zusammen und blieb mit angewinkelten Armen und Beinen benommen liegen.

Als Nächstes hätte Reacher seinen Kopf mit Tritten bearbeiten sollen, aber da eine weiblich empfindsame Zuschauerin anwesend war, widerstand er der Versuchung. Der große Kerl wälzte sich auf die Seite, blickte sich keuchend um und sagte: »Das war ein gemeiner Schlag.«

Reacher nickte. »Aber du weißt, was die Leute sagen: Nur Trottel müssen gemeine Schläge einstecken.«

»Das bringen wir noch zu Ende!«

Reacher sah auf ihn hinab. »Du scheinst ziemlich am Ende zu sein.«

»Träum weiter, du Arsch.«

»Nimm eine Auszeit«, sagte Reacher. »Ich komme wieder.«

17

Reacher begleitete Helen eilig nach Hause, dann joggte er über die Straße zu seinem hinüber. Er stürmte in die Küche und fand dort seinen Vater allein vor.

»Wo ist Joe?«, fragte Reacher.

»Er macht einen langen Spaziergang«, sagte sein Vater.

Reacher trat auf den Hinterhof hinaus. Die betonierte quadratische Fläche war leer bis auf einen alten Terrassentisch, vier Stühle und den leeren Müllverbrennungsofen. Der Ofen von der Größe einer runden Mülltonne bestand aus starkem Maschendraht und stand auf kleinen Beinen. Er war grau von Flugasche, aber nach der letzten Benutzung gesäubert worden. Auch der betonierte Hof wirkte frisch gekehrt. Marines und ihre Familien. Immer akkurat.

Reacher ging in den Vorraum zurück. Vor der Kabeltrommel kauernd wickelte er zwei Meter ab und trennte das Elektrokabel mit dem Seitenschneider durch.

Sein Vater fragte: »Was machst du?«

»Ich weiß, was ich tue, Dad«, antwortete Reacher. »Ich mache genau das, was du von mir erwartest. Du hast keine Stiefel bestellt. Deine Bestellung ist exakt richtig ausgeliefert worden. Du hast sie letzte Nacht aufgegeben, als das Codebuch verschwunden war. Du dachtest, sobald die Nachricht davon die Runde macht, würden die anderen Kids auf Joe und mir herumhacken. Und weil du uns keine Kampfmesser oder Schlagringe mitbringen konntest, hast du dir das Nächstbeste einfallen lassen.«

Er machte sich daran, das Elektrokabel in engen Lagen um seine Faust zu wickeln, wie ein Boxer seine Hände bandagiert. Er drückte die biegsame Kunststoffummantelung flach und glatt an.

Sein Vater sagte: »Ist die Nachricht also bekannt?«

»Nein«, sagte Reacher. »Dies ist eine frühere Auseinandersetzung.«

Sein Vater streckte den Kopf aus der Haustür und schaute die Straße entlang. Er fragte: »Kannst du's mit diesem Kerl aufnehmen?«

»Kein Problem.«

»Er hat einen Freund dabei.«

»Je mehr, desto lustiger.«

»Andere Jungen wollen offenbar zusehen.«

»Das können sie ruhig.«

Reacher fing an, seine andere Hand zu umwickeln.

Sein Vater sagte: »Halt dich zurück, Sohn. Richte ihn nicht allzu übel zu. Ich will nicht, dass alle drei Männer unserer Familie diese Woche Ärger bekommen.«

»Er verpetzt mich nicht.«

»Das weiß ich. Ich rede von Körperverletzung mit Todesfolge.«

»Keine Sorge, Dad«, sagte Reacher. »Dazu kommt's nicht.«

»Sorg dafür, dass das nicht passiert.«

»Aber ein bisschen muss schon passieren, denke ich. Etwas mehr als normal.«

»Wie meinst du das, Sohn?«

»Ich fürchte, dass ich diesmal ein paar Knochen brechen muss.«

»Warum?«

»Mom hat's mir gesagt. Gewissermaßen.«

»Was?«

»Am Flughafen«, erklärte Reacher. »Du erinnerst dich, wie sie mich zur Seite genommen hat? Sie hat gesagt, sie glaube, Okinawa treibe Joe und dich zum Wahnsinn. Sie hat mich gebeten, ein Auge auf euch beide zu haben. Sie hat gesagt, dass die Verantwortung jetzt bei mir liegt.«

»Das hat deine Mutter gesagt? Joe und ich kommen allein zurecht.«

»Yeah? Wie gut hat das bisher geklappt?«

»Aber dieser Junge hat nichts mit alldem zu tun.«

»Ich meine schon«, entgegnete Reacher.

»Seit wann? Hat er etwas gesagt?«

»Nein«, sagte Reacher. »Aber außer dem Hören gibt es noch andere Sinne. Zum Beispiel den Geruchssinn.«

Damit rammte er seine unförmigen grauen Hände in seine Taschen und trat wieder auf die Straße hinaus.

18

Dreißig Meter vor sich sah er eine hufeisenförmige Ansammlung von zehn bis zwölf Jungen. Die Zuschauer. Sie traten von einem Bein aufs andere und vibrierten vor Spannung. Etwa zehn Meter näher wartete der übelriechende Fettsack gemeinsam mit einem Kumpel. Der Fettsack stand rechts, sein Kumpel links. Der Kumpel war ungefähr so groß wie Reacher, aber mit den breiten Schultern und dem Brustkorb eines Ringers, und hatte ein Gesicht wie auf einem Fahndungsplakat: platt, hart und gemein. Diese Schultern und dieses Gesicht machten ungefähr neunzig Prozent des Abschreckungspotenzials des Kerls aus, vermutete Reacher. Der Kerl war ein Typ, der nur wegen seines Aussehens in Ruhe gelassen wurde. Vermutlich hatte er nicht viel Übung, und wahrscheinlich glaubte er seinen eigenen Scheiß. Also war er vielleicht gar kein gefährlicher Schläger.

Es gab nur ein Mittel, das festzustellen.

Reacher kam mit raschen Schritten heran, ließ dabei die Hände in den Hosentaschen, hielt in weitem Bogen auf den Kumpel zu, wurde selbst auf den letzten Metern nicht langsamer, wie ein jovialer Politiker sich annähert, wie ein übereifriger Geistlicher auf ein Gemeindemitglied zugeht, als hätte er nichts anderes im Sinn als eine heuchlerisch überschwängliche Begrüßung. Der Kumpel ließ sich von der Körpersprache täuschen. Sein langes soziales Training erzeugte Verwirrung. Er hob sogar ein wenig die rechte Hand wie zu einem Händedruck.

Ohne langsamer zu werden, traf Reacher sein Gesicht mit einem Kopfstoß. *Links, rechts, peng.* Eine glatte Zehn für Stil und Ausführung, Kraft und Präzision. Der Kerl ging rückwärts zu Boden, aber noch bevor er aufkam, wandte Reacher sich bereits dem Fettsack zu und riss seine umwickelten Hände aus den Hosentaschen.

In einem Western wie *Schießerei am OK Corral* hätten sie sich lange angespannt und statisch belauert, Flüche und Drohungen gemurmelt, die Hände vom Körper abgespreizt, auf den Zehenspitzen gehend, einander mit zusammengekniffenen Augen umkreisend, während die Spannung wuchs. Aber Reacher lebte nicht im Film. Er lebte in der realen Welt. Ohne im Geringsten zu zögern, rammte er seine linke Faust in die Seite des übelriechenden Kerls: ein bösartiger, tief angesetzter Schlag, der zweite Treffer in einem rhythmischen Eins-zwei-Shuffle, bei dem der Kopfstoß die Nummer eins gewesen war. Seine umwickelte Faust musste über zweieinhalb Kilo wiegen, und er legte seine ganze Kraft in diesen Schlag. Das Ergebnis war, dass der Fettsack jetzt drei gebrochene Rippen hatte und somit entschieden im Nachteil war, weil gebrochene Rippen verdammt schmerzhaft waren und bei jeder heftigen Bewegung noch viel mehr wehtaten. Mit gebrochenen Rippen trauten manche Leute sich nicht mal mehr zu niesen.

Wie sich zeigte, machte der übelriechende Kerl mit den gebrochenen Rippen nicht mehr viel. Er krümmte sich nur zusammen wie ein verletzter Büffel. Also baute Reacher sich vor ihm auf, schlug diesmal mit der Rechten zu und brach ihm auf der anderen Seite noch ein paar Rippen. Seine umwickelten Fäuste glichen Abrissbirnen. Das Problem war nur, dass man mit Rippenbrüchen nicht zwingend ins Krankenhaus musste. Vor allem nicht in Familien von Marines. In denen gab es einen Pflasterverband und zusammengebissene Zähne. Und Reacher musste erreichen, dass der Kerl von seinen besorgten Angehörigen umgeben im Krankenhaus lag. Wenigstens einen Abend lang. Also packte er den linken Arm des Kerls mit seiner Linken – unbeholfen wegen des Kabels, mit dem sie umwickelt war –, riss sie zu sich heran, drehte sie dabei, sodass die Handfläche nach unten zeigte, und zerschmetterte den Ellbogen mit der rechten Faust. Der Fettsack sank mit einem gellenden Schrei auf die Knie, und Reacher erlöste ihn mit einem Uppercut von seinen Qualen.

Spiel aus.

Reacher musterte den Halbkreis aus schweigenden Zuschauern und fragte: »Nächster?«

Keiner bewegte sich.

Reacher fragte: »Niemand?«

Keiner bewegte sich.

»Okay«, sagte Reacher. »Ich denke, wir verstehen uns. In Zukunft bleibt alles wie jetzt.«

Und dann machte er kehrt und ging zu seinem Haus zurück.

19

Stan, der auf dem Flur wartete, war etwas blass um die Nase. Reacher fing an, das Kabel von seinen Händen zu wickeln, und fragte dabei: »Mit wem arbeitest du in dieser Codebuch-Sache zusammen?«

Sein Vater antwortete: »Mit einem Mann vom MCIA und zwei MPs.«

»Könntest du sie anrufen, damit sie herkommen?«

»Wozu?«

»Alles Teil des Plans, den Mom mir eingeflüstert hat.«

»Sie sollen herkommen?«

»Ja.«

»Wann?«

»Sofort wäre gut.« Reacher entdeckte auf einem Handrücken das aufgestempelte Wort *Georgia*. Anscheinend war das Kabel dort hergestellt worden. Der Stempel auf der Isolierung hatte abgefärbt. Ein Bundesstaat, in dem er noch nie gewesen war.

Während sein Vater mit dem Stützpunkt telefonierte, behielt Reacher die Straße im Auge. Mit etwas Glück würde das Timing genau passen. Und so war es auch. Zwanzig Minuten später fuhr ein Dienstwagen vor, aus dem drei Männer in Uniform stiegen. Und gleich dahinter kam ein Krankenwagen, der vor dem Haus des übelriechenden Kerls hielt. Die Sanitäter luden den Fettsack ein; seine Mutter und sein jüngerer Bruder begleiteten ihn. Reacher vermutete, dass der Vater des Jungen gleich nach Dienstschluss auf seinem Motorrad ins Krankenhaus fahren würde. Oder schon früher, je nachdem, was die Ärzte sagten.

Der Geheimdienstler war ein Major, die Militärpolizisten waren Warrant Officers. Alle drei trugen Flecktarnanzüge. Alle drei standen noch im Vorraum hinter der Haustür. Alle drei machten ein Gesicht, als wollten sie fragen: »Wozu sind wir hier?«

Reacher sagte: »Der Junge, den sie gerade abgeholt haben? Sie müssen sein Haus durchsuchen. Das jetzt übrigens leer ist und auf Sie wartet.«

Die drei Männer sahen einander an. Reacher beobachtete ihre Mienen. Offensichtlich wollte keiner von ihnen einen guten Marine wie Stan Reacher drankriegen. Offensichtlich wünschten sich alle ein Happy End. Sie waren bereit, nach Strohhalmen zu greifen. Sie waren bereit, sich extra anzustrengen, selbst wenn das bedeutete, die Hinweise eines seltsamen Dreizehnjährigen zu befolgen.

Einer der MPs fragte: »Wonach suchen wir?«

»Das wissen Sie, wenn Sie's sehen«, antwortete Reacher. »Dreißig Zentimeter lang, drei breit, Farbe grau.«

Die drei Männer verließen das Haus, und Reacher und sein Vater setzten sich hin, um zu warten.

20

Wie Reacher insgeheim vermutet hatte, brauchten sie nicht lange zu warten. Der übelriechende Kerl hatte eine Art animalischer Gerissenheit bewiesen, aber er war kein genialer Verbrecher. Das stand fest. Die drei Männer kamen nach weniger als zehn Minuten mit einem angekohlten Gegenstand zurück, der im Feuer grau geworden war. Es handelte sich um eine dreißig Zentimeter lange eloxierte Metallschiene mit leicht gekrümmter Oberfläche und drei ringförmigen Schnappverschlüssen, die aber nicht mehr funktionierten.

Die Überreste eines verbrannten Ringordners.

Keine steifen Deckel, keine Blätter, kein Inhalt, nur angekohltes Metall.

Reacher fragte: »Wo haben Sie das gefunden?«

Einer der MPs antwortete: »Unter einem Bett im Zimmer des Jungen.«

Kein genialer Verbrecher.

Der MCIA-Major fragte: »Ist dies das Codebuch?«

Reacher schüttelte den Kopf.

»Nein«, sagte er. »Das sind die Lösungen des Schultests.«

»Bestimmt?«

»Hundertprozentig.«

»Was sollten wir dann hier?«

»Für diese Sache ist das Corps zuständig. Nicht die Schule. Sie müssen ins Krankenhaus fahren und mit dem Jungen und seinem Vater reden. Sie brauchen ein Geständnis. Danach müssen Sie die Schule benachrichtigen. Was Sie anschließend mit dem Jungen machen, ist Ihre Sache. Vielleicht genügt eine Verwarnung. Uns belästigt er garantiert nicht mehr.«

»Was ist hier genau passiert?«

»An allem war mein Bruder schuld«, sagte Reacher. »Zumindest indirekt. Dieser Junge aus unserer Straße hat angefangen, uns zu belästigen, und Joe ist ihm entgegengetreten. Das hat er echt gut gemacht. Witzig, geistesgegenwärtig, ganz große Klasse. Außerdem ist Joe riesig. Sanft wie ein Lamm, aber das konnte der andere nicht wissen. Also wollte er sich lieber nicht körperlich rächen, sondern hat sich eine andere Methode überlegt. Er hat sich ausgerechnet, dass Joe wegen des Tests nervös sein würde. Vielleicht hat er gehört, wie wir darüber geredet haben. Jedenfalls ist er gestern hinter Joe hergeschlichen und hat in der Schule die Lösungen gestohlen. Um ihn in Misskredit zu bringen.«

»Kannst du das beweisen?«

»Mit Indizien«, sagte Reacher. »Der Junge ist nicht zum Spiel mitgefahren. Er war nicht in dem Bus und wohl den ganzen Tag in der Stadt unterwegs. Und Joe hat geduscht, als er nach Hause kam, was er sonst nachmittags nie tut. Er muss sich schmutzig gefühlt haben. Und ich nehme an, dass er sich deshalb schmutzig gefühlt hat, weil er den ganzen Tag immer wieder den Gestank dieses Jungen in der Nase hatte.«

»Dünne Indizien«, erklärte der Major.

»Fragen Sie den Jungen«, sagte Reacher. »Nehmen Sie ihn vor seinem Dad in die Mangel.«

»Und wie ist's weitergegangen?«

»Der Junge hatte sich ausgedacht, dass Joe die Antworten auswendig lernen und dann den Ordner verbrennen würde. Was bei jemandem, der bei dem Test betrügen wollte, plausibel wäre. Und gestern war Müllabend. Der Junge wollte den Ordner bei sich zu Hause verbrennen, sich dann nachts herüberschleichen und die Metallschiene in unserem Müllofen unter der Asche verstecken, damit man sie dort finden konnte. Aber wir hatten keine Asche, weil wir zum Flughafen gefahren sind. Also musste der Junge seinen Plan aufgeben. Er ist wieder weggeschlichen. Und ich habe ihn in den frühen Morgenstunden gehört, aber für eine Katze oder Ratte gehalten.«

»Irgendwelche Spuren?«

»Vielleicht ein paar Fußabdrücke«, sagte Reacher. »Der Hof war frisch gekehrt, aber Staub gibt es immer. Vor allem nach einem Müllabend.«

Die MPs gingen hinaus und kamen mit leicht verwundertem Gesichtsausdruck zurück, als wollten sie sagen: Der Junge könnte recht haben.

Der Geheimdienstler, dessen Miene zu sagen schien: Kaum

zu glauben, dass ich das einen Dreizehnjährigen fragen will, sagte: »Weißt du auch, wo sich das Codebuch befindet?«

»Nein«, sagte Reacher. »Nicht sicher. Aber ich kann mir denken, wo es ist.«

»Wo?«

»Helfen Sie meinem Bruder bei dieser Sache mit der Schule, dann können wir darüber reden.«

21

Gut anderthalb Stunden später kamen die drei Marines zurück. Einer der MPs sagte: »Du hast den Jungen ganz schön zugerichtet, was?«

»Er kommt durch«, meinte Reacher.

Der andere Militärpolizist sagte: »Er hat gestanden. Alles ist so abgelaufen, wie du es beschrieben hast. Wie bist du darauf gekommen?«

»Logik«, sagte Reacher. »Ich wusste, dass Joe nicht der Dieb war, folglich musste es ein anderer gewesen sein. Die Frage war nur, wer. Und wie und warum.«

Der MCIA-Major erklärte: »Mit der Schule haben wir auch gesprochen. Dein Bruder ist rehabilitiert.« Dann grinste er und sagte: »Aber der Fall hat bedauerliche Folgen.«

»Nämlich?«

»Weil sie die Lösungen nicht mehr haben, verzichten sie auf die Tests.«

»Wie schade!«

»Ja, nicht wahr?«

»Haben Sie die Fragen gesehen?«

Der Major nickte. »Englisch, Mathe, Geschichte, Sozialkunde … lauter normales Zeug.«

»Kein Allgemeinwissen?«

»Nein.«

»Kein Baseball?«

»Nicht mal andeutungsweise.« Er machte eine Pause. »Wahrscheinlich hättet ihr mühelos bestanden.«

»Wahrscheinlichkeiten sind wichtig«, sagte Reacher. »Zum Beispiel: Wie hoch ist die Wahrscheinlichkeit, dass ein Offizier des Marine Corps ein Codebuch verliert?«

»Gering.«

»Wie hoch ist die Wahrscheinlichkeit, dass ein guter Offizier wie mein Dad ein Codebuch verliert?«

»Noch geringer.«

»Daher ist das Buch wahrscheinlich gar nicht verloren gegangen. Daher gibt es wahrscheinlich eine andere Erklärung. Daher ist's Zeitverschwendung, nach dem Codebuch zu suchen, als wäre es verloren worden. Andere Ermittlungsrichtungen wären zielführender.«

»Wann hat Präsident Ford den bisherigen Präsidenten Nixon abgelöst?«

»Vor zehn Tagen.«

»Das muss der Zeitpunkt gewesen sein, als die Vereinten Stabschefs angefangen haben, alle Optionen abzustauben. Und ich vermute, dass der einzige aktiv verfolgte Plan das Unternehmen gegen China ist. Deshalb sind wir hierherversetzt worden. Aber wir sind schon die kämpfende Truppe. Folglich müssen die Planer früher zusammengekommen sein. Ungefähr eine Woche früher. Sie müssen den Auftrag bekommen haben, alles schnellstens auf den neuesten Stand zu bringen. Was ein Haufen Arbeit ist, stimmt's?«

»Immer.«

»Und was ist die letzte Phase dieser Arbeit?«

»Revision der Codebücher, um sie der neuen Planung anzupassen.«

»Bis zu welchem Termin?«

»Theoretisch müssten wir heute ab Mitternacht einsatzbereit sein, falls der Präsident es befiehlt.«

»Also gibt es vielleicht irgendwo einen Mann, der die ganze Nacht an den Codes gearbeitet hat. Ein Kerl aus der Etappe, der seit ungefähr einer Woche hier ist.«

»Den gibt es bestimmt. Aber wir haben schon den ganzen Stützpunkt nach ihm abgesucht. Das haben wir als Erstes gemacht.«

»Vielleicht hat er zu Hause gearbeitet.«

»Das wäre verboten.«

»Aber es kommt vor.«

»Ja, ich weiß. Aber wenn's so gewesen wäre, befände er sich bereits seit Stunden wieder auf dem Stützpunkt, und das Codebuch läge seit Stunden wieder im Safe.«

»Was wäre, wenn er bis zur Erschöpfung gearbeitet und danach eingeschlafen und noch nicht wieder aufgestanden wäre? Wenn das Codebuch noch auf seinem Küchentisch läge?«

»Wo?«

»Im Haus gegenüber«, sagte Reacher. »Sie brauchen nur anzuklopfen und nach Helen zu fragen.«

22

Eine Dreiviertelstunde später kam Joe von seinem langen Spaziergang zurück und ging mit Bruder und Vater zum Schwimmen an den Strand. Das Wasser war warm, der Sand weiß, und die Palmen wiegten sich in der Brise. Sie blieben am Meer, bis die Sonne tief stand, und kehrten dann in ihr kleines Haus am Ende der Betonstraße zurück, in dem eine Stunde später das neue Telefon klingelte und Josie ihnen mitteilte, ihr Vater sei gestorben. Der alte Laurent Moutier war mit neunzig Jahren verschieden, hatte wie jeder Tote Hoffnungen und Träume, Ängste und Erfahrungen mit ins Grab genommen und wie die meisten einen schwachen Abklatsch seiner selbst in seinen Nachkommen hinterlassen. Er hatte nie eine klare Vorstellung davon gehabt, was aus seiner schönen Tochter oder seinen beiden gut aussehenden Enkeln werden würde, und hoffte aber wie jeder erwachsene Europäer des 20. Jahrhunderts, sie würden in Frieden, Wohlstand und Überfluss leben. Obwohl ihm klar war, dass es wahrscheinlich anders kommen würde, ging er davon aus, dass sie ihre Last bereitwillig und mit Humor tragen würden, und fand in seinen letzten Augenblicken Trost darin, dass sie es bisher stets getan hatten.

HITZEWELLE

Der Mann war über dreißig, schätzte Reacher, stämmig und offensichtlich erhitzt. Sein Anzug wirkte durchgeschwitzt. Die Frau, die ihm gegenüberstand, war vermutlich etwas jünger, aber nicht viel. Auch sie war erhitzt – und ängstlich. Oder zumindest nervös. Der Mann stand zu dicht vor ihr. Das schien ihr unangenehm zu sein. Es war kurz vor 20.30 Uhr bei einbrechender Abenddämmerung. Doch die Hitze ließ nicht nach. Fast vierzig Grad hatte jemand gesagt. Eine richtige Hitzewelle. Mittwoch, 13. Juli 1977, New York City. Das Datum würde Reacher nie vergessen. Dies war sein zweiter Alleinbesuch.

Der Mann legte seine Handfläche unterhalb der Halsgrube flach auf die Brust der Frau, drückte feuchte Baumwolle an ihre Haut und tastete mit dem Daumen in ihren Ausschnitt. Keine zärtliche Geste. Aber auch keine aggressive. Neutral wie ein Arzt. Die Frau wich nicht vor ihm zurück. Sie erstarrte nur und schaute sich um. Ohne viel zu sehen. New York City, halb neun Uhr abends, aber menschenleere Straße. Es war zu heiß. Waverly Place, zwischen Sixth Avenue und Washington Square. Die Leute würden später herauskommen, falls überhaupt.

Dann nahm der Mann seine Hand von der Brust der Frau. Er schlenzte sie nach unten, als wollte er eine Biene von ihrer Hüfte wegschlagen, dann riss er sie weit ausholend wieder hoch und schlug ihr kräftig ins Gesicht, mit solcher Gewalt, dass sein Schlag hätte knallen müssen. Doch seine Handfläche und ihr

Gesicht waren zu feucht für einen scharfen Knall wie ein Pistolenschuss, sodass die Ohrfeige nur klatschte. Der Kopf der Frau flog zur Seite. Das Echo kam von abblätternden Klinkermauern zurück.

Reacher sagte: »He!«

Der Mann drehte sich um. Schwarzes Haar, schwarze Augen, nicht ganz ein Meter achtzig, ungefähr neunzig Kilo. Sein Hemd war durchgeschwitzt.

Er sagte: »Verpiss dich, Kid.«

An diesem Abend war Reacher noch drei Monate und sechzehn Tage von seinem siebzehnten Geburtstag entfernt, aber körperlich fast ausgewachsen, und kein vernünftiger Mensch hätte ihn als mager bezeichnet. Ein Meter fünfundneunzig, hundert Kilo, alles Muskeln. Mehr oder weniger der fertige Artikel. Aber erst seit Kurzem fertig. Fabrikneu. Seine Zähne waren weiß und gleichmäßig, seine Augen fast marineblau, sein Haar gewellt und füllig, seine Haut makellos glatt. Die Narben und die Falten und die Schwielen würden später kommen.

Der Mann sagte: »Aber sofort, Kid.«

Reacher sagte: »Ma'am, Sie sollten sich von diesem Kerl entfernen.«

Was die Frau nun tat und einen, zwei Schritte zurückwich.

Der Mann fragte: »Weißt du, wer ich bin?«

Reacher antwortete: »Welchen Unterschied würde das machen?«

»Du nervst die falschen Leute.«

»Leute?«, fragte Reacher. »Das ist ein Plural. Sind Sie zu mehreren hier?«

»Du wirst's schon sehen!«

Reacher blickte sich um. Die Straße war menschenleer wie zuvor.

»Aber wann?«, fragte er. »Anscheinend nicht gleich.«

»Du hältst dich wohl für sehr clever, was?«

Reacher sagte: »Ma'am, ich komme gut allein zurecht, wenn Sie weglaufen möchten.«

Die Frau bewegte sich nicht. Reacher sah sie an.

Er sagte: »Verstehe ich hier etwas falsch?«

Der Mann sagte: »Verpiss dich, Kid.«

Die Frau sagte: »Sie sollten sich nicht einmischen.«

»Ich mische mich nicht ein«, erwiderte Reacher. »Ich stehe nur hier auf der Straße.«

Der Mann sagte: »Hau ab und steh woanders rum.«

Reacher schaute ihn an und fragte: »Wer ist gestorben, dass Sie jetzt Oberbürgermeister sind?«

»Werd bloß nicht frech, Kid. Du weißt nicht, mit wem du redest. Das wirst du noch bereuen.«

»Wenn die anderen Leute hier aufkreuzen? Meinen Sie das? Im Augenblick sehe ich nämlich nur Sie und mich. Und es gibt keinen Grund für Reue, wenigstens nicht für mich, außer Sie haben kein Geld.«

»Geld?«

»Das ich mir nehmen kann.«

»Was, jetzt glaubst du, dass du mich ausrauben kannst?«

»Nicht ausrauben«, sagte Reacher. »Eher eine historische Sache. Ein altes Prinzip. Wie eine Tradition. Man verliert einen Krieg, man gibt seinen Schatz her.«

Die Frau stand noch immer zwei Meter entfernt. Bewegte sich weiter nicht. Reacher sah sie an und fragte: »Ma'am, ist dieser Gentleman mit Ihnen verheiratet oder sonst wie verwandt? Oder kennen Sie ihn privat oder beruflich?«

Sie antwortete: »Ich möchte nicht, dass Sie sich einmischen.«

Sie war jünger als der Kerl, eindeutig. Aber nicht sehr viel.

Trotzdem weit älter als Reacher. Vielleicht Ende zwanzig. Eine blasse Blondine. Ignorierte man den roten Handabdruck auf ihrer Wange, sah sie nach Art älterer Frauen verdammt gut aus. Aber sie war dünn und nervös. Vielleicht hatte sie im Alltag eine Menge Stress. Sie trug ein knielanges, weit geschnittenes Sommerkleid. Über einer Schulter hatte sie eine Tasche hängen.

Reacher sagte: »Erklären Sie mir wenigstens, in was ich mich nicht einmischen soll. Ist dies irgendein Kerl, der Sie zufällig auf der Straße belästigt? Oder nicht?«

»Was sollte es sonst sein?«

»Vielleicht ein Ehekrach. Ich hab von einem Typen gehört, der einen anderen k.o. geschlagen hat – und dann ist die Ehefrau auf ihn losgegangen, weil er ihren Mann verletzt hatte.«

»Ich bin nicht mit diesem Mann verheiratet.«

»Haben Sie irgendein Interesse an ihm?«

»An seinem Wohlbefinden?«

»Davon reden wir, denke ich.«

»Nicht das geringste. Aber Sie dürfen sich nicht einmischen. Gehen Sie bitte. Ich komme allein zurecht.«

»Wie wär's, wenn wir miteinander weggehen würden?«

»Wie alt sind Sie überhaupt?«

»Alt genug«, sagte Reacher. »Um Sie zu begleiten, meine ich.«

»Ich will diese Verantwortung nicht. Sie sind noch ein Junge und ein unbeteiligter Zuschauer.«

»Ist dieser Kerl gefährlich?«

»Sehr.«

»Er sieht nicht so aus.«

»Das Äußere kann täuschen.«

»Ist er bewaffnet?«

»Nicht in der Stadt. Das kann er sich nicht leisten.«

»Was könnte er also tun? Mich nassschwitzen?«

Das wirkte. Der Kerl erreichte den Siedepunkt, war wütend darüber, dass über ihn geredet wurde, als wäre er gar nicht da, war wütend darüber, dass er verschwitzt genannt wurde, was er ganz offensichtlich war, und stürmte mit flatterndem Jackett, wehender Krawatte und am Körper klebendem Hemd heran. Reacher täuschte eine Richtung an und bewegte sich in die andere, und als der Kerl vorbeitorkelte, trat er ihm an den Knöchel, sodass er stolperte und hinschlug. Er rappelte sich ziemlich schnell wieder auf, doch Reacher war längst zwei Schritte zurückgewichen, hatte sich umgedreht und stand bereit für die zweite Runde. Die eine Wiederholung der ersten gewesen wäre, wenn Reacher den Tritt an den Knöchel nicht durch einen Ellbogenstoß gegen das Ohr des Mannes variiert hätte. Ein exakt platzierter Stoß. Mit fast siebzehn glich Reacher einer fabrikneuen Maschine, noch von Öl glänzend, beweglich, geschmeidig, perfekt koordiniert wie etwas, das IBM und NASA im Auftrag des Pentagon entwickelt hatten.

Diesmal verharrte der Typ etwas länger auf den Knien. Daran war die Hitze schuld. Die fast vierzig Grad, von denen Reacher gehört hatte, mussten im Grünen gemessen worden sein, vielleicht im Central Park. Von irgendeiner kleinen Wetterstation. In den engen Häuserschluchten von West Village waren es bestimmt fünfundvierzig Grad oder mehr. Bei hoher Luftfeuchtigkeit. Reachers alte Khakihose und sein blaues T-Shirt hätte man auswringen können.

Der Kerl hievte sich keuchend und schwankend hoch, stützte seine Hände auf die Knie.

Reacher sagte: »Lass es gut sein, Alter. Such dir 'nen anderen, mit dem du Streit anfangen kannst.«

Keine Antwort. Der Kerl machte den Eindruck, als debattierte er mit sich selbst. Das war eine lange Debatte. Offenbar gab es Argumente beider Seiten zu würdigen. Pro und kontra, plus und minus, Kosten und Vorteile. Zuletzt fragte der Kerl: »Kannst du bis dreieinhalb zählen?«

Reacher antwortete: »Ich denke schon.«

»So viele Stunden hast du Zeit, aus der Stadt zu verschwinden. Nach Mitternacht bist du ein toter Mann. Und vorher auch, wenn ich dich noch einmal sehe.« Damit rappelte der Kerl sich auf und ging in Richtung Sixth Avenue davon: rasch, als hätte er einen Entschluss gefasst. Ein energischer, zielbewusster Mann, dem gerade etwas eingefallen ist, das er noch erledigen muss. Reacher blickte ihm nach, bis er außer Sicht kam, denn drehte er sich zu der Frau um und fragte: »Wohin wollen Sie?«

Sie zeigte in Gegenrichtung, wo der Washington Square lag, und Reacher sagte: »Dort sind Sie vermutlich sicher.«

»Sie haben dreieinhalb Stunden Zeit, um die Stadt zu verlassen.«

»Ich glaube nicht, dass er das ernst gemeint hat. Er ist abgehauen, hat versucht, das Gesicht zu wahren.«

»Glauben Sie mir, das war sein Ernst. Sie haben ihn am Kopf getroffen. Ich meine, Jesus!«

»Wer ist er?«

»Wer sind Sie?«

»Nur ein Kerl auf der Durchreise.«

»Von woher?«

»Im Moment aus Pohang.«

»Wo, zum Teufel, ist das?«

»Südkorea. Camp Mujuk des Marine Corps.«

»Sie sind ein Marine?«

»Mein Vater ist einer. Wir ziehen mit um, wenn er versetzt wird. Aber jetzt sind Ferien, deshalb reise ich.«

»Allein? Wie alt sind Sie?«

»Im Herbst siebzehn. Aber machen Sie sich um mich keine Sorgen. Ich bin nicht der, der auf der Straße Prügel bezieht.«

Die Frau schwieg.

Reacher fragte: »Wer war dieser Mann?«

»Wie sind Sie hergekommen?«

»Bus nach Seoul, Flug nach Tokio, Flug nach Hawaii, Flug nach L.A., Flug zum JFK, Bus zur Port Authority. Ab dann zu Fuß.« Die Yankees spielten auswärts, in Boston, was eine große Enttäuschung gewesen war. Reacher hatte das Gefühl, dies werde ein spezielles Jahr für sie. Reggie Jackson würde den Ausschlag geben. Vielleicht war die lange Dürreperiode endlich vorüber. Aber er hatte Pech. Das Stadion war dunkel. Eine Alternative bot das Shea Stadium, in dem die Chicago Cubs bei den Mets zu Gast waren. Reacher hatte im Prinzip nichts gegen die Spielweise der Mets, aber letztendlich war die Anziehungskraft der Musikkneipen in der Innenstadt doch größer gewesen. Als Nächstes wollte er zum Washington Square, um sich die Girls aus der Summer School der New York University anzusehen. Vielleicht hatte eine von ihnen Lust, ihn zu begleiten. Oder auch nicht. Das rechtfertigte den Umweg. Er war ein Optimist mit flexibler Planung.

Die Frau fragte: »Wie lange reisen Sie?«

»Theoretisch habe ich Zeit bis September.«

»Wo schlafen Sie?«

»Ich bin erst angekommen. Das weiß ich noch nicht.«

»Und Ihre Eltern sind damit einverstanden?«

»Meine Mutter macht sich Sorgen. Sie hat von dem ›Son of Sam‹ in der Zeitung gelesen.«

»Damit hat sie recht. Er ermordet Leute.«

»Vor allem in Autos sitzende Paare. Das berichten die Zeitungen. Also komme ich statistisch kaum infrage. Ich habe kein Auto und bin vorerst noch solo.«

»In dieser Stadt gibt's noch andere Probleme.«

»Ja, ich weiß. Übrigens soll ich meinen Bruder besuchen.«

»Hier in der Stadt?«

»Ein paar Stunden entfernt.«

»Sie sollten gleich hinfahren.«

Reacher nickte. »Ich sollte den letzten Bus nehmen.«

»Vor Mitternacht!«

»Wer war dieser Mann?«

Die Frau gab keine Antwort. Die Hitze ließ nicht nach. Die Luft war schwül, fast zum Greifen dick. Es würde ein Gewitter geben. Reacher fühlte es von Nordwesten heranziehen. Vielleicht würde es ein fürs Hudson Valley typisches Gewitter geben, das sich über dem träge fließenden Strom entlud und dessen Donnerschläge von den steilen Felswänden zurückgeworfen wurden, wie er in einer Beschreibung gelesen hatte. Die Abenddämmerung war einem purpurroten Lichtschein gewichen, als bereitete das Wetter sich auf etwas Großes vor.

Die Frau sagte: »Fahren Sie zu Ihrem Bruder. Danke für Ihre Hilfe.«

Der rote Handabdruck auf ihrer Wange begann zu verblassen.

Reacher fragte: »Alles okay mit Ihnen?«

»Danke, ich komme zurecht.«

»Wie heißen Sie?«

»Jill.«

»Jill wie?«

»Hemingway.«

»Irgendwie verwandt?«

»Mit wem?«

»Ernest Hemingway, dem Schriftsteller.«

»Ich glaube nicht.«

»Sind Sie heute Abend frei?«

»Nein.«

»Mein Name ist Reacher. Freut mich, Sie kennenzulernen.« Er streckte ihr die Hand hin, die sie ergriff und schüttelte. Ihre Hand war feuchtheiß, als hätte sie Fieber. Seine fühlte sich bestimmt ähnlich an. Vierzig Grad, vielleicht mehr, keine Brise, keine Verdunstung. Sommer in der City. Weit entfernt im Norden flackerte Wetterleuchten. Ein Hitzegewitter ohne Regen.

Er sagte: »Wie lange sind Sie schon beim FBI?«

»Wer sagt, dass ich das bin?«

»Der Kerl ist ein Gangster, stimmt's? Organisiertes Verbrechen? Der ganze Scheiß über seine Leute und dass ich zusehen soll, dass ich aus der Stadt verschwinde. Diese ganzen Drohungen. Und Sie haben sich hier mit ihm getroffen. Er hat sie abgetastet, um zu kontrollieren, ob Sie verkabelt sind. Und ich vermute, dass er fündig geworden ist.«

»Sie sind ein kluger Junge.«

»Wo befinden sich Ihre Kollegen? Hier in der Nähe sollte ein Van stehen, in dem Leute mithören.«

»Wir müssen sparen.«

»Das glaube ich Ihnen nicht. Die Stadt vielleicht schon, aber die Feds sind nie pleite.«

»Fahren Sie zu Ihrem Bruder. Diese Sache geht Sie nichts an.«

»Wozu sind Sie verkabelt, wenn keiner mithört?«

Die Frau griff mit beiden Händen hinter sich, verrenkte sich und fummelte dort herum, als versuchte sie, etwas vom Gummizug ihres Slips zu lösen. Unter ihrem Kleid fiel eine schwarze Plastikbox heraus: ein kleiner Kassettenrekorder, der an einer dünnen Litze in Kniehöhe baumelte. Sie griff mit einer Hand in ihren Ausschnitt, zog mit der anderen die Litze zwischen ihren Knien hindurch und verrenkte sich noch mal, bis der Rekorder, an den ein dünnes schwarzes Kabel mit einem Kugelmikrofon angeschlossen war, auf dem Asphalt lag.

Sie sagte: »Das Tonband hat mitgehört.«

Das kleine schwarze Kästchen, das sie im Kreuz gehabt hatte, war schweißnass.

Reacher fragte: »Hab ich etwas vermasselt?«

»Ich weiß nicht, wie es sich entwickelt hätte.«

»Er hat eine FBI-Agentin angegriffen. Allein das ist ein Verbrechen. Ich stehe als Zeuge zur Verfügung.«

Die Frau sagte nichts. Sie hob den Rekorder auf und umwickelte ihn mit dem Kabel. Dann steckte sie ihn in ihre Schultertasche. Der Abend schien noch heißer geworden zu sein – und so schwül, als bedeckte ein feuchtes Handtuch Reachers Mund und Nase. Im Norden weiter Wetterleuchten. Kein Regen. Keine Erlösung.

Reacher fragte: »Wollen Sie ihm das etwa durchgehen lassen?«

Die Frau entgegnete: »Das geht Sie wirklich nichts an.«

»Ich sage gern aus, was ich gesehen habe.«

»Es könnte ein Jahr dauern, bis es zur Verhandlung kommt. Sie würden von weither anreisen und wegen einer Ohrfeige vier Flugzeuge sowie zwei Busse nehmen müssen?«

»Heute in einem Jahr bin ich längst woanders. Vielleicht viel näher.«

»Oder noch weiter weg.«

»Der Schlag ist vielleicht auf dem Tonband zu hören.«

»Ich brauche mehr als nur einen Schlag. Seine Anwälte würden mich auslachen.«

Reacher zuckte mit den Schultern. Für Debatten war es zu heiß. Er sagte: »Okay, schönen Abend noch, Ma'am.«

Sie fragte: »Wohin wollen Sie jetzt?«

»Bleecker Street, denke ich.«

»Das geht nicht. Die liegt in seinem Territorium.«

»Oder in die Nähe. Oder zur Bowery. Musik gibt's überall, stimmt's?«

»Genauso schlecht. Alles sein Gebiet.«

»Wer ist er?«

»Er heißt Croselli. Alles nördlich der Houston und südlich der 14th Street gehört ihm. Und Sie haben ihn schwer getroffen.«

»Er ist bloß ein Kerl. Mich findet er nicht.«

»Er ist einer der Bosse. Er hat Soldaten.«

»Wie viele?«

»Bestimmt ein Dutzend.«

»Nicht genug. Das Gebiet ist zu groß.«

»Er benachrichtigt alle Bars und Klubs.«

»Echt? Er sagt allen Leuten, dass er Angst vor einem Sechzehnjährigen hat? Das glaube ich nicht.«

»Er braucht keinen Grund zu nennen. Und die Leute geben sich größte Mühe, ihm zu helfen. Alle wollen gut bei ihm dastehen. Sie würden keine fünf Minuten unentdeckt bleiben. Fahren Sie zu Ihrem Bruder. Das ist mein Ernst.«

»Freies Land«, sagte Reacher. »Dafür arbeiten Sie doch, richtig? Ich gehe hin, wohin ich will. Ich komme von weit her.«

Die Frau schwieg einige Sekunden lang.

»Nun, ich hab Sie gewarnt«, sagte sie. »Mehr kann ich nicht tun.«

Mit diesen Worten ging sie in Richtung Washington Square davon. Reacher blieb, wo er war, allein auf dem Waverly Place, Kopf hoch, Kopf tief, auf der Suche nach etwas frischer Luft. Dann folgte er ihr mit ungefähr zwei Minuten Abstand und sah sie mit einem Auto wegfahren, das sie in einer Abschleppzone geparkt hatte. Ein 1975er Ford Granada, glaubte er, mittelblau, Vinyldach, großer verchromter Kühlergrill. Der Wagen bog an der nächsten Ecke ab und verschwand.

Der Washington Square war viel leerer, als Reacher erwartet hatte. Wegen der Hitze. An den Rändern trieben sich ein paar schwarze Männer herum, vermutlich Dealer, aber sonst war kaum jemand unterwegs. Keine Schachspieler, keine Hundebesitzer. Aber weit drüben am Ostrand des Parks sah er drei Girls, die einen Coffeeshop betraten. Bestimmt Studentinnen, langhaarig, sonnengebräunt, schlank, zwei bis drei Jahre älter als er. Er ging in ihre Richtung, hielt unterwegs Ausschau nach einem Münztelefon. Beim vierten Versuch fand er eines, das funktionierte. Er warf eine feuchtwarme Münze aus seiner Hosentasche ein und wählte die Nummer der Vermittlung in West Point, die er sich gemerkt hatte.

Eine leiernde Männerstimme meldete sich: »United States Military Academy, wen möchten Sie sprechen?«

»Kadett Joe Reacher, bitte.«

»Augenblick«, sagte die Stimme knapp, und Reacher richtete sich auf längeres Warten ein. Dass der ältere Sohn eines Marines sich für West Point entschied, das zur Army gehörte, war ungewöhnlich, aber Joes Herz hatte daran gehangen. Und er behauptete, bisher gefalle es ihm dort gut. Reacher selbst hatte noch keine Ahnung, wohin er gehen würde. Vielleicht auf die NYU, jedenfalls mit Frauen. Die drei in dem Coffeeshop hatten ziemlich gut ausgesehen. Aber er machte keine Pläne. Sechzehn Jahre im Corps hatten ihn davon kuriert.

Das Telefon klickte und summte, während sein Anruf von einer Nebenstelle zur anderen weitergeleitet wurde. Reacher zog ein weiteres feuchtwarmes Geldstück aus der Hosentasche und hielt es bereit. Es war Viertel vor neun, nun ganz dunkel und noch heißer als zuvor. Die Fifth Avenue glich einem langen schmalen Canyon, der vor ihm nach Norden verlief. Dicht über dem Horizont, in weiter Ferne, wetterleuchtete es noch immer am Himmel.

Eine andere Stimme sagte: »Kadett Reacher ist im Augenblick nicht erreichbar. Möchten Sie eine Nachricht hinterlassen?«

Reacher erwiderte: »Bitte bestellen Sie ihm, dass sein Bruder einen Tag später kommt. Ich übernachte in New York. Wir sehen uns morgen Abend.«

»Verstanden«, sagte die neue Stimme gelangweilt. Am anderen Ende wurde aufgelegt. Reacher steckte die zweite Münze wieder ein, legte den Hörer auf und machte sich auf den Weg zu dem Coffeeshop am Ostrand des Platzes.

Die Klimaanlage über dem Eingang des Coffeeshops arbeitete so angestrengt, dass sie vibrierte und klapperte, doch sie konnte die Raumtemperatur nicht merklich senken. Die Girls saßen in einer Vierernische, vor ihnen hohe Limonadengläser mit Coke, in dem Eiswürfel klirrten. Zwei Blondinen und eine Brünette. Alle mit makellosem Teint und perlweißen Zähnen. Die Brünette trug Shorts und eine ärmellose Bluse, die Blondinen hatten kurze Sommerkleider an. Sie wirkten lebhaft, intelligent und waren voller Energie. Junge Amerikanerinnen wie aus dem Bilderbuch. Reacher kannte solche Mädchen aus alten Ausgaben von *Time, Life* und *Newsweek,* die in Mujuk und auf anderen Stützpunkten ausgelegen hatten. Ihnen gehöre die Zukunft, hieß es dort. Er hatte sie aus der Ferne bewundert.

Jetzt stand er unter der scheppernden Klimaanlage in der Tür und bewunderte sie aus weit geringerer Entfernung. Aber er wusste nicht, was er als Nächstes tun sollte. Als Sohn eines

Marines lernte man eine Menge, aber absolut nichts darüber, wie man in einem New Yorker Coffeeshop die fünf Meter zwischen Tür und Tisch überwand. Bis zu diesem Augenblick waren seine bisherigen Eroberungen eigentlich keine, sondern einvernehmliche Experimente mit Mädchen aus dem Corps gewesen, die ebenso einsam, willig, enthusiastisch und verzweifelt wie er waren. Als einzigen Minuspunkt betrachtete er ihre Väter, die allesamt ausgebildete Killer mit ziemlich konservativer Weltanschauung waren. Bei den drei Studentinnen war das anders. Vermutlich lockerer, was ihre Eltern betraf, aber in jeder anderen Beziehung schwieriger.

Er zögerte.

Wer wagt, gewinnt.

Er legte die fünf Meter zurück, blieb an ihrem Tisch stehen und fragte: »Kann ich mich zu euch setzen?«

Alle drei schauten auf. Sie schienen sichtlich überrascht zu sein, jedoch zu höflich, um ihn aufzufordern, sich zu verpissen. Und zu smart, um zu sagen, er solle Platz nehmen. New York City, Sommer 1977. Die Bronx brannte. Hunderte von Morden. Der »Son of Sam«. Überall irrationale Panik.

Er sagte: »Ich bin hier neu und dachte, ihr könntet mir vielleicht sagen, wohin man gehen muss, um gute Musik zu hören.«

Keine Antwort. Zwei blaue Augenpaare und ein braunes sahen zu ihm auf.

Er sagte: »Seid ihr heute Abend irgendwohin unterwegs?«

Die Brünette sprach als Erste:

»Vielleicht.«

»Wohin?«

»Weiß ich noch nicht.«

Eine Bedienung erschien, kaum älter als die Studentinnen, und Reacher brachte sich geschickt so in Stellung, dass ihre Annäherung ihn dazu zwang, sich zu setzen. Als wäre er angerempelt worden. Die Brünette rutschte etwas zur Seite, brachte eine Handbreit Abstand zwischen sie. Die Kunstlederbank fühlte sich in der Hitze klebrig an. Er bestellte ein Coke. Für Kaffee war's viel zu warm.

Zunächst herrschte verlegenes Schweigen. Die Bedienung brachte Reachers Coke. Er trank einen Schluck. Die Blondine ihm gegenüber fragte: »Bist du an der NYU?«

»Ich bin noch in der Highschool«, antwortete er.

Sie lächelte ein wenig, als wäre er eine seltene Kuriosität.

»Wo?«, fragte sie.

»Südkorea«, erwiderte er. »Soldatenfamilie.«

»Faschist«, sagte sie. »Hau ab!«

»Womit verdient dein Dad sein Geld?«

»Er ist Anwalt.«

»Hau selbst ab.«

Die Brünette lachte. Sie war zwei, drei Zentimeter kleiner als die anderen und hatte einen etwas dunkleren Teint. Sie wirkte sehr schlank, fast elfenhaft. Reacher kannte dieses Wort, aber es bedeutete ihm nicht viel. Er hatte noch nie eine Elfe gesehen.

Die Brünette sagte: »Im CB's treten vielleicht die Ramones auf. Oder Blondie.«

Reacher sagte: »Ich gehe mit, wenn du hingehst.«

»Der Klub liegt in einer üblen Gegend.«

»Im Vergleich wozu? Iwo Jima?«

»Wo ist das?«

»Das ist eine Insel im Pazifik.«

»Klingt nett. Gibt's dort Strände?«

»Jede Menge. Wie heißt du?«

»Chrissie.«

»Freut mich, dich kennenzulernen. Ich heiße Reacher.«

»Ist das dein Vor- oder Nachname?«

»Mein einziger.«

»Du hast nur einen Namen?«

»Den alle benutzen.«

»Versprichst du, bei mir zu bleiben, wenn ich ins CB's mitgehe?«

Was nach Reachers Ansicht eine ebenso überflüssige Frage war, als hätte sie gefragt, ob der Papst katholisch sei. Er sagte: »Klar, kannst dich drauf verlassen.«

Die beiden Blondinen begannen unruhig zu werden; ihre Körpersprache verriet Reacher, dass sie nicht mitkommen würden. Was ihn natürlich begeisterte. Ein großes grünes Licht für ihn. Eine Exkursion nur zu zweit. Fast wie ein richtiges Date. Neun Uhr abends, Mittwoch, 13. Juli 1977, New York City, und seine erste zivile Eroberung raste wie ein führerloser Zug auf ihn zu. Er spürte sie wie die Vorboten eines Erdbebens und fragte sich, wo Chrissies Studentenwohnheim liegen mochte. Vermutlich irgendwo in der Nähe.

Er nahm einen kleinen Schluck Coke.

Chrissie sagte: »Also los, Reacher.«

Reacher ließ Geld für vier Cokes auf dem Tisch liegen, weil er fand, das wirke weltmännisch. Als er dann Chrissie ins Freie folgte, traf ihn die Nachthitze wie ein Keulenschlag. Chrissie ebenfalls. Sie hielt ihr Haar mit beiden Handrücken hoch, und er sah die Haut ihres Nackens feucht schimmern. Sie fragte: »Wie weit ist's?«

Er fragte: »Warst du noch nie dort?«

»Der Klub liegt in einer üblen Gegend.«

»Ich glaube, wir müssen ungefähr fünf Blocks weit nach Osten gehen. Über Broadway und Lafayette Street bis zur Bowery.

Dann ungefähr drei Blocks nach Süden bis zur Ecke der Bleecker Street.«

»Es ist schrecklich heiß.«

»Allerdings!«

»Vielleicht sollten wir mein Auto nehmen. Wegen der Klimaanlage.«

»Du hast ein Auto?«

»Klar.«

»Hier in der Stadt?«

»Gleich dort vorn.«

Sie deutete auf einen kleinen zweitürigen Wagen, der etwa fünfzehn Meter von ihnen entfernt am Randstein parkte. Ein Chevrolet Chevette, dachte Reacher, höchstens ein Jahr alt, vielleicht hellblau, aber das ließ sich im gelblichen Licht der Straßenlampen schlecht feststellen.

Reacher fragte: »Ist's nicht sehr teuer, in der Stadt ein Auto zu haben?«

Sie sagte: »Nach sechs Uhr parkt man umsonst.«

»Aber was machst du tagsüber damit?«

Sie schwieg einen Moment, als müsste sie den wahren Sinn seiner Frage erst ergründen. Dann sagte sie: »Nein, ich wohne nicht hier.«

»Das habe ich vermutet. Sorry, mein Fehler. Ich dachte, du wärst an der NYU.«

Sie schüttelte den Kopf und sagte: »Sarah Lawrence.«

»Wer ist sie?«

»Das ist ein College. An dem wir studieren. In Yonkers, nördlich von hier. Manchmal fahren wir in die City, um zu sehen, was läuft. Den Coffeeshop besuchen manchmal auch Jungs von der NYU.«

»Dann sind wir also beide von auswärts.«

»Nicht heute Nacht«, meinte Chrissie.

»Und was machen deine Freundinnen?«

»In welcher Beziehung?«

»Wie kommen sie wieder nach Hause?«

»Sie fahren mit mir«, sagte Chrissie. »Wie immer.«

Reacher schwieg.

»Aber sie warten«, fuhr Chrissie fort. »Das gehört mit zu dem Deal.«

Die Klimaanlage der Chevette war ungefähr so miserabel wie die des Coffeeshops, aber besser als gar nichts. Auf dem Broadway waren nur wenige Leute unterwegs; sie bewegten sich etwa so langsam wie Gespenster in einer Geisterstadt. Auf der Lafayette Street sah man noch weniger Menschen, und in der Bowery drängten sich Obdachlose, die darauf warteten, dass die Nachtasyle öffneten. Chrissie parkte zwei Blocks nördlich des Klubs in der Great Jones Street zwischen einem Auto mit eingeschlagener Frontscheibe und einem mit eingeschlagener Heckscheibe. Wenigstens stand ihre Chevette unter einer Straßenlampe – mehr konnte man nicht tun, außer man engagierte bewaffnete Wächter oder Wachpersonal mit Hunden. Und am Washington Square wäre ihr Wagen auch nicht sicherer gewesen. Also stiegen sie aus und gingen in der zum Schneiden dicken Luft bis zur Ecke. Der Himmel wirkte so heiß und hart wie ein Blechdach zur Mittagszeit, und im Norden flackerte weiterhin Wetterleuchten.

Vor dem Klubeingang wartete keine Menschenschlange, was Chrissie freute, weil es freie Plätze in Bühnennähe versprach, wenn an diesem Abend wirklich Blondie oder die Ramones auftraten. Nachdem drinnen ein Kerl den Eintritt kassiert hatte, gingen sie an ihm vorbei hinein in die Hitze, den Krach und das

Dunkel. Sie hielten auf die Bar zu, die aus einer langen niedrigen Theke mit schummriger Beleuchtung und roten Plüschhockern bestand. Von den ungefähr dreißig Gästen waren achtundzwanzig nicht älter als Chrissie; dazu kamen eine Frau, die Reacher bereits kannte, und ein Mann, den er bestimmt bald und ziemlich gut kennenlernen würde. Die Frau, die er kannte, war Jill Hemingway, mager, blond, nervös und noch immer in ihrem kurzen Sommerkleid. Der Mann, den er bestimmt kennenlernen würde, sah Croselli sehr ähnlich. Vielleicht ein Cousin. Alter, Größe, Körperbau und Aussehen stimmten überein, und auch er trug einen durchgeschwitzten Anzug mit weißem Oberhemd, das an seinem Bauch klebte.

Jill Hemingway erkannte Reacher zuerst. Doch nur eine Sekunde früher. Als sie vom Hocker glitt und einen Schritt machte, schnalzte der Mann im Anzug bereits mit den Fingern und verlangte das Telefon. Der Barmixer stellte ihm den Apparat hin, und der Kerl begann zu wählen. Hemingway drängte sich durch die wenigen Gäste, baute sich vor Reacher auf und sagte: »Sie Idiot!«

Reacher sagte: »Jill, dies ist meine Freundin Chrissie. Chrissie, dies ist Jill, die ich seit heute Abend kenne. Sie ist eine FBI-Agentin.«

Neben ihm sagte Chrissie: »Hi, Jill.«

Hemingway wirkte einen Augenblick lang verblüfft und sagte: »Hi, Chrissie.«

Reacher sagte: »Sind Sie wegen der Musik hier?«

Hemingway sagte: »Ich bin hier, weil dies einer der wenigen Klubs ist, der nicht bedingungslos mit Croselli kooperiert. Folglich weiß ich, dass er hier einen Mann postieren würde. Also bin ich hier, um dafür zu sorgen, dass Ihnen nichts passiert.«

»Woher wussten Sie, dass ich ins CB's komme?«

»Sie leben in Südkorea. Von welchem anderen Klub können Sie schon gehört haben?«

Chrissie sagte: »Wovon reden wir eigentlich?«

Crosellis Mann telefonierte noch immer.

Reacher sagte: »Kommt, setzen wir uns.«

Hemingway sagte: »Nein! Wir sollten verdammt schnell abhauen!«

Chrissie sagte: »Was, zum Teufel, ist hier los?«

Vor der leeren Bühne standen winzige Cafétische. Reacher drängte sich durch die Menge, linke Schulter, rechte Schulter und setzte sich so an einen Tisch, dass er eine Ecke im Rücken und fast den ganzen Raum vor sich hatte. Chrissie nahm zögernd neben ihm Platz. Hemingway ging mehrmals auf und ab, dann gab sie auf und ließ sich neben ihnen nieder. Chrissie bemerkte: »Dieser Scheiß macht mir echt Angst, Leute. Erklärt mir bitte mal jemand, was hier abgeht?«

Reacher erklärte: »Ich war auf einer Straße unterwegs, als ich gesehen habe, wie ein Kerl Agent Hemingway ins Gesicht schlug.«

»Und?«

»Ich habe gehofft, meine Anwesenheit würde ihn davon abhalten, das noch mal zu tun, was er mir übel genommen hat. Wie sich herausstellte, ist er ein Gangster. Jill befürchtet, dass sie mir Betonschuhe anmessen wollen.«

»Und du nicht?«

»Das käme mir wie eine Überreaktion vor.«

Chrissie sagte: »Reacher, über solches Zeug werden Filme gedreht.«

Hemingway sagte: »Chrissie hat recht. Sie sollten auf sie hören. Sie kennen diese Leute nicht, verstehen ihre Kultur nicht. Sie lassen sich nicht gefallen, dass ein Außenstehender sie nicht respektiert. Das ist eine Frage des Stolzes. So ticken sie eben. Sie geben keine Ruhe, bevor die Beleidigung gerächt ist.«

Reacher sagte: »Mit anderen Worten sind sie nicht anders als Marines. Ich weiß, wie man mit solchen Leuten umgeht. Ich habe mein Leben lang nichts anderes getan.«

»Wie wollen Sie mit ihnen fertigwerden?«

»Indem ich die voraussichtlichen Kosten hochschraube. Hier sind sie schon zu hoch. Hier drin können sie nichts machen, sonst werden sie von Ihnen oder dem NYPD verhaftet. Was zu kostspielig ist. Ohne Anwälte, Bestechungen und Gefälligkeiten ginge es nicht – und die wollen sie nicht für mich aufbieten. Ich bin's nicht wert. Ich bin ein Niemand. Croselli wird darüber hinwegkommen.«

»Sie können nicht die ganze Nacht hierbleiben.«

»Er hat's schon mal auf der Straße versucht und ist nicht sehr weit gekommen.«

»In zehn Minuten hat er sechs Männer vor dem Eingang.«

»Dann gehe ich hinten raus.«

»Dort hat er auch sechs Kerle.«

Chrissie warf ein: »Weißt du noch, wie ich sagte, dass du immer in meiner Nähe bleiben sollst?«

Reacher sagte: »Klar.«

»Diesen Teil kannst du jetzt vergessen, okay?«

Reacher sagte: »Das ist verrückt.«

Hemingway erklärte: »Sie haben einen Gangsterboss niedergeschlagen. Welchen Teil davon verstehen Sie nicht? Das macht man einfach nicht. Wann begreifen Sie das endlich? Und nun sind Sie im selben Raum mit einem seiner Schläger. Der eben erst aufgehört hat zu telefonieren.«

»Ich sitze neben einer FBI-Agentin.«

Dazu äußerte Hemingway sich nicht. Reacher dachte: NYU.

Sarah Lawrence. Hemingway hatte seine Vermutung nie bestätigt. Er hatte sie gefragt: Wie lange sind Sie schon beim FBI? Und sie hatte geantwortet: Wer sagt, dass ich das bin?

Er fragte: »Sind Sie eine, oder sind Sie keine?«

Sie schwieg.

»Was ist daran so schwierig? Das ist eine einfache Ja-oder-nein-Frage.«

»Nein«, sagte sie. »Leider nicht.«

»Was soll das heißen?«

»Die Antwort lautet ja und nein. Nicht ja *oder* nein.«

Reacher machte eine Pause.

»Was, Sie arbeiten hier auf eigene Rechnung?«, fragte er. »Steckt das dahinter? Dies ist nicht wirklich Ihr Fall? Deshalb hat kein Van mit Verstärkung in der Nähe gestanden. Deshalb mussten Sie den Kassettenrekorder Ihrer kleinen Schwester benutzen?«

»Das war mein Rekorder. Ich bin suspendiert.«

»Sie sind was?«

»Aus medizinischen Gründen. Aber das sagen sie immer. Tatsächlich haben sie mir für die Dauer der Ermittlungen die Plakette weggenommen.«

»Ermittlungen weswegen?«

»Was Sie vorhin gesagt haben. Anwälte und Bestechungen und Gefälligkeiten. Sie versuchen, mich dagegen aufzuwiegen. Mich gegen all das gute Zeug.«

»Sie ermitteln gegen Croselli?«

Hemingway nickte. »Im Augenblick ist er feuerfest. Er hat die Ermittlungen einstellen lassen. Ich dachte, ich könnte ihn dazu bringen, bei eingeschaltetem Rekorder darüber zu prahlen. Vielleicht hätte ich etwas gegen ihn in die Hand bekommen. Damit sie mich wieder nehmen müssen.«

»Wieso war Croselli in der Stadt unbewaffnet?«

»Das gehört zu dem Deal. Alle dürfen praktisch machen, was sie wollen, aber die Zahl der Morde muss zurückgehen. Ein Geben und Nehmen. Jeder ist ein Gewinner.«

»Weiß Croselli, dass Sie suspendiert sind?«

»Natürlich weiß er das. Er hat meine Suspendierung durchgesetzt.«

»Also weiß sein Mann im selben Raum wie ich auch davon, richtig? Läuft's darauf hinaus. Er weiß, dass Sie keine Plakette zücken werden. Und keine Pistole ziehen. Er weiß, dass Sie nur eine gewöhnliche Bürgerin sind. Juristisch gesehen, meine ich. Was Ihre Vollmachten in Bezug auf Verhaftungen und so weiter betrifft. Und sogar noch weniger, was Ihre Glaubwürdigkeit angeht. Als Zeugin gegen Crosellis Leute, meine ich.«

»Ich habe Ihnen geraten, Ihren Bruder zu besuchen.«

»Sie brauchen sich nicht zu verteidigen. Ich werfe Ihnen nichts vor. Ich muss nur einen neuen Plan machen, das ist alles. Und dafür sollte ich die Parameter kennen.«

Chrissie sagte: »Du hättest dich von Anfang an nicht einmischen sollen.«

»Warum nicht?«

»Im Sarah Lawrence würden wir sagen, das sei peinlich normatives Genderverhalten gewesen. Es war patriarchalisch. Es hat den paternalistischen Aspekt unserer Gesellschaft bedient.«

»Weißt du, was sie im Marine Corps sagen würden?«

»Was denn?«

»Sie würden darauf hinweisen, dass du mich gebeten hast, in deiner Nähe zu bleiben, weil du die Bowery für gefährlich hältst.«

»Sie ist gefährlich. Jeden Augenblick können zwölf Typen aufkreuzen und dich plattmachen.«

Reacher nickte. »Wahrscheinlich sollten wir gehen.«

»Das können Sie nicht«, sagte Hemingway. »Der Kerl lässt Sie nicht raus. Nicht bevor die anderen da sind.«

»Ist er bewaffnet?«

»Nein. Genau wie ich gesagt habe.«

»Bestimmt nicht?«

»Hundert Prozent.«

»Sind wir uns darüber einig, dass ein Gegner besser ist als ein Dutzend?«

»Was soll das heißen?«

»Wartet hier«, sagte Reacher.

Reacher durchquerte den düsteren Raum wie ein muskelbepackter Greyhound und mit all dem unbekümmerten Selbstbewusstsein, das einem ein Meter fünfundneunzig, hundert Kilo und sechzehn Jahre verleihen. Er ging an der Theke vorbei zu dem Korridor mit den Toiletten. Obwohl er noch nicht viele Bars besucht hatte, wusste er, dass sie außergewöhnlich reich an Waffen aller Art waren. In manchen gab es Queues, ordentlich in Ständern aufgereiht, in anderen Martinigläser aus zerbrechlichem dünnem Glas und mit Stielen wie Stilette, in wieder anderen Champagnerflaschen, die schwer wie Keulen in der Hand lagen. Aber im CB's gab es keinen Billardtisch, und die Gäste legten offenbar keinen Wert auf Martinis und Champagner. Die häufigste hiesige Ressource waren leere Bierflaschen mit langen Hälsen, die massenhaft herumstanden. Reacher schnappte sich im Vorbeigehen eine und sah aus den Augenwinkeln heraus, wie Crosellis Mann aufstand und ihm folgte, weil er sich zweifellos Sorgen wegen Hinterausgängen und Toilettenfenstern machte. Tatsächlich gab es am Ende des kleinen Korridors einen Notausgang, den Reacher jedoch ignorierte. Stattdessen betrat er die Herrentoilette.

Die vermutlich der bizarrste Raum war, den er außerhalb militärischer Einrichtungen in seinem Leben gesehen hatte. Die unverputzten Ziegelwände waren voll mit Graffiti, und außer drei Urinalen an der Wand gab es ein einzelnes WC, das wie ein Thron auf einer kleinen Empore stand. Außerdem waren da noch ein Doppelwaschbecken aus Edelstahl und jede Menge Klopapierrollen. Keine Fenster.

Reacher füllte seine leere Bierflasche mit Wasser, damit sie Gewicht bekam, und wischte sich die Handfläche an seinem T-Shirt ab. So konnte er den langen Hals gut packen. Er ließ die Flasche neben seinem Bein hängen, während er wartete. Crosellis Mann trat Sekunden später ein. Er schaute sich um, schien erst über das Dekor zu staunen und wirkte dann erleichtert, als er feststellte, dass der Raum fensterlos war. Das sagte Reacher eigentlich alles, was er wissen musste, doch mit sechzehn hielt er sich noch an die Regeln und fragte: »Haben wir ein Problem miteinander, Sie und ich?«

Der Kerl sagte: »Wir warten auf Mr. Croselli. Er müsste jeden Augenblick kommen. Was für mich kein Problem sein wird, aber garantiert für dich.«

Also schwang Reacher seine Flasche, die wegen der Zentrifugalkraft kein Wasser verlor, und traf den Typen oben an der Schläfe, sodass er zurücktaumelte. Mit demselben Schwung zerschlug Reacher die Flasche am Rand eines Urinals, sodass Glas und Wasser nach allen Seiten spritzten, rammte dem Kerl den gezackten Glasrand in den Oberschenkel, damit seine Hände nach unten gingen, stieß ihm die Zacken mit einer Drehung ins Gesicht, das heftig zu bluten begann, ließ die Flasche fallen, schubste ihn an die Wand, von der er abprallte, und traf dabei seine Nase mit einem präzisen Kopfstoß. Damit war das Spiel sofort beendet, wozu natürlich beitrug, dass der Kopf des Kerls im Fallen von dem Urinal abprallte, was eine schlüssige kleine Dreierkombi ergab: Knochen, Porzellan, Fliesen, gute Nacht und alles Gute.

Reacher atmete tief durch und kontrollierte dann seine Erscheinung in dem gesprungenen Spiegel über dem Waschbecken. Er hatte verwässerte Spritzer vom Blut des Kerls auf der Stirn. Er wusch sie mit lauwarmem Wasser ab, schüttelte sich wie ein Hund und ging an der Bar vorbei in den Hauptraum zurück. Jill Hemingway und Chrissie standen mitten auf der Tanzfläche. Er nickte in Richtung Ausgang. Als sie sich näherten, schloss er sich ihnen an. Hemingway fragte: »Wo ist der Schläger?«

Reacher antwortete: »Er hatte einen Unfall.«

»Jesus!«

Sie hasteten weiter, wieder an der Theke vorbei und auf den zum Ausgang führenden engen Korridor.

Zu spät.

Als sie noch drei Meter vor sich hatten, flog die Eingangstür auf, und vier Männer in durchgeschwitzten Anzügen drängten, von Croselli gefolgt, herein. Alle fünf hielten inne, und auch Reacher verharrte; hinter ihm blieben Jill Hemingway und Chrissie stehen. Insgesamt acht Personen, die sich in einer langen Linie aufgereiht in dem engen Korridor mit feuchten Ziegelwänden gegenüberstanden.

Vom Ende der Schlange her sagte Croselli: »So sieht man sich wieder, Kid.«

Dann ging das Licht aus.

Reacher hätte nicht sagen können, ob seine Augen offen oder geschlossen waren. Die rabenschwarze Dunkelheit hatte apokalyptische Ausmaße. Und sie war bis zu irgendeiner urzeitlichen Ebene absolut still, weil das unterschwellige Summen des modernen Lebens plötzlich verstummt war. Die einzigen Geräusche waren das Schlurfen blind umhertappender Männer und ein unheimliches Giemen, das aus dem Urgestein unter Manhattan aufzusteigen schien. Durch Umlegen eines einzigen Schalters vom 20. Jahrhundert in die Steinzeit.

Hinter sich hörte er Chrissie fragen: »Reacher?«

»Bleib stehen«, sagte er.

»Okay.«

»Jetzt dreh dich um.«

»Okay.«

Ein leises Scharren von Ledersohlen, als sie ihre Stellung veränderte. Reacher suchte sein visuelles Gedächtnis nach der letzten bekannten Position des ersten von Crosellis Männern ab. Mitten im Gang, Gesicht ihm zugewandt, Abstand ungefähr anderthalb Meter. Er verlagerte sein Gewicht auf den linken Fuß, trat mit dem rechten zu: blind, mit voller Kraft, im pechschwarzen Dunkel auf den Leistenbereich zielend. Aber er traf etwas tiefer, hatte eine Zehntelsekunde früher als erwartet Kontakt mit etwas Hartem. Vielleicht mit einer Kniescheibe. Was auch in Ordnung war. Jedenfalls würde der erste von Crosellis Kerlen gleich zu Boden gehen, und die anderen vier würden über ihn fallen.

Reacher warf sich herum, tastete nach Chrissies Rücken, legte seinen rechten Arm um ihre Schultern, fand mit der linken Hand Hemingway und bugsierte die beiden halb ziehend, halb schiebend zur Bar zurück. Hinter der Theke brannte eine sehr schwache batteriebetriebene Notbeleuchtung, die automatisch angesprungen war. Also war doch kein Schalter umgelegt worden. Das ganze Gebäude hatte keinen Strom mehr.

Er fand den Gang zu den Toiletten, schob Chrissie vor sich

her, zog Hemingway mit sich, erreichte den Notausgang und stolperte mit ihnen auf die Straße hinaus.

Auf der es viel zu dunkel war.

Sie hasteten trotzdem eilig weiter, von Instinkten und steinzeitlichen Erinnerungen dazu getrieben, in den Schatten zu flüchten, aber es gab überall nur Schatten. Die Bowery war eine pechschwarze, traurige Schlucht, lang und gerade, von pechschwarzen, traurigen Gebäuden gesäumt, die wuchtig aufragten und dunkler als der Nachthimmel waren. Die Wachtürme der Skyline vierzig Blocks nördlicher und südlicher waren nur im negativen Sinn vorhanden, denn dort schienen sich tote Finger in den Himmel zu recken, wo unbeleuchtete Türme die hinter Wolkenschleiern leuchtenden Sterne verdeckten.

»Ganz New York hat keinen Strom«, sagte Hemingway.

»Hört ihr das?«, fragte Reacher.

»Was?«

»Das Geräusch von einer Milliarde Elektromotoren, die nicht laufen. Und von einer Milliarde elektrischer Schaltungen, die stromlos sind.«

Chrissie sagte: »Unglaublich!«

Hemingway sagte: »Das gibt Ärger. In spätestens einer Stunde kommt es zu Ausschreitungen, Brandstiftungen und massenhaften Plünderungen. Ihr beide seht am besten zu, dass ihr möglichst schnell möglichst weit nach Norden kommt. Meidet den Osten und den Westen. Und natürlich auch die Tunnels. Macht nicht halt, bevor ihr nördlich der 14th Street seid.«

Reacher fragte: »Was haben Sie vor?«

»Ich gehe arbeiten.«

»Sie sind suspendiert.«

»Ich kann nicht dabeistehen und nichts tun. Und Sie müssen Ihre Freundin dorthin zurückbringen, wo Sie sie aufgegabelt haben. Das sind unsere grundlegenden Verpflichtungen, finde ich.« Und dann joggte sie nach Süden in Richtung Houston Street davon und wurde binnen Sekunden von der Dunkelheit verschluckt.

Die Straßenlampe in der Great Jones Street brannte nicht mehr, aber die blaue Chevette stand noch darunter: grau und formlos im Dunkel, bisher unbeschädigt. Chrissie sperrte auf, sie stiegen ein, und sie ließ den Motor an. Die Scheinwerfer schaltete sie nicht ein, was Reacher verstand. Diese gewaltige Dunkelheit zu stören erschien einem falsch, ja sogar unmöglich. Die große Stadt fühlte sich wie betäubt und passiv an, ein vorübergehend gelähmter riesiger Organismus, unversöhnlich und gleichgültig gegenüber seinen winzigen Bewohnern. Von denen immer mehr zu sehen waren. Fenster wurden geöffnet, und die Mieter aus unteren Stockwerken kamen auf die Straße, standen in der Nähe der Eingänge und schauten sich besorgt und verwundert um. Die Hitze hatte nicht im Geringsten nachgelassen. Fast vierzig Grad, vielleicht auch mehr, die nun, ohne durch Ventilatoren, Klimaanlagen oder sonstige Geräte abgemildert zu werden, die Stadt in ihrem Griff hielt.

Die Great Jones Street führte als Einbahnstraße nach Westen; sie überquerten die Lafayette Street und den Broadway und rollten auf der East Third Street weiter. Chrissie fuhr sehr langsam, ein dunkler Wagen in finsterer Nacht, einer der wenigen, die unterwegs waren. Vielleicht hatten die meisten Autofahrer ihre Wagen einfach stehen lassen. Alle Ampeln waren ausgefallen. Sie bogen am La Guardia Place nach Norden ab und fuhren entgegen dem Uhrzeigersinn um das untere Ende des Washington Square zum Coffeeshop zurück. Chrissie parkte an derselben Stelle wie zuvor, bevor sie in die schwülheiße Stille ausstiegen.

Der Coffeeshop war natürlich dunkel, und hinter seinen staubigen Fensterscheiben konnte man nichts erkennen. Die Klimaanlage über dem Eingang war verstummt, die Tür abgesperrt. Reacher und Chrissie legten ihre Hände trichterförmig ans Glas und spähten hindurch, ohne mehr als dunkle Schatten ausmachen zu können. Kein Personal. Keine Gäste. Vielleicht eine Vorschrift des Gesundheitsamts. Vielleicht mussten sie das Lokal verlassen, wenn die Kühltheke ausfiel.

Reacher fragte: »Wo sind deine Freundinnen hingegangen?«

Chrissie antwortete: »Keine Ahnung.«

»Du hast gesagt, ihr hättet einen Plan.«

»Wenn eine von uns Glück hat, treffen wir uns um Mitternacht hier.«

»Tut mir leid, dass du nicht mehr Glück hattest.«

»Ach, das ist schon okay.«

»Wir sind noch südlich der 14th Street.«

»In der Dunkelheit spüren dich die Kerle bestimmt nicht auf.«

»Glaubst du, dass wir deine Freundinnen in der Dunkelheit finden?«

»Wozu sollen wir sie suchen? Sie kommen um Mitternacht hierher. Bis dahin sollten wir herumfahren und Eindrücke sammeln. Meinst du nicht auch? Dieses Erlebnis ist fantastisch.«

Und das war es auch. Es hatte etwas Gigantisches an sich. Nicht nur ein Raum, ein Haus oder eine Straße, sondern eine ganze Stadt lag besiegt am Boden, als wäre sie ruiniert oder tot, ein Relikt aus ferner Vergangenheit. Möglicherweise war mehr betroffen als nur diese Stadt. Kein Leuchten an irgendeinem Horizont. Nichts jenseits der beiden Flüsse, nichts im Süden, nichts im Norden. Vielleicht hatte der gesamte Nordosten keinen Strom. Vielleicht ganz Amerika. Oder die ganze Welt. Die

Leute spekulierten dauernd über die Existenz von Geheimwaffen. Vielleicht hatte jemand eine solche gezündet.

Chrissie sagte: »Komm, wir sehen uns das Empire State Building an. So bekommen wir's wahrscheinlich nie wieder zu sehen.«

Reacher sagte: »Okay.«

»Mit dem Auto.«

»Okay.«

Sie fuhren zum University Place weiter und gelangten auf der Ninth Street zur Sixth Avenue, an der sie nach Norden abbogen. Die Straße war ein langer schwarzer Schlauch mit einem rechteckigen Stück Nachthimmel, wo sie am Central Park endete. Die wenigen Autos, die auf ihr unterwegs waren, fuhren langsam, fast alle wie die Chevette ohne Licht. Irgendwie instinktiv. Eine stillschweigende Übereinkunft. Ein Massenphänomen. Reacher spürte plötzlich einen Hauch von Angst, der sie umgab. Versteck dich im Dunkel. Nur nicht auffallen. Lass dich nicht sehen.

Auf dem Herald Square, da, wo der Broadway ihn auf Höhe der 34th Street querte, befanden sich wieder mehr Menschen. Die meisten standen weit von den Gebäuden entfernt in der Mitte des Dreiecks und versuchten, den Nachthimmel zu sehen. Manche liefen in lärmenden Gruppen umher wie Fans, die nach einem gewonnenen Spiel aus dem Stadion strömen. Doch die Schaufenster von Macy's waren alle intakt. Vorerst noch.

Sie rollten bis zur West 38th Street weiter, krochen über ampellose Kreuzungen und wussten nie recht, ob sie weiterfahren oder jemandem Vorfahrt gewähren sollten. Aber wie sich bald herausstellte, bestand keine reale Gefahr für Blechschäden oder Frontalzusammenstöße, weil jedermann langsam und defensiv fuhr. Allem Anschein nach waren alle auf Kooperation eingestellt. Zumindest auf der Straße. Reacher fragte sich, wie lange dieser Zustand wohl anhalten würde.

Sie fuhren auf der 38th Street nach Osten und bogen vier Blocks nördlich des Empire State Buildings auf die Fifth Avenue ab. Nichts zu erkennen. Nur eine lange schwarze Furt zwischen hohen Gebäuden und darüber ein spektakulärer Sternenhimmel. Sie parkten einen Block nördlich der 34th Street auf der Avenue und stiegen aus, um mehr zu sehen. Die 34th war eine in Ost-West-Richtung verlaufende doppelt breite Straße, über der im Osten ein orangeroter Lichtschein lag.

»Es geht los«, sagte Reacher.

Sie hörten einen Streifenwagen, der auf der Madison Avenue nach Norden unterwegs war, und beobachteten, wie er eine Kreuzung weiter die sechsspurige 34th Street überquerte. Seine Scheinwerfer und Blinkleuchten wirkten verblüffend hell. Er kam außer Sicht, und es wurde wieder still. Chrissie fragte: »Wieso ist der Strom ausgefallen?«

»Weiß ich nicht«, antwortete Reacher. »Überlastung wegen der vielen Klimaanlagen oder weil ein Blitz eingeschlagen hat. Oder wegen des elektromagnetischen Impulses einer Atombombe. Oder jemand hat die Stromrechnung nicht bezahlt.«

»Atombombe?«

»Das wäre eine bekannte Nebenwirkung. Aber ich glaube nicht, dass es das war. Wir hätten den Lichtblitz sehen müssen. Und je nach Entfernung zum Nullpunkt wären wir jetzt verkohlt.«

»Bei welcher Art Militär bist du?«

»Bei gar keiner. Mein Dad ist im Marine Corps, und mein Bruder wird Offizier in der Army, aber das sind sie, nicht ich.«

»Was willst du mal werden?«

»Keine Ahnung. Vermutlich kein Anwalt.«

»Glaubst du, dass deine FBI-Freundin recht hatte, als sie von Ausschreitungen und Plünderungen gesprochen hat?«

»In Manhattan vielleicht weniger.«

»Hoffentlich passiert uns nichts.«

Reacher sagte: »Wir kommen schon zurecht. Wenn alles andere fehlschlägt, machen wir, was man früher getan hat: Wir warten auf den Morgen.«

Sie bogen auf die 34th Street ab und fuhren möglichst nahe an den East River heran. Ihr Beobachtungsplatz war ein mit Müll übersätes Dreieck, das halb unter dem FDR Drive lag. Dort starrten sie durch die Frontscheibe auf die dunklen Stadtteile jenseits des schwarzen Wassers: Queens geradeaus vor ihnen, Brooklyn rechts davon, die Bronx ganz links außen. Die Brände in Brooklyn loderten schon ziemlich hoch. In Queens gab es ebenfalls welche. Und in der Bronx, aber Reacher hatte irgendwo gehört, dort brenne es ständig. Nichts hinter ihnen in Manhattan. Noch nicht. Aber es gab jede Menge Sirenengeheul. Die Nacht wurde zornig. Vielleicht wegen der Hitze. Reacher fragte sich, ob die Schaufenster von Macy's noch heil waren.

Chrissie ließ wegen der Klimaanlage den Motor laufen. Der Tank war noch halb voll. Die Schöße ihrer Bluse verdeckten die Shorts. So schien sie nur die Bluse anzuhaben. Was klasse aussah. Sie war sehr hübsch. Er fragte: »Wie alt bist du?«

Sie sagte: »Neunzehn.«

»Wo kommst du her?«

»Kalifornien.«

»Gefällt's dir hier?«

»Bisher schon. Hier gibt's Jahreszeiten. Hitze und Kälte.«

»Vor allem Hitze.«

Sie fragte: »Wie alt bist du?«

»Ich bin in legalem Alter«, antwortete er. »Mehr brauchst du eigentlich nicht zu wissen.«

»Glaubst du?«

»Das hoffe ich.«

Sie lächelte und stellte den Motor ab. Dann verriegelte sie ihre Tür, beugte sich nach rechts, um auch seine abzusperren. Sie roch ein wenig nach Schweiß und englischer Seife. Sie sagte: »Hier drinnen wird's warm werden.«

»Das hoffe ich«, sagte er noch mal. Er legte einen Arm um ihre Schultern, zog sie an sich und küsste sie. Darauf verstand er sich. Er hatte über drei Jahre Praxis aufzuweisen. Seine freie Hand lag auf ihrer Hüfte. Sie küsste wunderbar. Warm, nass, flinke Zunge. Geschlossene Augen. Er schob ihre Bluse etwas hoch und ließ seine Hand daruntergleiten. Ihr Körper war schlank und fest. Heiß und etwas feucht. Sie schob ihre freie Hand unter sein Hemd. Glitt damit über seine Rippen, über seine Brust und zur Taille hinunter. Steckte die Fingerspitzen in den Gummizug seiner Boxershorts, was er für ein ermutigendes Zeichen hielt.

Sie tauchte zum Luftholen auf, bevor sie weitermachten. Er legte seine freie Hand auf ihr Knie, fuhr damit über die wundervoll glatte Haut ihres Oberschenkels, die Finger außen, der Daumen innen, bis zum Rand ihrer Shorts; dann zum anderen Knie und das andere Bein hinauf, diesmal mit den Fingern innen und dem Daumen außen. Währenddessen versuchte er, sich die ganze Zeit etwas Wundervolleres vorzustellen als diese glatte, heiße Haut, was ihm aber nicht gelang. Und diesmal glitt seine Hand etwas höher, bis sein Zeigefinger an den harten Saum zwischen ihren Beinen, unterhalb des Reißverschlusses gepresst war. Sie umklammerte seine Hand, was er erst für eine Zurückweisung hielt, bis ihm klar wurde, dass sie etwas anderes vorhatte. Also ließ er seine Hand dort, erhöhte den Druck sogar noch etwas, während sie sich daran rieb, bis er sie fast vom Sitz hob. Dann seufzte sie, keuchte und erschlaffte plötzlich und tauchte erneut zum Luftholen auf. Er tastete nach den Knöpfen ihrer Bluse und versuchte, sie mit ungelenken Fingern aufzubekommen. Was ihm einigermaßen gelang, ein Knopf, zwei, drei, bis ganz hinunter, sodass ihre Bluse auseinanderklaffte.

Sie küssten sich wieder, der dritte Marathon, und seine freie Hand wurde anderswo tätig, erst außen an einem Satin-BH, dann unten und innen, bis er ganz hinaufgeschoben war und ihre kleinen feuchten Brüste ihm gehörten. Er küsste erst ihre Kehle und dann die Brustspitzen, bevor er seine Hand wieder zwischen ihre Beine drückte. Sie begann erneut, sich keuchend daran zu reiben, lange und langsam, bis sie zum zweiten Mal aufstöhnte und erschlaffte, als hätte sie keine Knochen im Leib.

Dann legte sie eine Hand auf seine Brust und drückte ihn von sich weg gegen sein Fenster, was er wieder für eine Zurückweisung hielt, bis sie lächelte, als wüsste sie etwas, das er nicht wusste, und ihm die Hose öffnete. Als schlanke braune Finger seinen Reißverschluss aufzogen, verstand er die Redewendung »gestorben und in den Himmel gekommen« erstmals im Leben wirklich. Sie neigte den Kopf zu seinem Schoß. Er spürte kühle Lippen und eine Zunge und schloss die Augen, um sie gleich wieder zu öffnen und sich umzusehen, weil er sich alle Einzelheiten dieser Situation einprägen wollte, das Wo und das Was, das Wann und das Wie sowie das Warum, vor allem das Warum; denn sein Bewusstsein war außerstande, einen logischen Bezug zwischen dem Busbahnhof der Port Authority und dieser Realität herzustellen, die eine Art verzaubertes Königreich sein musste. *New York, New York. It's a wonderful town.* Das stand verdammt fest. Also schaute er sich um, nahm alles in sich auf: den Fluss, die formlosen Stadtteile am anderen Ufer, die Brände in der Ferne, die Drahtzäune und die massiven Betonpfeiler, die den FDR Drive trugen.

Er entdeckte einen Mann, der sich als Silhouette vor dem Feuerschein auf dem Wasser abhob, keine dreißig Meter von ihnen entfernt in der Dunkelheit. Seiner Haltung nach etwa Mitte zwanzig, mittelgroß, breitschultrig und mit seltsamer Kopfform, weil sein Haar nach allen Seiten hin abstand. Für solche Haare wäre ein Bürstenschnitt besser gewesen, aber man schrieb das Jahr 1977. In seiner rechten Hand hielt er etwas.

Chrissie war weiter beschäftigt und ohne Frage die Beste von allen. Gar kein Vergleich. Er fragte sich, ob das Sarah Lawrence auch Studenten aufnahm. Dort konnte er ebenso gut studieren wie an der NYU. Nicht dass sie heiraten würden oder so was. Aber vielleicht hatte sie Freundinnen. Oder eine Schwester. Er wusste sogar, dass sie Freundinnen hatte. Die beiden Blondinen. Sie warten. Das gehört mit zu dem Deal. Die zwei Stunden bis Mitternacht kamen ihm plötzlich sehr kurz vor.

Der Mann setzte sich im Dunkel in Bewegung. Er umrundete den Betonpfeiler, blieb in Deckung, kontrollierte den toten Winkel, den er bisher nicht hatte einsehen können, und huschte dann leichtfüßig zum nächsten Pfeiler hinüber.

Auf die Chevette zu.

Der Kerl umrundete den neuen Pfeiler, nur um den toten Winkel zu kontrollieren, wich dann etwas zurück und verschmolz fast mit dem Beton, wobei er den Gegenstand in seiner Hand die ganze Zeit sehr vorsichtig behandelte, als wäre er wertvoll oder höchst zerbrechlich.

Chrissie war weiter beschäftigt. Das machte sie sehr, sehr gut. Gestorben und in den Himmel gekommen traf es nicht mal andeutungsweise. Das war eine gewaltige Untertreibung. Sogar eine eklatante Untertreibung. Schwaches Lob dieser Art konnte diplomatische Krisen auslösen.

Der Kerl bewegte sich erneut. Er blieb bei der bisherigen Routine, kontrollierte erst seine Umgebung und huschte dann zum nächsten Pfeiler – noch mal ein Stück näher an die Chevette heran. Als er wieder mit dem Beton verschmolz, zog er seinen rechten Arm an den Körper, damit der Gegenstand in seiner Hand nicht den Pfeiler berührte.

Dabei hob sich der Gegenstand einen Augenblick lang vor dem Feuerschein auf dem Wasser ab.

Reacher erkannte ihn sofort.

Der Gegenstand war ein Revolver, der mit der Mündung nach oben am rechten Zeigefinger des Kerls baumelte. Gedrungene Form, dicke Griffschalen, sechseinhalb Zentimeter langer Lauf, glatt, ohne viele Vorsprünge. Das konnte ein Charter Arms Bulldog sein, ein fünfschüssiger Revolver, der die .44 Special verschoss. Spannabzug. Leicht zu warten. Kein Revolver für Wettkämpfe. Aber gut für geringe Entfernungen.

Chrissie war weiter beschäftigt. Der Mann bewegte sich wieder. Noch näher auf die Chevette zu. Er starrte den Wagen direkt an. Bevor Reacher in Pohang in den Bus gestiegen war, hatte seine Mutter ihm mehrere Zeitungsmeldungen vorgelesen. New York City. Eine Mordserie. Der Son of Sam. Nach seinen verrückten Briefen benannt. Aber bevor die Briefe gekommen waren, hatte er anders geheißen. Er war der Kaliber-.44-Killer gewesen, weil es sich bei der Tatwaffe um einen Revolver Kaliber .44 handelte.

Die New Yorker Polizei hatte die Waffe als eine Charter Arms Bulldog identifiziert.

Chrissie war noch immer beschäftigt. Und dies war nicht der Augenblick, in dem man aufhören konnte. Nein, aufhören kam nicht infrage. Körperlich nicht, mental nicht, überhaupt nicht. Es stand absolut nicht auf der Agenda. Es gehörte in einen ganz anderen Bereich als die Agenda. Vielleicht in ein ganz anderes Universum. Das war eine biologische Tatsache. Der Kerl starrte ihn an. Reacher starrte zurück. Er ermordet Leute. Paare, die in Autos sitzen. Stilvoll abtreten, dachte Reacher. Tu's jetzt, dann gehe ich, wenn's am schönsten ist. Jack Reacher, R.I.P. Er starb jung, aber mit einem Lächeln auf den Lippen.

Der Kerl bewegte sich nicht. Er starrte nur.

Reacher starrte zurück.

Der Kerl stand reglos da.

Paare, die in Autos sitzen.

Aber das traf hier nicht zu. Nicht von außen gesehen. Chrissies Kopf blieb unterhalb des Fensterrahmens. Reacher schien allein im Auto zu sitzen. Nur ein Fahrer, der hier den Stromausfall abwarten wollte – auf dem bequemeren rechten Sitz mit mehr Fußraum. Der Kerl starrte. Reacher starrte zurück. Chrissie noch immer beschäftigt. Der Kerl arbeitete sich weiter vor. Zum nächsten Pfeiler, zum übernächsten, dann war er verschwunden – und Chrissies Werk getan.

Danach ordneten sie ihre Kleidung, zogen Reißverschlüsse hoch, knöpften Hemd und Bluse zu und kämmten sich. Chrissie fragte: »Besser als Blondie?«

Reacher antwortete: »Wie soll ich das wissen?«

»Besser als Blondie auf der Bühne im CB's, meine ich.«

»Viel besser. Überhaupt kein Vergleich.«

»Du magst Blondie, nicht wahr?«

»Einsame Spitze. Na ja, unter den besten fünf. Oder zehn.«

»Halt die Klappe.« Sie ließ den Motor wieder an, stellte die Klimaanlage auf Max. Dann rutschte sie auf ihrem Sitz tiefer und hielt die Schöße ihrer Bluse hoch, damit der kalte Luftstrom direkt ihre Haut traf.

Reacher sagte: »Ich habe jemanden gesehen.«

»Wann?«

»Gerade eben.«

»Wen?«

»Irgendeinen Kerl.«

»Der was getan hat?«

»Er hat diesen Wagen angestarrt.«

»Echt? Puh, wie unheimlich!«

Reacher sagte: »Ja, ich weiß. Aber jetzt muss ich mich leider auf die Suche nach Jill Hemingway machen. Sie sollte es als Erste erfahren. Ich bin ihr einen Gefallen schuldig.«

»Was erfahren?«

»Was ich gesehen habe.«

»Was hast du gesehen?«

»Etwas, das sie wissen sollte.«

»War das einer von Crosellis Leuten?«

»Nein.«

»Wieso ist es dann wichtig?«

»Vielleicht kann sie etwas damit anfangen.«

»Wo ist sie?«

»Keine Ahnung. Setz mich am Washington Square ab, dann gehe ich zu Fuß. Ich wette, dass sie sich nördlich der Houston Street aufhält.«

»Du willst genau wieder dorthin gehen, von wo wir verjagt worden sind?«

»Lass uns diesen Teil als Aufklärungsphase bezeichnen.«

»Was würdest du diesmal tun?«

»Hemingway findet man am schnellsten, indem man Ausschau nach Croselli hält.«

»Das lasse ich nicht zu.«

»Wie könntest du mich aufhalten?«

»Ich verbiete es dir. Ich bin deine Freundin. Wenigstens bis Mitternacht.«

»Lernt ihr das am Sarah Lawrence?«

»Möglich.«

»Also gut«, lenkte Reacher ein. »Wir treiben uns etwas herum und warten ab, ob sie vorbeikommt.«

»Wirklich?«

»Das ist mein Ernst.«

»Warum?«

»Naturgesetze. Ein zufälliger Zusammenprall zweier Teilchen wird nicht wahrscheinlicher, nur weil beide sich bewegen.«

»Okay, wo?«

»Sagen wir an der Ecke Bleecker Street und Broadway. Das müsste die Chancen erhöhen.«

»Das ist weit weg.«

»Aber nur einen Block von der Houston Street entfernt. Von dort können wir notfalls nach Süden abhauen.«

»Wir?«

»Wolltest nicht du, dass ich in deiner Nähe bleibe?«

»Aber dies ist eine ganz andere Verrücktheit.«

Reacher nickte.

»Ich verstehe«, sagte er. »Wirklich! Dies ist deine Entscheidung. Du kannst mich am Washington Square absetzen. Das wäre gut. Und glaub nicht, dass ich dich jemals vergessen werde.«

»Wirklich?«

»Wenn ich vor Mitternacht fertig bin, komme ich vorbei, um Lebewohl zu sagen.«

»Ich meine, du vergisst mich wirklich nicht? Das ist lieb von dir.«

»Und sehr wahr. Mein Leben lang nicht.«

Chrissie sagte: »Erzähl mir mehr von dem Kerl, den du gesehen hast.«

Reacher sagte: »Ich glaube, dass er der Son of Sam war.«

»Du spinnst!«

»Nein, er war es.«

»Und du hast einfach nur dagesessen?«

»Mir ist nichts Besseres eingefallen.«

»Wie nahe war er?«

»Weniger als zehn Meter. Er hat mich lange angestarrt und ist dann verschwunden.«

»Der Son of Sam war keine zehn Meter von mir entfernt?«

»Dich hat er nicht gesehen. Ich glaube, dass er deshalb verschwunden ist.«

Sie sah sich in der Dunkelheit um, legte den ersten Gang ein und sagte: »Gegen den Son of Sam ermittelt das NYPD, nicht das FBI.«

Reacher erklärte: »Wer einen Tipp weitergibt, bekommt einen Pluspunkt gutgeschrieben. Ich nehme an, dass das so funktioniert.«

»Welchen Tipp hast du?«

»Ich kann beschreiben, wie er sich bewegt.«

Hinter ihnen waren jetzt mehr Sirenen zu hören. First Avenue, Second Avenue, Uptown, Downtown, quer durch Manhattan, überall waren Cops unterwegs. Die Stimmung begann umzuschlagen. Das lag in der Luft.

»Ich komme mit«, sagte Chrissie. »Des Erlebnisses wegen. Dies sind die großen Dinge, an die wir uns lebenslang erinnern werden.«

Sie benutzten wieder die 34th Street, um zurück in die Mitte der Insel, zurück ins Herz der Dunkelheit zu fahren. Die City war weiter stockfinster, weiter tot wie ein auf dem Rücken liegendes Rieseninsekt. Es gab zertrümmerte Schaufenster. Es gab Leute, die in Gruppen unterwegs waren und Sachen schleppten. Es gab Streifenwagen und Löschfahrzeuge, die blinkend mit Sirenengeheul durch die Straßen rasten. Doch ihre Lichter machten keinen großen Eindruck auf die Dunkelheit, und das Sirenengeheul schien die marodierenden Gruppen nicht weiter zu kümmern. Sie zogen sich lediglich in Hauseingänge zurück, bis die Wagen vorüber waren. Diese Leute erinnerten Reacher an winzige nachtaktive Organismen, die sich an einem Leichnam zu schaffen machten, durch seine Haut drangen, ihn erforschten, ihn zerlegten, sich von ihm ernährten, seine Nährstoffe nutzten und wiederverwerteten, wie ein verendeter Wal eine Million Kleinstlebewesen auf dem Meeresboden nährt.

Am Empire State Building bogen sie auf die Fifth Avenue ab und rollten langsam auf der mittleren Spur weiter, vorbei an kleinen Gruppen auf der Fahrbahn: hier zwei Kerle, die einen zusammengerollten Teppich schleppten, dort drei, die den Laderaum eines verbeulten alten Kombis mit schweren Kartons beluden. An der 23rd Street fuhren sie an dem geisterhaften Flatiron Building vorbei, dann links in Richtung Broadway und weiter nach Süden, um den Union Square herum, über die 14th Street, tiefer in feindliches Gebiet hinein. Die Verwüstungen nahmen nach Süden hin merklich zu. Der Broadway erschien als schmaler dunkler Graben in einer dunklen Landschaft. Hier gab es zersplitterte Schaufensterscheiben und überall Menschen, die in Gruppen unterwegs waren: hastig, verstohlen und stumm, bis auf ihre glühenden Zigaretten fast unsichtbar. Sie kamen an der 4th und 3rd Street vorbei, wo sie schon gewesen waren, und Chrissie fuhr etwas langsamer, als Reacher plötzlich sagte: »Planänderung. Ich glaube, Sixth Avenue und Bleecker wäre besser.«

Chrissie fragte: »Warum?«

»Was ist jetzt Crosellis größte Sorge?«

»Dass ihm sein Stoff geklaut wird. Das fürchtet jeder. Falls er Stoff hat.«

»Er muss welchen haben. Ich meine, womit verdient er sein Geld zwischen Houston und 14th Street? Vermutlich mit Schutzgelderpressung und Nutten und so weiter, aber bestimmt auch mit Drogen. Er muss das Zeug irgendwo gebunkert haben. Aber wo? Nicht im Haus der Familie in Little Italy, denn das liegt weit südlich der Houston Street.«

»Du kennst die Geografie ziemlich gut.«

»Ich hab sie aus der Ferne studiert. Und er ist vom Waverly Place nach Westen gegangen. Nach dem Vorfall mit der Ohrfeige. In Richtung Sixth Avenue. Um telefonisch seine Leute zusammenzutrommeln. Meinetwegen. Folglich muss sein Hauptquartier westlich des Waverly Place liegen.«

»Du glaubst, dass Hemingway weiß, wo es sich befindet?«

»Ganz bestimmt. Und ich wette, dass sie's in diesem Augenblick beobachtet. Vermutlich hat ihr heute Nacht niemand einen konkreten Auftrag erteilt, weil sie noch suspendiert ist. Also ermittelt sie noch auf eigene Faust. Bestimmt hofft sie darauf, dass ein paar Kerle Crosellis Tür einschlagen, damit sie Einblick ins Innere des Hauses bekommt. Vielleicht kriegt sie sogar mit, wie Croselli es verteidigt, was ein echter Volltreffer wäre, stimmt's? Welchen Deal er geschlossen hat, ist dann unwichtig. Manche Dinge lassen sich einfach nicht ignorieren.«

»Das Haus wird aber nicht nur von Croselli verteidigt. Er hat zwölf Kerle.«

»Jetzt noch zehn«, entgegnete Reacher. »Zwei von ihnen sind im Krankenhaus. Oder versuchen, eines zu erreichen. Aber wir machen einen weiten Bogen um sie. Uns interessiert nur Hemingway.«

»Schwierig, in stockfinsterer Nacht eine Frau zu finden.«

»Wir können's nur versuchen.«

Also fuhren sie weiter in Richtung Houston Street, vorbei an einem Elektromarkt mit zwei eingeschlagenen Schaufenstern und weitgehend leeren Regalen, bogen dann rechts ab und krochen nach Westen, während sie sich den dunklen Straßen von Soho näherten: Mercer und Greene, Wooster und West Broadway, Thompson und Sullivan sowie MacDougal. Dann bogen sie rechts in die Sixth Avenue ein und rollten einen Block weit nach Norden, wo Bleecker, Downing und Minetta sich auf einem unübersichtlichen kleinen Platz trafen. In dieser Gegend gab es nur Billigläden mit einfachstem Sortiment, das teilweise selbst von Plünderern verschmäht wurde, während andere Geschäfte aufgebrochen und leer geräumt waren. Ein Blick nach Norden zeigte die Sixth Avenue wie zuvor als langen schwarzen Schlauch mit einem nur wenig helleren Rechteck aus Nachthimmel am anderen Ende.

Chrissie fragte: »Soll ich hier parken?«

Reacher antwortete: »Fahren wir noch ein bisschen herum.«

»Du hast gesagt, wir würden rumhängen und sie zu uns kommen lassen.«

»Schleichende Ausweitung des Auftrags. Berufsrisiko. Wie wenn die Navy Marines transportieren muss.«

»Ich studiere im Hauptfach Englisch.«

»Nur fünf Minuten, okay?«

»Okay«, sagte sie.

Aber sie brauchten keine fünf Minuten, sondern wurden nach kaum sechzig Sekunden fündig. Sie bogen scharf links auf die Downing, rechts auf die Bedford und noch mal rechts auf die Carmine ab, um in Richtung Houston Street zurückzufahren. Dann entdeckte Reacher in einem Hauseingang auf der rechten Straßenseite helle Haut und blondes Haar und deutete darauf. Chrissie trat ruckartig auf die Bremse, und Jill Hemingway schälte sich aus dem Dunkel und beugte sich zu Reachers Fenster hinunter wie ein Nutte in Seoul, die mit einem Soldaten verhandelt.

Reacher hatte erwartet, dass Hemingway zornig wäre, weil er wieder aufgekreuzt war, aber das schien sie nicht zu sein. Vermutlich fühlte sie sich schutzlos. Oder durch die eigene Besessenheit gefährdet. Was natürlich stimmte. Kein Wunder, dass sie ein wenig verlegen wirkte.

Er fragte: »Steht sein Haus hier in der Nähe?«

Sie zeigte durch den Wagen auf ein zweiflügliges Tor auf der anderen Straßenseite. Die Torflügel waren hoch und breit, hatten früher reichlich Platz für ein Pferdefuhrwerk geboten. Bei Tageslicht sahen sie vermutlich dunkelgrün aus. Im rechten Flügel gab es eine Fußgängertür, die wahrscheinlich auf einen Innenhof führte. Das dazugehörige Gebäude war zweigeschossig. Büros im ersten Stock. Oder Lagerräume. Hinter dem Haus ragte ein dunkles, massives, größeres Gebäude auf, das eine Backsteinkirche hätte sein können.

Reacher fragte: »Ist er da drin?«

Hemingway nickte.

Reacher fragte: »Wie viele sind bei ihm?«

»Er ist allein.«

»Tatsächlich?«

»Er erpresst auch Schutzgelder. Also muss er jetzt liefern. Seine Kerle sind alle unterwegs, um seine Klienten zu beschützen.«

»Dass Schutzgelderpressung so funktioniert, wusste ich nicht. Ich dachte, die Opfer würden nur erpresst.«

»Im Prinzip stimmt das auch. Aber er muss auf seine Glaubwürdigkeit achten und dafür sorgen, dass seine besten Klienten im Geschäft bleiben. Heute Nacht werden enorme Schäden angerichtet. Viele Geschäfte werden die Plünderungen nicht überleben. Von denen sind keine Zahlungen mehr zu erwarten. Und der kluge Mann behält seinen Cashflow im Auge.«

Reacher sah zu Crosellis Tor. »Sie hoffen, dass jemand bei ihm einbricht?«

»Ich weiß nicht, warum sie nicht schon längst da sind. Das ist das Problem bei Junkies. Keine Energie.«

»Was bunkert er dort drinnen?«

»Von allem etwas. Er hält den Lagerbestand niedrig, weil New Jersey Turnpike und Holland Tunnel die Just-in-time-Lieferungen garantieren, die heutzutage Standard sind. Aber ich wette, dass er mindestens einen Wochenvorrat im Haus hat.«

»Stören wir hier? Sollen wir woanders parken?«

»Sie sollten nach Hause fahren. Diese Sache geht Sie nichts an.«

»Ich muss mit Ihnen reden.«

»Worüber?«

»Den Son of Sam.«

»Croselli reicht Ihnen nicht?«

»Ich habe ihn gesehen.«

»Wen?«

»Ich habe einen Mann mit einem Charter Arms Bulldog dabei beobachtet, wie er in Autos gestarrt hat.«

»Im Ernst?«

»Er hat in unser Auto gesehen.«

»Wo?«

»Am East River, 34th Street.«

Hemingway fragte: »Sie kennen sich mit Waffen aus, nicht? Als Marine und so.«

»Sohn eines Marines«, erwiderte Reacher. »Es war der richtige Revolver.«

»Es ist stockfinster.«

»Der Mond und die Sterne und der Feuerschein auf dem Wasser.«

Hemingway bückte sich etwas tiefer und blickte an Reacher vorbei zu Chrissie. »Haben Sie ihn auch gesehen?«

Chrissie sagte: »Nein.«

»Wie das?«

»Ich hab nicht hingeschaut.«

Hemingway erklärte: »Ich weiß nicht, was ich tun soll. Okay, gehen wir mal davon aus, dass er es wirklich war, aber was nützt das? Wir wissen bereits, dass der Son of Sam sich in New York aufhält. Das geht aus seinen Bekennerschreiben hervor. Ihre Aussage enthält keine neuen Informationen; sie bringt uns nicht weiter. Sie wissen nicht, wer er ist, oder?«

»Nein«, sagte Reacher. »Aber ich weiß, was er mal war.«

Sie parkten auf der Bleecker Street und wollten zu Fuß zu Hemingways Versteck in dem Hauseingang zurückgehen, aber auf der Straße waren plötzlich Menschen unterwegs. Manche in Paaren oder Gruppen, wobei viele von ihnen Sachen schleppten, die für einen Einzelnen zu schwer gewesen wären, weshalb sie Ausschau nach alternativen Transportmitteln hielten – zum Beispiel nach kleinen Autos mit drei Türen, in denen man einen großen Fernseher gut verstauen konnte. Reacher und Chrissie waren eben aus der Chevette gestiegen, deren Türen geschlossen, aber nicht abgesperrt waren, als das Blickduell begann. Zwei Kerle, die einen Riesenkarton mit dem auf dem Kopf stehenden Aufdruck SONY trugen, kamen geradewegs auf sie zu, die Chevette im Blick. Reacher sagte: »Geht weiter, Jungs.«

Der linke Typ, eine schemenhafte keuchende Gestalt, fragte: »Und wenn wir's nicht machen?«

»Dann trete ich euch in den Hintern und klaue euren Fernseher.«

»Ihr hättet nicht Lust, uns zu fahren?«

»Verpisst euch«, sagte Reacher.

Das taten sie nicht. Sie setzten den Karton vorsichtig ab, richteten sich wieder auf und holten geräuschvoll Luft. Selbst aus zwei Metern Entfernung konnte man keine Details erkennen, aber sie hatten noch in keine Tasche gegriffen – ein gutes Zeichen. Es bedeutete, dass unbewaffnet gekämpft werden würde, was Reacher beruhigte. Er war in einer extrem gewalttätigen Kultur aufgewachsen, denn anders konnte man das U.S. Marine Corps kaum beschreiben, und hatte deren Lektionen so verinnerlicht, dass er seit über zehn Jahren keinen Kampf mehr verloren hatte – nicht gegen Soldatenkinder aus derselben Kultur und nicht gegen einheimische Jugendliche in aller Welt, die das amerikanische Militär für nichts Besonderes hielten und das gern zu beweisen versuchten, meistens erfolglos. Zwei Ganoven auf einer nachtschwarzen New Yorker Straße würden ihn vor keine unlösbaren Probleme stellen, außer sie verfügten über Messer oder Schusswaffen, was sich aber vorerst noch nicht feststellen ließ.

Der Kerl rechts sagte: »Vielleicht nehmen wir die Kleine mit und haben ein bisschen Spaß mit ihr.«

Der Kerl links sagte: »Her mit den Schlüsseln, dann passiert keinem was.«

Dies war der Augenblick der Entscheidung. Überraschung war immer gut, Zaudern immer fatal. Kerle, die abwarteten, wie die Situation sich entwickelte, schufen sich nur selbst Probleme. Reacher rannte mit zwei, drei kurzen Schritten gegen den linken Kerl an, wie ein Infielder, der zu einem Grounder spurtet, und behielt sein Tempo bei. Er riss den rechten Unterarm waagrecht hoch, traf das Gesicht des Kerls mit einem Ellbogenstoß, bremste ab, als er spürte, wie das Nasenbein zersplitterte, machte einen Bogen um den Karton und stürzte sich auf den zweiten Mann, der zurückwich und Reachers Ansturm mit dem Rücken abfing. Der Kerl schlug wie von einem Lastwagen gerammt der Länge nach hin. Reacher trat ihn an den Kopf, und der Kerl bewegte sich nicht mehr.

Reacher kontrollierte ihre Taschen. Keine Messer, keine Pistolen, wie's meistens war. Aber sie hatten es nicht anders gewollt. Sie hätten einfach weitergehen können. Er schleifte den rechten Kerl neben den linken, sodass sie Schulter an Schulter lagen, hob den schweren Karton wie ein Muskelmann im Zirkus hoch, machte damit ein paar schwankende Schritte und ließ ihn aus Taillenhöhe auf ihre Köpfe fallen.

Chrissie fragte: »Wieso hast du das getan?«

»Alte Regel«, antwortete Reacher. »Siegen reicht nicht. Der andere Typ muss wissen, dass er verloren hat.«

»Lernt ihr das im Marine Corps?«

»Mehr oder weniger.«

»Wenn sie aufwachen, zerlegen sie mein Auto.«

»Das tun sie nicht. Sie übergeben sich und kriechen nach Hause. Bis dahin bist du sowieso längst weg.«

Also sperrte Chrissie ab, und sie gingen zu dem Hauseingang zurück, in dem Hemingway auf der Carmine Street wartete. Reacher fragte: »Kein Fortschritt?«

Hemingway entgegnete: »Noch nicht.«

»Vielleicht sollten wir losziehen und ein paar Kerle anwerben. Auf der Bleecker sind genügend unterwegs.«

»Das wäre Anstiftung zu einer Straftat.«

»Mittel zum Zweck.«

»Erzählen Sie mir, was Sie über den Mann mit dem Bulldog zu wissen glauben

»Können Sie's brauchen?«

»Kommt darauf an, was es ist.«

»Es war finster«, sagte Reacher. »Offensichtlich.«

»Aber?«

»Er war Mitte zwanzig, würde ich sagen, mittelgroß, breite Brust und Schultern, ziemlich blass, strubbeliges schwarzes Haar.«

»Mit einem Bulldog Kaliber .44 bewaffnet?«

»Die meisten Bulldogs verschießen Kaliber .44. Aber ich habe keinen Röntgenblick.«

»Wie weit entfernt war er?«

»Sechs bis sieben Meter.«

»Wie lange haben Sie ihn angesehen?«

»Ungefähr zwanzig Sekunden.«

»Zwanzig Sekunden aus sechs bis sieben Metern«, sagte Hemingway. »Während eines Stromausfalls? Das lässt sich schwer verkaufen. Ich wette, dass heute Nacht tausend ähnliche Anzeigen eingehen. Bei Dunkelheit flippen die Leute aus.«

»Er hat eine Ausbildung«, sagte Reacher.

»Woran haben Sie das gemerkt?«

»An der Art, wie er sich von einer Deckung zur nächsten bewegte. Er war mal Soldat, hat eine Ausbildung als Infanterist.«

»Die haben viele. Schon mal von Vietnam gehört?«

»Dafür ist er zu jung. Dieser Kerl war vor sechs bis sieben Jahren volljährig. Damals wurde die Wehrpflicht gerade abgeschafft. Man musste schon Pech haben, um eingezogen zu werden. Und ich glaube nicht, dass er jemals im Krieg war. Ich kenne viele Männer, die in Vietnam waren. Die sind anders. Dieser Kerl kennt die Sache nur aus Theorie und Ausbildung. Klar, die ist ihm in Fleisch und Blut übergegangen, aber sie war nie überlebenswichtig. Und ich glaube nicht, dass er bei den Marines diente. Die sind anders. Er war in der Army, denke ich, und hat in Korea gedient. Das ist wie ein Fingerabdruck. Ich glaube, dass er nach der Grundausbildung die Spezialausbildung für den Kampf in Städten gemacht hat und in Seoul stationiert war. Das ist eine besondere Kombination. Sind Sie mal dort gewesen? Seoul lehrt einen, sich auf bestimmte Weise zu bewegen. Aber wie sein Haarschnitt zeigt, ist er seit mindestens zwei Jahren draußen und hat Zeit gehabt, etwas Gewicht zuzulegen. Ich vermute, dass er mit achtzehn oder neunzehn freiwillig zur Army gegangen ist und drei Jahre gedient hat. Jedenfalls war das mein Eindruck.«

»Ein verdammt detaillierter Eindruck.«

»Sie könnten ihn als Filter vorschlagen. Vielleicht passt die Beschreibung auf irgendeinen Verdächtigen.«

»Zwanzig Sekunden bei Nacht …«

»Was haben die Ermittler bisher?«

»Vielleicht könnte ich das wirklich weitergeben.«

»Was ist, wenn es klappt? Wenn die den Kerl fassen? Wäre das gut für Sie?«

»Aber ja!«

»Was spricht also dagegen?«

»Dass ich verzweifelt und erbärmlich wirken könnte.«

»Das ist Ihre Entscheidung.«

»Sie sollten es versuchen«, meinte Chrissie. »Dieser Kerl muss geschnappt werden.«

Hemingway sagte nichts.

Sie warteten in dem Hauseingang gegenüber von Crosellis Hauptquartier zusammengedrängt, ohne dass irgendwas passierte. Sie hörten Sirenen und einzelne Gesprächsfetzen, die von der Bleecker Street herüberdrangen. Wie Kurznachrichten in Schlagzeilen. Die Temperatur war auf etwas unter fünfunddreißig Grad gesunken. Im Shea Stadium war die Beleuchtung gegen Ende des sechsten Innings bei einer 2:1 Führung der Cubs gegen die Mets ausgefallen. Subway-Fahrgäste hatten angstvolle Stunden im Untergrund verbracht, kamen jetzt aber allmählich an die Oberfläche. Banden benutzten Autos mit Ketten oder Seilen, um Rollläden von Geschäften herunterzureißen. Sogar der Herrenausstatter Brooks Brothers in der Madison Avenue war geplündert worden. Crown Heights und Bushwick standen in Flammen. Cops waren verletzt worden, und es hatte zahllose Festnahmen gegeben.

Dann waren die letzten Passanten vorbeigezogen, und auf der Carmine Street herrschte wieder Stille. Die Zeiger der Uhr in Reachers Kopf bewegten sich auf Mitternacht zu. Er sagte zu Chrissie: »Ich begleite dich zu deinem Auto. Deine Freundinnen warten sicher schon.

Sie fragte: »Bleibst du hier?«

»Warum nicht? Meinen Bus habe ich schon verpasst.«

»Glaubst du, dass die Straßen frei sind?«

»Bestimmt. Leute sollen die Stadt verlassen.«

»Warum?«

»Weniger hungrige Münder zu füttern.«

»Klingt logisch«, sagte Chrissie. Sie gingen los, bogen um die Ecke und sahen die Chevette unbeschädigt am Randstein parken. Die beiden Kerle lagen noch unter dem SONY-Karton auf dem Asphalt. Sie atmeten noch.

Reacher fragte: »Soll ich mitkommen?«

»Nein«, antwortete Chrissie. »Wir fahren allein zurück. Auch das gehört zu dem Deal.«

»Du weißt, wie du fahren musst?«

»Die Sixth hinauf, rechts auf die West 4th abbiegen. Und schon ist man da.«

»Korrekt.«

»Pass auf dich auf, okay?«

»Mach ich«, sagte Reacher. »Du auch. Ich werde dich nie vergessen.«

»Doch, das wirst du.«

»Komm nächstes Jahr wieder und finde heraus, ob ich's getan habe.«

»Okay. Wir wollen sehen, wer sich daran erinnert. Gleicher Abend, selber Ort. Deal?«

»Ich bin da«, sagte Reacher.

Sie stieg ein und fuhr an, wobei sie auf die bewusstlosen Männer achten musste, bog nach links auf die Sixth Avenue ab und winkte noch mal aus ihrem offenen Fenster. Dann war sie verschwunden.

Hemingway sagte: »Ich werde sie ins System einspeisen. Ihre Eindrücke, meine ich. Das ist die cleverste Lösung. Sie werden natürlich ignoriert, aber sie sind aktenkundig. Dann kann ich später sagen: ›Seht ihr, ich hab's euch gesagt.‹ Wenn Sie recht behalten. Das ist immer einen oder zwei Punkte wert. Manchmal auch mehr. Nachträglich recht zu haben kann etwas Wundervolles sein.«

»Es ist ein Filter«, meinte Reacher. »Mehr nicht. Hier geht's um Effizienz.«

»Aber Croselli brauche ich trotzdem.«

»Der Sohn of Sam würde nicht ausreichen, um Sie zu rehabilitieren?«

»Ich brauche Croselli.«

»Warum?«

»Weil er mich zur Weißglut bringt.«

»Kennen Sie den Roman *Moby Dick*?«

»Okay, ich verstehe. Und ich geb's zu. Croselli ist mein großer weißer Wal. Ich bin von der Idee besessen, ihn zu erlegen. Aber was kann ich dagegen tun? Was könnte jemand machen, dem ein Wal auf den Kopf drückt?«

»Fühlen Sie sich so? Als lastete ein Wal auf Ihrem Kopf?«

»Ja, genauso fühle ich mich.«

»Dann schlage ich einen Tausch vor«, sagte Reacher.

»Was gegen was?«

»Ich brauche eine Mitfahrgelegenheit aufs Land.«

»Wann?«

»Möglichst bald. Mein Bruder macht sich bestimmt Sorgen um mich. Und ich weiß, wie schrecklich das für den alten Kerl ist. Er muss erfahren, dass mir nichts zugestoßen ist.«

»Ich bin keine Taxizentrale.«

»Sie haben ein Auto.«

»Ich bin auch kein Chauffeur.«

»Sie könnten ihn mir leihen.«

»Wie würde ich ihn zurückbekommen?«

»Weiß ich nicht.«

»Haben Sie überhaupt einen Führerschein?«

»Nicht direkt.«

»Kommt nicht infrage«, sagte sie.

»Okay«, sagte Reacher.

»Was wollten Sie für mich tun?«

»Nehmen wir mal an, ein Unbekannter bräche bei Croselli ein, sodass Sie sich in seinem Haus umsehen könnten. Dann ist der Unbekannte geflüchtet, aber Sie waren zu sehr mit der Sicherung des Beweismaterials beschäftigt, um ihn verfolgen zu können.«

»Genau darauf warte ich seit zwei Stunden. Aber es will einfach nicht passieren.«

»Ich könnte es machen.«

»Sie sind noch nicht mal siebzehn.«

»Wieso ist das relevant?«

»Anstiftung zu einer Straftat ist schlimm genug. Bei Minderjährigen sicher noch viel schlimmer.«

»Wer außer uns beiden würde je davon erfahren?«

»Ich kann unmöglich eine Mitfahrgelegenheit für Sie organisieren.«

Reacher machte eine kurze Pause, bevor er sagte: »Vielleicht sollten wir den Plan verfeinern.«

»Welchen Plan?«, fragte Hemingway. »Wir haben keinen.«

»Vielleicht ist's besser, wenn nicht Sie die Drogen finden. Das könnte nach einer persönlichen Vendetta aussehen und Crosellis Anwälten eine Handhabe gegen Sie geben. Vielleicht sollte das FBI ganz außen vor bleiben. Das NYPD wäre besser, finden Sie nicht auch? Eine unabhängige Polizei, die auf keinem Rachefeldzug ist. Entdeckt sie einen Dealer mit seiner gebunkerten Ware in ihrer Stadt, wird der Fall öffentlich. Er lässt sich nicht mehr leugnen. Ihre Leute müssen ihren Deal vertuschen und eingestehen, dass Sie von Anfang an recht hatten, und Sie können das Entlassungsgespräch in eine Ordensverleihung umwandeln.«

»Das NYPD hat alle Hände voll zu tun.«

»Dort gibt's bestimmt Drogenfahnder, die Sie schon vorher anrufen können. Sobald Sie wissen, wann sie ungefähr kommen, können wir versuchen, die Sache zeitlich genau hinzukriegen. Ich breche ein, und Sie stehen Schmiere, bis die Cops aufkreuzen. Dann verschwinden wir beide, und Sie fahren mich nach Norden. Inzwischen trägt das NYPD Beweise für Sie zusammen, und wenn Sie in die Stadt zurückkommen, rollen Ihre Bosse den roten Teppich für Sie aus.«

»Wie weit wollen Sie nach Norden?«

»West Point. Das liegt ein Stück flussaufwärts.«

»Ich weiß, wo es liegt.«

»Sind wir uns also einig?«

Hemingway gab keine Antwort.

Eine halbe Stunde später, gegen ein Uhr morgens, schlug Hemingway endlich ein. Aber der Plan ging praktisch sofort schief. Als Erstes konnten sie kein funktionierendes Telefon finden. Sie suchten die Carmine Street ab, dann die Ecken zur Seventh Avenue, zur Bleecker Street und zur Sixth Avenue, aber alle Münztelefone, die sie fanden, waren unbrauchbar. Sie wussten nicht, ob das eine Folge des Stromausfalls oder nur des allgemeinen Niedergangs der City war. Reacher, der zu wissen glaubte, dass Telefone über eigene Leitungen mit Strom versorgt wurden, hätte gern weitergesucht, aber Hemingway winkte ab, weil sie fürchtete, etwas vor Crosellis Haus zu verpassen. Also ging sie wieder zu ihrem Hauseingang in der Carmine Street zurück, während Reacher allein über die Sixth Avenue joggte, bis er an der Ecke Minetta Street und Minetta Lane ein funktionierendes Münztelefon fand.

Die Ziffern waren im Dunkel nicht zu erkennen, deshalb wählte er nach Gefühl eine 0, um die Vermittlung zu bekommen. Als sich nach langem Warten endlich eine Telefonistin meldete, verlangte er das sechste Polizeirevier. Dieses Mal musste er noch länger warten, bis eine raue Männerstimme blaffte: »Ja?«

Reacher sagte: »Ich möchte illegale Drogen in West Village anzeigen.«

Die Stimme sagte: »Was?«

»In der Carmine Street wird eben ein geheimes Drogenlager ausgeräumt.«

»Hat's Tote gegeben?«

»Nein.«

»Wird gerade jemand umgebracht?«

»Nein.«

»Brennt's?«

»Nein.«

Der Kerl sagte: »Dann halten Sie mich nicht länger auf«, und legte auf. Reacher hängte ein, joggte bei fast fünfunddreißig Grad um ein Uhr morgens schwitzend zu Hemingway zurück und berichtete ihr von seinem Anruf beim NYPD. Hemingway nickte und meinte: »Das hätten wir uns denken können. Natürlich sind alle Mann an Deck und hoffnungslos überlastet.«

»Vielleicht müssen wir doch auf Ihre Leute zurückgreifen.«

»Vergessen Sie es! Die würden nicht mal meinen Anruf annehmen.«

Reacher fragte: »Haben Sie den kleinen Kassettenrekorder Ihrer Schwester noch?«

»Das ist meiner.«

»Haben Sie ihn noch?«

»Warum?«

»Vielleicht kann ich ihn dazu bringen, auf Tonband zu prahlen.«

»Sie?«

»Nach demselben Prinzip. Es darf nicht wie eine Vendetta aussehen.«

»Das kann ich nicht zulassen. Sie und er, von Angesicht zu Angesicht? Ich habe ein Gewissen.«

»Was kann er mir schon anhaben?«

»Sie totschlagen.«

»Er ist ein gemachter Mann«, erklärte Reacher. »Er hat Soldaten. Was bedeutet, dass er andere für sich schuften lässt. Folglich ist er außer Übung. Er hat nur einen Cowboyhut, aber keine Rinder. Wie wenig er taugt, haben wir auf dem Waverly Place gesehen. Jeder Zwölfjährige auf den Philippinen könnte ihm sein Lunchpaket wegnehmen.«

»Ist das eine Marine-Corps-Sache?«

»Ich bin kein Marine.«

»Wie würden Sie denn dort reinkommen?«

»Die Kirche hinter dem Haus ist vermutlich abgesperrt.«

»Nachts bestimmt immer.«

»Mir fällt schon was ein.«

»Wie würde das Militär vorgehen?«

»Marines oder Army?«

»Army.«

»Sie würde Artillerieunterstützung anfordern. Oder einen Luftschlag.«

»Marines?«

»Die würden vermutlich Feuer legen. Ausräuchern hilft meistens ziemlich schnell.«

»Das können Sie nicht machen.«

»Ich bin kein Marine«, wiederholte Reacher. Er schaute über die Straße. Die Fenster im ersten Stock waren natürlich dunkel, was bedeutete, dass Croselli hinter einem davon stehen und die Straße im Auge behalten konnte. Ohne jedoch viel zu sehen. Ein Mann, der aus einem dunklen Zimmer eine beleuchtete Straße beobachtete, war im Vorteil. Ein Mann, der aus einem dunklen Zimmer auf eine unbeleuchtete Straße hinabsah, konnte sich die Mühe gleich sparen.

Reacher überquerte die Straße, blieb vor dem zweiflügligen

Tor stehen und berührte das Holz mit den Fingerspitzen. Es war wie Schleifpapier. Fünf Jahrzehnte alter Anstrich plus fünfzig Jahre Rauch, Ruß und Staub. Er klopfte leicht an. Das Holz fühlte sich alt und dick und solid an, als stammte es aus einem uralten Wald im Nordwesten. Er ließ eine Hand über den Torflügel gleiten, bis er die Fußgängertür fand, deren Oberfläche sich exakt gleich anfühlte. Er tastete nach Angeln, konnte aber keine entdecken. Er fand das Schloss, auf das sein Daumen genau passte. Ein kleines rundes Yale-Schloss aus Messing, vermutlich so alt wie der Anstrich.

Er kehrte zu Hemingway zurück und sagte: »Das Tor ist bestimmt acht bis zehn Zentimeter dick, die eingesetzte Tür auch. Lauter erstklassiges Holz, inzwischen wahrscheinlich steinhart.«

»Dann ist die Methode der Army vielleicht doch die einzig richtige.«

»Nicht unbedingt. Die kleine Tür geht nach innen auf. Das Schloss ist ein vermutlich fünfzig Jahre altes Yale-Schloss, das wahrscheinlich nicht ins Türblatt eingesetzt ist. Nicht in so hartem Holz. Nicht damals, als die Leute noch weniger sicherheitsbewusst waren. Ich wette, dass man das Schloss wie in alten Häusern nur hinten angeschraubt hat. Der Riegel greift in ein aufgesetztes Stahlkästchen ein. Zwei Schrauben, das ist alles.«

»Drinnen gibt's eine zweite Tür. Vielleicht ist die Haustür moderner.«

»Dann klopfe ich an und vertraue auf meinen Charme.«

»Ich darf Sie das nicht tun lassen.«

»Das ist das Mindeste, was ich tun kann. Ich habe Ihnen Ihr Konzept verdorben. Vielleicht hätten Sie etwas aus ihm rausgekriegt. Sie wollten den Schlag hinnehmen und ihn zum Weiterreden bringen.«

»Er hatte den Draht schon entdeckt«

»Aber er ist arrogant und hat ein riesiges Ego. Vielleicht hätte er weitergeredet, nur um Sie zu verspotten.«

»Darauf habe ich gehofft.«

»Dann lassen Sie es mich wiedergutmachen.«

Reacher drehte sich um, schob sein Hemd hoch und präsentierte Hemingway seinen nackten Rücken. Er spürte heiße Finger, die den Gummizug seiner Boxershorts dehnten und die kleine Kunststoffbox hineinschoben, und dann den dünnen Draht auf seiner Haut. Ihre Hand glitt unter seinem Hemd zum Schulterblatt hinauf und über die Schulter hinweg, wobei er ihren Atem im Nacken fühlte. Sie drehte ihn wieder zu sich her und griff mit der anderen Hand unter sein Hemd, um das Mikrofon zu ertasten und richtig zu platzieren. Ihre Hand machte knapp unter dem Schlüsselbein halt und blieb flach auf seiner nackten Brust liegen.

Sie sagte: »Ich hab's in meinen BH gesteckt. Aber Sie tragen ja keinen.«

»Na so was«, sagte Reacher.

»Es lässt sich nirgends fixieren.«

Reacher bemerkte, wie sich sofort ein Schweißfilm zwischen seiner Haut und ihrer Handfläche bildete. Er sagte: »Haben Sie etwas Heftpflaster in Ihrer Umhängetasche?«

»Kluger Junge!«, sagte sie und musste sich dann eigenartig verrenken, als sie mit einer Hand in ihrer Tasche wühlte. Als sie den Kopf senkte, um den Inhalt sehen zu können, berührte ihre Stirn flüchtig seine Lippen wie ein hingehauchter Kuss. Ihr Haar war feucht, aber es duftete nach Erdbeeren.

Sie schwang ihre Tasche wieder über die Schulter und versuchte unbeholfen, etwas zu öffnen, das leise knisterte. Einen steril verpackten Streifen Heftpflaster, vermutete Reacher. Er griff danach und packte ihn aus. Dann nahm sie ihm das Pflaster wieder ab und fixierte damit das kleine Mikrofon in der Senke zwischen seinen Brustmuskeln. Nachdem sie es ein-, zweimal angedrückt hatte, zog sie die Hände unter seinem Hemd hervor und strich es wieder glatt.

Sie legte ihm eine Hand auf die Brust, wie Croselli es bei ihr getan hatte, presste sie auf den feuchten Baumwollstoff und sagte: »Den findet er.«

»Keine Sorge«, sagte Reacher. »Wenn er mich anfasst, schlage ich ihn tot.«

Hemingway schwieg.

Reacher sagte: »Das ist eine Marine-Corps-Sache.«

Die Dunkelheit war lästig. Sogar verdammt lästig. Reacher stellte sich wie ein Sprinter am gegenüberliegenden Randstein auf, doch er würde nicht genau sehen, wohin er unterwegs war, und Kurskorrekturen vornehmen müssen. Er setzte sich mit großen Schritten unbeholfen stampfend in Bewegung – teils wegen der Dunkelheit, teils weil Laufen nicht seine Stärke war. Aus drei Schritten Entfernung erkannte er das Tor, aus zwei Schritten die Fußgängertür und aus einem Schritt das Yale-Schloss. Er holte mit dem vorderen Fuß zu einem gewaltigen Tritt aus, sodass sein Absatz das kleine Schloss mit der ganzen Wucht seiner hundert Kilo traf, die durch die Bewegungsenergie seines rennenden Körpers noch gesteigert wurde.

Das genügte. Die Fußgängertür flog fast ohne Widerstand nach innen auf. Reacher stürmte durch das offene Rechteck auf einen Innenhof, der so finster war, dass er nichts erkennen konnte. Er spürte Pflastersteine unter seinen Füßen, roch säuerlichen Müllgeruch und konnte ahnen, dass rechts und links vor ihm kahle Mauern aufragten.

Er tastete sich die rechte Mauer entlang weiter, bis er eine Tür erreichte. Oben geripptes starkes Glas, unten ein Holzpaneel, ein glatter Türknopf aus Stahl und darunter ein Sicherheitsschloss, bestimmt neuer als das Yale-Schloss. Das Glas war vermutlich mit Drahtgewebe verstärkt und das Schloss in Tür und Rahmen eingelassen. Diese Tür würde sich nicht einfach aufsprengen lassen.

Er wartete ab, ob Croselli auftauchen und die Haustür öffnen würde. Vielleicht tat er das, weil er den Krach der aufgebrochenen Holztür gehört hatte. Aber er kam nicht herunter. Reacher wartete drei Minuten lang, in der seine Atmung sich wieder beruhigte, und riss dabei die Augen weit auf, als könnte er sie dazu zwingen, etwas zu erkennen. Aber sie sahen nichts. Er trat wieder an die Tür und tastete sie ab. Das Paneel unter dem Glas war vermutlich ihr schwacher Punkt. Anscheinend Sperrholz, vielleicht zehn Millimeter stark, mit Schlossschrauben in einen Metallrahmen gesetzt. Reacher trug Schuhe, die er bei der letzten Versetzung seines Dads in London gekauft hatte: solide englische Qualität mit verstärkten Fersen und aufgesetzten Zehenkappen wie aus Stahl. Damit war eine Sperrholzplatte kein großes Problem.

Er machte einen halben Schritt rückwärts und streckte einen Fuß aus, um den richtigen Abstand zu dem Paneel zu bestimmen. Dann trat er mit aller Kraft zu – peng, peng, peng – und konzentrierte sich unbekümmert lärmend auf die Ecken, bis dort das Holz zu splittern begann und die ersten Schrauben herausfielen.

Dann hielt er inne und horchte.

In dem Gebäude blieb es still.

Scheiße. Reacher hätte es vorgezogen, wenn Croselli ihm im Erdgeschoss gegenübergetreten wäre. Er freute sich nicht darauf, eine Treppe hinaufstürmen zu müssen, an der oben ein hellwacher Gegner lauerte.

Er wartete noch etwas länger.

Kein Laut.

Er ging mit dem Rücken zu dem Paneel in die Hocke und drückte es mit den Ellbogen zur Seite, bis es sich wie eine eigene kleine Tür öffnete. Dann drehte er sich um, streckte einen Arm in die Öffnung und tastete nach dem drehbaren inneren Türknopf, den er mühelos erreichte, weil er lange Arme wie ein Gorilla hatte. In seiner Jugend war er auf Fotos immer mit bloßen Handgelenken zu sehen, weil ihm alle Ärmel zu kurz gewesen waren.

Die Tür öffnete sich. Er richtete sich auf und trat vorsichtshalber einen Schritt zur Seite. Aber im Haus blieb es still. Croselli zeigte sich nicht. Das Hausinnere war stockfinster, die Luft schwül und abgestanden.

Reacher betrat einen anscheinend ziemlich kleinen Vorraum mit gefliestem Boden. Seine tastenden Füße stießen an die unterste Stufe einer Treppe. Sie wies links einen Handlauf auf und war kaum einen Meter breit. Die mit Ölfarbe gestrichenen Wände des Treppenhauses waren feucht von Kondenswasser.

Mit der linken Hand am Geländer stieg Reacher mit vor sich ausgestreckter Rechter die Treppe hinauf. Nach einem kleinen Absatz führte sie in Gegenrichtung weiter nach oben. Dort gab es überhitzte staubige Luft und einen beengten Querflur mit klebrigem Teppichboden und jeweils einer Tür an den Enden. Ein Zimmer nach vorn zur Straße hinaus, eines nach hinten.

Unter der des Hinterzimmers zeichnete sich ein schwacher warmer Streifen Licht ab.

Reacher starrte es an, wie ein Durstiger in der Wüste einen kalten Drink angestarrt hätte. Vermutlich eine Kerze.

Er schob eine Hand hinten unter sein Hemd und betätigte den kleinen Schalter, den Hemingway ihm gezeigt hatte. Er ist rot, hatte sie gesagt, was jedoch nichts nützte, weil er im Hinterkopf keine Augen hatte. Außerdem war es hier stockfinster. Also hatte er sich eingeprägt, wo der Schalter saß. Er schlug sich an die Brust, damit ein dumpfes Geräusch den Beginn der Aufzeichnung markierte. Dann legte er eine Hand auf den Türknopf.

Reacher drehte den Knopf und stieß die Tür auf, eins, zwei, schnell und kraftvoll, und betrat das von einer flackernden Kerze erhellte Zimmer. Der jähe Luftstoß ließ die Flamme tanzen. Vor ihm lag ein sechs mal sechs Meter großer Raum mit einem dunklen Fenster in der Rückwand und einer Reihe altmodischer Safes an der linken Wand, die an einen alten Schwarz-Weiß-Film über Bankräuber erinnerten, während rechts mehrere Aktenschränke und ein Schreibtisch standen. In einem mit Leder bezogenen Chefsessel hinter dem Schreibtisch saß Croselli. Er hatte den Sessel etwas zurückgeschoben und so zur Seite gedreht, dass er der Tür zugewandt war.

Er hielt eine Pistole in der Hand.

Seine Waffe war ein Colt M1911 Kaliber .45, seit sechsundsechzig Jahren die Standardpistole des amerikanischen Militärs – daher die Modellbezeichnung. Sie sah etwas verkratzt und mitgenommen aus. Beleuchtet wurde sie von der Kerze auf dem Schreibtisch, die mit Wachs auf einem Unterteller festgeklebt war. Eine gewöhnliche Haushaltskerze, die in jedem Drugstore nur ein paar Cent kostete, aber sie schien hell wie die Sonne zu leuchten.

Croselli sagte: »Sie.«

Reacher schwieg.

Croselli hatte sein Jackett ausgezogen und die Krawatte gelockert, aber sein Hemd war noch immer nass. Er sagte: »Ich habe Hemingway erwartet. Was sind Sie heute Nacht, ihr Ritter in glänzender Rüstung? Schickt sie einen Jungen, der Männerarbeit leisten soll?«

Ist er bewaffnet?, hatte Reacher sich erkundigt. Nicht in der Stadt, hatte Hemingway gesagt. Das kann er sich nicht leisten. Aber das galt anscheinend nicht fürs eigene Haus. Scheiße. Reacher musterte die nebeneinander aufgestellten Safes: sechs Stück, jeder ungefähr einen Meter breit und fast zwei Meter hoch. Sie hatten Schlüssellöcher, keine Zahlenschlösser. Die Tür des Safes rechts außen stand offen, sein Inneres war leer. Ihr Waffenschrank, vermutete Reacher. Für absolute Notfälle wie in dieser Nacht. Crosellis Soldaten waren vermutlich bewaffnet unterwegs, um seine Klienten zu beschützen.

»Sie haben eine Pistole«, sagte Reacher fürs Tonband.

»Ich verteidige meinen Besitz«, erklärte Croselli.

»Dieses Haus gehört Ihnen?«

»Ich bin kein gewöhnlicher Einbrecher.«

Reacher machte einen Schritt vorwärts. Die Pistolenmündung hob sich, um ihn im Visier zu behalten. Er fragte: »Sind Sie als Besitzer eingetragen?«

»So dumm bin ich nicht.«

»Dann ist's nicht Ihr Haus.«

»Nur auf dem Papier nicht. Glauben Sie mir, Kid, was Sie hier sehen, gehört alles mir.«

»Was befindet sich in den Safes?«

»Ware.«

»Ihre?«

»Das habe ich Ihnen schon gesagt.«

»Ich muss es klar und deutlich hören.«

»Wozu?«

»Wir könnten ins Geschäft kommen.«

»Geschäft?«

»Das habe ich gesagt.«

»Sie und ich?«

»Wenn Sie clever sind«, sagte Reacher.

»Sie haben meine Tür aufgebrochen.«

»Hätten Sie mich eingelassen, wenn ich angeklopft hätte?«

»Was für Geschäfte könnten wir schon miteinander machen, Sie und ich?«

»Ihre Ware kommt auf der New Jersey Turnpike und durch den Holland Tunnel. Also werden Sie aus Miami über die I-95 beliefert. Was bedeutet, dass Sie schon zu teuer einkaufen und einen Teil der Ware durch unzuverlässige Kuriere oder Routinekontrollen der New Jersey State Police einbüßen. In allen drei Fällen könnte ich Ihnen helfen.«

»Wie?«

»Ich importiere Stoff direkt aus dem Fernen Osten. In Militärflugzeugen, die nicht kontrolliert werden. Mein Dad ist Offizier im Marine Corps.«

»Was für Stoff?«

»Welchen immer Sie wollen.«

»Zu welchem Preis, Kid?«

»Zeigen Sie mir, was Sie haben, und sagen Sie mir, was Sie dafür bezahlt haben. Dann breche ich Ihnen das Herz.«

»Sie haben zwei meiner Männer verletzt.«

Reacher sagte: »Das musste sein. Damit Sie wissen, dass man sich nicht mit mir anlegen darf.« Er machte einen weiteren Schritt. Die Pistolenmündung hob sich erneut ein wenig. Er fragte: »Kaufen Sie von Martinez?«

»Ich kenne keinen Martinez.«

»Dann kaufen Sie auf jeden Fall überteuert ein. Von wem kaufen Sie denn?«

»Von den Medellin Boys.«

»Bei mir könnten Sie vierzig Prozent sparen.«

Croselli sagte: »Ich denke, Sie reden lauter Scheiß, und Hemingway hat Sie mit dieser Story hergeschickt.«

»Das FBI hat sie aus dem Verkehr gezogen.«

»Wofür ich gutes Geld bezahlt und ein dauerhaftes Ergebnis erwartet habe. Alles andere macht mich nur wütend.«

»Dies hat nichts mit Hemingway zu tun.«

»Ziehen Sie Ihr Hemd hoch.«

»Wozu?«

»Ich will den Draht sehen. Bevor ich Sie erschieße.«

Reacher überlegte: illegale Schusswaffen, Hausbesitz unter falschem Namen, freimütige Erwähnung des kolumbianischen Medellin-Kartells in Kolumbien und offen eingestandene Bestechung. Alles auf Tonband. Das musste reichen. Er atmete tief, ganz tief ein und legte die Hände an den Saum seines T-Shirts. Dann knickte er den Oberkörper in der Taille ab und blies die Kerze aus.

In Bruchteilen einer Sekunde wurde aus einem Raum in warmem Kerzenschein ein schwarzes Loch, und Reacher preschte geradeaus los, bahnte sich einen Weg zwischen Crosellis Ledersessel und dem Schreibtisch. Croselli riss die Pistole ungefähr in seine Richtung herum und drückte ab. Aber er schoss weit daneben, und das Mündungsfeuer beleuchtete ihn wie das Blitzlicht eines Fotografen, sodass Reacher keine Mühe hatte, seinen Nacken mit einer Geraden zu treffen, die Croselli nach vorn warf und auf den Knien landen ließ. Reacher tastete nach dem Sessel, hob ihn an den Armlehnen hoch und schmetterte ihn auf

Crosellis Rücken. Er hörte das Geräusch von Stahl auf Aluminium, als die Pistole davonrutschte, schob den Stuhl beiseite und tastete blindlings nach Crosellis Hemdkragen, den er mit der linken Hand gepackt hielt, während er mit der rechten Crosellis Kopf, sein Ohr, seine Schläfe, sein Kinn mit kurzen Schwingern wie Keulenschläge bearbeitete, eins, zwei, drei, vier, bis der Widerstand des Kerls nachließ, worauf er die Hände packte und hinter Crosellis Rücken hochriss, was sehr schmerzhaft war. Dabei umklammerte seine Linke sie wie Handschellen, was nur dank seiner ungewöhnlich kräftigen Finger möglich war. Aus dieser Haltung hatte sich noch niemand befreien können, nicht mal sein gleich großer Bruder, und auch nicht sein kleinerer, aber stärkerer Vater. Er zog den Mann hoch und schlug an seine Taschen, bis er einen Schlüsselbund klirren hörte. Croselli, der sich etwas erholt hatte, fing an, sich kräftiger zu wehren. Also drehte Reacher ihn halb zur Seite und stellte ihn mit einem gewaltigen Nierenhaken ruhig.

Dann zog er mit der rechten Hand die Schlüssel aus Crosellis Tasche und fragte: »Wo sind Ihre Zündhölzer?«

Croselli erwiderte: »Dafür sterben Sie.«

»Logisch«, sagte Reacher. »Niemand lebt ewig.«

»Ich meine heute Nacht, Kid.«

Reacher wählte einen Sicherheitsschlüssel und drückte die Spitze unter einem Auge an Crosellis Wange. Er sagte: »Schon möglich, aber Sie sehen's nicht mehr. Als Erstes nehme ich mir Ihre Augen vor.«

»Zündhölzer sind im Schreibtisch«, sagte Croselli.

Reacher drehte ihn wieder um, verpasste ihm einen Magenhaken, damit er sich zusammenkrümmte und außer Gefecht war, schob ihn würgend und kotzend an den Schreibtisch zurück und benützte seine freie Hand dazu, eine Schublade nach der anderen aufzuziehen und ihren Inhalt abzutasten. Sie enthielten alles mögliche Zeug: Klammerhefter, Kugelschreiber, viele Rollen durchsichtiges Klebeband, zum Teil in Bandspendern, Bleistifte, Haftnotizen, Büroklammern. Und ein Streichholzbriefchen, etwas lappig und feucht.

Ein Zündholz mit nur einer Hand anzureißen war praktisch unmöglich, deshalb drehte Reacher Croselli zur Fensterwand um, ließ seine Handgelenke los und versetzte ihm einen kräftigen Stoß. Die wenigen ungestörten Sekunden nutzte er dazu, ein Streichholz abzutrennen, es an der Reibefläche anzureißen und damit die Kerze wieder anzuzünden. Inzwischen pumpte Croselli sich für einen Angriff auf, weshalb Reacher auf ihn zutrat und mit einer Rechten aufs Sonnengeflecht niederstreckte.

Ein Sonnengeflecht ist mindestens eine Minute wert, sagte Reacher sich und nutzte diese Zeit, um den Raum zu durchqueren, die Pistole aufzuheben, das Magazin herauszuziehen und die Waffe zu entladen. Dann stellte er den Chefsessel wieder auf seine Rollen, drehte ihn in die richtige Position, zog den Kerl hoch, platzierte ihn im Sessel und begann, seine Handgelenke mit Klebeband an die Armlehnen zu fesseln.

Scotch Tape war weniger reißfest als ein Gewebeband, aber Reacher kompensierte diesen Nachteil mit Länge, erst linke, dann rechte Hand, bis der Kerl aussah, als hätte er zwei gebrochene Handgelenke in neuartigen, halb durchsichtigen Kunststoffverbänden. Danach folgten die Knöchel. Reacher verbrauchte insgesamt sechs Rollen Klebeband, und als er fertig war, konnte der Kerl sich garantiert nicht mehr selbst befreien.

Dann betrat Hemingway den Raum.

Sie betrachtete erst die Kerze, dann Croselli.

Reacher sagte: »Er hat auf Tonband damit angegeben, dass ihm hier alles gehört.«

Sie sagte: »Ich hab einen Schuss gehört.«

»Er hat danebengeschossen. Ungefähr zwanzig Grad zu weit backbords.«

»Ich hab mir Sorgen gemacht.«

»Sorgen muss sich der Pate machen. Hier sitzt ein gemachter Mann.«

»Was hat er auf Tonband gesprochen?«

»Holen Sie den Rekorder raus und hören Sie es sich selbst an.«

Das tat sie. Reacher spürte wieder die flinken Finger, die vorn und hinten unter sein T-Shirt griffen, als das Pflaster abgezogen und das Mikrofon mit dem Draht herausgezogen wurde. Dann hielt sie den kleinen Rekorder in der Hand, spulte das Band zurück und spielte die Aufnahme ab. Eine blechern dünne Version von Crosellis Stimme erfüllte das Zimmer, übernahm die Verantwortung für seinen gesamten Inhalt, gestand seine Verbindung zum Medellin-Kartell, gestand die Bestechung und deutete sogar an, sie habe ihn eine Menge Geld gekostet.

Sie sagte: »Haben Sie seine Schlüssel?«

Reacher hielt sie hoch. »Hier.«

»Schließen Sie die Safes auf.«

Das tat er, indem er mit dem neben dem leeren Waffenschrank anfing und weitermachte, bis alle Türen offen standen. Alle waren mit eckigen glatten Kunststoffpackungen in Ziegelgröße vollgepackt, von denen einige braun oder grün, die meisten aber weiß oder gelb aussahen.

Sie sagte: »Können Sie die Schlüssel wieder in seine Tasche stecken?«

Das tat er, bevor er sagte: »Was nun?«

»Funktioniert sein Telefon?«

Er probierte es aus und nickte.

Sie gab ihm eine Telefonnummer und sagte: »Das ist unsere interne Hotline für glaubwürdige Gefahren.«

Reacher meldete seine Beobachtungen mit genauer Adresse, ohne jedoch seinen Namen zu nennen, und als er auflegte, sagte Hemingway: »Ich glaube, dass sie in mehr als fünf, aber weniger als zehn Minuten hier sind.«

Sie legte ihren Kassettenrekorder vor Crosellis Füßen auf den Boden und sagte: »Wir sollten gehen. Mein Wagen steht nicht in der Nähe.«

Reacher fragte: »Reicht das aus?«

Sie antwortete: »Das ist mehr als genug. Medellin ist toxisch. Und die Beweise sind hier gestapelt. Stellen Sie sich die Pressefotos vor, Reacher. Ein Bild sagt mehr als tausend Worte. Wen er bestochen hat, ist zweitrangig. Aber diese Beweise kann niemand widerlegen. Die sind eine Flutwelle.«

»Noch etwas«, sagte Reacher. Er trat vor Croselli hin und erklärte: »Frauen schlägt man nicht. Das tut kein Mann, das tun nur Feiglinge.«

Croselli schwieg.

Reacher hob eine Hand. »Wie hätten Sie's denn gern?«

Croselli sagte: »Sie würden keinen Kerl schlagen, der an einen Stuhl gefesselt ist.«

Reacher sagte: »Wetten, doch?«, und schlug dem Mann ins Gesicht, ein richtiger Knall, schweißnasse Haut hin oder her. Der Sessel kippte zur Seite, hielt einen Augenblick lang das Gleichgewicht, fiel dann ganz um und krachte mit sich drehenden Rollen auf den Fußboden, von dem Crosellis Kopf abprallte wie eine Flipperkugel.

Dann verschwanden sie, und Hemingways Fünf-bis-zehn-Vermutung bewahrheitete sich, als sie in der sechsten Minute mehrere Dienstwagen vorfahren sahen, denen zwei schwere

Lastwagen folgten. Eine Menge Feuerkraft. Aber warum auch nicht, wenn eine plausible Gefahr drohte?

Hemingways Auto stand vier Blocks weit entfernt in der Sullivan Street. Es war der mittelblaue Granada, den Reacher schon gesehen hatte, mit Vinyldach und großem verchromtem Kühlergrill. Er sagte: »Wissen Sie bestimmt, dass Ihnen das aus der Patsche hilft?«

Sie sagte: »Darauf können Sie Gift nehmen, Kid. Nachträglich recht zu behalten ist eine wunderbare Sache.«

»Dann fahren Sie mich jetzt nach West Point.«

»Ich sollte hierbleiben.«

»Lassen Sie ihnen Zeit zu trauern. Lassen Sie ihnen Zeit, sich zu überlegen, dass das eigentlich ihre Idee war. Ich kenne diesen Scheiß. Alle Organisationen sind gleich. Man muss sich einen Tag lang verstecken und raus aus dem Scheinwerferlicht.«

»West Point?«

»Auf dem Thruway über die Tappan Zee Bridge.«

»Wie lange bin ich weg?«

»Sie rollen den roten Teppich für Sie aus, Jill. Sie müssen ihnen nur Zeit lassen, ihn zu finden.«

Sie fuhren sehr lange durch Dunkelheit, doch dann kamen Viertel mit Strom, mit Straßenbeleuchtung, Verkehrsampeln und einzelnen Fenstern, hinter denen Licht brannte. Auch die Plakatwände waren beleuchtet, und das vertraute nächtliche Bild von orangeroten Brillanten auf schwarzem Samt breitete sich in alle Richtungen aus.

Hemingway sagte: »Ich muss halten und telefonieren.«

Reacher sagte: »Mit wem?«

»Meiner Dienststelle.«

»Wozu?«

»Ich muss wissen, ob es geklappt hat.«

»Davon bin ich überzeugt.«

»Ich muss es wissen.«

»Dann machen wir irgendwo halt und trinken einen Kaffee.«

»Draußen herrschen fünfunddreißig Grad!«

»Inzwischen müssen es weniger als dreißig sein.«

»Trotzdem zu heiß für Kaffee.« Sie wechselte auf die rechte Fahrspur und nahm die nächste Ausfahrt zu etwas, das Reacher wie die Superpowerversion einer gewöhnlichen Raststätte erschien: mit zahlreichen WCs, Zapfsäulen auch für Lkw, Motelzimmern für müde Autofahrer und nicht nur einem Imbiss, sondern einem Restaurant, das eine ganze Stadt hätte verköstigen können. Und mit Münztelefonen, die in langer Reihe unter den großen, hell erleuchteten Fenstern des Restaurants hingen. Hemingway benutzte eines davon, hängte lächelnd ein und sagte: »Es klappt! Sie haben Croselli verhaftet.«

Er fragte: »Wie geht's dem Wal?«

»Der Wal ist fort«, antwortete sie.

Sie wirkte einen Augenblick lang benommen, doch dann lächelte sie strahlend, und sie fielen sich in die Arme – mit Jubel und großer Erleichterung. Reacher spürte Rippen und das Flattern ihres Herzens. Es schlug hektisch schnell.

Dann ging sie an ein anderes Telefon, wählte eine andere Nummer, nannte ihren Namen und diktierte einen langen Bericht darüber, wo und wann ein Zeuge, den sie als vertraulichen Informanten mit langer militärischer Erfahrung bezeichnete, den Son of Sam gesehen hatte.

Zuletzt hängte sie wieder ein und sagte: »Ich weiß, dass das verrückt klingt, aber am liebsten würde ich mir ein Zimmer nehmen, nur um duschen zu können.«

Reacher sagte: »Klingt nicht verrückt, finde ich.«

»Spielt es eine Rolle, wann du dort ankommst?«, duzte sie ihn jetzt.

»Auf einmal Duschen kommt es nicht an.«

»Komm, wir machen's!«

»Beide?«

»Dann haben wir beide was davon.«

»Wer duscht zuerst?«

»Ich.«

»Okay«, sagte Reacher.

Sie zahlte am Empfang des Motels – mit einem ganzen Packen Scheine, woraus Reacher schloss, dass der Preis für eine ganze Nacht verlangt worden war – und kam mit dem Schlüssel von Zimmer 15 zurück, das sich als das letzte Häuschen vor dem Waldrand erwies. Reacher fragte: »Soll ich im Auto warten?«

Hemingway sagte: »Das kannst du im Zimmer.«

Also gingen sie hinein und fanden einen überhitzten Raum mit abgestandener Luft und der üblichen Einrichtung vor. Hemingway schaute sich im Bad um und kam mit einem Arm voller Badetücher heraus und sagte: »Das sind deine.« Dann ging sie wieder hinein und schloss die Tür.

Reacher wartete auf der Bettkante hockend, bis sie viel später wieder herauskam, heiß und rosig und in Badetücher gehüllt. Sie sagte: »Jetzt bist du an der Reihe«, und durchquerte das Zimmer etwas wackelig auf den Beinen, wie vom Dampf oder von Erschöpfung geschwächt.

Er fragte: »Alles okay mit dir?«

Sie antwortete: »Mir geht's gut.«

Er wartete noch einen Moment, bevor er das Bad betrat, das mit dem beschlagenen Spiegel einem türkischen Dampfbad glich. Er zog sich aus, hängte seine feuchten Sachen an einen

Haken, stieg in die Wanne, zog den Duschvorhang zu und drehte das Wasser auf. Er seifte sich ein, benutzte das Shampoo, schrubbte und spülte und blieb zuletzt noch eine Minute länger unter der Dusche stehen, bevor er sich abtrocknete.

Doch den Versuch, sich abzufrottieren, gab er bald wieder auf. Er zog seine alten Klamotten an, die feucht an seiner Haut klebten, und fuhr sich mit den Fingern durchs Haar. Dann trat er wieder ins Zimmer.

Jill Hemingway lag auf dem Rücken im Bett. Zuerst glaubte er, sie schliefe, bis er sah, dass ihre Augen geöffnet waren. Er nahm ihr Handgelenk und tastete nach dem Puls.

Nichts. Er versuchte es mit der Halsschlagader.

Wieder nichts.

Ihre Augen schauten starr und blicklos zu ihm auf.

Medizinische Gründe. Ihr Herz, dachte Reacher. Bestimmt ein Grund zur Sorge. Er hatte es rasen und flattern gespürt. Er hatte sie schwanken sehen. Er durchquerte den Raum und starrte aus dem Fenster. Noch immer stockdunkel. Durch die Bäume konnte man die Scheinwerfer von Fahrzeugen auf der Autobahn sehen. Er hörte auch ihr leises, gleichmäßiges Rauschen. Er ging zum Bett zurück und kontrollierte nochmals Puls- und Schlagader. Nichts.

Reacher verließ den Raum und ging zu den Münztelefonen unter den Fenstern des Restaurants. Er entschied sich für irgendeines und wählte die Nummer, die sie ihm gegeben hatte, die der internen Hotline. Er meldete ihren Tod, gab an, er scheine auf natürliche Weise eingetreten zu sein, und nannte den Namen des Motels.

Seinen Namen sagte er nicht.

Jill Hemingway, R.I.P. Sie starb jung, aber mit einem Lächeln auf den Lippen.

Er lief weiter zur Tankstelle, vorbei an den Zapfsäulen für Pkw, vorbei an den Zapfsäulen für Lkw, auf die Ausfahrt hinaus. Er stellte einen Fuß auf die Fahrbahn, ließ den anderen auf dem Randstein und reckte den Daumen in die Höhe. Schon das zweite vorbeifahrende Auto nahm ihn mit. Es war eine Chevrolet Chevette, himmelblau, aber nicht die von Chrissie, sondern ein völlig anderer Wagen, der von einem Mann Mitte zwanzig gefahren wurde, der nach Albany unterwegs war. Er setzte Reacher an einer der nächsten Ausfahrten ab. Von dort nahm ihn ein Milchmann in seinem Pick-up mit, und dann marschierte er die Meile bis zu der Abzweigung, die zur Militärakademie führte. Er aß in einem Rasthaus, marschierte dann eine weitere Meile, bis er die Lichter von West Point weit vor sich am Horizont sah. Er rechnete sich aus, dass der Morgenappell nicht vor sechs Uhr stattfinden würde, aber bis dahin waren es noch zwei Stunden; also suchte er eine Bushaltestelle und streckte sich auf der Bank aus, um zu schlafen.

Am Tag nach dem Stromausfall hatten Teile von Queens um sieben Uhr wieder Strom, und Teile von Manhattan folgten wenig später. Mittags verfügte die halbe Stadt wieder über Strom und gegen dreiundzwanzig Uhr die ganze. Ursache des Blackouts war ein Wartungsfehler. Durch einen Blitzschlag in Buchanan, New York – während des langen, von Reacher in der Ferne beobachteten Sommergewitters –, hatte ein Schutzschalter angesprochen, aber eine lockere Sicherungsmutter es verhindert, dass er sich wie vorgesehen sofort wieder schloss. Daher hatte sich in der folgenden Stunde eine Kaskade aus Überspannung und Fehlerströmen nach Süden gewälzt, bis die ganze Stadt ohne Strom war. Bis zum Morgen wurden über sechzehnhundert Geschäfte geplündert, über tausend Brände gelegt, über fünfhundert Cops verletzt und über viertausend Personen festgenommen. Alles wegen einer lockeren Mutter.

Achtundzwanzig Tage nach dem Stromausfall wurde der Son of Sam vor seinem Haus in der Pine Street, Yonkers, New York, verhaftet – keine vier Meilen vom Sarah Lawrence College entfernt. Damit war seine einjährige Mordserie beendet. Er hieß David Berkowitz und war vierundzwanzig Jahre alt. Seinen Revolver, einen Charter Arms Bulldog, hatte er in einer Tragetasche aus Papier bei sich. Er gestand seine Verbrechen sofort. Und er bestätigte, dass er mit achtzehn Jahren freiwillig zur U.S. Army gegangen und drei Jahre lang gedient hatte, teils auf dem amerikanischen Festland, aber hauptsächlich in Südkorea.

TIEF DRINNEN

Reachers designierter Führungsoffizier erklärte ihm, die Ermittlungen würden nicht leicht werden. Es würde Schwierigkeiten geben. Zahlreiche und vielfältige. Eine echte Herausforderung. Der Mann hatte keine sehr diplomatische Art. Im Allgemeinen begannen Führungsoffiziere mit der guten Nachricht.

Vielleicht gibt es keine, dachte Reacher.

Sein Führungsoffizier war ein Geheimdienstoberst namens Cornelius Christopher, aber das war sein einziges Manko. Er sah wie ein anständiger Kerl aus. Trotz seines prätentiösen Namens schien er relativ unkompliziert und pragmatisch zu sein. Reacher hätte ihn gemocht, aber er war ihm bisher nie begegnet. Als verdeckter Ermittler mit einem Führungsoffizier zusammenzuarbeiten, den man nicht kannte, hatte Ineffizienz zur Folge. Oder Schlimmeres.

Christopher fragte: »Wie viel hat man Ihnen gestern erzählt?«

Reacher antwortete: »Gestern war ich noch in Frankfurt, das in Deutschland liegt. Niemand hat mir irgendwas erzählt. Nur dass ich nach Washington fliegen und mich bei Ihnen melden soll.«

»Ich verstehe«, sagte Christopher.

»Was hätte man mir erzählen sollen?«

»Sie wissen wirklich nichts?«

»Irgendein lokales Problem mit Stabsoffizieren.«

»Man hat Ihnen also doch etwas erzählt.«

»Niemand hat mir irgendwas erzählt. Aber ich bin Ermittler. Mit diesem Zeug verdiene ich mir meinen Lebensunterhalt. Und einige Dinge lagen auf der Hand. Ich bin ein relativ neuer Mann, der bisher fast nur im Ausland stationiert war. Daher bin ich jedem Stabsoffizier, der nicht viel rauskommt, ziemlich sicher völlig unbekannt.«

»Wo rauskommt?«

»Zum Beispiel über den Beltway, den Autobahnring hinaus. Nehmen wir einen Radius von zwei Meilen um dieses Gebäude herum. Vielleicht hat er auch eine Fischerhütte an einem See in der Nähe. Aber das ist kein Ort, an dem ich wahrscheinlich schon gewesen bin.«

»Sie sind nicht sehr erfreut, stimmt's?«

»Ich habe schon vielversprechendere Tage erlebt.«

»Was ist Ihr Problem?«

»Wann fängt diese Sache an?«

»Heute Nachmittag.«

»Nun, da sehen Sie mein Problem. Ich habe einen Führungs-offizier, den ich nicht kenne, und eine Situation, von der ich keine Ahnung habe.«

»Angst?«

»Dies alles ist handwerklich schlecht. Zusammengeschustert und verworren. Es hat keinen Stil. Weil ihr Leute immer gleich seid. Dabei spricht der Name eigentlich für sich, nicht wahr?«

»Welcher Name?«

»Der Name Ihrer Organisation. Military Intelligence. Idea-lerweise sollten Ihnen beide Worte etwas bedeuten. Aber eines davon tut's bestimmt. Mal dieses, mal jenes, wenn Sie wollen. Von Tag zu Tag wechselnd.«

»Sprechen Sie sich nur aus. Mich interessiert Ihre ehrliche Meinung.«

Reacher fragte: »Was muss ich also wissen?«

Und in derselben Minute stieß ein Auto an einem weit entfernten Ort rückwärts aus einer Einfahrt, langsam, ein Wagen mit Frontantrieb, dessen Reifen leise quietschten, als die Räder eingeschlagen wurden. Kein Quietschen bei hoher Geschwindigkeit. Im Gegenteil. Ein Geräusch aus Suburbia, Gummi auf dem Asphalt einer gepflegten Einfahrt, so normal wie das Arbeitsgeräusch eines Rasensprengers in der Sommerluft.

Dann hielt das Auto an. Der Fahrer legte einen Vorwärtsgang ein, und das Auto rollte nach Süden, sanft über die Fahrbahnschwellen hinweg, für deren Einbau zum Schutz der Kinder sich der Fahrer selbst eingesetzt hatte.

Anschließend bog der Wagen in Richtung Autobahn nach Westen ab, um sich in den gigantischen Verkehrsstrom in die Hauptstadt einzuordnen.

Oberst Cornelius Christopher beugte sich ein wenig nach vorn und machte Platz auf seinem Schreibtisch, indem er mit beiden Händen den Kleinkram zur Seite schob. Die Bewegung war nachdrücklich, aber rein metaphorisch. Auf seinem Schreibtisch lag nichts. Erst recht kein Kleinkram. Ein guter Menschenmanager, dachte Reacher. Er hat mich ausreden lassen, und nun geht's zügig weiter.

Christopher sagte: »Der Job ist ungefährlich. Sie brauchen eigentlich nur zu reden.«

Reacher fragte: »Worüber reden?«

»Sie haben recht, es geht um Stabsoffiziere. Insgesamt vier, von denen einer schlecht ist. Sie sind alle Verbindungsoffiziere. Zum Abgeordnetenhaus und zum Senat. Sie leben praktisch dort. Den Typ kennen Sie. Karrieretypen auf der Überholspur, denen man nicht in die Quere kommen sollte.«

»Genauer?«

»Die Army will sich ein neues Scharfschützengewehr zulegen. Dazu sagen wir vor einem neuen Vorprüfungsausschuss aus. Im Prinzip betteln wir bei unseren gesetzlichen Kontrolleuren. Na ja, nicht wirklich. Statt selbst zu kommen, haben sie leitende Mitarbeiter entsandt. Wir reden nicht mal mit gewählten Volksvertretern.«

»Jetzt klingen Sie nicht sehr froh.«

»Ich bin nicht hier, um froh zu sein. Die Verbindungsoffiziere sind natürlich bei diesen Anhörungen dabei. Und einer der vier gibt Informationen weiter. Entwurfskriterien, Kaliber, Schussweite, Größe, Form, Gewicht und Ankaufsbudget.«

»An wen?«

»An einen potenziellen Konkurrenten in Übersee, vermuten wir. Mit anderen Worten: an einen ausländischen Konkurrenten. An jemanden, der diesen Auftrag will. Und der gern mit gezinkten Karten spielt.«

»Lohnt sich die Mühe? Wie viele Scharfschützengewehre kaufen wir denn? Und wie viel zahlen wir dafür?«

»Hier geht's darum, bei Waffennarren als Lieferant der Army bekannt zu werden. Auf dem freien Markt können sie die Gewehre für fünf Mille pro Stück verkaufen. Für den Preis eines guten Gebrauchtwagens. Praktisch beliebig viele. So lukrativ, wie mit Crack zu dealen.«

»Wer nimmt außerdem an diesen Anhörungen teil?«

»Außer den vier Verbindungsoffizieren und den vier Kongressmitarbeitern, die wir überzeugen wollen, ein Mann aus unserem Beschaffungsamt, einer aus dem Beschaffungsamt des Marine Corps und je ein Scharfschütze der Rangers und der Marines als Berater in praktischen Fragen.«

»Die Marines spielen auch mit?«

»Strikt als Juniorpartner. Sie haben beispielsweise keinen Verbindungsoffizier entsandt. Aber die Beschaffung ist ein gemeinsames Projekt. Anders wäre das nicht zu machen.«

»Wieso sollen die Marines nicht die undichte Stelle sein? Ihr Mann vom Beschaffungsamt oder ihr Scharfschütze? Wieso müssen es unsere Leute sein?«

»Die Informationen gehen über ein Faxgerät im Capitol Building raus. Dort haben unsere Verbindungsoffiziere ihre Büros.«

»Wissen Sie das bestimmt?«

»Absolut.«

»Vielleicht sind es die Kongressmitarbeiter. Die arbeiten vermutlich auch im Capitol Building.«

»Aber sie haben ein anderes Netz. Unsere Gesetzeshüter verfügen über die neueste Nachrichtentechnik. Unsere Büros sind noch dampfgetrieben.«

»Okay«, sagte Reacher. »Also ist's einer unserer Leute.«

»Ja, leider«, sagte Christopher.

»Motiv?«

»Geld«, sagte Christopher. »Etwas anderes kommt kaum infrage. Ich kann mir nicht vorstellen, dass jemand eine tiefe ideologische Bindung an eine europäische Waffenschmiede haben könnte. Sie vielleicht? Und Geld ist für solche Offiziere immer ein Faktor. Sie verkehren dauernd mit Wirtschaftsanwälten und Lobbyisten. Da kommt man sich leicht als armer Schlucker vor.«

»Können wir nicht einfach das Faxgerät überwachen?«

»Nicht im Capitol Building. Unsere Gesetzeshüter mögen keine Überwachung. Sie fürchten unbeabsichtigte Folgen.«

»Gehen die Faxe an eine Nummer im Ausland?«

»Nein, an eine hiesige Nummer. Aber ausländische Firmen heuern Amerikaner als Agenten oder Lobbyisten an.«

»Mein Job besteht also woraus?«

»Sie sollen herausfinden, wer diese Faxe verschickt. Indem Sie mit allen vieren reden.«

»Wo?«

»Vorerst nur im Ausschuss. Der Scharfschütze der Rangers ist abberufen worden. Aus persönlichen Gründen. Sie werden ihn ersetzen.«

»Als was?«

»Als Scharfschütze der Rangers.«

»Mit einem echten Scharfschützen der Marines im selben Raum? Er würde mich nach meiner Meinung fragen und mich sofort enttarnen.«

»Gut, dann eben Delta Force statt Ranger. Geben Sie sich geheimnisvoll. Reden Sie möglichst wenig. Seien Sie der große Schweiger. Lassen Sie sich einen Bart stehen.«

»Bis heute Nachmittag?«

»Machen Sie sich deswegen keine Sorgen. Wir haben Ihre Akte gesehen. Sie kennen sich mit Gewehren aus. Wir vertrauen Ihnen.«

»Danke.«

»Übrigens noch etwas …«

»Ja?«

»Unsere Verbindungsoffiziere sind keine Männer, sondern Frauen.«

»Alle vier?«

»Alle.«

»Macht das einen Unterschied?«

»Das will ich doch hoffen. Manche Gespräche werden außerdienstlich stattfinden müssen. Mit Frauen ist das einfacher. Mit ihnen kann man leichter unter vier Augen reden. Männer wollen immer in Gruppen trinken.«

»Ich soll also mit Frauen in Bars gehen, sie fragen, was sie trinken wollen, und mich nebenbei erkundigen, ob sie militärische Geheimnisse ins Ausland verkaufen? Ist das der Plan?«

»Sie werden etwas subtiler vorgehen müssen. Aber natürlich läuft's auf eine Art Verhör hinaus. Darauf verstehen Sie sich angeblich gut. Schließlich verdienen Sie sich damit Ihren Lebensunterhalt.«

»Wieso verhaften wir nicht alle vier und vernehmen sie einzeln?«

»Weil drei der vier unschuldig sind. Wo Rauch ist, da ist auch Feuer und so weiter. Ihre Karrieren könnten leiden.«

»Seit wann nehmen Sie darauf Rücksicht?«

»Wir hatten bisher nie mit Leuten auf der Überholspur zu tun. Nicht mit solchen Karrieretypen. Wir könnten nicht alle absägen. Eine von ihnen würde überleben und sich später an uns rächen.«

Reacher sagte: »Ich versuche nur, die Spielregeln auszuloten.«

»Alles, was ein Gericht nicht als eklatant illegal verwerfen würde.«

»Eklatant?«

»Mit rotem Blinklicht und heulender Sirene. Diese Art von eklatant.«

»Ist die Sache so schlimm?«

»So etwas können wir nicht tolerieren. Nicht im Fall eines ausländischen Herstellers. Wir müssen Politiker zufriedenstellen, die ihre Sponsoren beschützen müssen. Amerikanische Sponsoren.«

»Die gern mal mit gezinkten Karten spielen.«

»Es gibt zwei verschiedene Arten von gezinkt. Unsere Art und ihre.«

»Verstanden«, sagte Reacher.

»Der Job ist ungefährlich«, wiederholte Christopher. »Sie brauchen eigentlich nur zu reden.«

»Wo liegen also die Schwierigkeiten?«

»Das ist nicht einfach zu erklären«, sagte Christopher.

Der Wagen mit Vorderradantrieb ordnete sich in den Verkehr auf der Autobahn ein. Er wurde zu einem von vielen tausend Autos, die alle in dieselbe Richtung fuhren, alle schnell und konzentriert, linear und metallisch wie riesige Geschosse aus einer gigantischen Maschinenkanone irgendwo weit hinter ihnen. Das war eine Vorstellung, die dem Fahrer sehr gut gefiel. Er war ein Geschoss, unversöhnlich und gnadenlos, einzigartig in seinem Zweck. Er war unbeirrbar unterwegs zum Ziel.

Jenseits der Mittelleitplanke waren kaum Fahrzeuge in Gegenrichtung unterwegs. Der morgendliche Verkehrsstrom floss nur in eine Richtung: in hohem Tempo, dicht an dicht auf die ferne Großstadt zu.

Christopher wiederholte die Sache mit seinen Händen, um metaphorischen Kleinkram von seinem Schreibtisch zu wischen und aus ihrem Gespräch zu verbannen. Bereit für ein neues Thema. Die Schwierigkeiten. Er sagte: »Die Zeit drängt. Wir müssen schnell arbeiten und gleichzeitig dafür sorgen, dass das Marine Corps nichts mitbekommt. Es soll nicht der Verdacht aufkommen, dass es eine undichte Stelle gibt. Also dürfen wir die Gespräche nicht unterbrechen, weil es sonst Lunte riechen würde. Aber wir können nicht zulassen, dass noch mehr Zeug ins Ausland geht. Also dürfen Sie keine Zeit vergeuden.«

Reacher fragte: »Was, die Sache soll wie Speeddating ablaufen?«

»Sie sind hier neu – warum also nicht?«

»Ich wäre dabei«, sagte Reacher. »Sofort! Damit würde ein

Traum wahr. Aber dazu gehören immer zwei. Und ich bin ein realistischer Mensch. An einem guten Tag könnte ich eine Frau dazu bringen, mich anzusehen. Vielleicht. Aber vier Frauen auf einmal ist ziemlich unwahrscheinlich.«

Christopher nickte.

»Das ist die Schwierigkeit«, erklärte er, »die Komplikation, die uns Sorgen macht. Außerdem flößen einem diese Frauen Angst ein. West-Point-Absolventinnen, überragende IQs. Überholspur. Powerfrauen, die Karriere machen. Sie können sich vorstellen, was das bedeutet.«

»Ich brauche mir nichts vorzustellen. Ich war selbst in West Point.«

»Das wissen wir. Wir haben sichergestellt, dass die Zeiten sich nicht überlappen.«

»Sind sie verheiratet?«

»Zum Glück nicht. Frauen auf der Überholspur heiraten nicht. Oder erst, wenn der richtige Zeitpunkt gekommen ist.«

»Feste Beziehungen?«

»Für die gilt das Gleiche.«

»Sind sie älter oder jünger als ich?«

»Älter. Neunundzwanzig und dreißig.«

»Auch das ist schlecht. Die meisten Frauen bevorzugen ältere Männer. Und welchen Dienstgrad soll ich haben?«

»Sie treten als Sergeant auf. Das sind die meisten Scharfschützen.«

»Solche Frauen wollen keine Unteroffiziere.«

Christopher nickte erneut. »Sie erinnern sich, dass ich anfangs gesagt habe, dieser Fall sei schwierig. Aber denken Sie mal logisch. Vielleicht müssen Sie gar nicht mit allen reden und haben gleich bei der Ersten Glück. Oder bei der Zweiten. Und vielleicht wissen Sie's einfach. Wir vermuten, dass die Schuldige jeglichen Kontakt ablehnen wird. Vielleicht sagen drei Ja und eine Nein. Die wär's dann.«

»Alle werden jeglichen Kontakt ablehnen. Alle werden Nein sagen.«

»Eine vielleicht nachdrücklicher als die anderen.«

»Ich bin mir nicht sicher, ob ich den Unterschied erkennen würde. Für mich klingt eine Ablehnung wie die andere. Meine sozialen Antennen sind anscheinend nicht besonders gut entwickelt.«

»Wir sehen keine andere Möglichkeit, die Ermittlungen voranzutreiben.«

Reacher nickte.

Er fragte: »Haben Sie mir eine Uniform besorgt?«

»Sie werden einen Anzug tragen?«

»Warum?«

»Weil Sie ein Ranger sein sollen. Oder ein Delta. Und die treten gern in Zivil auf. Dann können sie sich wie Geheimagenten fühlen.«

»Er wird nicht passen.«

»Der Anzug? Doch, der passt. Ihre Größe und Ihr Gewicht sind aktenkundig. Das war einfach. Eine ganz normale Bestellung – nur alles viel größer.«

»Haben Sie die Lebensläufe dieser Frauen?«

»Detailliert«, erwiderte Christopher. »Und Wortprotokolle mit allem, was sie bisher bei den Anhörungen gesagt haben. Die sollten Sie vielleicht zuerst lesen. Wie sie sprechen, ist vermutlich aufschlussreicher als ihre Lebensläufe.«

Fünf Meilen westlich, jenseits des Potomac River, drückte eine Dreißigjährige den Klettverschluss einer Bauchtasche an und rückte sie zurecht, bis sie bequem am gewohnten Ort saß. Dann beugte sie sich nach vorn, zog ein Schweißband aus Frotteestoff über ihr Haar und schob es auf der Stirn zurecht. Anschließend kickte sie leicht gegen die Fußbodenleiste im Flur, weil das Glück bringen sollte, linke Zehen, rechte Zehen, öffnete die Haustür und trat ins Freie. Sie lief kurze Zeit auf der Stelle, um ihre Muskeln zu lockern, sich aufzuwärmen, sich für die vor ihr liegende Herausforderung bereit zu machen.

Fünf Meilen.

Dreißig Minuten.

Das war zu schaffen.

Im Prinzip hing alles von den Fußgängerampeln ab. Waren mehr als die Hälfte grün, würde sie's schaffen. Einundfünfzig Prozent genügten. Waren es weniger, würde sie's nicht schaffen. Eine einfache Rechnung. Eine Tatsache, keine Schande.

Nur war es eine. Misserfolg war immer eine Schande.

Sie atmete tief durch, dann noch mal, setzte die Stoppuhr in Gang, rannte die Einfahrt entlang, bog auf dem Gehsteig links ab und nahm den ersten längeren Abschnitt in Angriff. Lange, lockere Schritte, entspannt, aber auch etwas ehrgeizig, mit guter Atemtechnik unterwegs, während ihr Haar auf ihrem Rücken gleichmäßig wie ein Metronom von links nach rechts und wieder zurück schwang.

Die erste Fußgängerampel war grün.

Reacher begann mit den Protokollen der Anhörungen im Vorprüfungsausschuss. Es gab Protokolle von zwei Sitzungen, die vierzehn Tage und eine Woche zuvor stattgefunden hatten. Daher die Eile. Die dritte Sitzung stand bevor.

Die Protokolle waren so exakt, wie sie nur sein konnten. Jedes im Sitzungsraum gesprochene Wort war zu Papier gebracht worden: jedes *hm* und *äh* und *nun*, jeder missglückte Anfang, jede Wiederholung, jeder nicht zu Ende gebrachte Satz, jedes Stottern und Stammeln, jede Gedankenverwirrung. Beim Lesen konnte man fast glauben, die jeweiligen Stimmen zu hören.

Als Erster sprach einer der Senatsmitarbeiter. Reacher konnte sich den Mann gut vorstellen. Nicht jung. Es wäre respektlos gewesen, einen jungen Kerl zu schicken, außer er war ein Ass, und Asse brauchten ihre Zeit nicht in langweiligen Sitzungen zu vergeuden, bevor sie zur Army Nein sagten. Also ein älterer Kerl, solide und altgedient, aber eindeutig zweite Garnitur, weil auch Leute aus der ersten Garnitur ihre Zeit nicht in langweiligen Sitzungen zu vergeuden brauchten, bevor sie zur Army Nein sagten.

Speziell dieser Mann aus der zweiten Reihe klang aufgeblasen und herrisch. Er begann damit, dass er sich zum Ausschussvorsitzenden erklärte. Das gab er einfach so bekannt. Niemand protestierte. Er hatte sich vermutlich mit seinen Kollegen abgesprochen, und was kümmerte es die Army oder das Marine Corps, welches dieser Arschlöcher was machte? Also redete der Mann weiter und gab offiziell den Zweck dieser Anhörung bekannt. Der nach seinen Worten daraus bestand, angesichts des potenziellen Bedarfs für eine neue Infanteriewaffe, nämlich eines Scharfschützengewehrs, mögliche Alternativen auszuloten.

Dieser Satz gefiel Reacher überhaupt nicht. Wegen des Wortes »vermutlich«. In diese Richtung würde die ganze Diskussion gehen. Diese Waffe brauchen Sie nicht wirklich. Doch, wir brauchen sie. Warum? Das war die altbewährte bürokratische Elefantenfalle. Die beiden Scharfschützen würden in die falsche Richtung abdriften. Hatten sie jemals wegen schlechter Ausrüstung danebengeschossen? Teufel nein, Sir, wir schießen nie daneben. Teufel, wir kommen mit allem zurecht. Teufel, wir konnten uns ein verdammtes Scharfschützengewehr aus dem alten

Kleinkalibergewehr Ihres Großvaters, einem Stück Regenrohr und einer Rolle Gewebeband bauen.

Sir.

Und die Leute von den Beschaffungsämtern würden zu weit in die Gegenrichtung abdriften, bis sie wie Waffennarren oder NRA-Mitglieder klangen, die einen Brief an Santa Claus verfassten. Man schrieb das Jahr 1986, in dem es nur noch um Flugzeuge und Lenkwaffen, Computer und lasergesteuerte integrierte Systeme ging. Schusswaffen waren langweilig. Sie würden verlieren. Aber nicht bevor ihre ehrgeizige Ausschreibung in Übersee eingetroffen war. Dann konnte der ausländische Hersteller sich in Ruhe auf die nächste Anhörung vorbereiten. Oder gleich loslegen, die Waffe bauen und sie den Sowjets verkaufen.

Reacher blätterte weiter und sah, dass alles ziemlich so gelaufen war, wie er vermutet hatte. Als der aufgeblasene, herrische Kerl erklärte, wozu ein neues Gewehr gebraucht werde, antwortete niemand. Der Kerl forderte die anderen auf, so zu tun, als wäre er ein Idiot und verstünde nichts von ihrem Thema. Was nicht viel verlangt war, fand Reacher. Dann meldete sich der Mann vom Beschaffungsamt zu Wort, und der Protokollführer hatte seine m-Taste strapazieren müssen: *Um, Ahem, Ummm.* (Pause) Ich möchte, ich möchte … ich möchte.

Der Aufgeblasene meinte, darauf könnten sie später zurückkommen. Dann sagte er, worum es eigentlich genau gehe, und die Debatte bekam wieder Hand und Fuß, als lang und breit diskutiert wurde, welche Eigenschaften ein Scharfschützengewehr besitzen müsse. Treffsicherheit bei kalten Schüssen stand natürlich ganz oben auf der Prioritätenliste. Ein Scharfschütze bekommt oft nur eine einzige Chance, muss also mit kalter Waffe schießen. Trotzdem soll der Schuss treffen. Also geht's bei dem Lauf um perfekt einheitliche Abmessungen, hochlegierten

Stahl, geeignete Züge und vielleicht einige Kannelierungen, die Steifigkeit und Gewichtsersparnis bringen. Das Ganze mit einer Schulterstütze verbunden, die bei jedem Wetter formstabil und nicht zu schwer sein soll, um zwanzig Meilen getragen zu werden. Und so weiter und so fort.

Die Verbindungsoffizierinnen sprachen häufig und lange. Als Erste meldete sich eine, von der nur die Initialen C.R. angegeben waren. Sie hatte gesagt: »Wir reden hier wirklich von Hightech-Metallverarbeitung. Und wir werden ein bahnbrechendes neues Visier brauchen. Vielleicht mit einem Laserentfernungsmesser. Das könnte sehr aufregend sein. Das könnte für jemanden ein großartiges Forschungsprojekt sein.«

Eine clevere Frau. Ganze Sätze. Und gute Sätze. Sie versuchte, nicht zu langweilen, und deutete an, in irgendeinen Wahlbezirk würden hohe staatliche Mittel fließen, was ein Schuldschein war, den jeder Senator gern in seine Westentasche stecken würde. Ein ausgezeichneter taktischer Ansatz.

Der aber verpuffte, als der Ausschussvorsitzende fragte: »Wer soll das alles bezahlen?«

An dieser Stelle vermerkte das Protokoll: Pause.

Reacher wechselte zu den Lebensläufen und stellte fest, dass es sich bei C.R. um Christine Richardson handelte. Aus Orange County, Kalifornien. Private Grundschule, private Highschool, West Point. Sie war dreißig Jahre alt und schon Oberstleutnant. Auf der Überholspur, und die politische Schiene war ohnehin eine Karrieregarantie. Ein netter Job, wenn man ihn bekam.

Die Dreißigjährige mit der Bauchtasche und dem Schweißband schaffte drei Fußgängerübergänge bei Grün und wurde an den folgenden drei durch rote Ampeln aufgehalten. Die siebte Fußgängerampel wurde grün, als sie den Übergang erreichte, aber dort warteten viele Passanten, sodass sie ein paar Sekunden lang auf der Stelle laufen musste, bevor sie sich durch den Pulk schlängelte, der sich nur langsam in Bewegung setzte. Sie weigerte sich, diagonal über die Straße zu joggen, was Schummeln gleichkam, weil die Strecke dann weniger als fünf Meilen lang gewesen wäre. Und sie schummelte nie, zumindest nicht, wenn's um ihr Laufpensum ging. Als sie auf der anderen Straßenseite rechts abbog, ordnete sie diese Kreuzung als halb grün und halb rot ein, was ihr fair gegen sich selbst erschien. Damit stand sie jetzt bei genau fifty-fifty: dreieinhalb Grün, dreieinhalb Rot, keine Katastrophe, aber andererseits auch nicht großartig, weil sie am liebsten reichlich Grün ansammelte, bevor es ins Stadtzentrum ging, in dem man immer schlecht vorankam.

Sie lief weiter, nahm das nächste gerade Teilstück in Angriff, ihre Schritte nach wie vor lang und locker, entspannt, aber jetzt mit leichter Temposteigerung, ihre Atemtechnik wie bisher, ihr Haar immer noch gleichmäßig wie ein Metronom von links nach rechts und wieder zurück schwingend.

Die nächste Fußgängerampel war rot.

Der Mann in dem Auto musste langsamer fahren, noch bevor die 270 den Beltway erreichte. Unvermeidlich und nicht überraschend. Kollektive Entschleunigung aller Beteiligten, die weiter eine endlos lange Kette bildeten wie Geschosse aus einer fernen Maschinenkanone – nun aber deutlich im Unterschallbereich, langsam und träge. Die 365 zur Wisconsin Avenue würde dicht sein, deshalb beschloss er, bis zur 16th Street, östlich des Rock Creek Park, auf der 270 zu bleiben. Auch keine Rennstrecke, aber besser, denn so konnte er bis zum Scott Circle weiterfahren, wo die Massachusetts Avenue bis zum Kapitol führte.

Er war ein Geschoss, das weiter ins Ziel flog.

Hinter seinem Schreibtisch sagte Cornelius Christopher: »Okay, die Lesestunde ist vorbei. Holen Sie sich jetzt Ihren Anzug. Die Schriftstücke können Sie mitnehmen, aber sie müssen im Haus bleiben.«

Die Versorgungsstelle zwei Stockwerke tiefer hatte nicht gerade detonierende Kugelschreiber oder in Knopflochblumen versteckte Kameras auf Lager, aber hier gab es zahlreiche verwandte Gegenstände und vor allem sämtliche Requisiten, um einen ehrlichen Mann in ein Fake zu verwandeln. Der Anzug war gut ausgesucht. Nicht teuer oder modisch, aber auch nicht schäbig. Der Stoff dunkelgrau mit feinem Fischgrätenmuster, vermutlich mit hohem Polyesteranteil, etwas breitere Revers wie drei Jahre zuvor. Genau das, was ein Unteroffizier zu einem Gespräch mit der Bank oder bei einer Zeugenaussage vor Gericht tragen würde. Der Anzug war an einigen Stellen sogar kunstvoll verknittert, als hätte er jahrelang in einem engen Kleiderschrank gehangen. Er sah aus, als könnte er passen, auch wenn die Schulterpartie vielleicht etwas eng und die Ärmel ein wenig zu kurz sein würden.

Zu dem Anzug gab es ein Hemd mit Button-down-Kragen, der viel zu eng sein würde, aber das war in Ordnung, weil Soldaten in Zivil immer unbeholfen wirken und aussehen mussten, als fühlten sie sich unbehaglich. Zu dem blauen Hemd gehörte eine rote Krawatte mit kleinen blauen Wappen, die aus einem Rifle Club hätte stammen können – eine gute Wahl. Unterhemd und Boxershorts waren weiße Standardartikel aus der Post Exchange, was er okay fand, weil Reacher niemanden kannte, der solche Sachen anderswo kaufte. Außerdem gab es schwarze PX-Socken und glatte schwarze Schuhe ohne Ziernähte, die groß genug zu sein schienen.

Der Kerl in der Versorgungsstelle sagte: »Probieren Sie gleich alles an. Gibt's Probleme, können wir Änderungen vornehmen. Gibt's keine, sollten Sie die Sachen anbehalten, etwas eintragen. Wenn Sie wirklich von auswärts kämen, säßen sie schon im Bus oder Flugzeug.«

Die Hemdsärmel waren zu kurz, und der Kragen ließ sich nicht zuknöpfen, aber insgesamt war der Effekt gut. Jeder Sergeant in Zivil würde nach spätestens zehn Minuten seine Krawatte lockern. Das Jackett war an den Schultern etwas eng, und die Ärmel endeten ein Stück vor den Handgelenken. Er trat einen Schritt zurück und begutachtete sich im Spiegel.

Perfekt. Der Sold eines Sergeants lag beschämend nah an der Armutsgrenze. Und Sergeants waren in der Regel keine Leser des Lifestylemagazins *GQ*. Das ganze Ensemble sah genauso aus, als hätte er vor der zweiten Eheschließung seiner Schwägerin widerstrebend hundert Dollar bei einem Textildiscounter ausgegeben.

Der Typ von der Versorgungsstelle sagte: »Behalten Sie ihn gleich an. Sieht klasse aus.«

Ganz zuletzt bekam er noch seinen neuen Dienstausweis. Mit dem richtigem Namen und seinem Foto, aber mit dem Dienstgrad Master Sergeant aus einer obskuren Infanterieeinheit, die für einen Kerl plausibel war, der zu den Special Forces abkommandiert war, um einzelne Feinde aus einer Meile Entfernung zu erschießen.

»Wie kommuniziere ich mit dem Oberst?«, fragte Reacher.

»Versuchen Sie's mit dem Telefon«, antwortete der Mann.

»Manchmal ist's schwierig, auf die Schnelle ein Telefon zu finden.«

»Der Job ist ungefährlich«, meinte der Mann von der Versorgungsstelle. »Sie brauchen eigentlich nur zu reden.«

Die Frau mit der Bauchtasche und dem Schweißband überquerte den Potomac auf der Francis Scott Key Bridge, hoch über dem Wasser, auf schnurgerader Strecke, in der schwülheißen Luft zu einem langen Zwischenspurt ansetzend, nach Georgetown unterwegs, ohne es wirklich als Ziel anzusteuern. Sie würde rechts auf die M Street abbiegen, die zur Pennsylvania Avenue wurde, und zum Washington Circle, dann auf der New Hampshire Avenue zum Dupont Circle und zuletzt auf der Massachusetts Avenue zum Kapitol.

Geografisch eine verrückte Strecke, aber alle anderen Optionen waren kürzer oder länger als fünf Meilen, und sie wollte fünf Meilen laufen. Auf den Schritt genau. Jede andere wäre an einem ruhigen Sonntagmorgen die Strecke abgefahren und hätte sich auf den Meilenzähler ihres Wagens verlassen. Aber sie hatte sich ein Messrad gekauft, ein großes gelbes Ding an einem Stab mit Handgriff, und war die Strecke damit viermal abgegangen, bis genau achttausendachthundert Yards herauskamen, kein Schritt mehr oder weniger. Präzision war wichtig.

Sie joggte weiter. Inzwischen war ihr Rücken schweißnass, und ihre Kehle begann zu brennen. Umweltverschmutzung, die als sichtbare Wolke über dem träge dahinströmenden Fluss hing. Aber sie ließ sich nicht aufhalten, lange Schritte, rasche Schrittfolge, die Arme pumpend. Ihr Schweißband war durchnässt. Doch sie hatte einen kleinen Vorsprung herausgelaufen. Vor ihr lagen noch zahlreiche unbekannte Hindernisse, aber sie rechnete sich noch eine Chance aus, es zu schaffen. Fünf Meilen in dreißig Minuten. Achttausendachthundert Yards in achtzehnhundert Sekunden. Knapp unter fünf Yards in der Sekunde. Dies war keine internationale Strecke, sodass es keinen Weltrekord gab. Keinen nationalen Rekord, keinen olympischen Rekord. Aber die Stars wären sie in etwa vierundzwanzig Minuten gelaufen. Also waren dreißig in Ordnung. Für sie, von Verkehr, Ampeln und Fußgängern behindert.

Also lief sie weiter, schwer atmend, aber noch immer mit flüssigen Bewegungen, genau im Zeitkorridor.

Dichter stockender Verkehr auf der 16th Street, Frustration an jeder Ampel. Vorbei an der Juniper Street, vorbei an Iris und Hemlock, Holly, Geranium und Floral, dann am Walter Reed Hospital, dessen Park sich grün und heiter rechts neben der Straße erstreckte. Der Fahrer fühlte sich nicht mehr als Geschoss. Er war bestenfalls noch ein von aerodynamischen Kräften beeinflusster Granatsplitter, als er ständig die Spur wechselte, um zu versuchen, sich auf der schnurgeraden Straße winzige Vorteile zu verschaffen. Eine für Pferdekutschen gebaute Südstaatenstadt, in der schwitzende Gentlemen mit Hüten und in Westen Moskitos abwehrten, heute mit stehenden Autos verstopft, von deren Motorhauben heiße Luft flimmernd aufstieg und deren teurer Lack in der Sonne glänzte.

Er hatte noch eine weite Strecke vor sich und würde zu spät kommen.

Reacher durchstreifte die Korridore, bis er ein Dienstzimmer erschnupperte, in dem eine Kaffeemaschine lief. Er schlüpfte hinein und holte sich einen Pappbecher, wobei er einen typischen Sergeant spielte: äußerlich ruhig und respektvoll, innen erkennbar kompetent. Doch das Zimmer war leer, sodass seine Schauspielerei vergeudet war, und der Kaffee schmeckte abgestanden und bitter. Aber er nahm den Becher mit, hielt ihn in einer Hand und die Unterlagen in der anderen, als er zu Cornelius Christophers Büro zurückging.

Christopher sagte: »Sie sehen genau richtig aus.«

Reacher sagte: »Finden Sie?«

»In Ihrer Akte steht, dass Sie mit Gewehren ziemlich gut schießen.«

»Ich tue mein Bestes.«

»Sie hätten ein richtiger Scharfschütze werden können.«

»Zu viel Warterei. Zu viel Schlamm. Die besten Scharfschützen sind immer Jungs vom Land.«

»Und Sie sind einer aus der Großstadt?«

»Ich gehöre nirgendwohin. Ich bin auf Stützpunkten der Marines aufgewachsen.«

»Trotzdem sind Sie zur Army gegangen.«

»Mein angeborener Widerspruchsgeist.«

»Sind Sie mit Ihrer Lektüre fertig?«

»Noch nicht.«

»Wir haben sie auf finanzielle Unregelmäßigkeiten kontrolliert«, erklärte Christopher. »Na ja, auf finanzielle Exzesse. Aber alle leben im Rahmen ihrer Einkünfte. Angemessene Wohnungen, Vierzylinderautos, gute Kleidung, aber kleine Garderoben, bescheidener Schmuck, keine teuren Reisen, zumal sie ohnehin nie in Urlaub fahren. Nicht auf der Überholspur. Nicht wenn man Generalstabschef werden will. Oder Lobbyist der Rüstungsindustrie.«

Reacher legte die dreißigjährige Christine Richardson unter den Stapel mit Lebensläufen und begann mit der zweiten Frau: Briony Walker, neunundzwanzig Jahre alt, erst Major, Tochter eines pensionierten Marineoffiziers, in Seattle und San Diego aufgewachsen, städtische Grundschule, städtische Highschool, Jahrgangsbeste, West Point.

Christopher sagte: »Ich hoffe, dass sie's nicht ist.«

Reacher fragte: »Warum?«

»Wegen der Verbindung zur Navy.«

»Sie mögen die Navy?«

»Nicht besonders, aber Walker kommt doch aus einer Soldatenfamilie.«

Die dritte Kandidatin, wieder ein dreißigjähriger Oberstleutnant, hieß Darwen DeWitt, sodass Reacher gleich wusste, dass sie aus keiner Soldatenfamilie stammte. Nicht mit diesem Namen. Tatsächlich war sie die Tochter eines Geschäftsmanns aus Houston, dem ungefähr hundert Werkstätten zur Dellenreparatur bei Autos gehörten. Nur Privatschulen, Softballstar, West Point.

Die Vierte des Quartetts war Alice Vaz, dreißig, Oberstleutnant, Enkelin eines weiteren Oberstleutnants, nur hatte dieser OTL Michail Wassiljewitsch geheißen und in der Roten Armee gedient. Sein Sohn, Alice' Vater, war mit seiner schwangeren Frau gerade noch rechtzeitig aus Ungarn geflüchtet, und Alice war in Kalifornien zur Welt gekommen. Als Amerikanerin. Städtische Grundschule, städtische Highschool, West Point.

»Fällt Ihnen irgendwas auf?«, erkundigte sich Christopher.

Reacher sagte: »Ihre Namen sind perfekt alphabetisch. Alice, Briony, Christine und Darwen.«

»Okay, außer dieser Tatsache.«

»Zwei von ihnen sind reiche Frauen. Wie wirkt sich das auf Ihr Geldmotiv aus?«

»Vielleicht wird Geld annehmen bei reichen Leuten zur Gewohnheit. Vielleicht werden sie so überhaupt erst reich. Ist Ihnen sonst noch etwas aufgefallen?«

»Nein.«

»Uns auch nicht.«

Die Frau mit der Bauchtasche und dem Schweißband kämpfte sich auf der New Hampshire Avenue die Steigung hinauf, an deren Ende bereits der verkehrsreiche Dupont Circle im Dunst zu erkennen war. Sie hatte zwei grüne Fußgängerampeln Vorsprung und stellte sich bereits vor, wie sie die Treppe vor dem Kapitol erreichte, mit einer Hand auf ihr Handgelenk klatschte, um die Stoppuhr anzuhalten, nach vorn gebeugt und mit den Händen auf den Knien tief durchatmete, bevor sie langsam den Arm hob, heftig blinzelte, weil ihr Schweiß in die Augen lief, sich auf die blassen LCD-Ziffern konzentrierte und die magische Zahl ablas: neunundzwanzigirgendwas.

Sie konnte es schaffen.

Sie kämpfte sich weiter, jetzt wegen der Steigung mit kürzeren Schritten, vor Anstrengung keuchend, mit schmerzenden Muskeln, aber weiter mit flüssigen Bewegungen.

Der Mann in dem Auto befand sich noch immer auf der 16th Street. Obwohl er die Lüftung hochgedreht hatte, spürte er, dass sein Rücken schweißnass war. Kunstledersitze und ein Vierzylinder, der nicht genug Power für eine leistungsfähige Klimaanlage besaß. Er war eben an der Harvard Street vorbei und in einem Gebiet, in dem junge Kongressmitarbeiter, die sich keine hohen Mieten leisten konnte, leben mussten. Über Autos verfügten sie auch nicht. Also gingen sie zu Fuß ins Büro, gleich neben ihm, ungefähr genauso schnell.

Er beobachtete eine junge Frau, die trotz der Hitze eine Strumpfhose trug, deren Nylon in der Sonne schimmerte, klobige weiße Sportschuhe und Ringelsocken an den Füßen, ihre Pumps vermutlich in der Umhängetasche – mit Besprechungsunterlagen, Positionspapieren und Fragenlisten, vielleicht auch mit ihrem Make-up für den unwahrscheinlichen Fall, dass sie, weil alle anderen beschäftigt waren, vor die Fernsehkameras treten musste, um etwas zu kommentieren.

Es gab auch männliche Varianten, die in Anzügen, die man bei Brooks Brothers im Ausverkauf bekam, mit erhobenem Kopf ausschritten. An jeder Kreuzung stießen weitere junge Leute in Zweier- und Dreiergruppen hinzu, bis beide Gehsteige voll von ihnen waren; alle in dieselbe Richtung unterwegs, Power Walking, fast eine Armee, eine unaufhaltsame Flut anständiger und idealistischer junger Menschen, die an diesem Morgen unterwegs waren, um Gutes für ihr Land zu tun.

Sie würden vor ihm im Büro sein. Der Verkehr war wieder mal schrecklich.

Das Protokoll zeigte, dass der Vorprüfungsausschuss in seiner zweiten Sitzung mehr oder weniger dort weitermachte, wo die erste geendet hatte: auf dem sicheren Boden von Diskussionen über technische Einzelheiten wie Verschlüsse und Schulterstützen, Lagerungen, Abzüge und Zielfernrohre. Man hätte glauben können, unangenehme Fragen würden durch eine stillschweigende Übereinkunft ausgeklammert, die zugleich vorzusehen schien, die verbleibende Zeit mit Themen zu füllen, über die Scharfschützen gern sprachen.

Die vier Offizierinnen stocherten, trieben an und piesackten die Männer mit endlosen Fragen zu allen Details, bis Reacher die neue Waffe praktisch vor sich sah. Drei von ihnen taten das nur, um den Ball in der Luft zu halten, während die Vierte aufmerksam zuhörte und sich bestimmt schon vorstellte, wie ihr Kontaktmann in der Führungsetage eines ausländischen Konzerns ihr Fax las und kaum glauben konnte, wie exakt die technischen Daten waren, die es enthielt.

Wer war die Vierte?

Christine Richardson und Darwen DeWitt führten das große Wort. Das Protokoll erinnerte an ein Drehbuch, in dem C.R. und

D.D. die Superstars waren. Beide verbrauchten reichlich Tinte, aber ihre Annäherungsweise war unterschiedlich. Richardson trat immer und überall für die Army ein und nutzte jede Gelegenheit, um bei Politikern Schuldgefühle zu wecken, weil sie sich nicht beeilten, die Welt zu einem sichereren Ort zu machen. DeWitt bewies mehr Verständnis für den Standpunkt von Abgeordnetenhaus und Senat. Vielleicht machte es ihr Spaß, die Skeptikerin, des Teufels Advokatin zu spielen. Möglicherweise lagen ihre Sympathien aber auch anderswo. Vielleicht dachte sie als Tochter eines erfolgreichen Unternehmers fiskalisch konservativ. Unabhängig davon sorgte sie ebenso eifrig wie die anderen dafür, alle Details der geheimen Ausschreibung öffentlich darzulegen.

Briony Walker und Alice Vaz redeten weniger. Walkers Steckenpferd war Treffsicherheit. Die Marinefamilie. Das Gewehr sollte wie die Geschütze auf den Schiffen ihres Daddys sein: unfehlbar, wenn sie nach Vorschrift gerichtet wurden. Und sie zeigte eigenartiges Interesse an den Endergebnissen. Sie fragte nach Kopfschüssen und Brustschüssen, was man empfand, während das Geschoss unterwegs war, was man anschließend durchs Zielfernrohr sah. Der Effekt war fast pornografisch.

Alice Vaz stellte eher generelle Fragen. Diskutierten die anderen über Schulterstützen aus Verbundwerkstoff, der selbst unter extremen Bedingungen nicht schrumpfen oder sich ausdehnen würde, fragte sie nach diesen Extremen. Wo auf der Welt würde das neue Gewehr voraussichtlich eingesetzt werden? Wie heiß? Wie kalt? Wie hoch? Wie nass? Als sie keine klaren Antworten erhielt, gab sie nach einiger Zeit auf. Auf den letzten zwanzig Seiten des Protokolls kam das Kürzel A.V. nicht mehr vor.

Christopher fragte: »Aus dem Bauch heraus?«

Reacher antwortete: »Nur nach dieser Lektüre?«

»Warum nicht?«

»Dann tippe ich auf Christine Richardson. Sie kommt mir wie die treibende Kraft vor. Sie will alles ganz genau wissen. Keine Geheimnisse vor dieser Frau.«

»Ich könnte sagen, dass sie versucht, das Projekt durchzudrücken. Dass sie glaubt, die Politiker könnten diesen Scheiß interessant finden.«

»Nein, sie weiß genau, dass sie's nicht tun. Aber sie redet trotzdem weiter. Sie lässt ihnen nichts Vages oder Unspezifisches durchgehen. Woher kommt das?«

»Vielleicht leidet sie an einer Zwangsneurose.«

»Was ist das?«

»Ein innerer Drang, bestimmte Dinge tun zu müssen. Zum Beispiel, seine Unterwäsche alphabetisch zu ordnen.«

»Wie ordnet man seine Unterwäsche alphabetisch?«

»Nur eine Redewendung.«

»Sie halten Richardson also für entlastet?«

»Nein«, erwiderte Christopher. »Wir glauben auch, dass sie's ist. Zumindest aufgrund der Protokolle, die einige Verdachtsmomente enthalten. Schwierig dürfte es nur werden, sie zu beweisen.«

Die Frau mit der Bauchtasche und dem Schweißband war auf der Massachusetts Avenue unterwegs und näherte sich dem Scott Circle; der Mann in dem Auto war auf der 16th Street unterwegs und näherte sich dem Scott Circle. Ihre Durchschnittsgeschwindigkeit – zehn Meilen in der Stunde – war in den letzten Minuten mehr oder weniger konstant gewesen: ihr Fortschritt gleichmäßig, zielstrebig und unaufhaltsam, seiner frustrierend Stop-and-go. Sie gab ihr Äußerstes, strebte verzweifelt nach einem legendären läuferischen Durchbruch; er machte sich Sorgen wegen der Uhrzeit, fürchtete, zu spät zur Arbeit zu kommen, und wünschte sich, er hätte parken und die Metro nehmen können, ohne abends bei seiner Rückkehr feststellen zu müssen, dass alle vier Räder fehlten.

Dann geschah Folgendes: Sie befand sich auf dem linken Gehweg, auf der Mass Ave, und er fuhr rechtwinklig zu ihr in der äußersten rechten Spur der 16th Street, weil er aus dem Kreisverkehr abbiegen wollte. Sie schaute nach vorn, beobachtete den Verkehr, beobachtete die nächste Fußgängerampel, bemühte sich, sie bei Grün zu erreichen, und war plötzlich davon überzeugt, wenn das nicht klappte, sei ihr Versuch gescheitert. Er sah ihrer Blickrichtung diametral entgegengesetzt über drei Autos vor sich hinweg nach links und beobachtete die Autos im Kreisverkehr, die Vorfahrt hatten. Er hielt Ausschau nach einer Lücke und versuchte, den richtigen Augenblick abzupassen, damit er bis zum Strich vorrollen und sich mit einer einzigen flüssigen Bewegung in den Verkehrsstrom einfügen konnte.

Sie spurtete, spurtete, spurtete, und er rollte vorwärts, verrenkte sich den Hals, um nach links zu sehen, wartete auf eine Lücke, ahnte bereits eine halbe, rollte, rollte, während die Autos vor ihm den Weg frei machten und die Lücke sich schon wieder schloss – eigentlich keine Lücke, aber seine letzte Chance. Deshalb ergriff er sie, gab Gas, riss das Lenkrad herum und kollidierte mit ihr, als sie in die Lücke rannte, die ihrer Überzeugung nach bleiben würde, weil bestimmt kein Fahrer versuchen würde, sie zu nutzen.

Sie flog in die Luft und krachte auf den Oberrand seiner Frontscheibe – ein unglaublich lauter metallischer Schlag und Knall. Er bremste scharf, und sie rutschte über das glänzende Dach, über die schräge Heckklappe und schlug mit dem Kopf voraus auf dem Asphalt auf.

Reacher legte die Blätter zu einem ordentlichen Stapel zusammen und deponierte sie auf Christophers Schreibtisch. Der Oberst sagte: »Wird langsam Zeit, zur Sache zu kommen. Sie wissen, in welchem Raum der Ausschuss tagt?«

Reacher sagte: »Ja.«

»Wissen Sie, wo er ist?«

»Nein.«

»Gut. Ich werde es Ihnen nicht sagen. Ich möchte, dass Sie herumlaufen wie ein kleiner Junge vom Land, der sich verirrt hat. Ich möchte, dass diese Sache von Anfang an in jeder Beziehung realistisch ist.«

»Nichts an dieser Sache ist realistisch. Und sie klappt todsicher nicht.«

»Sie müssen das Positive sehen. Vielleicht haben Sie Glück, und eine der Damen steht auf harte Typen. Und alles auf Kosten der Army.«

Reacher schwieg. Er benutzte den Ausgang zur F Street und bog erst rechts, dann links auf die New Jersey Avenue ab, wo das ungefähr eine halbe Meile entfernte Capitol Building riesig und weiß und in der Sonne leuchtend vor ihm lag. Er marschierte darauf zu, stieg die breite Treppe hinauf. Ein Capitol Cop kontrollierte seinen Dienstausweis und ratterte eine Wegbeschreibung herunter, die so verwirrend war, dass Reacher unterwegs noch zweimal fragen musste – erst einen Sicherheitsbeamten, dann einen Pagen.

Der Konferenzraum, in dem der Ausschuss tagte, hatte eine imposante polierte Mahagonitür und drinnen einen imposanten Tisch aus dem gleichen Holz, an dem vier Männer saßen. Einer davon war der Protokollführer. Er saß in Hemdsärmeln da und hatte eine Spezialschreibmaschine wie aus einem Gerichtssaal vor sich stehen. Die drei anderen waren offensichtlich der Mann vom Beschaffungsamt der Army, der Mann vom Beschaffungsamt des Marine Corps und der Scharfschütze von den Marines. Die beiden Offiziere trugen Uniform, der Scharfschütze einen billigen Anzug. Vermutlich ein Recon Marine, der gern bei der Delta Force gewesen wäre. Die Offiziere schüttelten Reacher die Hand, und der Marine nickte knapp, was Reacher ebenso knapp erwiderte. Für zwei angebliche Scharfschützen war das geradezu schwatzhaft.

Sonst war niemand anwesend. Kein Kongressmitarbeiter, keine der vier Offizierinnen. Die Uhr in Reachers Kopf sagte ihm, dass die Sitzung in weniger als einer Minute beginnen sollte. Die Wanduhr ging eine Minute vor, sodass die Sitzung nach hiesiger Zeit schon angefangen hatte. Aber noch immer passierte nichts, was niemanden zu stören schien. Der Scharfschütze saß reglos da, und den Kerlen von den Beschaffungsämtern machte es offenbar nichts aus, stumm dazusitzen, statt sich wegen eines zum Scheitern verurteilten Projektes in Rage zu reden.

Die Uhr tickte. Keiner sprach. Der Marine starrte blicklos ins Leere. Die Offiziere machten es sich auf ihren Stühlen bequemer. Reacher imitierte den Scharfschützen.

Dann erschienen endlich die Zivilisten, denen drei Offizierinnen im Dienstanzug der U.S. Army folgten. Drei Frauen, nicht vier. Beim Dienstanzug für weibliche Offiziere wird das Namensschild je nach individueller Körpergröße auf der rechten Seite des Jacketts waagrecht zentriert ein bis zwei Zoll über dem obersten Knopf des Jacketts angebracht. Reacher las die Namen auf den Rechtecken aus schwarzem Kunststoff: DeWitt, Vaz und Walker, Richardson nicht. A und B und D waren anwesend, C fehlte. Keine Christine.

Die vier Zivilisten wirkten leicht betroffen, und die drei

Frauen machten einen eher unglücklichen Eindruck. Alle setzten sich auf ihre gewohnten Plätze, sodass ein Stuhl leer blieb. Der Kerl oben am Tisch sagte: »Gentlemen, ich muss Ihnen eine betrübliche Mitteilung machen, fürchte ich. Colonel Richardson ist heute Morgen von einem Auto angefahren worden, als sie ins Büro gelaufen ist. Am Scott Circle.«

Reachers erster Gedanke war: Gelaufen? Warum? War sie zu spät dran? Aber dann begriff er. Joggen, Fitness, im Büro duschen und sich umziehen. Das hatte er schon bei anderen Leuten gesehen.

Der Kerl oben am Tisch sagte: »Der Fahrer des Wagens arbeitet in der Poststelle des Kapitols. Nach Aussagen von Augenzeugen haben beide Unfallbeteiligten zu viel riskiert.«

Der Offizier vom Beschaffungsamt der Army fragte: »Aber wie geht es ihr? Wie geht es Christine?«

Der Kerl oben am Tisch sagte: »Sie ist am Unfallort gestorben.«

Schweigen im Raum.

Der Kerl oben am Tisch sagte: »Schädeltrauma. Vom Rand der Frontscheibe oder bei ihrem Sturz vom Autodach.«

Schweigen. Kein Laut bis auf das Klappern der Schreibmaschine des Protokollführers, der festhielt, was gesagt worden war. Dann verstummte selbst dieses Geräusch.

Der Kerl oben am Tisch sagte: »Deshalb schlage ich vor, dass wir diese Anhörung vertagen und zu einem besser geeigneten Zeitpunkt wieder aufnehmen.«

Der Offizier vom Beschaffungsamt der Army sagte: »Wann?«

»Ich schlage vor, die nächste Runde von Gesprächen über den neuen Haushalt abzuwarten.«

»Wann beginnen die?«

»In ungefähr einem Jahr.«

Schweigen.

Dann meldete sich Briony Walker zu Wort: »Nein, Sir. Wir müssen unsere Pflicht tun. Das Verfahren muss abgeschlossen werden. Colonel Richardson hätte es nicht anders gewollt.«

Keine Antwort.

Walker sagte: »Die Army hat es verdient, dass sie ihr Anliegen vortragen kann, dass ihre Anforderungen und Bedürfnisse zu Protokoll genommen werden. Die Leute würden unsere Gründe für die Vertagung der Anhörung rasch vergessen und annehmen, wir seien nicht wirklich daran interessiert gewesen. Deshalb beantrage ich, dass wir unseren Auftrag ausführen, indem wir sicherstellen, dass jedes Detail, jeder Parameter geklärt und protokolliert ist. Dann wissen unsere Abgeordneten wenigstens genau, was sie bewilligen. Oder gegebenenfalls ablehnen.«

Der Kerl oben am Tisch sagte: »Möchte jemand diesem Antrag widersprechen?«

Keine Antwort.

»Also gut«, sagte der Mann. »Wir machen, was Major Walker vorschlägt, und gehen alles noch einmal genau durch. Nur für den Fall, dass wir irgendwas übersehen haben.«

Tatsächlich kauten sie alles noch mal durch. Reacher kannte die zuvor besprochenen Themen aus den Protokollen. Sie fingen ganz vorn an und arbeiteten sich systematisch durch. Die meisten Punkte wurden nur vorgelesen und bestätigt, doch manche lösten neue Diskussionen aus. Briony Walker plädierte nachdrücklich für ein Repetiergewehr. Die Marinefamilie. Die Frage der Treffsicherheit. Einen Ladehebel konnte man manuell so vorsichtig betätigen, dass anschließend keine winzigen Vibrationen in der Waffe auftraten. Im Gegensatz dazu war eine halbautomatische Waffe ein Gasdrucklader, in dem nach jedem

Schuss unweigerlich Vibrationen auftraten. Vielleicht gefährlich lange.

»Wie lange?«, wollte einer der Zivilisten wissen.

»Wie lange wäre gefährlich, meinen Sie?«, lautete Walkers Gegenfrage.

»Nein, wie lange halten diese Vibrationen an?«

»Ein paar Zehntelsekunden.«

»Wie stark sind sie?«

»Jedenfalls stark genug, um die Treffsicherheit bei großen Entfernungen zu beeinträchtigen.«

Der Zivilist sah sich am Tisch um und sagte: »Gentlemen?«

Der Kerl vom Beschaffungsamt der Army schaute zu seinem Kollegen vom Marine Corps hinüber, der seinen Scharfschützen ansah, der ins Leere starrte. Dann blickten alle Reacher an.

Reacher fragte: »Über welches Thema haben Sie als Erstes gesprochen?«

Der Zivilist antwortete: »Treffsicherheit bei kalter Waffe.«

»Die weshalb wichtig ist?«

»Weil der Scharfschütze oft nur einmal zum Schuss kommt.«

»Mit einer wann geladenen Waffe?«

»Ich glaube, wir haben Aussagen gehört, dass das Gewehr schon stundenlang geladen gewesen sein kann. Langes Warten scheint zu diesem Job zu gehören.«

»Was bedeutet, dass die Vibrationen längst abgeklungen sein werden. Sie hätten die Patrone mit einem Hammer in den Verschluss treiben können. Setzen wir voraus, dass die wichtigen Schüsse immer einzeln und in größeren Abständen – Stunden oder sogar Tage – abgegeben werden, spielt die Art des Nachladens keine Rolle.«

»Sie würden also einen Gasdrucklader als Scharfschützengewehr akzeptieren?«

»Nein, Sir«, entgegnete Reacher. »Major Walker hat recht. Die wichtigen Schüsse werden nicht immer die ersten sein. Und Treffsicherheit ist stets erstrebenswert. Und Repetierverschlüsse sind robust, zuverlässig, einfach und leicht zu warten und außerdem billig.«

Daraus entstand eine Diskussion darüber, welcher Repetierverschluss der beste sei. Remington hatte Fans unter den Anwesenden, aber auch Winchester, Sako und Ruger wurden ins Gespräch gebracht. An dieser Stelle begann Alice Vaz mit ihren Fragen, die aufs große Ganze abzielten. Sie sagte: »Um zu verstehen, was wir über technische Einzelheiten hinausgehend brauchen, müssen wir meiner Ansicht nach klären, wo und wie dieses Gewehr eingesetzt werden soll. In welchen Höhen? Bei welchem Barometerstand? Unter welchen Extremen in Bezug auf Temperatur und Feuchtigkeit? In welchen neuen Umgebungen?«

Damit sie endlich den Mund hielt, ratterte der Kerl vom Beschaffungsamt der Army so ziemlich alles herunter, was die geheime Kriegsplanung umfasste. Natürlich ohne Orte und spezielle Details, aber mit allen meteorologischen Konsequenzen. Große Höhen mit gefrierendem Nebel, extrem trockene Hitze über sehr feinem Sand, feuchtheiße Regenwälder, Schneewüsten bei zweistelligen Minusgraden und so weiter.

Dann bestand einer der Zivilisten darauf, dass der Gewehrlauf aus einheimischem Stahl hergestellt sein müsse. Was kein großes Problem war. Dann verlangte ein anderer, auch das Zielfernrohr solle aus den USA kommen. Was ein größeres Problem darstellte. Reacher beobachtete die Frauen ihm gegenüber. Darwen DeWitt sagte nicht viel, was überraschte, weil sie in den beiden ersten Sitzungen geglänzt hatte. Sie war nur etwas über mittelgroß und noch immer sportlich schlank wie der Softballstar, der sie als Teenager gewesen war. Sie hatte schwarzes Haar, einen hellen Teint und eher energische als hübsche Züge, die durch lebhafte, ausdrucksvolle Augen davor bewahrt wurden, langweilig zu wirken. Ihre dunklen Augen befanden sich in ständiger Bewegung; sie blitzten vor Intelligenz und irgendeinem inneren Feuer. Vielleicht verbrannte sie überschüssigen IQ, um zu verhindern, dass ihr Kopf explodierte.

Briony Walker war die Navy-Tochter und sah auch danach aus: überaus korrekt und beherrscht bis auf ihre wilde Lockenmähne, die selbst ein Friseurbesuch nicht hatte zähmen können. Auch ihr Mienenspiel war lebhaft, und hinter ihren Augen lief viel ab.

Alice Vaz sah am besten aus. Reacher suchte nach dem richtigen Wort. Vielleicht elfenhaft? Knabenhaft? Vermutlich irgendwas dazwischen. Sie hatte einen dunkleren Teint als die beiden anderen, trug ihr schwarzes Haar ziemlich kurz und besaß die Art Augen, die von humorvollem Blitzen sekundenschnell auf Todesstrahlen umschalten konnten. Sie war kleiner als die beiden anderen, auf europäische Weise zierlicher und vielleicht auch intelligenter. Nach einiger Zeit kontrollierte sie die Diskussion, auch wenn ihre Fragen manchmal todlangweilig waren. Sie zwang die anderen dazu, sich zu konzentrieren.

So schleppte sich die Anhörung weiter. Reacher leistete keinen weiteren Beitrag, außer dass er gelegentlich zustimmend nickte. Irgendwann gab es keine Wortmeldungen mehr, und der Kerl oben am Tisch sagte, ob alle zustimmten, dass die Anforderungen und Bedürfnisse der Army nun richtig protokolliert seien. Alle Hände gingen hoch. Der Kerl wiederholte seine Frage, indem er sich direkt an Briony Walker wandte – vielleicht aus Höflichkeit, vielleicht um sie ein wenig zu ärgern, indem er ihre eigene Formulierung verwendete. Walker biss jedoch nicht an. Sie bestätigte nur, ja, sie sei völlig zufriedengestellt.

Worauf die vier Zivilisten wortlos aufstanden und hastig den Konferenzraum verließen, als wäre es unmöglich, eine Verabschiedung in ihrem übervollen Terminplan unterzubringen. Auch die Frauen erhoben sich, aber als Nächster verschwand der Mann vom Beschaffungsamt der Army, der seinem Kameraden vom Marine Corps auf die Schulter klopfte und sich verdrückte. Worauf der Marine seinem Unteroffizier auf die Schulter klopfte und mit ihm hinausging, sodass nur noch Reacher und die Frauen in dem Raum zurückblieben.

Dieser Zustand hielt nicht lange an. Die Frauen steckten schon die Köpfe zusammen. Nicht nach vorn gebeugt, doch einander zugewandt, ein enges kleines Dreieck, Schulter an Schulter, einander berührend wie richtige Frauen. Aber vielleicht in der West-Point-Version. Sie marschierten im Gleichschritt zur Tür, noch ein kurzer höflicher Blick von Alice Vaz, dann waren sie verschwunden.

Reacher blieb, wo er war. Keine große Eile. Was hätte er auch tun können? Vielleicht gab es Männer, die das gekonnt hätten. He, das mit Ihrer mir unbekannten Kameradin tut mir leid, aber kann ich Sie trotzdem zu einem Drink einladen? Zu diesen Kerlen gehörte Reacher nicht.

Aber die Frauen würden nirgends hingehen wollen. Das wusste er bestimmt.

Er stand auf, verließ den Raum und entdeckte sie in der Lounge am Ende des Korridors. Sie bildeten weiter eine enge kleine Gruppe. Nirgendwohin unterwegs, nur miteinander redend. Da gab es viele gesellschaftliche Konventionen zu beachten. Sie würden sicher in einer Bar landen, aber so weit war's noch nicht.

Reacher ging auf eine Reihe von Münztelefonen zu, warf ein

Geldstück ein, wählte und lehnte sich an die Wand. Er sah, dass Briony Walkers Blick ihn streifte, und behielt seine Haltung bei. Nur der Junge vom Land, der jemanden anrief. Vielleicht seine hiesigen Kameraden, denen er mitteilte, er habe für heute frei, und die er fragte, wo die Action stattfinde.

Christopher sagte: »Ja?«

Reacher sagte: »Haben Sie von Christine Richardsons Unfall gehört?«

»Ja, schon vormittags.«

»Also wird's jetzt ein bisschen schwieriger.«

»Vielleicht ist's schon zu Ende. Falls Richardson die undichte Stelle war.«

»Und falls nicht?«

»Dann könnte es einfacher, nicht schwieriger werden. Mit den drei anderen. Gefühle sind nützlich. Tratschen versenkt Schiffe.«

»Der Nachmittag war nicht besonders lustig. An eine Romanze denkt niemand. Sie reden miteinander. Unmöglich, sich da einzuklinken.«

»Nutzen Sie jede Gelegenheit, die sich bietet.«

»Sie sind nicht im Kapitol, aber Sie überwachen ihre Faxverbindung, nicht wahr?«

»Korrekt.«

»Auch heute Abend?«

»Natürlich. Was wissen Sie?«

»DeWitt ist es nicht.«

»Woher wissen Sie das?«

»Sie stand unter Schock. Sie ist dreißig und hat noch keinen Todesfall in ihrem privaten Umfeld erlebt.«

»Erschüttert zu sein ist normal.«

»Aber wenn sie einen Geheimauftrag hätte, wäre sie darüber

hinweggekommen. Um ihre Arbeit zu tun. Das hat sie nicht getan. Sie brachte kaum ein Wort heraus. Sie saß da, als wäre das Ganze zwecklos. Was die absolut richtige Reaktion eines Menschen ohne eigene Agenda war.«

»Waren die beiden anderen schon darüber hinweggekommen?«

»Alice Vaz war mustergültig beherrscht. Briony Walker ebenfalls. Und Walker hat mit großem Trara darauf bestanden, alles noch mal genau durchzugehen. Alle Einzelheiten sollten ins Protokoll.«

»Damit sie prüfen konnte, ob sie in den letzten Tagen etwas vergessen hatte?«

»So könnte man es interpretieren.«

»Was hat Vaz getan?«

»Das Gleiche wie in den Protokollen. Weltweite Geografie. Sie sollte den Dienst quittieren und ein Reisebüro eröffnen.«

»Was haben Sie vor?«

»Weiß ich noch nicht. Lassen Sie das Fax weiter für mich überwachen.«

Reacher hängte ein. Die Frauen hielten sich noch in der Lounge auf, redeten miteinander, würden bestimmt noch eine Zeit lang bleiben. Er schlenderte in ihre Richtung wie ein Mann, der eine Stunde totschlagen möchte, wie ein Fremder, der sich zu den einzigen Gesichtern, die er kennt, hingezogen fühlt. Plan A sah vor, dass er seine Rolle weiterspielte, um vielleicht durch Briony Walkers Interesse für Schusswunden in die Gruppe aufgenommen zu werden. Vielleicht war sie ein Scharfschützengroupie. Er hätte einiges erzählen können. Kopfschuss oder Brustschuss? Nun, Ma'am, ich bevorzuge die Kehle. Trifft man die genau richtig, kann man den Kopf wegfliegen lassen.

Plan B bestand darin, sich als Captain der Militärpolizei und verdeckter Ermittler des militärischen Geheimdienstes zu erkennen zu geben und abzuwarten, was sich daraus entwickelte. Vielleicht ein voller Erfolg. Stellte er Richardson als Hauptverdächtige hin, würde die Schuldige sich dadurch verraten, dass sie diesen Verdacht am eifrigsten zu erhärten versuchte. Fiel keine durch besonderen Eifer auf, war Richardson tatsächlich schuldig gewesen.

Er schlenderte weiter.

Plan A oder Plan B?

Die drei trafen die Entscheidung für ihn.

Er bekam sie auf einem Silbertablett serviert.

Sie waren zivilisierte Frauen und instinktiv höflich, wie es Offiziere immer sind. Er kam auf sie zu. Er würde nicht in einigem Abstand an ihnen vorbeigehen. Also mussten sie ihn zur Kenntnis nehmen. Briony Walker schaute ihn an, aber Darwen DeWitt ergriff als Erste das Wort. Sie sagte: »Wir haben uns gar nicht richtig kennengelernt. Aber dafür war heute wohl nicht der geeignete Zeitpunkt.«

»Nein, Ma'am«, sagte Reacher, »das war er wohl nicht.« Er nannte seinen Namen. Er sah, wie alle drei ihn in ihrem Gedächtnis abspeicherten.

Er sagte: »Das mit Colonel Richardson tut mir leid.«

DeWitt nickte. »Es war ein Schock.«

»Haben Sie sie gut gekannt?«

»Wir waren gemeinsam auf dem Weg nach oben. Wir wollten so weitermachen.«

»Kameraden«, sagte Reacher. »Oder eher Kameradinnen.«

»Ja, so haben wir uns gefühlt.«

Reacher nickte. Dieses Gefühl konnten sie sich alle leisten. Keine Rivalität. Noch nicht. Eng würde es erstmals beim Sprung vom Brigadegeneral zum Generalmajor werden. Von einem Stern zu zweien. Da konnte eine gewisse Konkurrenzsituation entstehen.

Briony Walker sagte: »Ihnen ist das auch schon passiert, Sergeant. Sie müssen Männer verloren haben.«

»Ma'am, einige.«

»Und was machen Sie an solchen Tagen?«

»Nun, Ma'am, normalerweise würden wir in eine Bar gehen und auf sie und ihre Reise trinken. Das beginnt meist ruhig und endet fröhlich. Was wichtig ist. Zum Wohl der Einheit.«

Alice Vaz fragte: »Welche Einheit?«

»Das darf ich nicht sagen, Ma'am.«

»Welche Bar?«

»Einfach die nächste.«

DeWitt sagte: »Das Hyatt ist einen Block weit entfernt.«

Sie gingen zum Hotel Hyatt. Aber eigentlich nicht zusammen. Nicht als Vierergruppe. Genauer gesagt als lockerer Verbund aus einer Dreiergruppe und einem Einzelgänger, der nur funktionierte, weil Reacher sich dumm genug stellte, um alle Andeutungen, er solle verschwinden, zu überhören. Die Frauen waren zu höflich, um das deutlich auszusprechen. Trotzdem war der kurze Weg äußerst peinlich. Aus dem Gebäude, über die Constitution Avenue, weiter zur New Jersey Avenue, über Louisiana Avenue und D Street, dann war das Hyatt erreicht. Reacher trat prompt vor und hielt die Tür auf. Weil er sofort die Initiative ergreifen musste. Unschlüssiges Herumstehen auf dem Gehsteig hätte zu deutlicheren Aufforderungen geführt.

Sie schritten an ihm vorbei, erst Vaz, dann DeWitt und zuletzt Walker. Reacher folgte ihnen. Sie fanden die Bar. Nicht die Art Kneipe, die Reacher gewohnt war. Vor allem gab es hier keine Theke, nur niedrige Tische, niedrige Sessel und Ober, die bedienten. Dies war eine Lounge.

Walker sah zu Reacher und fragte: »Was sollten wir trinken?«

Reacher antwortete: »Bier aus großen Krügen, aber ich glaube nicht, dass es hier welche gibt.«

Der Ober kam, und die Frauen bestellten Gespritzten mit Weißwein. Reacher bestellte Kaffee, schwarz, ohne Zucker oder Süßstoff. Er mochte keine Schalen und Kännchen und Löffel vor sich auf dem Tisch stehen haben. Die Frauen unterhielten sich leise als Trio, das manchmal schuldbewusst zu ihm hinüberblickte – außerstande, ihn loszuwerden, außerstande, unhöflich zu ihm zu sein.

Er fragte: »Laufen Anhörungen immer so ab? Abgesehen von der Sache mit Colonel Richardson, meine ich.«

Vaz sagte: »Ihre erste?«

Reacher sagte: »Und hoffentlich meine letzte, Ma'am.«

Walker sagte: »Nein, die Mühe hat sich gelohnt. Es war ein guter letzter Versuch. Sie können nicht zu allem Nein sagen. Wir haben es ein bisschen wahrscheinlicher gemacht, dass sie schon bald zu etwas anderem Ja sagen.«

»Ihnen gefällt Ihr Job?«

»Gefällt Ihnen Ihrer, Sergeant?«

»Ja, Ma'am, die meiste Zeit.«

»Das könnte ich auch sagen.«

Der Ober servierte die Getränke, und die Frauen setzten ihre private Unterhaltung zu dritt fort. Reachers breite, flache Tasse enthielt nicht viel Kaffee. Er war nur wenige Schlucke von dem nächsten peinlichen Augenblick entfernt. Sie waren ihn nicht losgeworden, als sie das Kapitol verlassen hatten, und sie waren ihn beim Betreten des Hotels nicht losgeworden. Die nächste Gelegenheit würde sich ihnen bieten, wenn die erste Runde getrunken war. Dazu bedurfte es nur eines Befehls. *Wegtreten, Sergeant!* Dagegen ließ sich nichts machen, auch unter Plan B nicht. Aus dem Mund eines Majors und Oberstleutnants funktionierte *Wegtreten, Captain!* genauso gut.

Aber es war Darwen DeWitt, die nach der ersten Runde ging. Sie schwieg meist und fühlte sich hier offenbar unwohl, fand keine Katharsis. Sie sagte, sie habe zu arbeiten, und stand auf. Es gab keine Umarmungen. Nur ein knappes Nicken, ein tapferes Lächeln und bedeutungsvolle Blicke, dann war sie fort. Vaz und Walker schauten Reacher an, der seinerseits Walker und Vaz ansah. Keiner sprach. Im nächsten Augenblick erschien wie auf ein Stichwort hin der Ober. Vaz und Walker orderten zwei Gespritzte, und Reacher bestellte noch einen Kaffee.

Der zweite Gespritzte ließ Walker etwas lockerer werden. Sie fragte Reacher, was er fühle, wenn er auf einen lebenden Menschen schieße. Reacher zitierte einen Kerl, den er kannte. Den Rückstoß an der Schulter, sagte er. Walker fragte nach der größten Entfernung, aus der er tödlich getroffen habe. Weil er ein Cop war, betrug sie tatsächlich keine fünf Meter, aber als angeblicher Scharfschütze sagte er sechshundert Meter. Womit, fragte sie. In Wirklichkeit war es eine Beretta M9 gewesen, aber er sprach von einem M21, einem Zielfernrohr ART II und einem Geschoss im NATO-Kaliber 7,62 Millimeter.

Alice Vaz fragte: »Wo war das?«

Reacher antwortete: »Ma'am, das darf ich nicht sagen.«

»Was nach einem Special-Forces-Einsatz klingt.«

»Ja, das tut es wohl.«

»Sechshundert Meter ist keine allzu große Entfernung für euch Leute.«

»Praktisch Kernschussweite, Ma'am.«

»Schwarz für die CIA oder legitim für uns?«

»Ma'am, das darf ich nicht sagen.«

Die verweigerten Auskünfte schienen ihn glaubwürdiger zu machen. Die defensive Körpersprache der beiden Frauen schwächte sich allmählich ab. Allerdings wich sie nicht persönlichem Interesse, sondern wurde durch professionelles ersetzt, das leicht melancholisch rüberkam. Keine der beiden konnte realistisch hoffen, einmal eine kämpfende Einheit kommandieren zu dürfen. Sie waren gezwungen, einen anderen Weg einzuschlagen. Aber beide schienen besorgt über die Kluft zu blicken. In einer idealen Welt würden sie kämpfen und dazu die besten verfügbaren Waffen benutzen wollen. Das stand außer Frage. In diesem Fall verlangte simple Ethik die besten verfügbaren Waffen für alle, die in dieser keineswegs idealen Welt kämpften. Und es kam darauf an, bereit zu sein. Ihre Schwestern würden es vielleicht nicht schaffen, aber irgendwann ihre Töchter.

Walker fragte Reacher, was er persönlich von dem neuen Scharfschützengewehr halte. Gab es Dinge, die daran fehlten? Dinge, die überflüssig waren? Reacher entgegnete: »Ma'am, ich glaube, dass es jetzt ziemlich in Ordnung ist«, weil das von einem Sergeant im Gespräch mit einem Offizier erwartet wurde – und weil es stimmte. Walker schien mit seiner Antwort sehr zufrieden zu sein.

Dann standen Walker und Vaz auf, um auf die Toilette zu gehen. Reacher hätte auch einen Boxenstopp brauchen können, aber er wollte ihnen nicht auf den Fersen bleiben. Nach ihrem Spaziergang vom Kapitol herüber wäre das merkwürdig gewesen. Also wartete er. Er beobachtete, wie Vaz unterwegs telefonierte. An der Rückwand der Lounge hingen drei Münztelefone unter hölzernen Schalldämmhauben. Vaz benutzte das mittlere Telefon. Walker wartete nicht auf sie und ging schon mal voraus.

Vaz sprach keine zehn Sekunden, dann hängte sie ein und folgte Walker zur Toilette.

Walker tauchte nicht mehr auf. Vaz kam allein zurück und erklärte, Walker sei ins Büro gegangen. Sie habe den Ausgang zur D Street genommen. Sie habe eine Menge zu tun. Und wolle Reacher noch einen Drink?

Reacher fragte: »Geben Sie einen aus?«

Vaz antwortete: »Klar.«

Reacher sagte: »Dann gern.«

»Dann kommen Sie mit. Ich weiß eine bessere Bar als diese.«

Die bessere Bar lag versteckt in der Nähe der Gleise hinter der Union Station. Besser war sie in dem Sinn, dass sie eine richtige Theke hatte. Aber in jeder anderen Beziehung war sie schlechter. Vor allem stand sie in einem miesen Viertel mit hässlichen Klinkergebäuden und Behelfsbauten, mit dunklen Straßen und allen möglichen Gassen und Innenhöfen, mit mehr Holzmasten für ein Gewirr aus Kabeln und Leitungen als Bäumen. Die Bar selbst wirkte wie eine auf rätselhafte Weise vom Wasser abgeschnittene Hafenkneipe. Ihr großer Innenraum mit niedriger Decke war in ein Labyrinth aus zahlreichen kleinen Räumen unterteilt. Reacher setzte sich so hin, dass er eine Ecke im Rücken und beide Eingänge im Blick hatte. Vaz nahm neben ihm Platz, nicht zu nah, aber auch nicht weit entfernt. Sie sah gut aus. Besser, als sie hätte aussehen dürfen. Der Dienstanzug weiblicher Offiziere schmeichelte im Allgemeinen niemandem. Er war im Prinzip schlauchförmig. Vielleicht trug Vaz eine maßgeschneiderte Uniform. Das musste es sein. Ihr Jackett war leicht tailliert, der Rock eng und ein bisschen kurz. Vielleicht nur einen Fingerbreit, aber mit bloßem Auge erkennbar.

Vaz sagte: »Ich bin hoffentlich nicht mehr lange in diesem Laden.«

»Wohin als Nächstes?«

»Kriegsplanung, hoffe ich.«

»Werden Schecks Ihres Ladens dort eingelöst?«

»Ob ich mein Guthaben mitnehmen kann, meinen Sie? Absolut. Politik und Kriegsplanung? Praktisch identisch.«

»Wann also?«

»So bald wie möglich.«

»Aber Sie fürchten, die Sache mit Colonel Richardson könnte hinderlich sein. Niemand mag Theater, stimmt's? Und Ihr Laden ist ohnehin unterbesetzt. Vielleicht lässt man Sie nicht gehen.«

»Für einen Sergeant sind Sie ziemlich clever.«

»Dienstgrad und Intelligenz haben nichts miteinander zu tun, Ma'am.«

»Erzählen Sie mir von sich.«

»Erst Sie.«

»Da gibt's nicht viel zu berichten«, sagte Vaz. »Kalifornisches Girl, West Point, erst wollte ich die Welt sehen, dann wollte ich sie beherrschen. Sie?«

»Marine Corps Boy, West Point, erst wollte ich die Welt sehen, dann wollte ich sie überleben.«

»Ich glaube, ich kenne keinen West-Point-Kadetten, der dann Sergeant geworden ist.«

»Das kommt vor. Gelegentlich. In gewisser Weise.«

»Ah, ich verstehe.«

»Wirklich?«

»Sie sind ein verdeckter Ermittler«, sagte Vaz. »Ich habe immer gewusst, dass dieser Tag kommen würde.«

»Weil?«

»Weil ihr Leute endlich gemerkt habt, was Sache ist. Dass

unser Beschaffungsamt seit Jahren von Korruption durchsetzt ist. Dass die Army kein neues Scharfschützengewehr braucht. Das wissen Sie. Aber diese Kerle haben schon Aufträge für das neue Modell zugesichert. Vielleicht haben sie das Bestechungsgeld schon bezahlt. Deshalb müssen sie die Neubeschaffung mit allen Mitteln durchdrücken. Ich meine, haben Sie einige ihrer Argumente gehört?«

»Wo ist ihr Büro?«

»Wessen Büro? Das Beschaffungsamt ist riesig.«

»Zum Beispiel das des Kerls von heute.«

»Er hat sein Büro im Capitol Building.«

»Mit einem Faxgerät?«

»Natürlich.«

»Haben die anderen auch davon gewusst?«

»Im Politikladen? Natürlich alle. Warum, glauben Sie, hat Walker heute noch mal alles wiederkäuen lassen? Weil sie ein drittes Fax provozieren wollte.«

»Weshalb?«

»Als zusätzlichen Beweis für Sie. Wir wussten, dass Sie irgendwann auf die Wahrheit stoßen würden.«

»Wieso hat mir keine von Ihnen einen Hinweis gegeben?«

»Stand uns nicht zu.«

»Das Kosten-Gewinn-Verhältnis war nicht in Ordnung, meinen Sie. Eine von Ihnen hätte vortreten müssen – und verlieren können. Weil vor dem Kriegsgericht alles Mögliche passieren kann. Dann wäre sie ab sofort aus dem Rennen. Weil sie einmal auf der Verliererseite gestanden hat. Solch eine Panne durften Sie nicht riskieren. Nicht nach Ihren bisherigen Erfolgen.«

»Welches Rennen meinen Sie?«

»Um die Sterne, von denen Sie bestimmt alle träumen.«

»Anfangs haben wir geglaubt, der vorige Scharfschütze könnte der verdeckte Ermittler sein. Der Kerl, den Sie abgelöst haben. Er hat sich von seinem Offizier dazu überreden lassen, mehr und mehr zu wollen. Aber letztlich war er eben doch nur ein Scharfschütze. Sie hätten wir in ungefähr einer Minute enttarnt, nur waren wir heute in Gedanken anderswo.«

»Wegen Richardson? Was ist Ihrer Meinung nach passiert?«

»Wir haben alle das Gleiche gedacht. Das Beschaffungsamt ist ein Sumpf, was Ihnen früher oder später auch auffallen würde.«

»Was planen Sie zu sein?«

»Respektiert. Vielleicht in einer geschlossenen Gesellschaft, aber doch von jemandem.«

»Hat's in Ihrem bisherigen Leben an Respekt gefehlt?«

»Oft genug«, entgegnete Vaz. Sie rutschte auf der Bank etwas näher an Reacher, sodass ihre Knie sich fast berührten, dunkles Nylon über dunkler Haut, und sagte: »Ich setze voraus, dass mein Eindruck richtig ist, dass Sie jünger sind als ich. Und bei einer Einheit dienen, in der weniger großzügig und schnell befördert wird. Und dass ich deshalb den höheren Dienstgrad habe.«

»Ich bin Captain«, sagte Reacher. »Ma'am.«

»Würden unsere Befehlsketten etwas miteinander zu tun haben, wäre es unangemessen, wenn wir eine enge Beziehung hätten. Deshalb meine Frage: Haben unsere Befehlsketten etwas miteinander zu tun?«

»Ich denke, dass sie so weit wie irgend möglich voneinander entfernt sind.«

»Warte hier«, sagte sie. »Bin gleich wieder da.«

Dann stand sie auf und schlängelte sich durch den vollgestellten Raum, um zu dem Toilettenflur im rückwärtigen Teil zu gelangen. Mindestens fünf Minuten, dachte Reacher. Er folgte ihr bis zu dem Münztelefon an der Wand. Das Telefon war alt und verkratzt, die Wand dahinter schwarz von Dreck und Rauch.

Er wählte und nannte seinen Namen.

Cornelius Christopher fragte: »Ja?«

Reacher antwortete: »Ich bin fertig.«

»Was soll das heißen? Geben Sie auf?«

»Nein, das heißt, dass der Auftrag ausgeführt ist.«

»Was wissen Sie?«

»Walker muss inzwischen wieder im Kapitol sein. Hat's schon ein Fax gegeben?«

»Nein.«

»Sie haben sich getäuscht. Niemand gibt Informationen an eine ausländische Waffenschmiede weiter. Das hat niemand getan. Wozu denn auch? Was ein gutes Scharfschützengewehr können muss, weiß jeder. Das erklärt sich von selbst. Es liegt auf der Hand. Die Grundlagen sind seit hundert Jahren bekannt. Da braucht niemand Geheiminformationen zu sammeln. Weil schon alles auf dem Tisch liegt.«

»Was haben Sie zu berichten?«

»Ich warte auf den endgültigen Beweis. Den müsste ich in spätestens fünf Minuten haben.«

»Den Beweis wofür?«

»Dass Alice Vaz schuldig ist«, erwiderte Reacher. »Denken Sie an die Protokolle. Ihre Fragen nach dem großen Ganzen. Heute Nachmittag hat sie noch ein paar gestellt. Sie wollte sehr genau wissen, wo dieses neue Gewehr eingesetzt würde. Sie hat sich eingehend nach den Umweltbedingungen erkundigt.«

»Und?«

»Sie hat versucht, indirekt an unsere Kriegsplanung heranzukommen. Und der Kerl vom Beschaffungsamt ist darauf reingefallen. Keine Einzelheiten, aber jede Menge Angaben zum Wetter. Im Umkehrschluss konnte man aus seinen Informationen unsere gesamte globale Strategie herauslesen.«

»Zum Beispiel?«

»Er hat von großen Höhen und gefrierendem Nebel gesprochen.«

»Afghanistan«, sagte Christopher. »Dort müssen wir früher oder später hin.«

»Und von extrem trockener Hitze und feinem Flugsand.«

»Der Nahe Osten, vermutlich der Irak.«

»Und von schwülheißen Regenwäldern.«

»Südamerika, Kolumbien und so weiter. Der Drogenkrieg.«

»Und von strengem Frost im Schnee.«

»Wenn's gegen die Sowjetunion geht.«

»Sehen Sie, was ich meine? Sie hat dem Kerl alle Ziele unserer Kriegsplaner entlockt. Solche verschlüsselten Informationen lieben die Analysten feindlicher Geheimdienste.«

»Wissen Sie das bestimmt?«

»Ich habe ihr zwei Sekunden Zeit für eine Reaktion gegeben, und sie hat mir die Story aufgetischt, das Beschaffungsamt sei korrupt. Sie ist verdammt clever.«

»Welcher Feind? Welcher ausländische Geheimdienst?«

»Natürlich die Sowjets. Eine hiesige Faxnummer, vermutlich in ihrer Botschaft.«

»Sie arbeitet für sie?«

»In denkbar größtem Umfang. Überlegen Sie doch mal: Sie ist auf der Überholspur, ist auf dem Weg zur Spitze. Das sind mindestens die Vereinten Stabschefs, vielleicht auch mehr. Eine Frau wie sie könnte Präsidentin der Vereinigten Staaten werden.«

»Aber wie haben die Sowjets sie angeworben? Und wann?«

»Vermutlich schon vor ihrer Geburt. Ihr Großvater war ein Held der Sowjetunion. Also war ihr Daddy vielleicht kein richtiger Flüchtling. Möglicherweise hat der KGB ihn nach Ungarn versetzt, damit er flüchten und sich im Westen als Dissident ausgeben konnte. Damit seine später in den USA geborene Tochter als Schläferin heranwachsen konnte. Diese Leute denken in langen Zeiträumen.«

»Das sind verdammt viele Annahmen.«

»Der Beweis dürfte in spätestens drei Minuten eintreffen. Oder eben nicht.«

»Aber wozu eine Superagentin wegen dieser Sache riskieren? Wenn Sie recht haben, geht es um wertvolle, aber nicht lebenswichtige Informationen. Dies ist nicht die Wasserstoffbombe.«

»Ich glaube, dass das mehr oder weniger dem Zufall zu verdanken ist. Vermutlich war sie dienstlich damit befasst. Aber sie konnte der Versuchung nicht widerstehen, es zu melden. Gewohnheit oder Pflichtbewusstsein. Wenn sie eine wahrhaft Gläubige ist.«

»Welchen Beweis bekommen Sie in fünf Minuten? Oder waren es drei?«

»Jetzt wahrscheinlich nur noch zwei«, sagte Reacher. »Sie hat im Hotel Hyatt kurz telefoniert. Das weitere Vorgehen liegt auf der Hand. Sie ist eine Superagentin. Vielleicht die wichtigste, die sie jemals hatten. Sie ist nach ganz oben unterwegs. Niemand weiß, wie weit sie's noch bringen wird. Und als Nächstes will sie in unsere Kriegsplanung einsteigen, die von ungeheurer Bedeutung ist. Also muss sie beschützt werden wie noch keine Agentin vor ihr. Und sie hat mich aus irgendeinem Grund verdächtigt. Vielleicht aus routinemäßiger Paranoia. Ich war neu. Ich habe mich für sie und die anderen interessiert. Also hat sie um Hilfe gerufen. Sie hat den KGB-Killern der Botschaft mitgeteilt, wo ich wann sein werde. Und dann hat sie mich in die Falle gelockt. Im Augenblick soll ich mir einbilden, sie sei scharf auf mich.«

»Russische Killer haben es auf Sie abgesehen?«

»In ungefähr einer Minute, denke ich. Ich soll das Opfer eines missglückten Raubüberfalls werden. Ich soll tot an einer Straßenecke aufgefunden werden.«

»Wo sind Sie?«

»In den Badlands hinter der Union Station.«

»Dort kann ich niemanden in weniger als einer Minute hinschicken.«

»Das habe ich auch nicht erwartet.«

»Kommen Sie allein zurecht?«

»Das hängt davon ab, wie viele Leute sie schicken.«

»Können Sie Vaz verhaften, bevor sie kommen?«

»Die ist längst weg. Ich wette, dass sie gleich aus dem Toilettenfenster geklettert ist. Die Verhaftung müssen Sie veranlassen. Sie ist in ihr Büro unterwegs.«

Ein Mann kam durch den Hintereingang der Bar herein.

»Muss aufhören«, sagte Reacher. »Es geht los!«

Reacher hängte ein. Der Kerl am Hintereingang wirkte kompakt und durchtrainiert; er war schwarz gekleidet und bewegte sich leichtfüßig. Was seinen ethnischen Hintergrund betraf, sah er Vaz entfernt ähnlich. Aber er dürfte ein Jahrzehnt älter sein. Seine Hände waren noch leer. In einer Bar durfte er keine Waffe sehen lassen. Reacher vermutete, dass der Kerl ihn durch den Haupteingang auf die Straße scheuchen sollte, wo die Masse des Teams wartete. Ein missglückter Raubüberfall ließ sich leichter auf einer Straße inszenieren als im privaten Hinterhof einer Bar. Weil dies keine ansehnliche Straße war. Kein gutes Viertel. Kaputte Straßenlampen, viele Schatten, viele Hauseingänge und wenige Passanten, die aus Instinkt und Erfahrung dazu neigten, wegzusehen und nichts zu sagen.

Der Kerl suchte den Raum ab. Vaz hatte nur kurz telefoniert und sehr wenig gesagt. Vermutlich nicht mehr als großer Kerl, sehr groß, grauer Anzug.« Reacher spürte den Blick des Mannes auf sich. Er konnte praktisch hören, wie die einzelnen Punkte abgehakt wurden. Großer Kerl, stimmt. Sehr groß, keine Frage. Grauer Anzug, das ist er! Der Kerl setzte sich in Bewegung.

Reacher bewegte sich auf ihn zu.

Ein kluger Mann fragte: Wann ist die beste Zeit, einen Baum zu pflanzen? Ein kluger Mann antwortete: vor fünfzig Jahren. Und wann ist die beste Zeit, eine Entscheidung zu treffen? Ein kluger Mann antwortete: fünf Sekunden vor dem ersten Schlag.

Der Mann in Schwarz wog schätzungsweise neunzig Kilo und war mit zwei Meilen in der Stunde unterwegs. Reacher wog hundert Kilo und bewegte sich mit drei Meilen in der Stunde. Folglich betrug die Annäherungsgeschwindigkeit ihrer Körper mit einer Gesamtmasse von hundertneunzig Kilo fünf Meilen in der Stunde.

Dann kam es zum Aufprall.

Aber nicht mit nur fünf Meilen. Reacher steigerte sein Tempo im letzten Augenblick und riss zugleich den Ellbogen hoch, der mit gewaltiger Wucht traf und so einem Mehrfachen ihrer kombinierten Gewichte entsprach. Reacher erwischte den Kerl auf der Ideallinie Wangenknochen-Nase-Wangenknochen und hörte das Knacken und Splittern über das Poltern ihrer Schritte auf dem Holzboden hinweg. Der Mann ging zu Boden wie ein Biker, der gegen ein über die Straße gespanntes Drahtseil gerast war. Reacher ließ ihn liegen und trat aus der Hintertür.

Jemand oder niemand?

Das war die einzige Frage. Und es gab keinen größeren Unterschied als den zwischen jemand und niemand. Hatten sie das gesamte Team auf der Straße postiert? Oder nur einen einzelnen Kerl als Verstärkung dagelassen?

Sie hatten einen zurückgelassen. Schwarzes Haar, dunkle Augen, breitere Schultern als sein Kumpel. Bestimmt kein Dummkopf, aber wer Instruktionen erhalten hat, ist immer im Nachteil. Die Zielperson ist ein großer Kerl, sehr groß, grauer Anzug. Selbst clevere Leute büßen kostbare Sekunden dadurch ein, dass sie in Gedanken einen Punkt nach dem anderen abhaken – großer Kerl stimmt, sehr groß stimmt, grauer Anzug stimmt –, und das Problem tritt auf, wenn der große Kerl in dem grauen Anzug unaufhaltsam auf einen zukommt und einem mit dem Ellbogen einen Schädelbruch verpasst.

Reacher ging weiter auf den Torbogen zu, der vom Hof auf die Gasse hinter der Bar führte.

Die Gasse war eben breit genug für zwei Pferde und die Achsen eines Bierfuhrwerks. An ihrem rechten Ende führte ein weiterer Torbogen auf einen anderen Hof. Und linker Hand lag die Straße. Reachers Schuhe quietschten nicht. Zum Dienstanzug passende schwarze Halbschuhe mit haltbaren Ledersohlen. Immer auf Hochglanz poliert. Er machte an der Einmündung halt und lehnte sich links davon an eine Hausmauer. Im Film hätte vor seinen Füßen eine Scherbe Spiegelglas gelegen, um damit die Straße hinter der Ecke beobachten zu können. Aber dies war kein Film. Also schob er sich vor und riskierte ein Auge.

Zehn Meter von ihm entfernt vier Kerle. Also waren sechs in Marsch gesetzt worden. Sechs Killer in der sowjetischen Botschaft. Ständig dort stationiert, um sie zu beschützen. Wie noch keine Frau beschützt worden war. Eine Frau wie sie könnte Präsidentin der Vereinigten Staaten werden. Sie waren in zwei Autos gekommen, die auf der anderen Straßenseite parkten.

Diplomatenkennzeichen. Zahlten vermutlich nie fürs Falsch-
parken. Die Männer kehrten Reacher den Rücken zu, bildeten
einen lockeren Halbkreis am Eingang der Bar. Sie schienen gespannt darauf zu warten, dass er ins Freie kam.

Vor Reachers Füßen lag keine Spiegelscherbe, aber ein Ziegelbrocken, ein halber Klinkerstein von der Größe eines Base-
balls. Kein bisschen reflektierend, aber ein Spiegel wurde nicht
mehr gebraucht. Reacher hob den Brocken auf, betrat die Straße
und wandte sich nach links.

Zehn Meter waren zehn große Schritte. Die ersten fünf machte
Reacher in gewöhnlichem Tempo, dann holte er aus, warf den
Ziegelbrocken auf den nächsten Wagen und spurtete im selben
Moment los. Als der Ziegel die Heckscheibe des Autos zertrümmerte und die vier Russen sich instinktiv zu dem Geräusch
umwandten, traf Reachers Ellbogen in einer knappen Eins-
zwei-drei-Sequenz, die kaum eine Sekunde dauerte, bereits den
ersten Kopf.

Unter diesem sichelförmigen Rammstoß sackte der erste
Mann senkrecht in sich zusammen, ohne einen Laut von sich
zu geben, während Reacher seine Bewegungsrichtung um-
kehrte und den Kopf des zweiten Mannes mit demselben Ellbogen traf. Jetzt waren nur noch zwei Kerle auf den Beinen, einer
ganz nahe, der andere unbequem weit entfernt, weshalb Reacher
einen Angriff auf den vierten Kerl vortäuschte, sich dann he-
rumwarf und den Kopf des näheren Kerls mit einem gewaltigen
Kopfstoß traf, als wollte er einen Zaunpfosten in trockene Erde
rammen. So war nur noch ein Kerl auf den Beinen, und die benutzte er, um die Flucht zu ergreifen.

Reacher ließ ihn laufen. Es gab Dinge, die er nicht gern tat.
Rennen gehörte dazu.

Vierundzwanzig Stunden später war Reacher wieder in Frankfurt, wo er eine Woche lang blieb, bevor er zu einer planmäßigen Auslandsverwendung nach Korea weiterflog. Weder er noch sonst jemand auf der Welt hörte jemals wieder etwas von Alice Vaz. Er hatte keine Ahnung, ob seine Analyse falsch oder richtig, zutreffend oder haarsträubend ungenau gewesen war. Einen Monat nach seiner Ankunft in Seoul erfuhr er jedoch, dass er einen Orden bekommen solle. Genau gesagt die Legion of Merit – und aus keinem erkennbaren Grund als dem, der im Handbuch stand: Verliehen für außergewöhnlich verdienstvolles Verhalten beim Erbringen überragender Dienste für die Vereinigten Staaten.

KLEINKRIEGE

Im Frühjahr 1989 wurde Caroline Crawford zum Oberstleutnant befördert. Um das zu feiern, kaufte sie sich einen silbernen Porsche. Sie hatte Geld geerbt, sagten die Leute, und das reichlich. Vielleicht ein Treuhandfonds. Irgendein berühmter Verwandter. Vielleicht ein Erfinder. Ihre maßgeschneiderten Uniformen kamen aus dem Atelier in D.C., das auch den Präsidenten einkleidete. Sie galt als die reichste Frau der U.S. Army. Die Messlatte lag allerdings nicht sehr hoch.

Der neue Dienstgrad brachte eine Versetzung mit sich, sodass die erste Fahrt des silbernen Porsches von der Abteilung Kriegsplanung im Pentagon nach Süden, nach Fort Smith in Georgia führte. Das gehörte zur Methode der Abteilung Kriegsplanung. Es hatte keinen Zweck, Pläne auszuarbeiten, die nicht umgesetzt werden konnten. Hohe Verbindungsoffiziere vor Ort, die zugleich Beobachtungen hinter den Kulissen anstellten, waren unerlässlich. Das war der erste Posten jedes neuen Oberstleutnants. Crawford übernahm diese Aufgabe gern. Auch als Fort Smith sich als feuchtes Nest tief in den Wäldern erwies, das voller schräger Typen war. Special Forces verschiedener Gattungen. Hier gab es keine maßgeschneiderten Uniformen. Was okay, sogar vielversprechend war. Möglicherweise Rohmaterial für die neuen Einheiten, die ihr vorschwebten. Input in einem sehr frühen Stadium konnte entscheidend sein. Vielleicht wurden die neuen Einheiten sogar nach ihr benannt. Sie würde binnen eineinhalb Jahren Oberst werden. Sie war auf der Überholspur zu ihrem ersten Stern. Und ihr stand etwas Input zu, nicht wahr? Ihr Auftrag war zweigleisig. Als Verbindungsoffizier brauchte sie sich nicht nur anzuhören, was sie nicht konnten, sondern durfte auch vorschlagen, was sie tun sollten.

Die erste Woche verlief gut, obwohl es viel regnete. Der Flurfunk verbreitete innerhalb einer Stunde die wichtigsten Informationen: Sie war ledig und hatte keinen Freund, aber man ließ lieber die Finger von ihr, denn Kriegsplanung war ernsthafter Scheiß. So waren die neuen Beziehungen herzlich, zugleich aber auch spannend genug, um interessant zu sein. Die Unterkunft für Offiziere auf Besuch war völlig ausreichend. Wie ein Motel, nur schlichter. Die ständig feuchten Wälder erstreckten sich meilenweit nach allen Richtungen, aber sie waren von Straßen durchzogen, von denen manche nur als Forststraßen oder Waldbrandschneisen bezeichnet werden konnten, während auf den schlammigen Banketten anderer nach ungefähr einer Stunde Leuchtreklamen von Grillrestaurants oder Bars mit Musik und Tanz auftauchten. Das Leben war nicht schlecht.

Am Ende der ersten Woche verließ sie Fort Smith in ihrem maßgeschneiderten Dienstanzug, mit ihrem silbernen Porsche und bog an der ersten Gabelung von der County Road ab, um etwas später eine versteckte Waldstraße nach Nirgendwo zu erreichen: größtenteils schnurgerade in der Sonne liegend, ideal für offene Fenster, mit dem leichten Modergeruch der morastigen Bankette und dem vom Wald zurückgeworfenen Echo des Doppelauspuffs – teils röhrend, teils brummend, teils heulend.

Dann vor ihr ein Wagen, der eine Panne hatte. Eine Limousine, die schräg zur Straße stand, ihre Vorderräder ganz eingeschlagen, die Motorhaube geöffnet, ein Kerl über den Motor gebeugt. Ein großer Kerl, das war schon aus hundert Metern Entfernung zu erkennen. Groß und breitschultrig. Große Füße.

Sie bremste spät und kräftig, nur so zum Spaß, schaltete herunter und hörte ein Feuerwerk aus Fehlzündungen hinter sich. Das Pannenfahrzeug war ein olivgrün lackiertes Detroiter Produkt. Der Mann unter der Haube richtete sich auf, sah sich um. Er war wirklich groß, fast zwei Meter, in einem Flecktarnkampfanzug. Weil die Proportionen seines Körpers stimmten, wirkte er schlank, obwohl er das keineswegs war.

Sie hielt an, legte ihr Kinn auf den linken Ellbogen, der auf dem Fensterrahmen ruhte, und betrachtete die Szene vor ihr: teils fragend, teils resigniert, teils zu helfen bereit, vielleicht nach ein paar spöttischen Bemerkungen. Alles das, aber ohne das geringste Misstrauen. Die geöffnete Motorhaube löste einen alten Autofahrerreflex aus: Hilfsbereitschaft und Mitgefühl.

Das und die vertraute Uniform.

Der Kerl kam näher. Große ungelenke Füße in abgeschürften Kampfstiefeln in Wüstenbeige, aber lange Beine, die sich fast elegant bewegten. Keine Feldmütze. Kurzes blondes Haar, beginnende Stirnglatze. Blaue Augen, offener Blick, irgendwo zwischen naiv und wissend. Ein ansonsten wenig bemerkenswertes Gesicht mit beinahe schon groben Zügen.

Er trug den Adler eines Obersten am Kragen. Auf dem Geweband über der rechten Brusttasche stand *U.S. Army*, auf dem über der linken Tasche *Reacher*.

Er sagte: »Entschuldigen Sie, dass ich Sie aufhalte, aber ich kann den Wagen nicht wegschieben. Das Lenkrad lässt sich nicht drehen. Ich glaube, dass die Servolenkung defekt ist.«

Sie sagte: »Das tut mir leid, Colonel.«

Er sagte: »Ich vermute mal, dass Ihr Wagen keine Anhängerkupplung hat.«

»Ich könnte Ihnen schieben helfen.«

»Sehr freundlich von Ihnen, aber dafür müssten wir zu zehnt sein.«

Sie sagte: »Sind Sie der, für den ich Sie halte?«

»Kommt darauf an.«

»Sie sind Joe Reacher. Sie haben gerade einen neuen Posten in der Spionageabwehr übernommen.«

»Beides richtig«, entgegnete Joe Reacher. »Freut mich, Sie kennenzulernen.« Er warf einen Blick auf ihr Namensschild. Beim Dienstanzug für weibliche Offiziere wird das Namensschild je nach individueller Körpergröße auf der rechten Seite des Jacketts waagrecht zentriert ein bis zwei Zoll über dem obersten Knopf des Jacketts angebracht. Er registrierte das Wappen ihrer Einheit und ihre Dienstgradabzeichen. Er sagte: »Sie müssen Caroline Crawford sein. Glückwunsch.«

»Sie haben von mir gehört?«

»Das gehört zu meinem Job. Aber es gehört nicht zu Ihrem Job zu wissen, wer ich bin.«

»Nicht zu meinem Job, aber zu meinem Interesse. Ich verfolge gern, was die wichtigen Akteure machen.«

»Ich bin kein wichtiger Akteur.«

»Sir, Bullshit, mit Verlaub, Sir.«

»Akademisches Interesse oder Karriereinteresse?«

Sie zuckte schwach lächelnd mit den Schultern, gab aber keine Antwort.

Er fragte: »Beides, was?«

Sie antwortete: »Das ist miteinander vereinbar, denke ich.«

»Was haben Sie sich vorgenommen?«

»Drei Sterne«, sagte sie. »Vielleicht bei den Vereinten Stabschefs. Alles Weitere läge in den Händen der Götter.«

Joe Reacher sagte: »Na, dann viel Glück bei alledem.« Er griff in eine Tasche seines Kampfanzugs, zog eine Beretta M9, die Standardpistole der U.S. Army, und liquidierte Caroline Crawford mit zwei Schüssen in die Brust und einem Kopfschuss.

In derselben Woche wie Caroline Crawford wurde auch ein MP-Major namens David Noble auf einen neuen Posten versetzt. Er war von seinem bisherigen Einsatzort nach Fort Benning, Georgia, unterwegs, um von dort aus die kriminalpolizeilichen Ermittlungen in allen südöstlichen Militärbezirken zu leiten. Eine brandneue Reorganisation. Irgendjemandes Steckenpferd. Sie würde vermutlich keinen Bestand haben, war aber vorübergehend sehr wichtig. Noble konnte die Arbeit jedoch nicht aufnehmen. Er hatte unterwegs einen Verkehrsunfall. In dem benachbarten Bundesstaat South Carolina. Kurz vor dem Ziel. Nicht tödlich, aber er wurde ins Walter Reed eingeliefert. Er hatte einen kollabierten Lungenflügel. Bekam nicht richtig Luft. Also wurde auf die Schnelle ein Ersatzmann bestimmt, aufgespürt, von seinen bisherigen Aufgaben abgezogen und nach Benning in Marsch gesetzt. Wie's bei der Army immer war. Ein wichtiger Job, der zweitbeste Kerl, mit einer Woche Verspätung. Gut war nur, dass dem Neuen Arbeitswut und rasche Auffassungsgabe nachgesagt wurden. Er würde sich schnell einarbeiten. Wenn er gleich damit anfing.

So kam es, dass in dem Augenblick, in dem Joe Reacher sagte: »Ich bin kein wichtiger Akteur«, sein jüngerer Bruder Jack Reacher über hundert Meilen weit entfernt sein nagelneu eingerichtetes Büro betrat und auf der Suche nach Kaffee wieder verließ, bevor er sich daranmachte, die kriminalpolizeilichen Ermittlungen in allen südöstlichen Militärbezirken zu leiten.

Der Porsche wurde früh am folgenden Morgen von vier Soldaten in einem Humvee aufgefunden, die auf der Rückfahrt von einer Nachtübung, bei der sie irgendwie die Orientierung verloren hatten, eine Abkürzung nach Fort Smith suchten. Sie erkannten den Wagen schon aus einiger Entfernung. Auf dem Stützpunkt war er bereits berühmt. Die neue Lady aus der Abteilung Kriegsplanung. Heiß, clever und reich. Nichts dagegen einzuwenden. Gar nichts. Vielleicht hatte sie einen Platten. Vielleicht brauchte sie Hilfe.

Als sie näher kamen, dachten sie, der Wagen sei leer.

Dann sahen sie, dass das nicht stimmte.

Sie fuhren im Schritttempo daran vorbei und konnten aus ihrer erhöhten Sitzposition in den Porsche hinuntersehen, in dem eine Frau im Dienstanzug von zwei Brustschüssen und einem Kopfschuss über die Sitze geworfen auf dem Rücken lag.

Sie hielten in der Nähe und meldeten ihre Entdeckung über Funk. Danach blieben sie in ihrem Humvee. Tatorte waren nicht ihr Problem. In weniger als vierzig Minuten tauchte eine MP-Crew auf. Aus Fort Smith. Mit zwei Rechtsanwälten des JAG Corps, der obersten Justizinstanz der Streitkräfte. Ebenfalls aus Fort Smith. Sie alle warfen einen Blick in den Wagen, dann traten sie zurück. Hier ging es um die Frage der Zuständigkeit. Die Straße gehörte dem County. Deshalb war die County Police benachrichtigt worden. Nicht zu vermeiden. Sie war unterwegs, um den Fall mit den Militärs zu besprechen.

Fort Benning erfuhr fast augenblicklich davon. Eine brandneue Reorganisation. Zu neu, um schon nichts mehr zu taugen. An seinem ersten Tag hatte Reacher bis in die Nacht hinein das neue Handbuch studiert, in ungeklärten Fällen geblättert, Akten gewälzt und mit Leuten geredet. Dann hatte er sich ein paar Stunden aufs Ohr gehauen und war mit einem Plan aufgewacht. Vor ihm lag eine Menge Arbeit. Die Dienststelle ertrank in einer Papierflut. Und die Unteroffiziere waren schlecht ausgewählt. Seiner Erfahrung nach hing es von den Sergeants ab, ob der Dienstbetrieb klappte oder nicht. Er wollte erfahrene Bürokraten, die aber nicht in die Bürokratie verliebt sein durften. Er wollte Leute, die Aufträge wie einen Feind behandelten, der rasch, effizient und brutal erledigt wurde. Oder sogar strafend. *Diesen Vordruck schicken Sie mir nicht noch mal!* Solche Leute gab es in seiner neuen Einheit nicht. Alle hatten sich zu behaglich eingerichtet. Waren ein bisschen weich. Wie der Typ, der ihm morgens als Erstes das abgerissene Fernschreiben gebracht hatte. Ein weicher, bequemer Kerl. Schwierig zu definieren, aber nicht der Typ, den Reacher wollte. Er hatte keinen Biss. Er sah nicht gefährlich aus.

Das Fernschreiben lautete: *Eine, wiederhole eine (1) Militärperson zehn Meilen nördlich von Fort Smith erschossen aufgefunden. Nähere Umstände unbekannt.*

Reacher stellte sich eine Schlägerei in einer Bar vor, ein Gefreiter, vielleicht ein Spezialist, der Streit mit einem Einheimischen bekommen hatte. Vielleicht war auf dem Parkplatz eine Harley umgefallen, oder jemand hatte ein Bier verschüttet. Bars in der Nähe von Stützpunkten waren immer voller ziviler Heißsporne, die eine Pistole in der Tasche hatten und etwas beweisen wollten.

Er sagte: »Bringen Sie mir die Details, sobald sie reinkommen.«

Der weiche Sergeant versprach, das zu tun, und verließ das Dienstzimmer.

Reacher griff nach dem Telefonhörer und rief seinen neuen Kommandeur an. Unter anderem sagte er: »Ich brauche hier einen besseren Sergeant. Sie müssen mir Frances Neagley schicken. Am besten noch heute.«

Der County Sheriff, der im Wald aufkreuzte, kannte den Wert von Schlamm zur Spurensicherung. Er parkte sehr frühzeitig und näherte sich dem Tatort einen Meter neben der Fahrbahn gehend, wobei er sich öfter in Hockstellung begab, um die Spuren in dem feinen schwarzen Morast zu begutachten, der den Asphalt fast lückenlos bedeckte – in der Straßenmitte keinen Millimeter stark, an den Rändern über zehn Zentimeter hoch. Hier gab es viele Spuren, manche staubtrocken, andere voll schwarzem Wasser, manche durch das vorbeifahrende Humvee der vier Soldaten überschrieben.

Der Kerl vom County erreichte die wartenden Männer aus Fort Smith. Alle stellten sich vor, gaben sich die Hand und standen dann schweigend da, als wollten sie die Stimmung ausloten oder vielleicht ihre Argumente rekapitulieren. Der County Sheriff sprach als Erster. Er fragte: »War sie in Fort Smith stationiert?«

Einer der JAG-Anwälte sagte: »Ja.«

»Irgendein Hinweis auf eine Auseinandersetzung unter Soldaten?« Damit meinte er: War dies ein professioneller Disput, der mich nicht zu interessieren braucht? Ein Streit innerhalb der Familie?

Der JAG-Anwalt sagte: »Nein.«

»Dann gehört sie mehrheitlich mir. Bis wir sicher wissen, dass der Täter kein Zivilist war. Diese Sache darf ich nicht auf die leichte Schulter nehmen. Vielleicht ist hier ein Verrückter in den Wäldern unterwegs. Wie hat sie geheißen?«

»Crawford.«

»Was hat sie in Fort Smith gemacht?«

»Das darf ich Ihnen leider nicht sagen.«

»Sie ist in einen Hinterhalt geraten«, erklärte der Kerl vom County. »Das steht fest. Die Spuren sind eindeutig. Jemand hat eine Panne vorgetäuscht. Sie hat gehalten, um zu helfen. Er hatte auffällig große Füße.«

Der ranghöchste Militärpolizist fragte: »Wie geht's jetzt weiter?«

Der County Sheriff sagte: »Für Mord bin ich nicht mehr zuständig. So steht's in meiner Dienstanweisung. Ich muss den Fall an die State Police abgeben. Mir bleibt keine andere Wahl.«

»Wann?«

»Ich habe sie schon angerufen. Sie kommt bald. Dann kann sie entscheiden, ob sie den Fall behält oder ans Georgia Bureau of Investigation abgibt.«

»Wir können nicht ewig lange warten.«

»Das müssen Sie auch nicht. Vielleicht einen halben Tag.« Und dann ging der Kerl, der wieder einen weiten Bogen um den Schlamm machte, zu seinem Wagen zurück, stieg ein und blieb allein darin sitzen.

Das nächste Fernschreiben kam eine Stunde später. Derselbe weiche Sergeant riss das Blatt ab und legte es Reacher vor. Der Text lautete: *Das schon gemeldete Mordopfer war OTL Caroline C. Crawford. Auf einer einsamen Forststraße tot in ihrem Privatwagen aufgefunden.*

OTL bedeutete Oberstleutnant. Das machte diesen Fall umso dringender. Nach Reachers Erfahrung gerieten nur sehr wenige hohe Offiziere in tödlich ausgehende Schlägereien in Bars. Vor allem keine hohen Offiziere, die Caroline hießen. Und selbst dann wurden sie nicht erschossen in ihren Privatwagen auf einsamen Waldstraßen aufgefunden. Wie denn auch?

Keine Auseinandersetzung in einer Bar.

Er fragte: »Wer war sie?«

Der Sergeant sagte: »Sir, das weiß ich nicht.«

Was wieder typisch war. Jeder brauchbare Sergeant hätte sich ans Telefon gehängt und wenigstens eine Kurzbiografie und ihre Stellenbeschreibung mitgebracht. Frances Neagley hätte das alles schon vor fünf Minuten gehabt. Dazu ein Foto. Und eine Babylocke, falls man eine wollte.

Reacher sagte: »Ziehen Sie los und stellen Sie fest, wer sie war.«

Der Disput über das Problem der Zuständigkeit dauerte länger als erwartet. Als der State Cop endlich kam, warf er die Frage auf, ob dieser Wald vielleicht Bundesbesitz sei. Auf Fort Smith traf das natürlich zu – vielleicht auch auf die umliegenden Wälder. Der County Sheriff sagte, die Straße werde vom County unterhalten. Das sei eine Tatsache. Und der Wagen stand auf der Straße, und die Tote war in dem Wagen. Die JAG-Anwälte sagten, einen Bundesbediensteten zu ermorden sei ein Bundesverbrechen – und ein Oberstleutnant der U.S. Army sei eindeutig ein Bundesbediensteter. Und so weiter und so fort. Inzwischen zogen dunkle Wolken auf, die bald Regen bringen würden. Der würde die Spuren im Morast verwischen. Also einigte man sich auf einen Kompromiss. Die State Police würde die Ermittlungen leiten, aber die Army würde gleichberechtigt – mit vollem Zugang – daran mitarbeiten. Die staatliche Autopsie würde in Atlanta stattfinden. Auch das war akzeptabel, weil alle bereits wussten, was in dem Autopsiebericht stehen würde. Todesursache: ein Kopf- und zwei Brustschüsse. Sobald der Deal geschlossen war, beeilten die drei Polizeidienste sich, den Tatort aus allen Blickwinkeln zu fotografieren. Als dann starker Regen einsetzte, wurde der Porsche mit einer Plane bedeckt, und die Männer setzten sich in ihre Autos, um auf den Leichen- und den Abschleppwagen zu warten.

Reacher hob den Kopf und sah seinen Sergeant vor sich stehen. Der Kerl war lautlos hereingekommen. Er hielt ein Blatt Papier in der Hand. Aber er legte es nicht Reacher hin, sondern sagte: »Sir, darf ich etwas fragen?«

Das hörte man nicht gern von seinem Sergeant. Dahinter steckte mehr, als diese Frage vermuten ließ. Sie hatte einen ganz anderen Sinn. Als hätte eine Freundin gesagt: »Schatz, wir müssen miteinander reden.«

Reacher sagte: »Schießen Sie los.«

»Ich habe gehört, dass Ihnen meine Arbeitsweise nicht gefällt und Sie mich versetzen lassen wollen.«

»Beides falsch.«

»Wirklich?«

»Vorlieben und Abneigungen gehören ins Reich der Gefühle. Beschuldigen Sie mich, Gefühle zu haben, Sergeant?«

»Nein, Sir.

»Ich beurteile Ihre Arbeit nüchtern und rational nach eigenen Maßstäben. Das entscheidende Kriterium lautet: Sind Sie ein Kerl, den ich mitten in der Nacht wegen eines Notfalls anrufen könnte?«

»Bin ich das, Sir?«

»Nicht im Entferntesten.«

»Also soll ich versetzt werden.«

»Negativ.«

»Sir, ich will Ihnen keineswegs widersprechen, aber ich weiß bereits, dass Sergeant Neagley Order hat, unverzüglich herzukommen.«

Reacher grinste. »Das Sergeant-Netzwerk funktioniert immer schneller.«

»Sie kommt, ich gehe. Wie soll das sonst funktionieren?«

»Es kann funktionieren, wenn Sie bleiben und etwas dazulernen. Die Sache läuft folgendermaßen: Neagley untersteht mir, und Sie unterstehen Neagley. Sie gibt Ihnen manchmal Ratschläge und praktische Tipps und ermuntert Sie, Ihre Leistungen zu verbessern.«

»Wir haben denselben Dienstgrad.«

»Stellen Sie sich vor, sie käme von einem Planeten mit doppelt so hoher Schwerkraft. Ihr Dienstgrad ist mehr wert als Ihrer.«

»Wie lange bleibt sie?«

»So lange wie nötig. Ihr Leute müsst weiter vorausdenken. Diese Reorganisation wird garantiert ein Riesenflop. Sie werden letzten Endes nicht auf einem Hügel stehen und zufrieden Ihr Reich überblicken. Sie werden in einem tiefen Loch hocken und mit Papier zugemüllt werden. Weil diese Einheit die Anlaufstelle für alle wird, die ihren Arsch retten wollen. Jeder in der Army wird alles melden, sodass automatisch Sie schuld sind, wenn etwas schiefgeht, weil Sie nicht rechtzeitig gehandelt haben. Deshalb müssen Sie eine sehr aggressive Haltung gegenüber Papier entwickeln. Tun Sie's nicht, werden Sie darunter begraben.«

»Ja, Sir.«

»Daher müssen Sie auch auf Ihre Intuition vertrauen. Sie müssen wittern, welche Fälle wichtig sind. Für langes Aktenstudium bleibt keine Zeit. Sind Sie ein aggressiver Typ, der auf seine Intuition vertraut, Sergeant?«

»Vielleicht nicht genug, Sir.«

»Was steht auf dem Blatt, das Sie in der Hand halten?«

»Das ist ein Fax, Sir. Eine Liste von Oberstleutnant Crawfords Verwendungen.«

»Haben Sie sie unterwegs gelesen?«

»Ja, Sir.«

»Und?«

»Sie arbeitet im Pentagon in der Abteilung Kriegsplanung. Im Augenblick als Verbindungsoffizier an die Special Operations School in Fort Smith abkommandiert.«

»Was sagt uns das?«

»Ich weiß nicht, wie ich's ausdrücken soll.«

»Mit Ihren eigenen Worten, Sergeant.«

»Sie ist ein Eierkopf.«

»Eierköpfiger geht's nicht. Diese Abteilung ist so speziell, dass normale Eierköpfe dort nicht mal reindürfen. Wir reden hier von einer Elite. Erschossen. Sollte uns das Sorgen machen?«

»Ich denke schon, Sir.«

»Intuition«, sagte Reacher. »Eine wundervolle Sache.«

»Irgendwelche praktischen Schritte?«

»Fangen Sie an, gegenüber den Kerlen in Smith den bösen Cop zu spielen. Sagen Sie ihnen, dass wir mehr Material früher brauchen. Machen Sie ihnen klar, dass wir von allem eine Fotokopie wollen. Eine vollständige Akte, auf die wir Anspruch haben.«

»Ich glaube, dass es in diesem Punkt noch keine Entscheidung gibt.«

»Dann müssen Sie eben bluffen, Sergeant. Die Leute sollen sich daran gewöhnen.«

»Ja, Sir.«

»Und machen Sie beim Hinausgehen die Tür zu.«

Das tat der Mann. Reacher griff nach dem Hörer seines Telefons. Wählte eine Nummer im Pentagon. Das Vorzimmer eines Büros mit einem Fenster. Natürlich meldete sich ein Sergeant.

Reacher sagte: »Ist er da? Ich bin sein Bruder.«

»Augenblick, Major.« Dann ein Ruf, der durch eine Hand auf der Sprechmuschel gedämpft wurde: Joe, Ihr Bruder, ist auf zwo. Dann ein Klicken, und dann fragte Joe: »Bist du noch in Mittelamerika?«

Reacher antwortete: »Nein, ich bin abgezogen und nach Benning geschickt worden. Als Ersatz für einen Kerl, der einen Verkehrsunfall hatte. Jetzt bin ich hier – einen Tag zu spät, einen Dollar ärmer.«

»Was gibt es in Benning?«

»Eine neue Sache. Wir bekommen Unmengen von Berichten. Über Erfolg oder Misserfolg entscheidet letztlich schnelle Triage. Deshalb rufe ich dich an. Ich brauche Informationen über jemanden in der Abteilung Kriegsplanung. Versuche ich, sie anderswo zu bekommen, kostet mich das einen ganzen Tag.«

»Was ist in Kriegsplanung passiert?«

»Jemand aus der Abteilung ist gestorben.«

»Was genau machst du in Benning?«

»Wir haben den Auftrag, alle kriminalpolizeilichen Ermittlungen in den südöstlichen Militärbezirken zu beaufsichtigen. Wahrscheinlich entwickelt die Dienststelle sich zu einer gigantischen Registratur.«

»Wer sollte diesen Posten bekommen?«

»Ein Typ namens David Noble. Mir unbekannt. Ist vermutlich am Steuer eingeschlafen. Hatte's zu eilig hinzukommen.«

»Also hast du den Posten bekommen.«

»Losglück.«

»Wer aus Kriegsplanung ist gestorben?«

»Caroline Crawford.«

»Also wirst du in dieser Sache ermitteln.«

»Irgendjemand wird es tun müssen, denke ich.«

»Wie ist sie gestorben?«

»Auf einer einsamen Straße erschossen.«

»Von wem?«

»Das wissen wir nicht.«

»Sie war ein großer Star«, sagte Joe. »Auf dem Weg nach ganz oben. Mindestens Generalleutnant. Vielleicht im Amt der Vereinten Stabschefs.«

»In welcher Funktion?«

»Der Kalte Krieg kann sich auf dreierlei Weise entwickeln. Er kann heiß werden, er kann wie bisher weitergehen, oder die Sowjetunion könnte unter ihrem eigenen Gewicht zerfallen. Ein cleverer Planer würde sich die Option Nummer drei ansehen und sich fragen: Okay, was kommt danach? Danach kommen Kleinkriege. Gegen lästige Schurkenstaaten, vor allem im Nahen Osten. Caroline Crawford war auf den Irak spezialisiert. Sie hat frühzeitig angefangen und wirklich langen Atem bewiesen. Ein riskantes Spiel. Aber es hat sich gelohnt. Sie hätte unsere Nahostdoktrin praktisch allein gestaltet. Für einen Planer ist das der größtmögliche Erfolg.«

Reacher sagte: »Ich vermute, dass sich das alles hinter verschlossenen Türen abgespielt hat und ich nicht nach irakischen Auftragsmördern fahnden muss.«

»Normalerweise müsste man annehmen, dass die Iraker nichts von ihr gewusst haben. Wie du sagst, hat sich alles hinter verschlossenen Türen abgespielt, von denen es viele gab und die alle verrammelt waren, und jemand mit Crawfords niedrigem Dienstgrad hätte ohnehin keine Aufmerksamkeit erregt.«

»Irgendwelche anderen externen Feinde?«

»Mir fällt keiner ein.«

»Okay«, sagte Reacher. »Danke. Bist du glücklich und gesund?«

»Was hast du vor?«

»In welcher Beziehung?«

»Crawford.«

»Wahrscheinlich tue ich nichts. Hier geht's bestimmt um die Frage der Zuständigkeit. Die State Police wird sie beanspruchen. Droben in Atlanta haben sie eine neue Leichenhalle eröffnet, auf die sie stolz sind. Wie ein neues Theater bekommt sie die besten Stücke.«

»Ja, ich bin gesund und glücklich. Hast du mal Zeit, zu einem Abendessen mit mir raufzukommen?«

»Das wären fast tausend Meilen.«

»Nein, es sind ungefähr sechshundertneunzig. Das ist nicht weit.«

»Vielleicht schaffe ich's mal an einem Wochenende.«

»Halte mich in der Sache Crawford auf dem Laufenden. Falls sich etwas Ungewöhnliches ergibt, meine ich. Das gehört zu meinem Job.«

»Wird gemacht«, sagte Reacher und legte auf. Sein Sergeant klopfte an und kam mit einem Faxbericht und einem kleinen Stapel Fotos herein. Der Kerl legte Reacher alles hin und sagte: »Das kommt von dem MP-Führungsoffizier in Smith. Mehr haben sie bisher nicht. Damit wissen wir alles, was sie wissen.«

»Haben Sie den Bericht unterwegs gelesen?«

»Ja, Sir.«

»Und?«

»Am Tatort sind Fußabdrücke und Reifenspuren gefunden worden. Möglicherweise hat ein zweites Fahrzeug als Straßensperre gedient. Der Täter scheint ein großer Mann gewesen zu sein, der mit riesigen Füßen lange Schritte macht. Auffällig ist auch, dass zwei JAG-Anwälte mit den MPs zum Tatort hinausgefahren sind. Und die Tote weist drei Verletzungen durch einen Kopf- und zwei Brustschüsse auf.«

»Gut gemacht, Sergeant.«

Der Kerl sagte: »Danke, Sir«, und ging hinaus, und eine Minute später kam Frances Neagley herein.

Neagley war ungefähr so groß wie ein Fliegengewichtboxer, den sie mühelos hätte besiegen können, wenn der Ringrichter nicht genau hingesehen hätte. Sie trug einen frisch gewaschenen und gebügelten Flecktarnkampfanzug. Ihr dunkles Haar war kurz geschnitten, und sie wies eine gesunde Sonnenbräune auf. Sie hatte den Winter in Übersee verbracht, das war klar. Sie sagte: »Ich habe von dem toten Eierkopf gehört.«

Reacher grinste. Das Sergeant-Netzwerk. Er sagte: »Wie fühlst du dich?«

»Grantig. Du hast mich von einem klasse Job in Fort Bragg weggeholt. Praktisch eine Urlaubswoche.«

»In welcher Funktion?«

»Sicherheitsberatung fürs Special Forces Command. Diese Leute brauchen nicht viel Beratung. Aber natürlich ist's schön, dich wiederzusehen.«

»Was weißt du über Fort Smith?«

»Das ist ihre Spielwiese für Eierköpfe. Theorie und Praxis irregulärer Kriegführung. Sie nennen es eine Schule.«

»Wieso sind dort JAG-Anwälte stationiert?«

»Als Theorielehrer, denke ich. Einsatzregeln, Völkerrecht und so weiter. Ich stelle mir vor, dass sie alle Möglichkeiten ausreizen.«

»Mein Bruder sagt, dass die Ermordete eine völlig neue Doktrin für den Nahen Osten entwickelt hat. Sie wollte sich die Rechte an Plan B sichern. Bleibt der große Krieg aus, soll es stattdessen viele Kleinkriege geben. Darauf hat sie gewettet. Und ich glaube, dass sie die Special Forces auf ihrer Seite hatte. Die sind nicht gut für große Kriege geeignet. Erfolgreicher kämpfen sie in Kleinkriegen. Ist darüber in Bragg geredet worden?«

Neagley schüttelte den Kopf. »Solche Dinge müssten von Smith ausgehen. Das ist wie Spionage. Man muss ins intellektuelle Herz eindringen. Oder wie ein Wahlkampf. Man muss eine treue Wählerschaft gewinnen und braucht Empfehlungen von Prominenten.«

»Wer gewinnt also, wer verliert?«

»Niemand verliert. Sie würde nicht vorschlagen, für den großen Krieg eingeplante Ressourcen abzuziehen. Das müssten zusätzliche Mittel sein. Kein großes Problem, weil der Präsident ein Republikaner ist.«

»Sie war also eine Frau ohne Feinde.«

»Sie war reich«, entgegnete Neagley. »Wusstest du das?«

Reacher sagte: »Nein.«

»Ihre Familie hat Geld, sagen die Leute. Zur Feier ihrer Beförderung hat sie sich einen Sportwagen gekauft.«

»Was für einen Sportwagen?«

»Einen deutschen.«

»Volkswagen?«

»Wohl eher nicht.«

Reacher blätterte in dem Faxbericht.

»Einen Porsche«, sagte er. »Der Privatwagen, in dem sie aufgefunden wurde.«

Er überflog den Rest des Berichts. Wörter, Karten, Tabellen. Und die Fotos. Schlamm, Spuren, Wunden. Er schob alles Neagley hin. Sie blätterte es genau wie er durch: Wörter, Karten, Tabellen, Schlamm, Spuren und Wunden.

Sie sagte: »Zwei in die Brust, einen in den Kopf. Das ist eine Hinrichtung.«

Reacher nickte. »Die Frau ohne Feinde. Anscheinend doch

nicht ganz. Weil das kein Zufall gewesen sein kann. Das war kein Raubüberfall. Nicht von irgendeinem Dreckskerl. Sogar ein Hillbilly hätte den Wagen geklaut. Er wäre die ganze Nacht damit herumgerast und hätte ihn morgens abgefackelt.«

»Zwei in die Brust und einen in den Kopf ist beim Militär Standard. Unter bestimmten Umständen, bei bestimmten Einheiten. Das kann man nachschlagen.«

»Nur beim Militär?«

»Vermutlich nicht.«

»Und im Bundesstaat Georgia gibt es jede Menge Veteranen. Wir sollten die Fahndung nicht vorschnell eingrenzen. Wir sollten keine Scheuklappen anlegen.«

Neagley war bei der letzten Seite angelangt. Sie sagte: »Wir brauchen uns nicht die Köpfe heißzureden. Dies ist nicht unser Fall. Die State Police hat ihn.«

»Wie viele reiche Leute gibt es in der Army?«

»Sehr wenige.«

»Wie viele sind außerdem clever genug, um Karriere zu machen, indem sie eine schwierige Aufgabe nach der anderen lösen?«

»Noch weniger.«

»Kommt dir dieser Mord zufällig vor?«

»Nicht wegen der Quasihinrichtung, nein.«

»Also war sie eine Zielperson, die in einen für sie bestimmten Hinterhalt geraten ist.«

»Das sieht man an den Reifenspuren im Schlamm. Der Kerl hat seinen Wagen schräg auf die Straße gestellt. Ist mehrmals vor- und zurückgestoßen, bis er mit der Stellung zufrieden war. Dann ist er ausgestiegen, um zu warten. Riesige Füße. Die sind ein wichtiges Kriterium. Dieser Kerl trägt Stiefelgröße fünfzehn.«

Reacher nahm den Bericht wieder an sich. Er blätterte nach vorn und sah sich die Karten an. Keine Straßenkarten, wie man sie an der Tankstelle bekam. Detaillierte Messtischblätter mit Wäldern und Wasserläufen und County Roads und Straßen und Forststraßen und Waldwegen, alle fotokopiert und leicht überlappend angeordnet.

Er sagte: »Aber diese Straße führt eigentlich nirgends hin. Vielleicht ist sie nur eine Brandschneise. Es gibt keinen logischen Grund, auf ihr unterwegs zu sein. Man muss einen Umweg fahren, um sie zu erreichen – und einen weiteren, nachdem man sie verlassen hat. Deshalb konnte niemand vorhersagen, wann sie auf dieser Straße unterwegs sein würde. Ab der ersten Gabelung nimmt die Wahrscheinlichkeit immer mehr ab, bis sie bestenfalls eins zu zehn beträgt. Und wer macht sich die Mühe mit einem Hinterhalt, wenn die Chancen eins zu zehn stehen? Also muss es doch Zufall gewesen sein.«

»Dann soll die State Police sich damit abmühen. Sie wird sich auf die Schuhgröße konzentrieren. Dieser Kerl muss ein Basketballspieler sein. Ich meine, welche Größe trägst du?«

»Elf.«

»Ist das groß oder klein?«

»Weiß ich nicht.«

»Wir brauchen weitere Vergleichsgrößen. Was ist zum Beispiel mit Joe?«

Reacher gab keine Antwort.

Neagley sagte: »Was?«

»Sorry, ich hab gerade nachgedacht.«

»Worüber?«

»Über Joe und seine Schuhgröße. Etwa so groß wie meine, denke ich. Vielleicht elfeinhalb.«

»Und er ist zwei Fingerbreit größer, wie ich mich recht erinnere, und sieht besser aus, also könnten wir aufgerundet sagen, dass Schuhgröße zwölf für einen Kerl in deiner Größe ungefähr richtig ist. Bis vierzehn wäre vielleicht noch denkbar, um genetische Variationen abzudecken, aber ein Kerl, der Schuhgröße fünfzehn trägt, ist bestimmt nicht kleiner als du, sondern vermutlich größer – also eine Art Affenmensch, der irgendwo im Wald haust. Dieser Verdächtige dürfte leicht aufzuspüren sein. Das schafft die State Police mit links.«

»Wir sollen die Ermittlungen überwachen. Die JAGs haben uns Zugang verschafft.«

»Bekommen wir nicht schon alle Ermittlungsakten aus Fort Smith?«

»Ich finde, wir sollten selbst aktiv werden.«

»Auf welche Weise?«

»Auf jede, die Erfolg verspricht. Die Tat muss Zufall gewesen sein, aber das kann nicht stimmen. Hier werden alle möglichen Annahmen getroffen, aber mindestens eine davon ist falsch. Das müssen wir früher oder später rauskriegen, denn die State Police wird danach fragen. Ebenfalls früher oder später. Das steht verdammt fest.«

»Okay. Wir tun, was wir können. Und vielleicht hilft uns die Autopsie weiter.«

Zwei Stunden später bestätigte die Autopsie, was alle erwartet hatten. Die Ermordete war fit und gesund gewesen. Tödlich war vermutlich gleich der erste Schuss in die Brust gewesen. Für den Täter ebenso schwer zu beurteilen wie für den Pathologen – daher die beiden folgenden Schüsse. Ein stehendes Dreieck. Brust, Brust, Kopf. Job erledigt.

Die drei Geschosse hatte man in dem Porsche gefunden. Sie waren stark deformiert, aber unverkennbar Neun-Millimeter-

Parabellumgeschosse. Die Eintrittswunde in der Stirnmitte hatte genau neun Millimeter Durchmesser. Der Schusswinkel war plausibel für einen großen Mann, der in ein stehendes Auto schoss. Das passte auch zu den am Tatort gemachten Fotos. Die großen Füße waren näher gekommen, hatten sich mehrmals bewegt – vielleicht während eines kurzen Gesprächs – und waren dann zurückgetreten, als der Mann sich breitbeinig hingestellt hatte. Der Rückstoß von Neun-Millimeter-Geschossen war nicht gewaltig, aber ein fester Stand schien immer eine gute Idee zu sein. Die Schussentfernung schätzte Reacher auf weniger als zwei Meter. Ideal. Brust, Brust, Kopf. Aus dieser Nähe kaum zu verfehlen. Messing konnte man auf den Fotos nicht sehen. Der Kerl hatte seine Patronenhülsen aufgesammelt und war mit seinem Wagen weggefahren.

Ein erfahrener Killer.

Eine Hinrichtung.

Neagley sagte: »Für einen Eierkopf sind die Gerüchte, die sich um ihre Karriere ranken, ziemlich normal. In West Point war sie ein Star im Hörsaal. Als Soldatin in Ordnung, aber vor allem eine Streberin. Für die Hinterzimmer prädestiniert. Von Anfang an auf der Überholspur. In Kriegsplanung ist sie dann richtig aufgeblüht. Irgendwie war das die richtige Arbeit für sie. Sie ist lockerer, selbstbewusster geworden. Hat sogar angefangen, einiges von ihrem Geld auszugeben. Vielleicht hat sie sich zuvor unbeholfen gefühlt. Damals hat sie auch angefangen, maßgeschneiderte Uniformen zu tragen.«

Reacher sagte: »Wissen wir schon irgendwas über ihr Geld? Zum Beispiel, woher es ursprünglich stammt?«

»Glaubst du, dass Geld das Tatmotiv war?«

»Wer weiß das bei reichen Leuten schon? Die sind anders als du und ich.«

»Ich habe schon versucht, die Angehörigen telefonisch zu erreichen. Heute ist das natürlich schwierig. Weil sie doch tot ist. Darauf muss Rücksicht genommen werden. Wahrscheinlich reden wir letztlich mit dem Anwalt der Familie. Aber das ist in Ordnung. Solche Dinge können kompliziert sein. Wahrscheinlich brauchen wir ihn ohnehin.«

»Irgendwas Brauchbares von der State Police?«

»Die fahndet nach einem großen Mann mit riesigen Füßen, der nicht unbedingt ein aktiver Soldat ist. Sie ist für alles offen. Ihr ist bewusst, dass es in Georgia viele Veteranen gibt. Außerdem massenhaft Kids, die aus dem Kabelfernsehen alle denkbaren Hinrichtungsarten kennen. Und die über Schusswaffen verfügen. Und Autos.«

»Tatmotiv?«

»Die State Police tippt auf Raub. Sie wirft ihr Netz aus und wartet ab, was sich darin fängt.«

»Auf einer Straße ins Nirgendwo?«

»Manchmal wird sie anscheinend doch befahren. Zum Beispiel an diesem Tag von ihr.«

»Wenig wahrscheinlich.«

»Aber ein versteckter Ort, an dem man ungestört ist.«

»Sie haben nichts geraubt.«

»Sie sind in Panik geraten und geflüchtet.«

»Glaubt die State Police das wirklich?«

»Nein. Sie gibt sich größte Mühe, fair zu sein, weil die JAGs sie scharf überwachen. Aber wie man hört, ist sie eigentlich der Überzeugung, der Täter sei ein Soldat. Sie vermutet eine Affäre, weil sie nicht ahnt, wie karrieresüchtig die Ermordete war.«

»Ist eine Affäre denkbar?«

»Sie hat anscheinend nie einen Freund gehabt. Oder eine Freundin.«

»Eine Frau ohne Feinde. Sie gewinnt, niemand verliert. Gibt mehr für sich selbst aus. Alles ist gut. Nur stimmt das nicht. Eine dieser Tatsachen trifft nicht zu. Aber welche?«

»Du hast gesagt, das sei Zufall gewesen, Reacher. Auf einer Straße ins Nirgendwo. Das hast du mir gerade erst erzählt.«

»Was für einen Wagen hat der Täter gefahren? Weiß man das schon?«

»Die Reifenspuren stammen von gewöhnlichen Firestones. Mit denen sind Millionen von Mittelklassewagen und mittleren Pick-ups ausgerüstet. Und bevor du fragst, ja, auch die Army fährt Firestones. Ich habe nachgesehen und festgestellt, dass der Dienstwagen, mit dem ich hergekommen bin, auch damit bestückt ist.«

»Du bist aus Bragg hergefahren?«

»Das war nicht allzu weit. Normale Menschen fahren lieber Auto als du.«

Reacher sagte: »Sie werden eine Liste der Schuhgrößen in Fort Smith verlangen. Das kommt als Nächstes.«

»In Smith gibt's nur Special Forces. Diese Kerle sind eher unterdurchschnittlich groß. Ich wette, dass sie alle Größe neun tragen.«

»Darum geht's nicht. Solche Informationen dürfen wir nicht einfach herausgeben. Nicht ohne die Anwälte. Die werden monatelang darüber diskutieren. Diese Sache wird noch ein Albtraum.«

Eine halbe Stunde spuckte das Faxgerät die genauen Details der Autopsie aus, während der Fernschreiber zu klappern begann, weil ein weiterer Bericht aus Fort Smith einging. Der Pathologe in Atlanta hatte gewogen und gemessen und gerückt und gestochert und geröntgt. Crawford war schlank, aber durchtrainiert gewesen. All ihre Organe hatten perfekt funktioniert. Ihr rechtes Schlüsselbein und der rechte Unterarm wiesen längst verheilte Brüche auf. Sie hatte sich in den letzten Monaten einer kosmetischen Zahnbehandlung unterzogen. Der toxikologische Befund war negativ, nichts wies darauf hin, dass sie in letzter Zeit Sex gehabt hatte, und sie war nie schwanger gewesen. Herz und Lunge wie ein Teenager. Alles bestens bis auf die Schusswunden.

Das Fernschreiben aus Smith bewies Eigeninitiative. Die MPs dort draußen hatten gute Arbeit geleistet und Crawfords erste Woche am neuen Standort Stunde für Stunde rekonstruiert. Sieben vollständige Tage. Viele Gespräche, viele Besprechungen. Unterschiedliche Themen, unterschiedliche Zuhörer. Nicht nur Offiziere. Sie hatte auch mit Unteroffizieren und Mannschaften gesprochen. Sie hatte an zwei Abenden in der Offiziersmesse gegessen, war an fünf Abenden ausgegangen. Dafür hatte sie Empfehlungen von den Messestewards eingeholt, was clever war. Diese Leute waren dauerhaft in Smith stationiert und kannten die hiesigen Läden, fast alle mindestens eine Stunde entfernt und nur über verschlungene Waldstraßen erreichbar. Reacher sah sich die Karten an und identifizierte sie alle. Grillrestaurant, Bars, Diner und sogar ein Kino. Jedes Ziel war auf mehreren Routen zu erreichen, aber nicht alle dieser Forststraßen befanden sich in gutem Zustand. Manche Leute bezweifelten, dass der tiefergelegte Porsche sie würde bewältigen können. Aber Crawford hatte offenbar keine Probleme gehabt. Sie war fünfmal nacheinander weggefahren und heil zurückgekommen. Eine junge Stabsoffizierin, die es genoss, außerhalb des Raumschiffs D.C. unter Leute zu kommen. Eine häufige Reaktion, wie Reacher wusste.

Neagley kam herein und erklärte: »Die Protokollabteilung

kann die Eltern nicht finden. Sie vermutet, der Vater sei schon gestorben. Aber das ist nicht sicher. Und sie hat keine Telefonnummer der Mutter. Auch keine Adresse. Aber sie sucht weiter.«

Hinter ihr erschien der weiche Sergeant mit einem abgerissenen Fernschreiben in der Hand.

Die Georgia State Police hatte einen Kerl verhaftet.

Keinen Soldaten.

Keinen Veteranen.

Reacher rief Fort Smith direkt an, um Insiderinformationen zu erhalten. Der Verdächtige war ein Schwarzer, der am morastigen Ufer eines Sees vierzig Meilen nordwestlich des Stützpunkts allein in einem Blockhaus lebte. Er war ein Zweimetermann, der Schuhgröße fünfzehn hatte. Er fuhr einen Pick-up, einen Ford Ranger mit Firestone-Reifen, und besaß eine Neun-Millimeter-Pistole.

Er leugnete alles.

Reacher sah zu dem vor ihm stehenden Kerl auf und sagte: »Sie halten hier die Stellung, Soldat. Sergeant Neagley und ich fahren nach Smith.«

Neagley fuhr in ihrem Dienstwagen aus Bragg, einem grünen Chevrolet mit Firestone-Reifen. Smith lag ungefähr hundertzehn Meilen entfernt ziemlich genau östlich von Benning. Die Fahrt verlief auf weiten Strecken durch Wälder. Frühlingsgrünes Laub leuchtete in der Sonne. Reacher sagte: »Wir wollen dies die Fischnetztheorie nennen. Ab und zu kommt der Kerl von seinem See herüber, lauert an einer einsamen Straße und fängt etwas. Wie Robin Hood. Oder wie ein Menschenfresser, der unter einer Brücke haust. Immer bei Vollmond. Oder wenn er Hunger hat. Oder irgendwas. Wie im Märchen.«

»Oder vielleicht taucht er jeden Tag auf, fängt aber nur gelegentlich etwas. Beides ist möglich. Dies sind Georgias Wälder. Denk an Autoräuber in L.A. Oder an Raubüberfälle in New York. Routine. Vielleicht ist das die hiesige Version. Den äußeren Bedingungen angepasst.«

»Warum hat der Autoräuber ihren Porsche stehen lassen? Wieso hat er sie stattdessen präzise hingerichtet?«

»Weiß ich nicht.«

»Wieso hat sie überhaupt angehalten?«

»Sein Pick-up hat die Straße blockiert.«

»Sie hätte nicht hinfahren und mit dem Mann zu reden brauchen. In der Kriegsplanung sitzen keine Vollidioten herum. Sie war in West Point. Sie ist als Frau allein im Auto unterwegs. Sie hätte in hundert Meter Abstand halten und die Gefahrenlage abschätzen müssen.«

»Vielleicht hat sie's getan.«

»Ja oder nein?«

»Ja, sie hat's getan. Sie war als Frau allein mit dem Auto unterwegs.«

»Daraus können wir schließen, dass sie den Mann für ungefährlich gehalten hat. Sie ist mit offenem Fenster zu ihm hingefahren. Hätte sie das bei einem unheimlichen Zweimetermann getan, den sie noch nie gesehen hatte? Mit einem rostigen Pick-up? Die einschlägigen Filme hat sie bestimmt gekannt. Mit Kettensägen und Banjomusik.«

»Okay, sie hat den Kerl als ungefährlich eingestuft. Vielleicht kannte sie ihn. Oder glaubte, ihn zu kennen. Oder seinen Typ gekannt.«

»Genau«, sagte Reacher. »Dann muss er ein Soldat im aktiven Dienst gewesen sein. Vermutlich in Uniform. Vielleicht sogar mit einem Dienstwagen. Im Dienstgrad nicht zu tief unter ihr stehend. Eher gleichrangig oder sogar höher. Damit sie sich wirklich wohlfühlt. Das Ganze war eine raffinierte Inszenierung. Ich möchte den richtigen Kerl fassen. Wozu ermitteln wir sonst? Und ich habe immer wieder festgestellt, dass es vor allem darauf ankommt, nicht den falschen Kerl zu fassen.«

»Sie werden damit argumentieren, dass der Kerl die richtigen Reifen hat.«

»Die haben eine Million anderer Leute auch.«

»Er hat die richtige Munition.«

»Die haben eine Million anderer Leute auch.«

»Er hat die richtige Schuhgröße.«

Neagley hatte viel über die Erforschung erster Eindrücke gelesen – jene gnadenlosen Zehntelsekunden, in denen unser Unterbewusstsein andere Menschen beurteilt, indem es wie ein Computer unzählige Details berücksichtigt, die sofort eine eindeutige Ja-oder-nein-Antwort liefern: gehen oder bleiben? Leider erzielte der Typ, den die State Police verdächtigte, bei diesem Test ein sehr schlechtes Ergebnis. Neagley wusste, dass sie Gefahren bestimmt um eine Größenordnung geringer einschätzte als Crawford, aber selbst sie hätte Abstand gewahrt und sich dem Mann nur vorsichtig angenähert: mit verriegelten Türen und gezogener Pistole.

Sie sahen den Kerl in der Arrestzelle einer Station der County Police etwa zehn Minuten von Smith entfernt. Er hatte irgendeinen Wachstumsdefekt. Vielleicht eine Störung der Hirnanhangdrüse. Ein Hormonungleichgewicht. Eigentlich wäre er normal groß gewesen, aber seine Arm- und Beinknochen waren übernatürlich lang, und sein holzschnittartiges langes Gesicht wurde von einem spitzen Kinn und einer schmalen, hohen Stirn dominiert.

Reacher fragte: »Hat er einen Anwalt?«

Der County Sheriff sagte: »Er will keinen. Ein Unschuldiger braucht keinen Anwalt, findet er.«

»Damit er später auf Unzurechnungsfähigkeit plädieren kann?«

»Nein, ich glaube, er meint's ernst.«

»Dann stimmt es vielleicht. Das kommt vor.«

»Er hat die Füße und die Waffe und die Reifen. Das ist eine seltene Kombination.«

»Ein Kerl mit solchen Pranken zieht eine Schrotflinte vor.«

»Er hat ausgesagt, dass er eine Neun-Millimeter-Pistole besitzt.«

»Schon möglich. Aber benutzt er sie auch?«

»Soll ich ihn das vielleicht fragen? Was würde er schon antworten?«

»Haben Sie seine Schuhe mit den Spuren verglichen?«

»Am Tatort hat es bald wieder zu regnen angefangen. Wir haben nur Fotos. Keine Abgüsse. Aber wir hätten ohnehin keine machen können. Der Schlamm eignet sich nicht dafür. Er ist mehr wie flüssiger Torf. Zu schwammig. Im Namen des Bundesstaats Georgia entschuldige ich mich für die miserable Qualität unseres Schlamms. Aber schwammig hin oder her, wir haben die Abdrücke ausgemessen. Sie hatten Größe fünfzehn. Genau wie die Stiefel, die er getragen hat, als wir ihn festgenommen haben.«

»Dann können Sie also auch die Reifen nicht vergleichen. Nicht genau. Nicht auf Abnutzung oder Kerben.«

»Die Fotos lassen die Marke deutlich erkennen.«

»Hat er gesagt, wo er zur Tatzeit war?«

»Allein zu Hause. Keine Zeugen.«

»Der Fall ist also praktisch abgeschlossen?«

»Die State Police ist mit den bisherigen Ermittlungen sehr zufrieden. Aber kein Mordfall ist abgeschlossen, bevor die Geschworenen das Urteil gesprochen haben.«

»Fahndet sie weiter?«

»Nicht mehr so intensiv wie anfangs. Was ist Ihr Problem, Major?«

»Dieser Mann lebt allein in einem Blockhaus. Wissen Sie, weshalb? Weil die Leute sich nicht trauen, ihn anzusehen. Er ist widerwärtig. Das hat er seit seiner Kindheit sein Leben lang gehört. Solche Wachstumsstörungen beginnen früh. Wenn's darum geht, etwas Geld zu verdienen, wieso sollte er sich da für die Rolle eines Betrügers entscheiden, der haltende Autofahrer mit lockeren Sprüchen einlullt? Wieso sollte er in dieser Rolle auf Erfolg hoffen, wenn die Leute ihn ein Leben lang verabscheut haben? Ich finde ihn hässlich, aber ich glaube, dass er unschuldig ist. Tatsächlich glaube ich, dass er unschuldig ist, weil er hässlich ist.«

»Viele Leute sehen ein bisschen komisch aus. Hindert sie nicht daran, ehrlich zu arbeiten.«

»Kommt das öfter vor? Ist das hier eine Spezialität? Dass Straßenräuber Autopannen vortäuschen?«

»Das habe ich noch nie gehört.«

»Also hat dieser Kerl auch das erfunden?«

»Er hat die Füße und die Waffe und die Reifen«, sagte der County Sheriff. »Das ist eine seltene Kombination.«

In der Unterkunft für Offiziere auf Besuch in Fort Smith bekam Reacher Caroline Crawfords Zimmer. Die hiesigen MPs hatten im Rahmen ihrer Ermittlungen ihren persönlichen Besitz abtransportiert, und das Hauspersonal hatte den Raum frisch geputzt. Neagley wohnte in der Unterkunft für Unteroffiziere. Am folgenden Morgen trafen sie sich zum Frühstück in ihrer Messe, bevor sie die MPs aufsuchten, um sich Landkarten anzusehen. Der hiesige Kommandeur war ein Captain namens Ellsbury, ein energiegeladener Mann, der seinen Laden im Griff hatte und mit Recht stolz darauf war. Er legte ihnen alle möglichen Karten vor, auch die Messtischblätter, die sie schon kannten, topografische Karten, die zu einer Mappe gebunden waren, und sogar einen kostenlosen AAA-Autoatlas für den Süden von Georgia.

Reacher begann am anderen Ende einer möglichen Fahrt bei der auf dem Messtischblatt verzeichneten Bar, die auf einer weit älteren topografischen Karte Negro Night Club hieß. In Luftlinie gut dreißig Meilen weit entfernt. Unter hiesigen Bedingungen eine Autostunde, weil es keine direkte Verbindung gab. Ein potenzieller Gast musste die County Road an der ersten Abzweigung verlassen und sich auf einer von einem halben Dutzend Routen, von denen keine erkennbar besser war, durch den Wald schlängeln. Für die Straße, auf der Crawford sich befunden hatte, sprach eigentlich nichts. Sie war keineswegs effizienter, sondern sogar etwas länger. Ein bis zwei Meilen.

Reacher erklärte: »Wozu sollte der Kerl mit den großen Füßen sich dort auf die Lauer legen? Hat er Pech, kommt tagelang kein Auto vorbei. Und neunzig Prozent aller Fahrzeuge wären mit Soldaten besetzt. Von hier. Was für ein Geschäftsplan soll das sein? Er will sich seinen Lebensunterhalt damit verdienen, dass er Delta Forces und Army Rangers ausraubt? Alles Gute bei dieser Berufswahl!«

»Wieso sollte irgendjemand dort lauern?«, fragte Ellsbury.

»Aber wir wissen, dass es jemand getan hat.«

»Glauben Sie, dass der Kerl, den die State Police hat, der Täter war? Zwei in die Brust, einen in den Kopf? Das muss man geübt haben. Körpermitte, etwas nach links, noch mal Körpermitte, leicht nach oben, einen in den Kopf, falls die Brustwunden nicht tödlich sind. Präzise ausgeführt. Vermutlich lange geübt.«

»Das üben sie hier. Aber alle haben ein Alibi für die Zeit vor ihrer Abfahrt. Folglich hat ihr nicht einer von uns aufgelauert.«

»Und ich bezweifle, dass es ein Mann mit einer Wachstums-störung war, die sich bestimmt auch auf seine Feinmotorik aus-wirkt.«

»Er hat die Reifen und die Pistole und die Füße. Er ist ein un-heimlicher Schwarzer, der allein in einem Blockhaus wohnt. Wir schreiben 1989, aber dies ist Georgia. Manchmal ist's noch wie 1959. Der Mann eignet sich als Sündenbock. Er wäre nicht der Erste und wird bestimmt nicht der Letzte sein.«

»Ich will diese Straße selbst sehen«, sagte Reacher.

Neagley fuhr mit Reacher neben sich und Ellsbury auf dem Rücksitz. Sie verließen die County Road an der ersten Abzwei-gung und folgten den Kapillaren, bis sie das relativ schmale As-phaltband durch den Wald erreichten, größtenteils gerade und von der Sonne beschienen, mit einer vom Regen wieder geglät-teten dünnen schwarzen Schlammschicht bedeckt. Ellsbury spähte zwischen den Sitzen nach vorn und zeigte Neagley einen Punkt, der gut zweihundertfünfzig Meter nach einer leichten Kurve lag. Er sagte: »Das ist der Tatort.«

Für eine Gefahrenabwägung war reichlich Zeit. Neagley gab vor, das Pannenfahrzeug zu sehen, nahm den Fuß vom Gas und hätte zweihundert Meter oder hundert oder fünfzig Meter entfernt anhalten können, wo immer sie wollte. Sie hielt genau dort, wo es passiert war. Allerdings war hier nichts zu erkennen. Der Schlamm sah flach uneinheitlich aus, von leichtem Regen pockennarbig. Aber die fotografierten Spuren waren deutlich genug gewesen. Ein Wagen hatte die Straße blockiert, und ein

Kerl war ausgestiegen und nach vorn gegangen, um zu warten – vermutlich bei geöffneter Motorhaube.

Sie stiegen alle drei aus, hinterließen frische Spuren im Schlamm, die sich mit Wasser füllten, wo er tief und verschwommen wirkte, wo er dünn war. Die Luft roch nach Regen und Sonne, Erde und Tannen. Reacher schaute sich nach beiden Richtungen um. Er sagte: »Okay, ich habe genug gesehen.«

Dann blickte er wieder nach vorn.

Von dort näherte sich ein Auto. Schwarz und weiß. Ein Streifenwagen der State Police. Suchscheinwerfer an der Fenstersäule, Blinkleuchten auf dem Dach. Nur mit einem Mann besetzt.

Das Auto hielt etwas vor Neagleys Dienstwagen auf der anderen Straßenseite. Der Trooper stieg aus. Ein blonder junger Kerl mit rotem Gesicht. Muskulös und stiernackig. Er hatte kleine, tief in ihren Höhlen liegende Augen. Sie ließen ihn bösartig wirken.

Er sagte: »Die Army muss uns benachrichtigen, bevor sie sich am Tatort zu schaffen macht.«

Reacher fragte: »Bearbeiten Sie diesen Fall?«

»Ich wollte mich bloß aus Neugier umsehen.«

»Dann verschwinden Sie.«

»Was soll ich?«

»Verschwinden.«

Der Kerl kam näher und sah auf Reachers Brust. *U.S. Army. Reacher.* Er sagte: »Sie sind der Boy, dem unsere Arbeit nicht gefällt.«

Reacher fragte: »Ich bin der Boy?«

»Sie denken, dass wir den falschen Kerl haben.«

»Denken Sie denn, dass Sie den richtigen Kerl haben?«

»Klar denke ich das. Alles wissenschaftlich bewiesen. Massenhaft Leute haben Firestone-Reifen, viele besitzen Neun-Millimeter-Munition, aber nicht viele haben Schuhgröße fünfzehn. Nimmt man alles zusammen, ist's wie drei Kirschen im Fenster eines Spielautomaten.«

»Bekommt der Kerl einen Anwalt?«

»Logisch. Einen Pflichtverteidiger.«

»Hat der Pflichtverteidiger einen Puls?«

»Das will ich hoffen.«

»Macht Ihnen das keine Sorgen? Glauben Sie, dass Sie mit dem dämlichen Drei-Kirschen-Argument vor Gericht durchkommen? Haben Sie an dem Tag gefehlt, an dem Gehirne verteilt wurden?«

»Jetzt werden Sie unangenehm.«

»Noch nicht«, meinte Reacher. »Sie werden den Unterschied merken.«

»Dies ist eine öffentliche Straße. Ich könnte Sie verhaften.«

»Theoretisch möglich. Wie ich ein Date mit Miss America kriegen könnte.«

»Wollen Sie Widerstand leisten?«

»Vielleicht verhafte ich stattdessen Sie.«

»Wegen was?«

»Uns fällt bestimmt irgendwas ein. Ein bisschen von diesem, ein bisschen von jenem. Zuletzt hätten auch wir drei Kirschen.«

Der Mann sagte: »Versuchen Sie's doch.«

Er trat einen weiteren Schritt vor und nahm die Schultern zurück. Zivile Heißsporne, die eine Pistole in der Tasche haben und etwas beweisen wollen.

Reacher sagte: »Sergeant, verhaften Sie diesen Mann.«

Neagley trat vor.

Blieb dicht vor dem Trooper stehen.

Sie sagte: »Sir, ich beuge mich jetzt vor und ziehe Ihre Waffe aus dem Holster.«

Der Mann sagte: »Kleine Lady, ich glaube nicht, dass Sie das tun.«

Neagley sagte: »Wenn Sie mich irgendwie behindern, lege ich Ihnen Handschellen an.«

Der Mann stieß sie zurück.

Was aus verschiedenen Gründen ein Fehler war. Militärische Disziplin konnte keinen Widerstand von Festgenommenen dulden. Und Neagley hasste körperlichen Kontakt. Den Grund dafür kannte niemand. Aber ihre Phobie war allgemein bekannt. Sie konnte keine Berührung vertragen. Sie schüttelte nicht einmal Freunden die Hand. Deshalb war dieser Stoß eine Provokation, die eine heftige Reaktion nach sich ziehen musste.

Für den Trooper bedeutete das eine gebrochene Nase und einen Tritt in die Eier. Sie stieß sich mit dem rückwärtigen Fuß ab und rammte dem Kerl ihren Daumenballen von unten ins Gesicht, wie ein Fliegengewichtler einen Sandsack bearbeitet. Der Kerl wich in einer Blutwolke zurück, und sie beförderte ihn mit dem Tritt zwei Meter weiter, sodass er am Vorderrad seines Wagens zu Boden ging: keuchend und schnaufend und quieksend.

Reacher bemerkte: »Sie können sich gern beschweren. Ich sage dann als Zeuge aus. Wie eine Frau es Ihnen gezeigt hat. Soll das in Ihrer Akte stehen?«

Das wollte der Kerl offenbar nicht. Er machte nur stumm abwehrende Handbewegungen.

Verschwindet.

Auf der Fahrt zurück zum Stützpunkt sagte Neagley: »Ich gebe zu, der Kerl war ein Idiot.«

Reacher sagte: »Aber?«

»Wieso ich? Warum hast du's nicht selbst gemacht?«

»Wie sie in England sagen: Wozu einen Hund kaufen und dann selber bellen?«

Auf dem Stützpunkt hatte Ellsburys Sergeant eine Telefonnotiz für Neagley. Sie rief zurück, kam wieder heraus und sagte: »Sie haben diese Adresse von Crawfords Eltern rausgekriegt. Plural. Jetzt lebt der Vater anscheinend doch noch. Aber mit der Telefonnummer kommen sie nicht weiter als bis zum Hauspersonal. Sie können nicht einmal feststellen, ob die Crawfords gegenwärtig zu Hause sind. Der Butler ist zu diskret, denke ich. Sie wollen, dass jemand vorbeifährt und sich einen Überblick über die Situation verschafft.«

Reacher fragte: »Wo ist das?«

»Myrtle Beach.«

»Das ist in South Carolina.«

»Das ein benachbarter Staat ist. Ich denke, wir sollten uns freiwillig melden.«

»Wieso?«

»Wieso nicht? Hier passiert so schnell nichts mehr.«

Neagley lenkte den Wagen. Ein benachbarter Bundesstaat, aber trotzdem Hunderte von Meilen weit zu fahren. Sie nahmen die I-16 zur I-95 nach Norden und legten die kurze letzte Etappe am Spätnachmittag auf kleineren Straßen zurück. Weil sie nur über eine Adresse, aber keine Straßenkarte verfügten, fragten sie an Tankstellen nach, bis jemand ihnen die richtigen Auskünfte gab. Myrtle Beach erwies sich als luxuriöse Enklave zwischen einem Flüsschen und dem offenen Meer. Eine tipptopp gepflegte Straße, von der kurze Sackgassen wie Rippen wegführten, durchzog sie der Länge nach. Die Straße der Crawfords lag auf der dem Ozean zugekehrten Seite. Ihr Haus war eine große Villa mit Meerblick auf einem riesigen Strandgrundstück.

Sie wirkte verlassen.

Die Innenjalousien der Fenster waren heruntergezogen. Helle

Kunststofflamellen hinter Glas reflektierten das Sonnenlicht. Neagley sagte: »Sie sind offenbar verreist. Also sollten wir mit dem Butler reden. Wir dürfen uns nicht abwimmeln lassen. Am Telefon geht das leicht. Von Angesicht zu Angesicht ist's schwieriger.«

»Okay«, meinte Reacher.

Sie bogen auf die Einfahrt ab, deren Pflaster ihre Firestone-Reifen trampeln ließ, und hielten vor dem Haus. Die Haustür ohne Namensschild war abgesperrt, deshalb folgten sie dem gepflasterten Weg ums Haus zum Hintereingang, der ebenfalls abgeschlossen war. Der Dienstboteneingang schien im Augenblick offenbar nicht benutzt zu werden.

»Wo steckt der Butler?«, fragte Reacher. »Wie diskret kann ein Mann bloß sein?«

Neben der Villa stand ein Garagenblock. Die meisten Garagen besaßen Tore, aber eine diente als Durchgang zu einem Wirtschaftshof dahinter. In dieser Garage stand ein Auto: ein alter Kleinwagen mit von der Sonne mattem Lack und etlichen Beulen. Ein denkbares Auto für einen Butler.

Über den Garagen lag eine Wohnung. Mit Dachgauben und von der salzhaltigen Luft schleimigen Verzierungen im Zuckerbäckerstil. Eine Außentreppe führte zur Wohnungstür hinauf.

Reacher sagte: »Hier herrscht solcher Luxus, dass sogar die Leute aus dem Souterrain im Obergeschoss wohnen.«

Er stieg mit Neagley dicht hinter sich die Treppe hinauf und klopfte an die Tür. Sie wurde sofort geöffnet. Als würden sie erwartet. Was vermutlich stimmte, sagte Reacher sich. Ihr Auto hatte ziemlichen Krach gemacht.

Eine Frau. Ungefähr sechzig und abgehärmt. Ein geblümter Hauskittel. Fingerknöchel wie Walnüsse. Eine Frau, die schwer arbeitete.

Reacher sagte: »Ma'am, wir kommen von der U.S. Army und brauchen Auskunft darüber, wo Mr. und Mrs. Crawford sich gegenwärtig aufhalten.«

»Geht es um ihre Tochter?«

»Bevor ich weiß, wo sie sich aufhalten, darf ich diese Frage nicht beantworten.«

Die Frau sagte: »Dann kommen Sie lieber rein und reden mit meinem Mann.«

Der nicht der Butler war. Nicht, wenn die Fernsehfilme, die Reacher kannte, der Wahrheit entsprachen. Er war ein bedrückt wirkender Mann, schmächtig und abgearbeitet, mit großen roten Händen. Vielleicht der Gärtner.

Reacher fragte: »Wie lautet Ihre Telefonnummer?«

Sie antworteten, und Neagley nickte. Reacher erkundigte sich: »Sind Sie im Augenblick die einzigen Leute hier?«

Sie sagten Ja, und Reacher meinte: »Dann hat die Army Sie vermutlich schon angerufen. Aus irgendeinem Grund ist Ihre Nummer die Einzige, die wir haben.«

Der schmächtige Kerl entgegnete: »Die Familie ist verreist.«

»Wohin?«

Die Frau sagte: »Wir sollten erfahren, worum es geht.«

»Sie können Nachrichten für die Familie nicht zensieren. Dazu haben Sie kein Recht.«

»Dann geht's also um ihre Tochter. Schlimme Nachrichten, nicht wahr?«

Das Zimmer mit niedriger Decke wirkte klein und eng. Die eher spärliche Einrichtung war schlicht. Sie bot offenbar nicht genug Stauraum. Auf dem Esstisch stapelte sich Papierkram. Briefe und Rechnungen. Auf dem schmucklosen Holzboden lag kein Teppich. In dem Wandregal über dem Fernseher standen einige wenige Bücher. Davor lag ein silbern lackierter Spielzeugfrosch. Oder ein Gürteltier. Etwas Buckliges. Ungefähr fünf Zentimeter lang. Etwas Geducktes.

»Entschuldigung«, sagte Reacher.

Er trat näher heran.

Kein Frosch. Kein Gürteltier. Ein Spielauto. Ein Sportwagen. Silbern lackiert. Ein Porsche.

Reacher drehte sich zu dem Esstisch um. Griff nach dem ersten geöffneten Briefumschlag.

Ein Bankauszug. Ein Sparkonto. Fast hundert Dollar Guthaben.

Kontoinhaber waren H. & R. Crawford unter der Anschrift, die auch die Army besaß.

Hier wurden keine Nachrichten zensiert.

Reacher sagte: »Sir, Ma'am, zu meinem großen Bedauern habe ich die Pflicht, Ihnen im Auftrag des Oberbefehlshabers mitzuteilen, dass Ihre Tochter vorgestern Abend das Opfer eines Mordanschlags außerhalb des Stützpunkts geworden ist. Wegen des Tathergangs wird noch ermittelt, aber wir wissen, dass der Tod augenblicklich und für sie schmerzlos eingetreten sein muss.«

Wie die meisten Militärpolizisten hatten Reacher und Neagley schon früher Todesnachrichten überbracht und kannten den Ablauf. Nicht tröstend und umarmend wie Nachbarn. Die Army trat mit angemessenem Ernst auf, projizierte aber zugleich vorbildliche Eigenschaften wie Tapferkeit, Leistungswillen und Opferbereitschaft. Nach einiger Zeit begannen die Eltern Fragen zu stellen, und die beiden beantworteten sie, so gut sie konnten. Karriere gut, im Leben Pech. Dann sagte Neagley: »Erzählen Sie uns von ihr.« Reacher vermutete hinter dieser Frage zu hundert Prozent berufliches Interesse, aber im psychologischen Kontext kam sie gut an.

Die Frau erzählte die Story. Die Mutter. Als wäre ein Damm gebrochen. Sie war die Köchin, der schmächtige Kerl der Gärtner. Der Vater. Caroline war ihre Tochter. Ein Einzelkind. Sie war hier über den Garagen aufgewachsen. Das hatte ihr nicht gefallen. Sie hatte sich nach dem verzehrt, was es in dem großen Haus gab. Dabei war sie zehnmal klüger als diese Leute. Das war nicht fair.

Reacher sagte: »Sie hat den Eindruck erweckt, ihre Familie habe Geld.«

Der Schmächtige sagte: »Nein, das hat sie alles selbst verdient. Sie kriegt ein Riesengehalt. Sie arbeitet beim Staat. Diese Leute sorgen für sich selbst. Bewilligen sich auch fette Pensionen, denk ich. Und alle möglichen Beihilfen.«

»Keine Vermächtnisse? Keine Erbschaften?«

»Als sie nach West Point gegangen ist, haben wir ihr fünfunddreißig Dollar mitgegeben. Unsere gesamten Ersparnisse. Mehr konnte sie von uns nie bekommen. Alles andere hat sie sich selbst verdient.«

Reacher fragte: »Darf ich mal bei Ihnen telefonieren?«

Sie sagten Ja, und er wählte eine Nummer im Pentagon. Ein Telefon im Vorzimmer eines Büros mit einem Fenster. Ein Sergeant nahm den Hörer ab.

Reacher fragte: »Ist er da? Hier ist sein Bruder.«

Joe meldete sich.

Reacher fragte: »Weißt du ein gutes Steakhouse in Alexandria, das bis spätabends geöffnet hat?«

Joe wusste eines.

Reacher sagte: »Okay, dort treffen wir uns heute Abend um neun.«

»Wozu?«

»Ich will dich auf dem Laufenden halten.«

»In Bezug auf Crawford? Kommt dir irgendwas komisch vor?«

»Viele Dinge. Ich muss dir meine Theorie erzählen. Mich interessiert, was du von ihr hältst.«

Neagley fuhr wieder. Auf der I-95 zurück. Hunderte von Meilen. Noch mal so weit wie von Fort Smith nach Myrtle Beach. Sie blieben auf dem linken Potomac-Ufer und erreichten Alexandria eineinhalb Stunden nach Sonnenuntergang. Im Restaurant trafen sie fünf Minuten zu spät ein. Im Eingangsbereich trieb sich ein Mann herum, der auffällig nichts tat. Zivilkleidung. Fast überzeugend.

Neagley ging voraus und bekam einen Einzeltisch. Dann kam Reacher herein und setzte sich zu Joe. Weiße Tischwäsche, Kerzenschein, rubinrote Weine, gedämpfte Stimmen. Neagley gegenüber saß auf der anderen Seite des Raums ein Mann in Zivil an einem Einzeltisch. Symmetrisch.

Joe sagte: »Wie ich sehe, hast du deinen Kampfhund mitgebracht.«

Reacher entgegnete: »Wie ich sehe, hast du zwei mitgebracht.«

»Crawford ist ernsthafter Scheiß. Unter Umständen muss sofort gehandelt werden.«

»Deshalb ist Neagley hier.«

Sie bestellten. Zwiebelsuppe und ein Rib-Eye-Steak für Reacher, Gänseleber und ein Filet Mignon für Joe. Fritten für beide. Rotwein für Joe, Kaffee für Reacher. Dazu Leitungswasser. Keine Konversation.

Reacher sagte: »Die Straße hat mir von Anfang an Kopfzerbrechen bereitet. Sie führt nirgendwohin. Ein dämlicher Ort für einen Hinterhalt. Zufall kann's keiner gewesen sein, aber auch

Vorsatz klingt unvernünftig. Sie hatte die Wahl zwischen drei oder vier Zielen, die auf mindestens zwanzig Routen zu erreichen waren. Aber dann bin ich draufgekommen. Ein echt cleverer Kerl würde die Ziele ignorieren. Er würde nicht zu erraten versuchen, wie sie von A nach B oder C oder D fahren würde. Er würde voraussetzen, alle Straßen seien gleich. Zumindest als Verkehrsverbindungen. Aber nicht in jeder Hinsicht. Emotional nicht, um ein Beispiel zu nennen. Ich vergesse manchmal, dass die meisten Leute viel lieber Auto fahren als ich. Ein cleverer Kerl würde sich fragen: Welche Straße würde sie nur so zum Spaß benutzen? Eine junge Frau in einem fabrikneuen Porsche? Überhaupt keine Frage. Eine großartige Straße. Mit langen Geraden, weiten Kurven, Bäumen, Sonnenschein, frischer Luft. Auch der Sound war bestimmt klasse. Eine Straße, auf der man mit offenen Fenstern unterwegs ist. Ein cleverer Kerl hätte das voraussehen können.«

Joe sagte: »Ein cleverer Kerl mit militärischer Ausbildung.«

»Wegen der drei Schüsse? Da stimme ich dir zu. Das war ein stressreicher Moment. Eine automatische Reaktion. Muskelgedächtnis. Jahre auf dem Schießstand. Der Kerl war einer von uns.«

»Aber welcher der Unseren – und weshalb?«

»Ab hier wird die Sache höchst spekulativ. Crawford war nicht reich. Das weiß ich jetzt. Aber ich hätt's schon früher wissen müssen. Der Hinweis hat im Autopsiebericht gestanden. Sie hatte sich in den letzten Monaten einer kosmetischen Zahnbehandlung unterzogen. Als reiches Girl hätte sie die viel früher bekommen. Als Teenager. Also kein Geld in der Familie. Ich habe ihre Eltern kennengelernt. Für ihr Studium hatten sie fünfunddreißig Dollar zurückgelegt. Reiche Onkel hat's auch keine gegeben. Sie glauben, ihre Tochter habe sich alles selbst verdient.

Sie soll beim Staat ein Vermögen verdient haben. Aber wir wissen, dass das nicht stimmt. Zehn Oberstleutnants könnten sich keinen fabrikneuen Porsche leisten. Aber sie hat sich einen gekauft. Womit?«

»Erzähl's mir.«

»Sie war in der Abteilung Kriegsplanung. Was wäre, wenn sie Informationen an eine ausländische Regierung verkauft hätte? Vielleicht an den Irak. Der würde ein Vermögen dafür zahlen. Schließlich schreibt sie den Plan selbst. Das wären wirklich Informationen aus erster Hand.«

»Denkbar«, meinte Joe. »Theoretisch. Als Worst-Case-Szenario.«

»Glaubst du, dass wir Probleme mit dem Irak bekommen?«

»Wahrscheinlich«, sagte Joe. »Saddam will Kuwait. Nächstes oder übernächstes Jahr. Dann müssen wir ihn vertreiben. Aufmarsch in Saudi, die Navy im Golf, ein riesiges Unternehmen.«

»Deshalb will er diesen Plan. Und er zahlt dafür – Wort für Wort. Von einer Frau, die vielleicht nicht mehr arm sein wollte. Gerüchten nach ist sie in Kriegsplanung aus ihrem Schneckenhaus gekommen. Hat endlich angefangen, etwas von ihrem Geld auszugeben. Aber vielleicht ist ›endlich‹ das falsche Wort. Vielleicht hatte sie erstmals im Leben Geld.«

Joe schwieg.

Reacher sagte: »Die Spionageabwehr müsste solche Leute im Visier haben. Aber aus irgendeinem Grund ist sie übersehen worden und konnte lange weitermachen. So ist die Legende entstanden. Eine Familie mit Geld. Die reichste Frau der Army. Das war blenden statt verstecken. Dann hat sich etwas verändert. Plötzlich ist sie aufgeflogen.«

Joe fragte: »Wie?«

Reacher antwortete: »Könnte alle möglichen Gründe haben. Könnte pures Glück gewesen sein.«

»Oder?«

»Könnte sein, dass die Abwehr einen neuen Kommandeur bekommen hat. Vielleicht hat der Neue das fehlende Puzzleteilchen mitgebracht. Plötzlich haben zwei und zwei vier ergeben. Was pures Glück anderer Art gewesen wäre. Aber so was kommt vor.«

Joe schwieg.

Reacher sagte: »Aber frieren wir die Action mal an dieser Stelle ein. Betrachten wir sie vom Standpunkt des neuen Kommandeurs aus. Er ist der Einzige auf der Welt, der alle Teilchen besitzt und das gesamte Bild sieht. Eine einsame Position. Außer ihm weiß niemand etwas. Und er muss sicherstellen, dass nie jemand davon erfährt. Es geht nur um den Irak, aber wer würde das glauben? Es würde zu einer Massenpanik kommen. Jeder Plan würde als verraten gelten. Unsere Strategie den Sowjets gegenüber wäre erledigt. Die Leute würden nie wieder etwas glauben. Also darf niemand davon erfahren. Niemals! Kein Mensch! Zwei können kein Geheimnis bewahren. Also sie muss gestoppt werden. Und auf Landesverrat steht die Todesstrafe. Der neue Kommandeur gelangt zu dem Schluss, dass er's selbst tun muss. Nur so ist Geheimhaltung gewährleistet. Ein fast historischer Augenblick. Die Welt wird gerettet werden. So wichtig ist diese Sache. Aber sie wird nie davon erfahren. Das Ganze ist eine Ironie des Schicksals – und darüber hinaus strategisch klug, nobel und ethisch. Wie eine patriotische Pflicht.«

Joe schwieg.

Reacher sagte: »Ich gehe davon aus, dass der neue Kommandeur einer solchen Einheit clever genug wäre, um auf die Sache mit dem Sportwagen und der Straße zu kommen.«

Joe sagte: »Der Kerl hatte Schuhgröße fünfzehn.«

»Er hatte maximal Größe fünfzehn. Fußabdrücke kann man nicht verkleinern, aber sie lassen sich vergrößern. Ich glaube, ich könnte meinen Fuß mit einem engen Sportschuh in einen Stiefel der Größe fünfzehn stecken. In dem säße er bombenfest. Nicht wie in Clownsschuhen. Ich könnte umherstampfen und Fußabdrücke wie ein Astronaut auf dem Mond hinterlassen. Weißt du, was mich auf diese Idee gebracht hat?«

Joe sagte: »Nein.«

»Unsere zweite Stationierung auf Okinawa. Du warst damals sechs. Vielleicht sieben. Damals hast du dir angewöhnt, früh aufzustehen und in Dads Stiefeln durchs Haus zu poltern. Ich wusste nicht, weshalb. Vielleicht war das eine Marotte des Erstgeborenen. Vielleicht hast du buchstäblich versucht, in seine Fußstapfen zu treten. Aber ich hab dich gehört. Und einmal hat Mom dich ausgeschimpft, weil du Spuren auf dem Teppich hinterlassen hast. Das hat mich auf die Idee gebracht.«

»So was müssen viele Leute gemacht haben.«

»Aber wie viele sind später kürzlich ernannte Kommandeure von Einheiten der Spionageabwehr geworden?«

Joe schwieg.

Reacher sagte: »Nachträglich betrachtet hast du am Telefon ziemlich gut reagiert. Du musst echt schockiert gewesen sein. Aber du hast nicht vergessen, die richtigen Fragen zu stellen. Zum Beispiel, wer ermordet worden ist. Und du hast nach dem Wo gefragt, was gut war, und ich habe ›auf einer einsamen Straße‹ gesagt, aber dann hättest du nach dem Wie fragen müssen, weil ein Scharfschütze ebenso wahrscheinlich war wie ein Hinterhalt. Aber du hast nicht gefragt: Wie auf einer einsamen Straße? Diesen Teil hättest du besser einüben können. Und du bist nervös geworden. Du konntest nicht loslassen. Du hast gefragt, was ich in Bezug auf sie vorhatte. Und gründlich vermasselt hast du's mit den sechshundertneunzig Meilen. Du bist ein pedantischer Kerl, Joe. Du konntest dich nicht irren. Und deine Angabe war bestimmt richtig. Du hast dir überlegt, dass Fort Benning ebenso weit entfernt ist wie ein Ziel, das du kanntest. Und das war die Strecke vom Pentagon nach Fort Smith. Weil du sie zweimal gefahren warst. Hin und zurück.«

Joe sagte: »Interessante Hypothese. Was würde ein hypothetischer Polizist in dieser Sache unternehmen?«

»Der würde sich ohne einen Kerl am Eingang und einen im Raum hypothetisch besser fühlen.«

»Nur Neagley?«

»Sie fährt den Wagen. Sie darf hier essen.«

»Crawford ist ernsthafter Scheiß.«

Reacher sagte: »Entspann dich. Der hypothetische Polizist sieht kein Problem. Schließlich ist er Realist. Ich bin sicher, dass er zu denselben Schlüssen gelangt wäre wie der hypothetische Kommandeur. Trotzdem gibt es noch ein Problem. Ich vermute, dass die hypothetischen Stiefel in Größe fünfzehn solche Rätsel aufgeben sollten, dass der Fall nie gelöst werden würde, aber das hat nicht geklappt. Die State Police hat einen Verdächtigen. Schuhgröße fünfzehn, die gleiche Munition wie der hypothetische Kommandeur, der die Sache selbst in die Hand genommen hat, und die gleichen Reifen, alles reiner Zufall, aber sie nennen's drei Kirschen im Fenster eines Spielautomaten. Der Mann ist so gut wie verurteilt.«

»Was sollte der hypothetische Kommandeur dagegen unternehmen?«

»Ich bin sicher, dass es ein Codewort gibt. Wahrscheinlich durch das Büro des Präsidenten. Akten werden geschlossen. Kerle werden freigelassen.«

Joe schwieg.

»Danach bleiben Fälle für immer kalt.«

Joe sagte: »Okay.«

Dann fügte er hinzu: »Du bist ein verdammt guter Polizist, weil du das alles rausgekriegt hast.«

Reacher sagte: »Nein, ich bin ein verdammt guter Polizist, weil ich nicht alles rausgekriegt, aber dich dazu gebracht habe, es mir zu bestätigen. Und ich bin stolz auf dich. Das musste eingedämmt werden. Du hast gute Arbeit geleistet. Gute Planung und fast perfekte Ausführung.«

»Fast?«

»Die drei Schüsse waren schlecht. Eindeutig eine Hinrichtung. Es hätte mehr Blut geben sollen. Vielleicht aus der Kehle. Einen Schuss in die Kehle hält jeder für einen Fehltreffer. Der bei Amateuren passieren kann. Ein Kopfschuss kann dazukommen, wenn dir dann wohler ist, aber nimm ein verrücktes Ziel wie ein Auge oder ein Ohr.«

»Das klingt wie die Stimme der Erfahrung.«

»Was glaubst du, was ich in Mittelamerika gemacht habe?«

Dann aßen sie weiter, sprachen dabei über andere Themen. Klatsch, über Leute, die sie kannten, Dinge, von denen sie gelesen hatten, Politik und Familie. Joe machte sich Sorgen wegen ihrer Mutter, die in letzter Zeit kränkelte.

Spät am folgenden Tag kamen Reacher und Neagley nach Fort Smith zurück. Ellsburys Sergeant berichtete ihnen, der Mann, den die State Police verdächtigte, sei mittags ohne Anklageerhebung entlassen und heimgefahren worden. Der Mordfall Crawford sei den hiesigen Stellen entzogen und einer ganz neuen Ermittlergruppe tief im Innersten des Pentagon übertragen worden. Von dieser Instanz hatte noch nie jemand etwas gehört. Ihre Erkenntnisse würden in ein bis zwei Jahren veröffentlicht werden, falls sie nicht geheim bleiben mussten.

Dann ging ein weiteres Fernschreiben ein. Major David Noble war schneller als erwartet von den Unfallfolgen genesen und hatte es eilig, seine neue Stelle anzutreten. Reacher wurde wieder nach Mittelamerika in Marsch gesetzt. Und Neagley ging nach Bragg zurück, weil Noble seinen eigenen Sergeant mitbrachte. Die Reorganisation hielt sich weniger als ein Jahr lang. Dann hörte niemals wieder jemand von ihr.

Der größte professionelle Erfolg in Joe Reachers Militärkarriere war es vermutlich, die Planung für einen Irakkrieg ändern zu lassen, ohne jemals den Grund dafür preiszugeben. Und als eineinhalb Jahre später Soldatenstiefel im Wüstensand marschierten, klappte alles reibungslos und war in hundert Stunden zu Ende, Plan B hin oder her.

JAMES PENNEYS NEUE IDENTITÄT

Der Prozess, der James Penney in eine völlig andere Person verwandelte, begann vor zehn Jahren: um dreizehn Uhr an einem Montag Mitte Juni in Laney, Kalifornien. Die heiße Tageszeit in der heißen Jahreszeit in einem heißen Teil des Landes. Die hübsch gelegene Kleinstadt breitet sich östlich der Straße aus, die sich von der Mojave-Wüste im Norden nach L.A. im Süden hinunterschlängelt, und ist von beiden etwa fünfzig Meilen weit entfernt. Genau im Westen sind die südlichen Ausläufer der Coastal Range Mountains sichtbar. Und im Westen verschwindet die Mojave-Wüste im Dunst. In Laney passiert nie viel. Und seit jenem Montag Mitte Juni vor zehn Jahren passiert noch weniger.

In Laney gab es einen einzigen Industriebetrieb. Eine Fabrik. Eine große Anlage. Eine lange, nicht sehr hohe Montagehalle mit verwitterter Metallbeplankung, in den sechziger Jahren errichtet. Büroräume am Nordende, im Schatten, zwei Etagen. Das Erdgeschoss war für untergeordnete Tätigkeiten bestimmt: Buchhaltung, Versand, Lohnbuchhaltung, Vertrieb. Der erste Stock war hochwertiger. Dort hatten Manager und Designer ihre Büros und Ateliers. Das Eckbüro rechts war früher dem Personalchef vorbehalten. Jetzt residierte dort der Human Resources Manager. Derselbe Kerl, aber mit einem neuen Titel an der Tür.

Vor dieser Tür stand auf dem Flur im ersten Stock eine lange Reihe Stühle. Die Sekretärin des Human Resources Managers hatte sie aus anderen Büros zusammengeholt und an diesem Montagmorgen dort aufgestellt. Besetzt war diese Stuhlreihe mit Männern und Frauen. Sie hockten schweigend da. Alle fünf Minuten wurde der oder die Vorderste ins Büro gerufen. Alle anderen rückten einen Platz auf. Sie sprachen nicht miteinander. Das war überflüssig. Alle wussten, was passierte.

Kurz vor dreizehn Uhr wechselte James Penney auf den vordersten Stuhl der Reihe. Er wartete fünf endlose Minuten und stand auf, als er gerufen wurde. Betrat das Büro. Schloss die Tür hinter sich. Nahm auf dem Stuhl vor dem Schreibtisch Platz. Der Human Resources Manager hieß Odell. Er war noch nicht lange aus den Windeln heraus gewesen, als James Penney angefangen hatte, in der Fabrik in Laney zu arbeiten.

»Mr. Penney«, begann Odell.

Penney sagte nichts, aber er nickte zurückhaltend.

»Wir möchten Informationen mit Ihnen teilen«, fuhr Odell fort. Dann machte er eine Pause, als brauchte er eine Reaktion von Penney, bevor er fortfahren konnte. Penney zuckte mit den Schultern. Er wusste, was folgen würde. Er hatte die Gerüchte wie jeder andere gehört.

»Erzählen Sie mir einfach die Kurzfassung, okay?«, sagte er.

Odell nickte. »Wir stellen Sie aus.«

»Für den Sommer?«, fragte Penney.

Odell schüttelte den Kopf.

»Für immer«, antwortete er.

Penney brauchte eine Sekunde, um über den Klang dieser Worte hinwegzukommen. Obwohl er gewusst hatte, was kommen würde, trafen sie ihn, als wären sie die letzten Worte gewesen, die er aus Odells Mund zu hören erwartet hatte.

»Warum?«, fragte er.

Odell zog die Schultern hoch. Er sah nicht so aus, als machte ihm diese Sache Spaß. Aber andererseits wirkte er auch nicht allzu betroffen.

»Personalabbau«, sagte er. »Keine Option. Der einzig mögliche Kurs.«

»Warum?«, fragte Penney noch mal.

Odell lehnte sich in seinen Sessel zurück und faltete die Hände hinter dem Kopf. Begann mit der kleinen Rede, die er an diesem Tag schon oft gehalten hatte.

»Wir müssen unsere Kosten senken«, erklärte er. »Dies ist eine lohnintensive Fertigung. Kleine Gewinnspanne. Schrumpfende Märkte. Das wissen Sie alles.«

Penney starrte ins Leere und horchte auf die leisen Arbeitsgeräusche, die aus der Montagehalle nach oben drangen. »Also schließen Sie die Fabrik?«

Odell schüttelte erneut den Kopf. »Wir bauen Personal ab, das ist alles. Die Fabrik bleibt in Betrieb. Es wird Wartungsarbeiten geben. Auch Reparaturen, Überholungen. Aber nicht im bisherigen Umfang.«

»Die Fabrik wird nicht geschlossen?«, fragte Penney. »Wieso entlassen Sie mich dann?«

Odell setzte sich anders hin. Nahm die Hände vom Hinterkopf und verschränkte die Arme defensiv vor der Brust. Dies war der schwierige Teil des Gesprächs.

»Das ist eine Frage der Fertigkeiten jedes Mitarbeiters«, sagte er. »Wir mussten ein Team mit dem richtigen Mix aus Fertigkeiten zusammenstellen. Diese Entscheidung hat uns viel Arbeit bereitet. Und Sie haben den Anforderungen nicht genügt, fürchte ich.«

»Was gibt's an meinen Fertigkeiten auszusetzen?«, fragte Penney. »Ich habe Fertigkeiten. Ich arbeite seit siebzehn Jahren hier. Was gibt's an meinen verdammten Fertigkeiten auszusetzen?«

»Nichts, gar nichts«, entgegnete Odell. »Aber andere sind besser. Wir müssen das Gesamtbild im Blick behalten. Hier arbeitet dann nur noch eine Rumpfmannschaft, also brauchen wir die besten Leute, die am schnellsten lernen und wenig Fehlzeiten haben. Sie wissen, wie das ist.«

»Fehlzeiten?«, fragte Penney. »Was haben Sie an meinen auszusetzen? Ich arbeite seit siebzehn Jahren hier. Wollen Sie behaupten, dass ich kein zuverlässiger Mitarbeiter bin?«

Odell berührte die vor ihm liegende braune Akte.

»Sie waren häufig krank«, sagte er. »Ihre Fehlzeiten addieren sich zu etwas über acht Prozent.«

Penney starrte ihn ungläubig an.

»Krank?«, fragte er. »Ich war nicht krank. Ich hatte eine posttraumatische Belastungsstörung. Aus Vietnam.«

Odell schüttelte wieder den Kopf. Er war zu jung.

»Was auch immer«, sagte er. »Jedenfalls ist das ein sehr hoher Prozentsatz.«

James Penney saß benommen da. Er fühlte sich wie unter einen Zug geraten.

»Wer bleibt also?«, fragte er.

»Wir mussten den richtigen Mix finden«, wiederholte Odell. »Generell im jüngeren Teil der Belegschaft. Dafür haben wir viel Managementzeit aufgewendet. Wir sind zuversichtlich, die richtigen Entscheidungen getroffen zu haben. Sie sind nicht der Einzige, den es trifft. Wir verlieren achtzig Prozent unserer Leute.«

Penney starrte ihn an. »Sie bleiben, was?«

Odell nickte und versuchte, ein Grinsen zu verbergen, was ihm nicht gelang.

»Der Betrieb geht weiter«, sagte er. »Wir brauchen weiterhin Manager.«

In dem großen Eckbüro herrschte Stille. Draußen blies der

heiße Wüstenwind in lustlosen Wirbeln um die Ecken der Montagehalle. Odell schlug den braunen Ordner auf, zog einen blauen Umschlag heraus. Reichte ihn über den Schreibtisch.

»Sie bekommen Ihren Lohn bis Ende Juli«, sagte er. »Das Geld ist heute Morgen überwiesen worden. Alles Gute, Mr. Penney.«

Das Fünfminutengespräch war zu Ende. Odells Sekretärin erschien und öffnete die Tür zum Korridor. Penney verließ das Büro. Die Sekretärin rief den nächsten Mann herein. Penney ging an der langen Reihe schweigender Menschen vorbei und auf den Parkplatz hinaus. Setzte sich in seinen Wagen, einen eineinhalb Jahre alten roten Firebird, der noch nicht abbezahlt war. Er ließ den Motor an und fuhr die eine Meile zu seinem Haus. Parkte in der Einfahrt und saß dann benommen nachdenkend da, während der Motor weiterlief. Dann hörte er das leise Klingeln des Telefons in seinem Haus. Er schaffte es abzuheben, bevor das Klingeln aufhörte. Der Anrufer war ein Freund aus der Firma.

»Haben sie dich auch rausgeschmissen?«, fragte sein Freund ihn.

Penney murmelte die Antwort, um das nicht eingestehen zu müssen, aber sein Tonfall sagte seinem Freund alles, was er wissen musste.

»Es gibt ein Problem«, sagte der Mann. »Die Firma hat die Bank informiert. Ich bin gerade angerufen worden, wie ich mir die Ratenzahlungen vorstelle. Hast du Kredite bei der Bank laufen?«

Penney spürte einen eisigen Schauder. Er umklammerte den Hörer.

»Kredite?«, fragte er. »Klar hab ich Kredite laufen. Für praktisch alles, was ich besitze. Haus, Auto, Möbel. Alles auf Raten. Was haben sie zu dir gesagt?«

»Was, zum Teufel, glaubst du?«, fragte der Kerl. »Sie sind eine Bank, stimmt's? Zahle ich keine Raten mehr, sitze ich auf der Straße. Der Mann vom Sicherstellungsdienst kommt gleich vorbei, um das Auto abzuholen.«

Penney verstummte. Er dachte nach. Er dachte an seinen Wagen. Das Haus war ihm egal. Oder die Möbel. Dieses ganze Zeug hatte seine Frau ausgesucht. Sie hatte ihm hohe Raten für all diese Sachen aufgehalst, kurz bevor sie abgehauen war. Das hatte sie als Chance für einen Neustart bezeichnet. Aber der hatte nicht geklappt. Jetzt war sie fort, und er zahlte weiter für ihr verdammtes Haus und die Möbel. Aber der Wagen gehörte ihm. Ein roter Firebird. Dieses Auto war ihm als einziger Gegenstand wirklich wichtig, und er wollte es nicht verlieren. Aber er würde keine Raten mehr aufbringen können, das stand verdammt fest.

»James?«, sagte der Mann am Telefon. »Bist du noch da?«

Penney sah schon, wie der Mann vom Sicherstellungsdienst seinen Wagen abholte.

»James?«, wiederholte sein Freund. »Bist du noch da?«

Penney kniff die Augen zusammen.

»Nicht mehr lange«, sagte er. »Ich haue ab.«

»Wohin?«, fragte der Freund. »Wohin, zum Teufel?«

Penney spürte verzweifelte Wut in sich aufsteigen. Er knallte den Hörer auf die Gabel, wandte sich ab, fuhr wieder herum und riss die Zuleitung aus der Wand. In der Zimmermitte stehend beschloss er, nichts mitzunehmen. Und er würde auch nichts zurücklassen. Er rannte in die Garage und schnappte sich seinen vollen Reservekanister. Lief damit ins Haus zurück. Leerte ihn übers Sofa seiner Ex aus. Als er keine Zündhölzer finden konnte, stellte er den Gasherd an und wickelte eine Rolle Küchenpapier ab. Stellte damit eine Verbindung zwischen Herd und Sofa her.

Als seine improvisierte Lunte hell brannte, hastete er zu seinem Wagen hinaus und ließ den Motor an. Fuhr in Richtung Mojave nach Norden und stellte sich auf eine lange Fahrt ein.

Seine Nachbarin bemerkte die Flammen, als sie aus dem Dach schlugen. Sie rief die Feuerwehr Laney an, die aber nicht kam. Sie bestand aus Freiwilligen, die jetzt alle in der Fabrik aufgereiht saßen: auf Stühlen auf dem engen Flur im ersten Stock.

Dann verwandelte sich der warme Wind aus der Mojave in eine heiße Brise, und als James Penney dreißig Meilen gefahren war, hatten die Flammen das Buschwerk auf seinem vertrockneten Rasen in Brand gesetzt. Als er in der Stadt Mojave seinen letzten Lohnscheck auf der Bank einlöste, brannte auch der Rasen der Nachbarin, und die Flammen leckten am Fuß ihrer rückwärtigen Veranda.

Wie alle kalifornischen Boomtowns war Laney im Eiltempo gewachsen. Die Fabrik war ungefähr zu Beginn von Nixons erster Amtszeit errichtet worden. Fünfundzwanzig Hektar Orangenplantagen waren planiert worden, und fünfhundert Holzhäuser hatten die Einwohnerschaft binnen einem Jahr vervierfacht. Die Häuser waren so weit in Ordnung, aber in den einunddreißig Jahren, die sie nun standen, hatte es keine zwölfmal geregnet, und sie waren so trocken, wie Häuser nur sein können. Die Sonne und heiße Wüstenwinde hatten ihr Holz ausgedorrt. An den Straßen gab es keine Hydranten. Die Gebäude standen dicht beieinander, und es existierten keine richtigen Brandschneisen. Doch in Laney hatte es noch nie wirklich gebrannt. Bis zu diesem Montag im Juni.

James Penneys Nachbarin rief die Feuerwehr zum zweiten Mal an, als ihre rückwärtige Veranda in hellen Flammen stand. Bei der Feuerwehr herrschte Chaos. Der Dispatcher forderte sie auf, das Haus zu verlassen und auf der Straße zu warten. Bis das Löschfahrzeug eintraf, war ihr Haus abgebrannt. Und das nächste Haus ebenfalls. Der Wüstenwind hatte das Feuer die zweite schmale Schneise überspringen lassen, sodass die alten Hausbesitzer auf die Straße flüchten mussten. Dann alarmierte Laney die Feuerwehren in Lancaster, Glendale und Bakersfield, die mit guter Ausrüstung kamen und einen Großbrand verhinderten. Sie setzten die Rasenflächen zwischen den Häusern unter Wasser und stoppten so die weitere Ausbreitung der Flammen. Nur drei Häuser waren abgebrannt: Penneys und die zweier Nachbarn im Lee seines Hauses. Binnen zwei Stunden war die Panik vorüber, und als Penney sich fünfzig Meilen nördlich von Mojave befand, versuchte der Sheriff von Laney gemeinsam mit Brandfahndern zu rekonstruieren, was geschehen war.

Sie begannen mit Penneys Haus, das als Erstes gebrannt hatte und deshalb schon abgekühlt war. Obwohl bis auf die Fundamentplatte abgebrannt, konnte man den Grundriss noch erkennen. Und die Beweise lagen auf der Hand. Wo das Wohnzimmer gewesen war, breitete sich ein riesiger Brandfleck aus. Der Fahnder aus Glendale identifizierte ihn als etwas, das er schon oft gesehen hatte. Dies blieb übrig, wenn man ein mit Schaumstoff gepolstertes Sitzmöbel mit Benzin tränkte und anzündete. Er erklärte dem Sheriff, wie die Flammen Wände und Decke erfassten, bevor sie im Dachraum die Sparren verzehrten, sodass das brennende Haus in sich zusammenstürzte. Ein glasklarer Fall von Brandstiftung. Ungünstig waren der auffrischende Wüstenwind und die geringen Abstände zwischen den Häusern gewesen.

Dann hatte der Sheriff sich auf die Suche nach James Penney gemacht, um ihm mitzuteilen, jemand habe sein Haus und die zweier Nachbarn in Brand gesteckt. Er fuhr mit seinem Streifenwagen zur Fabrik, ging im Obergeschoss an den in langer Schlange Wartenden vorbei und betrat Odells Büro. Odell erzählte ihm, was sich in dem Fünfminutengespräch um dreizehn Uhr ereignet hatte. Als der Sheriff zur Polizeistation zurückfuhr, lenkte er mit einer Hand und rieb sich mit der anderen nachdenklich das Kinn.

Und während James Penney hundertfünfzig Meilen von zu Hause die steile Ostflanke des Mount Whitney entlangfuhr, ging sein Steckbrief an alle Polizeistationen – wegen mutmaßlicher Brandstiftung, die in der Wüstenhitze Südkaliforniens ein schweres Verbrechen darstellte.

Die California Highway Patrol gehört zu den berühmtesten Polizeidiensten der Welt. In ganz Amerika und sogar im Ausland berühmt, romantisch verklärt, idealisiert. Das Bild eines Motorcycle-Cops von der Westküste auf seiner schweren Maschine zählt zu den großen Ikonen der Nation. Schickes Khakihemd, weißes T-Shirt darunter, weißer Helm, verspiegelte Pilotenbrille, enge Reithose, glänzend polierte schwarze Stiefel. Auf endlosen sonnigen Autobahnen unterwegs, um die riesigen Wanderbewegungen der Bevölkerung dieses großen Bundesstaats zu lenken und sicher ans Ziel zu geleiten.

Das ist das Bild. Deshalb war Joey Gunston dort eingetreten. Aber Joey stellte bald fest, dass die Realität anders aussah. Jede Organisation hat eine glänzende und eine trübe Seite, und Gunston saß auf der trüben Seite fest. Er war nicht mit einem schweren Bike auf sonnigen Küstenhighways unterwegs, sondern saß allein in seinem Dienstwagen, einem beigen Dodge, und fuhr auf der U.S. 91 in der Mojave-Wüste hin und her. Er hatte keine Reithose, keine Stiefel, sein weißes T-Shirt war ein feuchter grauer Lappen und seine verspiegelte Pilotenbrille eine billige Ray-Ban-Kopie, die er sich selbst in L.A. gekauft hatte, aber sowieso nicht tragen konnte, weil er Nachtdienst von einundzwanzig Uhr bis sechs Uhr morgens hatte.

Deshalb war Joey Gunston ein ernüchterter, aber nicht verbitterter Mann. Dafür war er nicht der Typ. Bei Joey funktionierte die Sache anders: Bereitete man ihm eine Enttäuschung, dachte er nicht ans Aufgeben. Stattdessen arbeitete er härter. Er würde so verdammt hart arbeiten, dass er die trübe Seite verlassen und auf die glänzende wechseln durfte. Das betrachtete er als eine Art Aufnahmegebühr. Er rechnete sich aus, dass er so lange in seinem Dodge in Standardbeige und mit dem CHP-Wappen aus Kunststoff an den Vordertüren auf der U.S. 91 herumfahren würde, bis er seinen Wert bewiesen hatte. Das tat er jetzt schon einunddreißig Monate lang. Keine Mitteilung über eine Versetzung zur U.S. 101 und einem Motorrad. Nicht mal eine Andeutung. Aber Joey war entschlossen, sein Niveau trotzdem zu halten.

Also arbeitete er weiterhin hart. Dazu gehörte, dass er Ausschau nach einer Chance hielt, die er irgendwann bekommen würde. Die Krux war nur, dass die Aussichten auf eine Chance auf der U.S. 91 ziemlich beschränkt waren. Als direkte Verbindung zwischen L.A. und Vegas war sie relativ verkehrsreich und hatte einige landschaftliche Schönheiten zu bieten. Gunstons Revier erstreckte sich hundertzwanzig Meilen lang von Barstow im Westen bis über die Staatsgrenze am Anstieg zum Clark Mountain. Sein Problem war der Nachtdienst. Nachts ließ der Verkehr nach, und die landschaftlichen Schönheiten waren unsichtbar. In diesen einunddreißig Monaten hatte Joey kaum mehr getan, als Raser zu stoppen und ungefähr zweimal pro Woche über Funk einen Krankenwagen anzufordern, wenn wieder irgendein Betrunkener von der Straße abgekommen und verunglückt war.

Aber er hoffte weiter. An diesem Montagabend um einundzwanzig Uhr hatte er im Dispatcherbüro die Fahndungsaufrufe an der Pinnwand gelesen. Die wichtigsten Punkte trug er in sein in Kunstleder gebundenes Notizbuch ein, das seine Schwester ihm geschenkt hatte. Dazu gehörte der Steckbrief eines Kerls aus Laney wegen Brandstiftung und Sachbeschädigung; dieser James Penney war vermutlich in einem roten Firebird unterwegs. Gunston schrieb sich das Kennzeichen groß auf, um es im Halbdunkel seines Wagens lesen zu können. Dann fuhr er sechzig Meilen weit nach Osten und parkte am Soda Lake auf dem Bankett des Highways.

Viele Kerle hätten dort geschlafen. Joey kannte etliche Kollegen, die tagsüber arbeiteten, vielleicht bei Sicherheitsdiensten in L.A. oder als Privatdetektive in den Valleys, und nachts in ihren Dodges auf dem Bankett schliefen. Aber Gunston machte das nie. Er tat seine Pflicht und blieb wach, wartete auf seine Chance.

Sie kam binnen einer Stunde. Kurz nach 22.30 Uhr an diesem Montagabend. Ein roter Firebird raste an ihm vorbei nach Osten, mindestens fünfundachtzig Meilen schnell, vielleicht neunzig. Joey brauchte nicht in seinem Notizbuch mit Kunstledereinband nachzusehen. Das Kennzeichen sprang ihn förmlich aus der Dunkelheit an. Er ließ seinen Motor an und trat das Gaspedal durch. Betätigte Schalter für Blinkleuchten und Sirene. Gab weiter Vollgas und lenkte mit einer Hand. Benutzte den anderen Daumen, um die Sprechtaste seines Mikrofons zu drücken.

»Verfolge einen roten Firebird«, funkte er. »Kennzeichen wie in Fahndungsmeldung.«

Ein Knacken im Lautsprecher, dann antwortete der Dispatcher. »Position?«, fragte er.

»Soda Lake«, antwortete Gunston. »Bin schnell nach Osten unterwegs.«

»Okay, Joey«, sagte der Dispatcher. »Bleib dran! Stopp ihn vor der Grenze. Die Leute aus Nevada brauchen sich nicht einzumischen, richtig?«

»Wird gemacht, Chief«, sagte Gunston. Er brachte den Dodge auf hundert und raste mit Sirenengeheul durch die Nacht weiter. Der Firebird hatte schätzungsweise eine Meile Vorsprung. Natürlich war es denkbar, dass Penney den Highway verließ und in die Kleinstadt Baker hinunterfuhr, aber wenn er's nicht tat, gehörte er ihm. Vielleicht war seine Chance endlich gekommen.

Nach drei Meilen hatte er den Firebird eingeholt. Die Ausfahrt Baker lag hinter ihnen. Vor ihnen erstreckten sich noch siebenundfünfzig Meilen Kalifornien, dann kam der Bundesstaat Nevada. Er fuhr mit dem heulenden Dodge bis auf weniger als zwanzig Meter an den Firebird heran und schaltete die blauen Blinkleuchten ein. Wechselte von Sirenengeheul zu dem ohrenbetäubend lauten elektronischen Pock-pock-pock, das er so liebte. Grinste seine Frontscheibe an. Aber der Firebird wurde nicht langsamer, sondern vergrößerte seinen Vorsprung wieder. Gunstons Tachonadel stand zitternd auf hundertzehn. Seine Fingerknöchel traten weiß hervor, so angestrengt hielt er das schmuddelige Kunststofflenkrad umklammert.

»Scheißkerl«, schimpfte er.

Gunston trat das Gaspedal ganz durch und blieb dran. Der rote Firebird erreichte seine Höchstgeschwindigkeit bei ungefähr hundertzwölf. Er hielt seinen Vorsprung, aber er wurde nicht mehr schneller. Joey grinste. Er kannte den Highway vor ihnen vermutlich besser als dieser Kerl aus Laney. Der lange Anstieg auf der Westseite des Clark Mountain würde den guten Kerl begünstigen. Der Firebird würde langsamer werden, aber der Dodge mit seinem Detroiter V-8-Motor hatte reichlich Drehmoment. Neue verstärkte Gürtelreifen. Ein ausgebildeter Fahrer. Noch fünfzig Meilen voller Chancen. Vielleicht waren die U.S. 101 und ein schweres Bike doch nicht so weit entfernt.

Er jagte den roten Firebird dreißig Meilen weit. Der Anstieg ließ beide Wagen langsamer werden, bis sie nur noch etwa neunzig schnell waren. Die Sirene des Dodges heulte nun schon zwanzig Minuten lang, das Pock-pock-pock ging weiter, die roten und blauen Leuchten blinkten unaufhörlich. Gunston hielt diesen Penney für einen Irren. Zündete erst alles an, versuchte jetzt, bei Nacht vor der CHP zu flüchten. Dann fing er an, sich Sorgen zu machen. Sie kamen der Staatsgrenze immer näher. Unter keinen Umständen wollte er über Funk Unterstützung durch die Boys aus Nevada anfordern. Also umklammerte er sein Lenkrad noch fester und schob sich bis auf einen Viertelmeter an den rasenden roten Wagen heran. Versuchte, eine Entscheidung zu erzwingen.

Zehn Meilen vor der Staatsgrenze führte eine Nebenstraße von der U.S. 91 zu der Kleinstadt Nipton. Diese Straße zweigt in schiefem Winkel vom Highway ab und fällt anfangs steil ab. Der Firebird nahm diese Abzweigung. Mit Gunstons Streifenwagen dicht hinter sich raste er schleudernd nach rechts und war im nächsten Augenblick verschwunden. Joey verpasste die Abzweigung, bremste scharf und kam mit quietschenden Reifen, von denen Rauch aufstieg, zum Stehen. Er rammte den Wahlhebel auf R und stieß mit aufheulendem Motor zurück. Gerade noch rechtzeitig, um zu sehen, wie der Firebird von der Straße abkam und sich überschlagend den Steilhang hinunterstürzte. Die Nebenstraße wies ein Quergefälle auf. Das wusste Gunston. Penney hatte es nicht gewusst und ein verzweifeltes Manöver riskiert und Pech gehabt. Das Heck des Firebirds war ausgebrochen, und der rote Wagen stürzte sich überschlagend in die Tiefe. Gunston verfolgte, wie er von Felsen abprallte. Der Unterboden wurde aufgerissen, auslaufendes Benzin entzündete sich an dem überhitzten Auspuff, und Joey beobachtete den Feuerball einer riesigen Explosion, als das Wrack noch dreißig Meter weiterrollte und dann liegen blieb.

Der Dispatcher der California Highway Patrol wies Joe Gunston an, die Bergung des verunglückten roten Firebirds selbst zu überwachen. Der Unfall regte niemanden besonders auf. Keiner machte sich viel aus Penney. In dem Funkverkehr zwischen Dispatcherbüro und Gunstons Dodge wegen des Brandstifters, der am Clark Mountain mit seinem Wagen abgestürzt und verbrannt war, schwang ein unterdrücktes ironisches Lachen mit. Das einzige Problem stellte die Rechnung dar, die der Abschleppdienst nächsten Monat schicken würde. Wer in solchen Fällen zahlen musste, war nirgends eindeutig festgelegt. Meistens übernahm und verbuchte die CHP diese Beträge als allgemeine Betriebskosten.

Joey Gunston kannte einen Abschleppunternehmer im Ödland am Soda Lake, der meistens den Polizeifunk abhörte, also rief er ihn über Funk und bekam sofort eine Antwort. Dann parkte er an der Abzweigung nach Nipton auf dem Bankett auf seinen eigenen Bremsspuren und wartete auf den Mann. Er tauchte innerhalb einer Stunde auf, und kurz nach Mitternacht stiegen Gunston und der Abschlepper mit ihren Stablampen den Steilhang hinunter und zogen den schweren Stahlhaken des Trucks mit ratternder Sperrklinke hinter sich her.

Der rote Firebird lag fast zweihundert Meter unterhalb der Straße, wohin das Drahtseil gerade noch reichte. Aber er sah nicht mehr rot aus, sondern wies fantastische Braun- und Pur-

purtöne auf. Alles Glas war geschmolzen, und die Kunststoffteile waren verbrannt. Die Reifen ebenfalls. Penney selbst war
eine zusammengeschrumpfte Gestalt, die an den Federmat-
ten aus Stahl klebte, die von den Sitzen übrig geblieben waren.
Gunston und der Trucker hielten sich nicht damit auf, sie zu begutachten. Sie blieben nur lange genug, um den riesigen Haken
an der Vorderachse anzubringen. Dann machten sie kehrt und
nahmen den langen Aufstieg in Angriff.

Sie schwitzten in der Nachtluft, als sie laut keuchend den Abschleppwagen erreichten. Er stand mit Gunstons roten Warnleuchten abgesichert am Straßenrand. Das Stahlseil rollte sich von
seiner Trommel hinter dem Fahrerhaus ab und verschwand im
Dunkel. Der Fahrer ließ den großen Diesel an, und die Trommel
begann sich zu drehen, wickelte das Drahtseil auf und zog das
Autowrack nach oben. Die Überreste des Firebirds blieben mehrmals in Büschen oder an Felsen hängen, sodass der Truck tief ein-
federte und der Motor röhrte, bis das Wrack sich wieder losriss.

Es dauerte fast eine Stunde, das Autowrack die zweihundert
Meter bis zur Straße heraufzuziehen. Endlich scharrte es über
den betonierten Rand, und der Abschlepper stellte sein Fahrzeug in gerader Linie auf, um das Wrack flott auf die Ladefläche
ziehen zu können. Gunston half ihm, es mit Ketten zu sichern.
Dann nickte er dem Fahrer zu, und der Abschleppwagen rollte
schwerfällig nach Westen davon. Gunston trat an seinen Dodge,
schaltete die Blinkleuchten aus und drückte die Sprechtaste seines Mikrofons.

»Er ist unterwegs«, teilte er dem Dispatcher mit. »Schick lieber einen Krankenwagen hin.«

»Wozu?«, fragte der Dispatcher. »Er ist tot, richtig?«

»Mausetot«, sagte Gunston. »Aber jemand muss ihn vom Sitz
kratzen, und ich mach's bestimmt nicht.«

Der Dispatcher lachte. »Ist er echt kross?«

Gunston lachte ebenfalls. »Der krosseste Kerl, den du je gesehen hast.«

In Laney hielt sich der Sheriff mitten in der Nacht noch immer in der Polizeistation auf. Er rechnete sich aus, dass zahlreiche Überstunden anfallen würden. Dies war ein hektischer Tag gewesen. Und morgen würde noch stressiger werden. Er hatte mit ziemlichen Mengen Fallout zu kämpfen. Die Entlassungen in der Fabrik hatten unberechenbare Folgen nach sich gezogen. Abends hatte es viele Betrunkene gegeben. Mehrere Pick-ups waren verunglückt. Ohne größere Verletzungen. In der Fabrik hatten Unbekannte einige Scheiben eingeworfen. Mr. Odells Fenster waren das Ziel gewesen. Ein paar Steine hatten jedoch die Poststelle getroffen, und einer hatte sogar die Frontscheibe eines Autos auf dem Parkplatz zersplittern lassen.

Und Penney hatte drei Häuser angezündet. Das war das Problem. Aber dann war es plötzlich keines mehr. In der Stille des Stationshauses begann der Fernschreiber zu rattern. Der Sheriff ging hin und riss einen halben Meter Papier ab. Las es, faltete es zusammen und schob es in eine neu angelegte Akte. Dann griff er nach dem Telefonhörer und rief die California Highway Patrol an.

»Den Fall übernehme jetzt ich«, sagte er. »Hier ist das Laney County zuständig. Unser Coroner sieht sich den Kerl an. Ich fahre gleich mit ihm zum Soda Lake hinaus.«

Coroner im Laney County war ein junger Arzt namens Kolek, der in Stanford studiert hatte. Ein polnischer Name, aber der Mann stammte aus einer Familie, die schon länger in Kalifornien lebte als die meisten. Vielleicht schon vierzig Jahre. Er nahm den Sheriff in seinem Kombi, den er als Dienstwagen fuhr, nach Osten mit. Der nächtliche Einsatz störte Kolek nicht. Er hatte nichts dagegen, nachts zu arbeiten. Er war jung, er war neu, und er brauchte das Geld. Aber er redete nicht viel. Mediziner waren im Allgemeinen nicht scharf auf Brandopfer. Den Grund dafür wusste der Sheriff nicht. Er hatte schon einige gesehen. Ein verbrannter Mensch sah aus wie etwas, das man zu lange auf dem Grill gelassen hatte. Besser als die schleimigen, von Maden wimmelnden Leichen, die man im Wald fand. Bei Weitem besser.

»Müssen wir ihn mit zurücknehmen?«, fragte Kolek.

»Den Wagen?«, fragte der Sheriff. »Oder den Kerl?«

»Den Leichnam«, antwortete Kolek.

Der Sheriff nickte. »Irgendwo lebt seine Ex. Vielleicht will sie ihn bestatten. Vielleicht gibt es ein Familiengrab.«

Kolek zuckte mit den Schultern und stellte die Heizung etwas höher. Schwieg dann auf der gesamten weiteren Fahrt von Mojave zum Soda Lake. Hundertdreißig Meilen ohne ein einziges Wort.

Der Schrottplatz der Autoverwertung war ein Gelände von der Größe eines Stadions hinter einem hohen Holzzaun in dem Winkel, den die Straße nach Baker hinunter mit dem Highway bildete. Auf beiden Seiten des Tors parkten frisch geputzte Abschleppwagen. Kolek fuhr auf das Gelände und hielt vor der Holzhütte, die als Büro diente. Drinnen brannte Licht. Er hupte kurz und wartete. Eine Frau kam heraus. Als sie sah, wer die Besucher waren, verschwand sie wieder nach drinnen, um Licht zu machen. Halogenscheinwerfer auf Lichtmasten beleuchteten den Komplex taghell. Die Frau sagte ihnen, wo der ausgebrannten Firebird stand. Er war mit einer in der Sonne verblichenen Plane zugedeckt.

Kolek und der Sheriff zogen die Plane von dem Autowrack.

Der Unfallwagen war ausgebrannt, aber weniger stark deformiert, als sie erwartet hatten. Der Sheriff stellte sich vor, dass das Buschwerk, mit dem der Steilhang bewachsen war, den Absturz gebremst hatte. Hätte sein Wagen nicht Feuer gefangen, wäre James Penney vielleicht noch am Leben.

Kolek holte Stablampen und seine Arzttasche aus dem Kombi. Für die Fahrertür des Firebirds brauchten sie ein Brecheisen. Die von der Hitze verformten Angeln saßen fest, aber der Sheriff hängte sich mit seinem ganzen Gewicht an die Tür, die sich nun kreischend öffnete. Dann suchten die beiden Männer den ausgebrannten Innenraum mit ihren Stablampen ab.

»Sicherheitsgurt ist verbrannt«, sagte Kolek. »Aber er hat ihn getragen. Das Schloss ist noch eingerastet.«

Der Sheriff nickte und zeigte auf etwas anderes.

»Airbag ausgelöst«, stellte er fest.

Die Kunststoffteile des Lenkrads waren verbrannt, aber sie konnten sehen, dass die kleinen Metallscharniere geöffnet waren, weil der Sack nach außen explodiert war.

»Okay«, sagte der junge Coroner. »Jetzt zu dem Teil, der Spaß macht.«

Der Sheriff hielt beide Stablampen, während Kolek sich dicke Gummihandschuhe anzog. Dann mühte er sich eine Zeit lang ab.

»Er ist richtig festgeschweißt«, sagte er dann. »Am besten wär's, die Sitzfedern durchzuschneiden und einen Teil des Sitzes mitzunehmen.«

»Ist der Leichensack dafür groß genug?«

»Ich denke schon. Diese Leiche ist nicht sehr groß.«

Der Sheriff sah genauer hin. Ließ einen Lichtstrahl über den Toten gleiten.

»Penney war nicht gerade klein«, erklärte er. »Bestimmt eins achtzig groß.«

Kolek schnitt eine Grimasse. »Feuer lässt sie schrumpfen. Die Körperflüssigkeiten verdampfen.«

Er ging zu seinem Kombi, kam mit einem Bolzenschneider zurück. Beugte sich wieder in den Firebird und machte sich daran, die im Zickzack verlaufenden Sitzfedern zu durchtrennen. Das dauerte eine Weile. Er musste sich weit hineinlehnen, Brust an Brust mit dem Toten, um an die Federn auf der anderen Seite heranzukommen.

»Okay, jetzt müssen Sie mir ein bisschen helfen«, sagte er.

Der Sheriff schob seine Hände unter die verkohlten Beine und packte die durchtrennten Sitzfedern. Er zog und zerrte und hievte die Leiche mit den Füßen voraus aus dem Wagen, während Kolek sie an den Schultern gepackt hielt. Sie trugen den Toten einige Meter zur Seite und legten ihn behutsam ab. Als sie die verkrümmte Gestalt losließen und sich aufrichteten, kippte sie nach hinten, sodass ihre steifen Beine grotesk nach oben ragten.

»Scheiße«, sagte Kolek. »Wie ich das hasse!«

Der Sheriff war in die Hocke gegangen und richtete den Lichtstrahl seiner Stablampe auf die verzerrte Öffnung, die Penneys Mund gewesen war.

»Die Zähne sind noch da«, meinte er. »Damit müssten Sie ihn identifizieren können.«

Der Coroner sah ebenfalls hin. Als Erstes fiel ihm ein starker Überbiss auf.

»Kein Problem«, sagte er. »Ist die Sache eilig?«

Der Sheriff zuckte mit den Schultern. »Vorher kann ich den Fall nicht abschließen.«

Sie mühten sich zu zweit ab, den Verbrannten im Leichensack zu verstauen, und luden ihn hinten in den Kombi. Damit er nicht wieder umkippen konnte, legten sie ihn an den Radkasten gestützt auf die Seite. Dann fuhren sie mit der aufgehenden Morgensonne hinter sich wieder nach Westen.

Dieselbe Morgensonne weckte James Penney, indem sie durch einen Spalt in der Jalousie seines Motelzimmers fiel und sein Gesicht beleuchtete. Er bewegte sich in der Wärme des gemieteten Betts und sah zu, wie Staubteilchen in der Sonne tanzten.

Er hielt sich noch immer in Kalifornien auf, droben am Yosemite, in Blockhaus zwölf eines Motels, das weit genug von dem Park entfernt war, um billig zu sein. Er hatte sechs Wochenlöhne in seiner Geldbörse, die er unter seiner Matratze versteckt hatte. Sechs Wochenlöhne minus eineinhalb Tankfüllungen Benzin, einen Cheeseburger und 27,50 Dollar für dieses Motel. Unter der Matratze versteckt, weil man für 27,50 Dollar keine erstklassige Unterkunft bekam. Seine Tür war abgesperrt, aber der Mann am Empfang hatte einen Generalschlüssel, und er wäre nicht der erste Kerl am Empfang gewesen, der seinen Schlüssel stundenweise an Leute verlieh, die sich nachts eine Kleinigkeit dazuverdienen wollten.

Aber nachts war nichts Schlimmes vorgefallen. Die Matratze war so dünn, dass er seine Geldbörse unter der rechten Niere spüren konnte. Weiterhin da, weiterhin gut gefüllt. Ein angenehmes Gefühl. Er beobachtete weiter den Sonnenstrahl, überschlug die Zahlen im Kopf und versuchte auszurechnen, wie weit sechs Wochenlöhne reichen würden. Wenn er nur billiges Essen, billige Motels und Benzin für den Firebird einkalkulierte, waren keine Probleme zu erwarten. Der Wagen verfügte über einen modernen Motor und vierundzwanzig Ventile und war in Bezug auf Leistung und Verbrauch optimiert. Damit konnte er weit kommen und hatte noch immer genug Geld übrig, um sich in aller Ruhe umsehen zu können.

Wie es dann weitergehen würde, war ihm noch nicht ganz klar. Nach einem Metallfacharbeiter, auch mit siebzehn Jahren Erfahrung, bestand nicht viel Nachfrage. Aber er würde irgendeine Arbeit finden. Davon ging er aus. Selbst wenn es sich um eine untergeordnete Tätigkeit handelte. Als was er arbeitete, war nicht so wichtig. Vielleicht konnte er irgendwas im Freien auftreiben. Das wäre ein erfrischender Wechsel. Einfache, ehrliche Arbeit für einfache, ehrliche Leute – ganz anders als die bisherige Sklavenarbeit für diesen hinterhältigen Odell.

Er verfolgte noch eine Zeit lang, wie der Sonnenstrahl über die Fensterscheibe wanderte. Dann schlug er die Bettdecke zurück und stellte die Füße auf den Boden. Benutzte die Toilette, wusch sich das Gesicht am Waschbecken, gurgelte mit Wasser und machte sich daran, seine Kleidung, die er auf einen Haufen geworfen hatte, zu entwirren. Er würde ein paar Klamotten brauchen. Er besaß nur, was er auf dem Leib trug. Alles andere war mit seinem Haus verbrannt. Er zuckte mit den Schultern und stellte eine neue Rechnung auf, die neue Hemden und Jeans berücksichtigte. Vielleicht auch feste Stiefel, wenn er im Freien arbeiten wollte. Er würde die sechs Wochenlöhne sparsamer einteilen müssen und beschloss, langsam zu fahren, um Benzin zu sparen, und vielleicht weniger zu essen. Oder vielleicht nicht weniger, nur billiger. Er würde in Raststätten für Fernfahrer essen, nicht mehr in Diners für Touristen. Mehr Kalorien, weniger Kosten.

Penney nahm sich vor, noch vor dem Frühstück ordentlich Strecke zu machen. Er klimperte mit den Schlüsseln in seiner Tasche, als er die Tür des Blockhauses öffnete. Dann erstarrte er. Sein Herz hämmerte. Das asphaltierte Rechteck vor seiner Tür war leer. Nur ein paar alte Ölflecken waren zu sehen. Er schaute verzweifelt nach links und rechts, suchte die anderen Parkplätze ab. Nirgends ein roter Firebird. Er stolperte ins Zimmer zurück und sackte schwer auf die Bettkante. Hockte einfach nur da und überlegte benommen, was er tun solle.

Er beschloss, es gar nicht erst mit dem Mann am Empfang zu versuchen. Seiner Überzeugung nach steckte der hinter dem Diebstahl. Penney stand der Ablauf deutlich vor Augen. Der Kerl hatte ein, zwei Stunden gewartet und dann ein paar Kumpel angerufen, die gekommen waren, die Zündung seines Wagens kurzgeschlossen und ihn dann lautlos vom Parkplatz auf die Straße geschoben hatten. Eine Bande, die ahnungslose Zufallsgäste bestahl. Die von Idioten lebte, die dumm genug waren, für das Privileg, sich ihren liebsten Besitz stehlen zu lassen, 27,50 Dollar zu bezahlen. Er war wie vor den Kopf geschlagen. Schwebte irgendwo zwischen Zorn und Brechreiz. Sein roter Firebird. Das einzige verdammte Ding, das er sich in seinem Leben wirklich gewünscht hatte. Futsch. Geklaut.

Penney erinnerte sich noch gut daran, wie herrlich es gewesen war, ihn zu kaufen. Nach seiner Scheidung. Als ihm beim Aufwachen klar geworden war, dass er einfach zu dem Händler fahren, den Vertrag unterschreiben und einen Firebird haben konnte. Ohne Diskussion. Ohne Widerrede. Ohne verächtliche Bemerkungen über Männerspielzeug und dass diese oder jene blöden Anschaffungen wichtiger waren. Nichts dergleichen. Er war zu dem Händler gefahren, hatte seine Rostlaube in Zahlung gegeben, hatte für den Firebird unterschrieben und war selig damit heimgefahren. Er hatte ihn jede Woche gewaschen und gesaugt. Hatte Fernsehwerbung geguckt und jede neue Wunderpolitur gekauft. An jedem Werktag hatte der Wagen wie eine leuchtend rote Verdienstmedaille auf dem Parkplatz der Fabrik in Laney gestanden. Wie ein glitzernder Trostpreis für all den Scheiß und die Plackerei. Auch wenn er sonst nichts besaß, so konnte er immerhin einen Firebird sein Eigen nennen. Jedenfalls bis heute. Und jetzt kam zu allem, was ihm einst gehört hatte, eben auch ein Firebird.

Die nächste Polizeistation lag zehn Meilen südlich von hier. Penney hatte sie am Vorabend im Vorbeifahren gesehen. Er machte sich zu Fuß auf den Weg dorthin, stapfte voller Ingrimm und Frustration los. Die Sonne stieg höher und ließ ihn langsamer werden. Nach ein paar Meilen reckte er den Daumen hoch. Ein Servicetechniker, der als Firmenwagen einen Buick fuhr, hielt an und nahm ihn mit.

»Mein Auto ist gestohlen worden«, erklärte Penney ihm. »Heute Nacht, vor dem verdammten Motel.«

Der Techniker ließ eine Art Allzweckknurren hören – ein Ausdruck vagen Mitgefühls von jemandem, dem etwas in Wirklichkeit scheißegal ist.

»Echt schade«, meinte er. »Sind Sie versichert?«

»Klar, bei der AAA und alles. Aber ich hoffe eigentlich, dass ich ihn zurückkriege.«

Der Mann schüttelte den Kopf. »Das können Sie vergessen. Der ist morgen in Mexiko. Dann fährt irgendein Señor dort mit einem neuen Amischlitten herum. Sie sehen Ihr Auto nie wieder, außer Sie machen dort unten Urlaub, und er überfährt Sie damit.«

Dann lachte der Kerl laut, und James Penney wäre am liebsten auf der Stelle ausgestiegen, aber die Sonne brannte heiß, und er war ein praktisch veranlagter Mensch. Also blieb er schweigend sitzen und stieg auf dem Parkplatz der Polizeistation aus. Der Buick brauste davon und ließ ihn allein zurück.

In der kleinen Polizeistation herrschte reger Betrieb. Er musste sich anstellen, hatte fünf Leute vor sich. Hinter der Theke befand sich nur ein Polizeibeamter, der Anzeigen aufnahm, sehr langsam schrieb und alles zweimal abfragte. Penney hatte das Gefühl, jede Minute sei kostbar. Er glaubte zu sehen, wie sein Firebird in Richtung Grenze raste. Vielleicht konnte dieser Kerl über Funk veranlassen, dass der Wagen aufgehalten wurde. Penney trat ungeduldig von einem Fuß auf den anderen. Schaute sich wild um. An einer Pinnwand hinter dem Kopf des Uniformierten hingen alle möglichen Nachrichten. Unscharfe Fotokopien von Fernschreiben und Faxen. Darunter auch Fahndungsaufrufe. Jede Menge Zeug. Sein Blick glitt geistesabwesend über sie hinweg.

Dann ein Schock: Sein eigenes Konterfei starrte ihn an. Von dem Foto auf seinem Führerschein, schwarz-weiß fotokopiert, vergrößert, körnig. Darunter in großen Lettern sein Name. JAMES PENNEY. Aus Laney, Kalifornien. Eine Beschreibung seines Wagens. Roter Firebird. Dazu das Kennzeichen. James Penney. Gesucht wegen Brandstiftung und Sachbeschädigung. Er starrte auf den Fahndungsaufruf, der größer und größer zu werden schien. Bald sah ihn sein Gesicht in Lebensgröße an, als blickte er in einen Spiegel. James Penney. Brandstiftung. Sachbeschädigung. Zur Fahndung ausgeschrieben. Die Frau vor ihm war fertig, und er machte einen Schritt auf die Theke zu. Der Sergeant vom Dienst schaute zu ihm auf.

»Was kann ich für Sie tun, Sir?«, sagte er.

Penney schüttelte den Kopf. Er wich nach links aus und verließ die Station. Trat ruhig in die helle Morgensonne hinaus und rannte dann wie ein Verrückter zurück nach Norden. Er schaffte ungefähr hundert Meter, bis er wegen der Hitze nur noch keuchend vorankam. Einem Instinkt folgend verließ er die Straße und ging in einem Birkenwäldchen in Deckung. Er brach durchs Unterholz, bis er außer Sicht war, sackte dann in sitzender Position zusammen: mit dem Rücken an einem Baumstamm lehnend, die Beine gerade vor sich ausgestreckt, die Atmung keuchend, beide Hände an den Kopf gepresst, als versuchte er, ihn am Platzen zu hindern.

Brandstiftung und Sachbeschädigung. Er wusste, was diese Wörter bedeuteten. Aber er konnte sie nicht mit dem vereinbaren, was er tatsächlich getan hatte. Er hatte sein verdammtes eigenes Haus angezündet. Als würde er seinen Müll verbrennen. Das war sein gutes Recht. Wie konnte das Brandstiftung sein? Ein Kerl beschließt, das eigene Haus abzufackeln, warum sollte das ein Verbrechen sein? Dies war ein freies Land, richtig? Außerdem konnte er alles erklären: Er war eben wütend gewesen. Penney lehnte zusammengesunken an seinem Baumstamm und atmete erleichtert auf.

Aber nur einen Augenblick lang, denn nun fing er an, über Rechtsanwälte nachzudenken. Mit denen kannte er sich aus. Seine Scheidung hatte ihn ein Vermögen an Anwaltsrechnungen gekostet. Er wusste, wie Anwälte tickten. Anwälte waren das Problem. Selbst wenn es keine Brandstiftung gewesen war, würde es Unsummen kosten, das zu beweisen. Es würde über Jahre hinweg einen ständigen Strom an Geld erfordern, das er nicht hatte und nie haben würde. Auf der harten, trockenen Erde hockend wurde ihm klar, dass er absolut alles, was er auf dieser Welt besaß, in diesem Augenblick am Leib trug. Ein Paar Schuhe, ein Paar Socken, Boxershorts, Jeans, Baumwollhemd, Lederjacke. Und seine volle Geldbörse, die er jetzt mit der Hand berührte. Sechs Wochenlöhne minus seine gestrigen Ausgaben. Dafür konnte er einen Anwalt vielleicht sechs Stunden für sich arbeiten lassen. In dieser Zeit würde der Mann sich wohl seinen Namen und seine Adresse und auch sein Geburtsdatum notieren. Seine Sozialversicherungsnummer würde weitere sechs erfordern. Die Schilderung seines Problems? Ein dritter

Sechsstundenblock. Oder ein vierter. Das waren James Penneys Erfahrungen mit Anwälten.

Er rappelte sich auf. Nach dem ungewohnten Spurt brannten seine Beinmuskeln von Milchsäure. Sein Herz hämmerte. Er lehnte sich an die Birke und atmete tief durch. Schluckte mehrmals und kehrte durchs Unterholz auf die Straße zurück. Marschierte nach Norden weiter. Eine halbe Stunde mit den Händen in den Hosentaschen, ungefähr eindreiviertel Meilen, bis seine Muskeln sich erholten und seine Atmung ruhiger wurde. Er begann die Dinge klarer zu sehen. Er begann zu verstehen. Er begann die Wirkung von Schlagwörtern zu begreifen. Er war ein realistischer Mensch, der sich nie selbst belog. Er war ein Brandstifter, weil sie das sagten. Die zornige Phase war vorüber. Jetzt ging es darum, vernünftige Entscheidungen zu treffen, eine nach der anderen. Die Missverständnisse aufzuklären konnte er sich finanziell nicht leisten. Also musste er außerhalb ihrer Reichweite bleiben. Das war seine erste Entscheidung. Das war der Ausgangspunkt. Das war seine zukünftige Strategie. Daraus würden sich weitere Entscheidungen ergeben. Die waren dann taktisch.

Aufgespürt werden konnte er auf dreifache Weise: durch seinen Namen, sein Gesicht oder sein Auto. Er verließ nochmals die Straße und tauchte im nächsten Wäldchen unter. Nach etwa zwanzig Metern scharrte er eine flache Mulde in den Waldboden. Er zog alles aus seiner Geldbörse, was seinen Namen trug, legte es in die Mulde und bedeckte es mit Erde, die er festtrampelte. Dann angelte er die Schlüssel seines geliebten Firebirds aus der Hosentasche und warf sie weit in den Wald hinein. Er sah nicht, wo sie landeten.

Das Auto selbst war weg. Das fand er zunächst einmal gut. Aber es hatte eine Fährte hinterlassen. Es konnte in Mojave vor der Bank oder an mehreren Tankstellen gesehen worden sein. Und sein Kennzeichen stand seit dem Vorabend im Gästebuch des Motels. Neben seinem Namen. Eine Fährte, die in übersichtlichen kleinen Schritten durch Kalifornien nach Norden führte.

Er erinnerte sich an seine Ausbildung in Vietnam. Er erinnerte sich an die Tricks. Wollte man sein Schützenloch nach Osten verlassen, bewegte man sich erst einmal nach Westen. Fünfzig, hundert Meter weit, wobei man gelegentlich auf einen Zweig trat oder einen Busch streifte, bis man Charlie davon überzeugt hatte, man sei so leise wie möglich, aber eben nicht leise genug auf dem Weg nach Westen. Dann kehrte man um, kam lautlos zurück, passierte seinen Ausgangspunkt und war fort. Das hatte er ein Dutzend Male praktiziert. Ursprünglich war er nach Norden unterwegs gewesen, vielleicht nach Oregon. Diesen Plan hatte er ein paar Stunden lang befolgt. Der rote Firebird hatte eine bescheidene Spur nach Norden hinterlassen. Deshalb würde er sich jetzt nach Süden wenden und eine Weile verschwinden. Er kehrte aus dem Wald auf die Straße zurück und marschierte in die Richtung, aus der er gekommen war.

Sein Gesicht konnte er nicht verändern. Das prangte jetzt auf allen Steckbriefen. Er dachte daran, wie es ihn auf der Polizeistation angestarrt hatte. Der pedantische Seitenscheitel, die eingesunkenen Wangen. Penney fuhr sich mit beiden Händen durchs Haar, bis es ohne Scheitel nach allen Seiten strubbelig abstand. Er rieb sich seinen Eintagebart und beschloss, sich einen Vollbart wachsen zu lassen. Ihm blieb gar keine andere Wahl: Er hatte keinen Rasierer und wollte kein Geld für einen neuen ausgeben. Mit dem hoch aufragenden Excelsior Mountain rechts neben sich marschierte Penney auf dem staubigen Bankett nach Süden weiter. Dann erreichte er die Abzweigung nach Westen über den Tioga-Pass, wo der Mount Dann noch höher aufragte, in Richtung San Francisco. Dort machte er halt, um nachzudenken. Die Straße nach Süden führte fast wieder nach Mojave zurück. Dort wäre er der alten Heimat zu nahe. Viel zu nahe. Eine höchst unbehagliche Vorstellung. Also fasste er einen neuen Entschluss: Er wollte nach Westen zur Küste, um sich dort zu entscheiden.

Penney marschierte dreißig Meter weit nach Westen, baute sich dann am Straßenrand auf und reckte den Daumen hoch. Als praktisch veranlagter Mann wusste er, dass er zu Fuß nicht weit kommen würde. Er musste per Anhalter fahren, sich immer wieder anonym von Unbekannten mitnehmen lassen. Aus taktischen Gründen beschloss er, nicht zu versuchen, von ehrbaren Bürgern mitgenommen zu werden. Von niemandem, der so aussah, als könnte er sich später an ihn erinnern. Er musste lernen, wie ein Mann auf der Flucht zu denken. Eine ganz neue Erfahrung.

Vierzig Minuten später gestand er sich ironisch grinsend ein, dass er sich wegen der ehrbaren Bürger keine Sorgen zu machen brauchte. Die mieden ihn von sich aus. Er stand mit nach oben gerecktem Daumen da – ohne Gepäck, wild zerzaustes Haar, unrasiert, bis zu den Knien staubig –, und ein Auto nach dem anderen passierte ihn, ohne langsamer zu werden. Ein kurzer Blick genügte, dann fuhr jeder weiter, als existierte er überhaupt nicht. Die Sonne überschritt ihren Zenit, und als es Nachmittag wurde, begann er sich Sorgen zu machen, ob ihn jemals einer mitnehmen würde. Er war hungrig und durstig und verletzlich. Genau in der Mitte der riesenhaftesten und menschenfeindlichsten Landschaft, die er je gesehen hatte, allein und zu Fuß unterwegs.

Die Rettung nahte in Form eines undefinierbar sandfarbenen Jeeps, schmutzig und verbeult, mit offenem Verdeck. Am Steuer ein Kerl von ungefähr vierzig Jahren. Langes, grau meliertes Haar, schmuddeliges Batikhemd, irgendeine Art Althippie. Der Jeep wurde langsamer, pflügte durch den Staub und hielt exakt neben Penney. Sein Fahrer beugte sich nach rechts und musste fast schreien, um den Klang des defekten Auspuffs zu übertönen.

»Ich fahre nach Sacramento, mein Freund«, sagte er. »Aber wenn Sie nach Frisco wollen, kann ich Sie in Stockton absetzen.«

Penney schüttelte nachdrücklich den Kopf.

»Sacramento wäre klasse!«, entgegnete er ebenso laut. »Danke vielmals.«

Er umfasste mit der rechten Hand den Rahmen der Frontscheibe, legte seine Linke oben auf die Sitzlehne und schwang sich in den Jeep, wie er's in Vietnam tausendmal gemacht hatte.

»Lehnen Sie sich einfach zurück, und genießen Sie die Aussicht, mein Freund«, erklärte der Fahrer laut. »Reden kann man in dieser alten Kiste nicht. Zu laut, Sie wissen, was ich meine.«

James Penney nickte ihm dankbar zu. Der Althippie gab Gas, ließ die Kupplung kommen und röhrte die Straße entlang los.

Das Büro des Gerichtsarztes im Laney County war genau das: nur ein Büro, noch dazu ziemlich schlicht eingerichtet. Dort gab es keinen Platz für die Untersuchung einer Leiche, außer Kolek wollte seinen Schreibtisch abräumen und den verkohlten, mit den Stahlfedern verschmolzenen Klumpen darauf sezieren. Deshalb war er mit dem Leichensack zu der Einrichtung im Norden von Los Angeles gefahren, die das County mitbenutzte. In dieser modernen Leichenhalle herrschte immer viel Betrieb, weil es nicht nur für eine beträchtliche Anzahl von Unglücklichen aus dem eigenen Einzugsbereich zuständig war, sondern auch von den umliegenden kleinen Countys frequentiert wurde.

Deshalb musste Kolak den Sack im Kühlraum lassen und sich für den ersten freien Besuchertermin am Spätnachmittag eintragen. Man gestand ihm nur eine halbe Stunde Zeit zu, aber er ging davon aus, dass diese ausreichen würde. Schließlich stand Penneys Todesursache außer Frage. Es handelte sich nur noch um eine routinemäßige Identifizierung anhand des Zahnschemas.

James Penney stieg auf der von Süden nach Sacramento hineinführenden Verkehrsader aus dem Jeep des alten Hippies: vom Wind zerzaust, müde, vom Lärm halb taub. Er stand am Straßenrand, winkte und sah dem Kerl nach, als er mit im Fahrtwind wehender grauer Mähne davonfuhr. Dann schaute er sich in der plötzlichen Stille um und versuchte, sich zu orientieren. Entlang der gesamten mehrspurigen Straße sah er einen Wald aus Schildern in grellen Farben und Neonreklamen von Motels – Klima, Pool, Kabel –, Schnellimbissen, Restaurants jeglicher Art, Supermärkten und Geschäften für Autoersatzteile. In dieser Umgebung konnte ein Kerl bestimmt abtauchen, gar kein Problem. Massenhaft Motels, eines neben dem anderen, alles Konkurrenten, die mit den niedrigsten Zimmerpreisen der Stadt warben. Er ging ein kleines Stück weiter, bis er drei vor sich hatte, und beschloss, das mittlere zu nehmen. Dort würde er sich einigeln und einen Plan machen.

Aber dann erinnerte er sich an einen Trick, den er mal in einem Reiseführer gelesen hatte: spät einchecken und einen noch besseren Preis aushandeln. Gegen Abend würde das Motel scharf darauf sein, ein weiteres Zimmer zu vermieten. Schließlich war eine kleine Einnahme besser als gar keine, richtig? Das war die in dem Reiseführer vorgestellte Theorie. Penney hatte sie noch nie ausprobiert, aber dies schien ihm der richtige Zeitpunkt dafür zu sein. Also zog er zunächst los, um ein spätes Mittagessen oder ein frühes Abendessen zu sich zu nehmen. Er wählte ein Lokal einer Burger-Kette, die er noch nicht kannte, suchte sich einen Platz am Fenster und beobachtete ohne sonderliches Interesse den draußen vorbeifließenden Verkehr. Als die Bedienung kam, bestellte er einen Cheeseburger und zwei Cokes. Vom Straßenstaub fühlte er sich wie ausgedörrt.

Der vierzigjährige Althippie mit den grau melierten langen Haaren fuhr in die Innenstadt weiter und parkte seinen schmutzigen, verbeulten Jeep an einem Hydranten vor der Zentrale des Sacramento Police Departments. Er zog den Zündschlüssel ab und stieg aus. Reckte und streckte sich in der warmen Nachmittagssonne, bevor er in dem Gebäude verschwand.

Die Außenstelle Sacramento der Drug Enforcement Administration war in Büroräumen untergebracht, die sie von der Polizei gemietet hatte. Der einzige Zugang führte durch die Precinct Hall mit den Sergeanten vom Dienst. DEA-Agenten mussten sich dort ein- und austragen. Sie erhielten Dienstausweise, die sie beim Verlassen des Gebäudes wieder abzugeben hatten: Das hatte zwei Gründe. Weil sie oft wie Kriminelle aussahen, sorgten die Dienstausweise innerhalb der Zentrale für Klarheit. Und weil sie verdeckt ermittelten, durfte es nicht passieren, dass sich versehentlich ein Dienstausweis in ihrer Tasche befand. Das konnte schlimme Folgen haben, wenn neue Freunde in der Szene auf einer Leibesvisitation bestanden. Deshalb galt die strikte Vorschrift, dass Dienstausweise im Gebäude blieben, wenn die Agenten sie nicht im Haus umgehängt trugen.

Der vierzigjährige Hippie stellte sich an, um sich einzutragen und seinen Dienstausweis in Empfang zu nehmen. Er stand hinter zwei Uniformierten mit irgendeinem Kerl in Handschellen. Während er wartete, las er die Bulletins an der Pinnwand hinter dem wachhabenden Sergeant. Erhöhte Waldbrandgefahr. Zwei Kinder vermisst. Dann starrte ihn ein Gesicht an. Ein fernschriftlich verbreiteter Fahndungsaufruf. James Penney. Laney, Kalifornien. Brandstiftung und Sachbeschädigung.

»Scheiße«, sagte er. Laut.

Der Sergeant vom Dienst und die Cops mit dem Kerl in Handschellen sahen ihn fragend an.

»Dieser Kerl«, sagte er. »James Penney. Den hab ich vorhin aus den Bergen bis hierher mitgenommen.«

Der Sheriff in Laney nahm den Anruf aus Sacramento entgegen. Er war eben dabei, die Fälle des Vortags abzuschließen. Die Trunkenheitsfahrten, die eingeworfenen Scheiben, die zertrümmerte Frontscheibe, lauter Kleinkram. Die Akte Penney lag schon im Ausgangsfach, wartete nur noch auf Koleks abschließende Identifizierung.

»Penney?«, fragte er den Wachhabenden in Sacramento. »Nein, der ist tot. Letzte Nacht auf der Straße nach Vegas verunglückt und verbrannt.«

Damit legte er auf. Aber als vorsichtiger, gewissenhafter Mensch suchte er die Nummer der Leichenhalle in L.A. heraus. Als er eben nach dem Hörer greifen wollte, klingelte sein Telefon erneut. Der Anrufer war Kolek, der am Seziertisch stehend mit seinem Handy telefonierte.

»Was?«, fragte der Sheriff, obwohl Koleks Tonfall ihm das schon sagte.

»Zwei Hauptprobleme«, erklärte Kolek. »Die Zähne passen nicht mal andeutungsweise, Penney hatte eine Brücke im Unterkiefer. Ein billiges Teil. Dies sind echte Zähne.«

»Und?«, fragte der Sheriff. »Was noch?«

»Das hier ist eine Frau«, sagte Kolek.

In Sacramento hatte Penney gerade seine Mahlzeit in dem Schnellrestaurant beendet, als er die vier Streifenwagen eintreffen sah. Er hatte einen Dollar Trinkgeld für die Bedienung auf den Tisch gelegt und wollte aufstehen, um zu gehen. Tatsächlich saß er schon nicht mehr auf dem klebrigen Kunstleder, sondern war im Begriff, aus der Sitznische zu rutschen, als er sie entdeckte. Vier Streifenwagen, die einander überlappend die Motels kontrollierten. Die Cops gingen mit irgendwelchen Papieren in der Hand hinein, kamen wieder heraus und fuhren vier Motels weiter. Er beobachtete, wie sie sich nach Süden vorarbeiteten und anschließend verschwanden. Dann stand er auf und verließ das Lokal. Schlug den Kragen seiner Lederjacke hoch und marschierte nach Norden davon, nicht schnell, nicht langsam, aber mit fast angehaltenem Atem.

Der Sheriff in Laney telefonierte. Er hatte Penney zu seiner Bank zurückverfolgt und wusste von seiner gestrigen großen Abhebung. Hatte sich die Straße von Langley nach Mojave auf der Karte angesehen und richtig erraten, dass die Fluchtroute den Mount Whitney entlang nach Norden führen würde. Er rief eine Tankstelle nach der anderen an und arbeitete sich im Telefonbuch nach Norden vor, bis er einen Tankwart fand, der sich an den Fahrer eines roten Firebirds erinnern konnte, der ein dickes Bündel Scheine in der Tasche gehabt hatte.

Dann stellte er Überlegungen an, jonglierte mit Zeit, Geschwindigkeit und Strecke und fing an, die nicht sehr vielen Motels in dem Gebiet anzurufen, das Penney vermutlich bis zum Abend erreicht haben würde. Gleich der zweite Anruf war ein Treffer: das Pine Park Holiday Motel droben am Yosemite. Dort hatte Penney sich kurz vor einundzwanzig Uhr ein Zimmer genommen, sodass er mit Namen und Autokennzeichen im Gästebuch stand.

Darüber hinaus gab es keine weiteren Informationen. Der Sheriff rief die nächste Polizeidienststelle zehn Meilen südlich des Motels an. Kein Firebird als gestohlen gemeldet. Auch kein anderes Fahrzeug. Keine Autodiebin in der näheren Umgebung bekannt. Also rief der Sheriff die GM-Vertretung in Mojave an und erkundigte sich, wie viel ein achtzehn Monate alter Firebird, gepflegt, geringe Laufleistung, wert war. Diesen Betrag addierte er zu der Barabhebung von der Bank. Penney hatte sich im Motel mit der später verunglückten Frau getroffen und ihr sein Auto verkauft, sodass er jetzt mit fast fünfzehntausend Dollar in der Hosentasche auf der Flucht war. Ein Haufen Geld. Der Rest lag auf der Hand: Penney hatte sorgfältig geplant, sich auf alle Eventualitäten vorbereitet.

Der Sheriff blätterte wieder in seinem Autoatlas. Dass man Penney in Sacramento gesehen hatte, war reiner Zufall gewesen. Also wurde es jetzt Zeit, ihn zu nutzen. Dort würde er nicht bleiben wollen. Zu klein, die Hauptstadt Kaliforniens, zu viel Polizei. Also würde er weiterziehen. Vermutlich in die Wildnis von Oregon oder des Staates Washington. Oder nach Idaho oder Montana. Aber nicht mit dem Flugzeug. Wer in Kalifornien versuchte, ein Flugticket bar zu bezahlen, provozierte damit seine Festnahme als Dealer. Folglich würde er eine Straße benutzen müssen. Aber Sacramento lag zwischen dem Pazifik auf der einen Seite und hohen Bergen auf der anderen eingezwängt. Im Prinzip gab es nur sechs aus der Stadt hinausführende Straßen, das war alles. Also würden sechs Straßensperren genügen, vielleicht zehn Meilen außerhalb der Stadtgrenzen, damit die Pendler nicht unnötig behindert wurden. Der Sheriff nickte befriedigt und griff nach dem Telefonhörer, um die Highway Police anzurufen.

In der Abenddämmerung begann es in Sacramento zu regnen. Stetiger, auf die Dauer ergiebiger Nieselregen, Nordkalifornien, zwischen Bergen, ganz anders als das Klima, das Penney gewohnt war. Er hatte sich in seine Jacke verkrochen, hielt den Kopf gesenkt und überlegte, ob er's riskieren durfte, ein Auto anzuhalten. Die von einem Motel zum anderen fahrenden Streifenwagen waren ein Schock gewesen. Er war müde, demoralisiert und einsam. Und durchnässt. Und auffällig. In Kalifornien ging kein Mensch zu Fuß. Bei einem zufälligen Blick über die Schulter sah er eine Limousine, einen mattolivgrünen Chevrolet, die hinter ihm langsamer wurde. Der Wagen hielt neben ihm, und ein langer Arm wurde nach rechts ausgestreckt, um die Beifahrertür zu öffnen. Die Deckenleuchte flammte auf und ließ den nassen Asphalt glänzen.

»Wollen Sie mitfahren?«, fragte der Fahrer.

Penney beugte sich hinunter, um in den Wagen schauen zu können. Der Fahrer war ein auffällig großer Typ, ungefähr dreißig, muskulös, mit dem Körper eines Mannes, der regelmäßig mit Hanteln trainierte. Kurzes blondes Haar, kantiges, offenes Gesicht. Er trug Uniform. Eine Army-Uniform. Penney erkannte die Rangabzeichen und wusste: ein Captain der Militärpolizei! Er warf einen Blick auf den mattolivgrünen Lack des Wagens und entdeckte eine Seriennummer in weißer Schablonenschrift auf der Tür.

»Ich weiß nicht«, antwortete er.

»Steigen Sie ein«, forderte der Fahrer ihn auf. »Ein Veteran wie Sie ist zu schlau, um im Regen zu marschieren, richtig?«

Penney glitt auf den Sitz. Schloss die Tür.

»Wie kommen Sie darauf, dass ich ein Veteran bin?«, fragte er.

»Das zeigt Ihr Gang«, sagte der Fahrer. »Und Ihr Alter – und Ihr Aussehen. Ein Mann in Ihrem Alter, der wie Sie aussieht und im Regen marschiert, hat sich nicht vor dem Wehrdienst gedrückt, um zu studieren, das steht verdammt fest.«

Penney nickte.

»Nein, das hab ich nicht getan«, sagte er. »Ich hab vor siebzehn Jahren im Dschungel gekämpft.«

»Dann lassen Sie sich von mir mitnehmen«, erklärte der Fahrer. »Als Gefallen, den ein Soldat einem anderen tut. Betrachten Sie's als Beihilfe für einen Veteranen.«

»Okay«, sagte Penney.

»Wohin sind Sie unterwegs?«, erkundigte sich der Fahrer.

»Weiß ich nicht«, entgegnete Penney. »Nach Norden, denk ich.«

»Okay, dann nach Norden«, sagte der Fahrer. »Ich bin Jack Reacher. Freut mich, Sie kennenzulernen.«

Penney schwieg.

»Haben Sie einen Namen?«, wollte der Kerl namens Reacher wissen.

Penney zögerte.

»Weiß ich nicht«, sagte er.

Reacher stellte den Wahlhebel auf D und sah in seinen Außenspiegel. Ordnete sich wieder in den Verkehr ein. Betätigte die Türverriegelung.

»Was haben Sie getan?«, fragte er.

»Getan?«, wiederholte Penney.

»Sie sind auf der Flucht«, sagte Reacher. »Raus aus der Stadt, im Regen unterwegs, Kopf gesenkt, kein Gepäck, wissen Ihren

Namen nicht. Ich habe schon viele Männer auf der Flucht gesehen, und Sie sind einer davon.«

»Wollen Sie mich der Polizei übergeben?«

»Ich bin Militärpolizist«, sagte Reacher. »Haben Sie etwas angestellt, das der Army schadet?«

»Der Army?«, fragte Penney. »Nein, ich war ein guter Soldat.«

»Wieso sollte ich Sie also der Polizei übergeben?«

Penney wirkte verständnislos.

»Weiß ich nicht«, sagte er.

»Was haben Sie den Zivilisten getan?«, fragte Reacher.

»Sie übergeben mich der Polizei«, sagte Penney hilflos.

Reacher zuckte mit den Schultern.

»Kommt darauf an«, meinte er. »Was haben Sie getan?«

Penney schwieg. Reacher drehte den Kopf zur Seite und musterte ihn prüfend. Ein langer, durchdringender, fast hypnotischer Blick, während der Chevrolet beinahe hundert Meter zurücklegte.

»Was haben Sie getan?«, fragte er noch mal.

Penney konnte nicht wegsehen. Er atmete tief durch.

»Ich hab mein Haus in Brand gesteckt«, antwortete er. »In der Nähe von Mojave. Ich hab siebzehn Jahre lang gearbeitet, aber gestern bin ich rausgeschmissen worden und war wütend, weil sie mir das Auto wegnehmen würden. Also hab ich mein Haus angezündet. Die Polizei nennt das vorsätzliche Brandstiftung.«

»Bei Mojave?«, fragte Reacher. »Leicht verständlich. Dort unten mögen sie keine Brände.«

Penney nickte. »Das hätte ich mir besser überlegen sollen. Aber ich war echt wütend. Siebzehn Jahre – und plötzlich bin ich Scheiße an ihrem Schuh. Und mein Firebird ist mir auch geklaut worden, gleich in der ersten Nacht.«

»Hier gibt's überall Straßensperren«, erklärte Reacher. »Ich bin südlich der Stadt durch eine gekommen.«

»Sie glauben, dass die meinetwegen eingerichtet sind?«, fragte Penney.

»Schon möglich«, sagte Reacher. »Dort unten mögen sie keine Brände.«

»Übergeben Sie mich der Polizei?«

Reacher musterte ihn erneut, durchdringend und wortlos.

»War das alles, was Sie getan haben?«

Penney nickte. »Ja, Sir, das war alles.«

Danach herrschte kurzes Schweigen. Der einzige Laut war das Abrollgeräusch der Reifen auf dem nassen Asphalt.

»Nun, damit habe ich kein Problem«, sagte Reacher. »Ein Kerl kämpft im Dschungel, arbeitet siebzehn Jahre und wird rausgeschmissen … da darf er schon mal ein bisschen ausrasten, finde ich.«

»Was soll ich also machen?«

»Haben Sie familiäre Bindungen?«

»Geschieden, keine Kinder.«

»Fangen Sie anderswo neu an.«

»Aber sie finden mich«, sagte Penney.

»Sie haben schon daran gedacht, einen anderen Namen anzunehmen?«, fragte Reacher.

Penney nickte.

»Ich hab all meine Papiere entsorgt«, sagte er. »Im Wald vergraben.«

»Dann müssen Sie sich eine neue Identität zulegen. Besorgen Sie sich neue Ausweise. Nur die sind wichtig. Ein paar Stücke Papier.«

»Aber wie?«

Reacher schwieg einige Sekunden lang. Dachte nach.

»Ganz einfach«, sagte er dann. »Die klassische Methode besteht darin, auf einen Friedhof zu gehen, ein Kindergrab zu suchen, sich eine Kopie der Geburtsurkunde zu beschaffen und von dort aus weiterzumachen. Sobald man Sozialversicherungsnummer, Reisepass und Kreditkarten hat, ist man ein neuer Mensch.«

Penney zuckte mit den Schultern. »Das schaffe ich nie. Zu schwierig. Und mir bleibt keine Zeit. Wenn Sie recht haben, kommen wir demnächst an eine Straßensperre. Wie soll ich das ganze Zeug zusammenkriegen, bevor wir sie erreichen?«

»Es gibt noch andere Methoden«, meinte Reacher.

»Fälschungen?«

Reacher schüttelte den Kopf. »Untauglich. Fälschungen fliegen früher oder später auf.«

»Wie also?«

»Sie müssen einen Kerl finden, der sich gefälschte Papiere beschafft hat, und sie ihm wegnehmen.«

Nun schüttelte Penney den Kopf. »Sind Sie übergeschnappt? Wie soll das gehen?«

»Vielleicht ist das gar nicht nötig. Vielleicht habe ich Ihnen die Arbeit schon abgenommen.«

»Sie besitzen falsche Papiere?«

»Nicht ich«, entgegnete Reacher. »Der Kerl, nach dem ich gefahndet habe.«

»Welcher Kerl?«

Reacher lenkte mit einer Hand und zog ein mehrfach gestempeltes, amtlich aussehendes Schriftstück aus der Innentasche seiner Jacke.

»Haftbefehl«, sagte er. »Ein Verbindungsoffizier der Army bei einem Rüstungsbetrieb außerhalb von Fresno scheint Geheimunterlagen verkauft zu haben. Wie sich herausstellte, besitzt er drei komplette Identitäten, alle perfekt, alle ab der Grundschule lückenlos. Vermutlich aus sowjetischer Produktion, was bedeutet, dass sie jeder Prüfung standhalten. Ich bin auf der Rückfahrt von einem Gespräch mit ihm. Auch er war auf der Flucht – schon mit seinen zweiten Papieren. Ich habe sie ihm abgenommen. Sie sind clean. Sie sind im Kofferraum, in der Geldbörse in seinem Jackett.«

Vor ihnen stockte der Verkehr. Durch die leicht beschlagene Frontscheibe war ein rotes Leuchten zu erkennen. Dazwischen blaues Blinklicht. Und die grellweißen Lichtstrahlen starker Stablampen.

»Da ist die Straßensperre«, sagte Reacher.

»Kann ich also die Papiere dieses Mannes benutzen«, fragte Penney drängend.

»Klar doch«, antwortete Reacher. »Steigen Sie aus und holen Sie sie sich. Bringen Sie die Geldbörse aus der Jacke mit.«

Er bremste, hielt auf dem Straßenbankett. Penney stieg aus, verschwand nach hinten und öffnete den Kofferraum. Als er eine Weile später zurückkam, war er auffällig blass um die Kiemen.

»Haben Sie sie?«, fragte Reacher.

Penney nickte wortlos. Hielt die Geldbörse hoch.

»Alles drin«, sagte Reacher. »Ich habe nachgesehen. Alles, was der Mensch braucht.«

Penney nickte erneut.

»Dann stecken Sie sie ein«, forderte Reacher ihn auf.

Penney schob die Geldbörse in die Innentasche seiner Lederjacke. Reacher hob die rechte Hand, in der er eine Pistole hielt. In seiner Linken hatte er matt glänzende Handschellen.

»Keine Bewegung«, sagte er ruhig.

Er beugte sich nach rechts, um Penney einhändig die Handschellen anzulegen. Stellte den Wählhebel auf D und kroch weiter.

»Was soll das?«, fragte Penney.

»Still«, sagte Reacher.

Sie waren noch zwei Wagenlängen von dem Kontrollpunkt entfernt. Drei Cops der Highway Patrol in Ponchos dirigierten den Verkehr in eine aus Streifenwagen gebildete Gasse. Rote und blaue Leuchten blinkten schmerzhaft hell.

»Was?«, fragte Penney noch mal.

Reacher gab keine Antwort. Er hielt nur, wo der Cop es wollte, und kurbelte sein Fenster herunter. Nachtluft wehte nasskalt herein. Der Cop beugte sich hinunter. Reacher reichte ihm seinen Dienstausweis. Der Mann las ihn im Licht seiner Stablampe und gab ihn zurück.

»Wer ist Ihr Beifahrer?«, fragte er.

»Mein Gefangener«, antwortete Reacher und wies den Haftbefehl vor.

»Hat er einen Ausweis?«, wollte der Cop wissen.

Reacher beugte sich hinüber und zog die Geldbörse aus Penneys Jacke – mit zwei Fingern wie ein Taschendieb. Klappte sie auf, reichte sie nach draußen. Ein zweiter Cop stand im Scheinwerferlicht von Reachers Wagen und notierte das Kennzeichen auf einem Schreibbrett. Dann gesellte er sich zu dem ersten Mann.

»Captain Reacher von der Militärpolizei«, sagte der erste Cop.

Der zweite Cop schrieb das auf.

»Mit einem Häftling namens Edward Hendricks«, sagte der erste Cop.

Der zweite Cop schrieb das auf.

»Danke, Sir«, sagte der erste Cop. »Gute Fahrt!«

Reacher fuhr langsam zwischen den Streifenwagen hindurch. Beschleunigte in den Regen hinaus. Nach einer Meile hielt er nochmals auf dem Bankett. Beugte sich hinüber und befreite Penney von den Handschellen. Steckte sie wieder ein. Penney rieb sich die Handgelenke.

»Ich dachte, Sie würden mich den Cops ausliefern«, sagte er.

Reacher schüttelte den Kopf. »Ich dachte, das sähe besser aus. Wenn ich im Besitz eines Haftbefehls bin, will ich auch einen Verhafteten im Auto haben, richtig?«

Penney nickte.

»Ja, natürlich«, bestätigte er leise.

Reacher gab ihm die Geldbörse zurück.

»Die können Sie behalten.«

»Echt?«

»Edward Hendricks«, sagte Reacher. »Der sind Sie jetzt für den Rest Ihres Lebens. Die Papiere sind in Ordnung, mit denen bekommen Sie nie Schwierigkeiten. Betrachten Sie sie als Beihilfe für einen Veteranen. Als einen Gefallen, den ein Soldat einem anderen tut.«

Edward Hendricks sah ihn an, nickte und öffnete seine Tür. Stieg aus, schlug wegen des Regens den Kragen seiner Lederjacke hoch und marschierte nach Norden davon. Reacher schaute ihm nach, bis er außer Sicht war. Dann fuhr er weiter und nahm die nächste Abzweigung nach Westen. Fuhr nördlich an einer Stadt namens Eureka vorbei und hielt erst wieder an einem einsamen Straßenstück, das unmittelbar am Meer entlangführte. Dort gab es einen mit Kies bedeckten Aussichtspunkt, ein niedriges Geländer und fünfzig Meter hohe, fast senkrechte Felsklippen, gegen deren Fuß die Brandung des Pazifiks donnerte.

Er stieg aus, öffnete den Kofferraum und packte die Aufschläge des Jacketts, von dem er dem Anhalter erzählt hatte.

Atmete tief durch und spannte die Muskeln an. Der Tote war schwer. Reacher zog ihn aus dem Kofferraum, hievte sich ihn über die Schulter und wankte damit zum Geländer. Ging leicht in die Knie, richtete sich auf und warf die Leiche über die Kante. Sie prallte auf halber Höhe gegen einen Felsvorsprung, kreiselte mit leblos rudernden Armen und Beinen in die Tiefe. Dann klatschte sie kaum hörbar in die Brandung und war verschwunden.

DAS VERHÖR

Es gibt Vorschriften und ungeschriebene Regeln, und ich lernte an meinem ersten Tag im Department beide kennen. Die ungeschriebene Regel besagte, dass neue Kriminalbeamte die unangenehmsten Jobs bekamen. Der an diesem Morgen daraus bestand, nach Vorschrift zu handeln: Die Krankenhäuser der Stadt mussten Schusswunden melden, und das Department musste ihretwegen ermitteln. Langweilige, meist erfolglose Arbeit. Aber Vorschrift war Vorschrift.

Erst recht für eine Frau in einer Männerwelt.

Also fuhr ich los.

Natürlich bekam ich den schlechtesten Wagen ohne Navi und ohne Stadtplan im Handschuhfach, aber ich fand das Krankenhaus ganz leicht. Es war ein riesiger beiger Komplex südöstlich der Innenstadt. Ich wies meine glänzende neue Plakette vor und wurde in den vierten Stock geschickt. Keine richtige Intensivstation, sagten sie, aber etwas in dieser Art. Ernsthaft genug, dass ich mein Handy ausschalten musste.

Eine Krankenschwester nahm mich in Empfang und brachte mich zu einer Ärztin, die silberne Strähnen im Haar hatte und klug und reich aussah. Sie sagte, ich sei leider vergeblich hergekommen. Der Verletzte schlafe und werde nicht so bald wieder aufwachen, weil er mit einer Spezialmischung sediert sei, die in meinen Ohren ziemlich gut klang. Aber ich war neu, ich musste einen Bericht schreiben, deshalb fragte ich nach ihrer Perspektive.

»Schusswunde«, sagte sie, als wäre ich schwer von Begriff. »Linke Brustseite, unter der Achsel, hat eine Rippe gebrochen und Muskelfasern zerrissen. Nicht sehr nett. Daher die Schmerzmittel.«

»Kaliber?«, fragte ich.

»Keine Ahnung«, antwortete sie. »Jedenfalls kein Kleinkaliber.«

Ich bat, den Patienten sehen zu dürfen.

»Sie wollen zusehen, wie er schläft?«

»Ich habe einen Bericht zu schreiben.«

Sie ließ mich nicht zu ihm, weil sie eine Infektion befürchtete, aber ich durfte einen Blick durchs Fenster in der Tür werfen. Ich sah einen Mann, der fest schlafend auf einem Krankenbett lag. Ein sehr auffälliger Typ. Kurzes zerzaustes Haar, ein Allerweltsgesicht. Er lag auf dem Rücken, die dünne Decke zurückgeschlagen. Er war von der Taille aufwärts nackt. Sein Oberkörper steckte in einem Druckverband. In den Port auf seinem Handrücken führten dünne Schläuche, und er hatte ein Messgerät am Finger. Auf seinem Monitor war eine Sinuskurve zu erkennen. Sein Herz schlug regelmäßig und kräftig. Das war zu erwarten, denn der Kerl war fast größer als das Krankenbett. Bestimmt zwei Meter groß und hundertzehn Kilo schwer. Ein Gigant. Pranken wie Bratpfannen. Ein muskelbepackter Koloss. Nicht alt. Aber auch nicht jung. Er machte einen ziemlich mitgenommenen Eindruck, hatte zahlreiche Narben. Die auf seinem Bauch sah wie ein mit groben, unbeholfenen Stichen geformter riesiger Seestern aus. In der Brust eine alte Schusswunde. Ziemlich sicher Kaliber .38. Ein bewegtes Leben. Was einen nicht umbringt, macht einen stärker.

Er schien friedlich zu schlafen.

Ich fragte: »Irgendeine Idee, was passiert ist?«

»Vermutlich nicht selbst zugefügt«, sagte die Ärztin. »Außer er ist ein Schlangenmensch.«

»Ich meine, hat er Ihnen nichts erzählt?«

»Er ist bei Bewusstsein eingeliefert worden, aber er hat kein Wort gesagt.«

Ich fragte: »Hat er sich ausweisen können?«

»Seine Sachen sind in einem Beutel«, antwortete die Ärztin. »Im Stationszimmer.«

Der Beutel war ziemlich klein. Durchsichtiger Kunststoff, Reißverschluss. Wie Fluggäste sie beim Einchecken benutzten. Ganz unten etwas Kleingeld. Ein paar Bucks in Münzen. Darüber zusammengefaltete Geldscheine. Vermutlich ein paar hundert Dollar. Vielleicht auch mehr. Das hing von der Stückelung ab. Außerdem eine Bankkarte. Ein verknitterter alter Pass. Und zuletzt eine Reisezahnbürste, die so zusammengeklappt war, dass die Borsten in einem Plastikröhrchen steckten.

»Ist das alles?«, fragte ich.

»Glauben Sie, dass wir unsere Patienten bestehlen?«

»Kann ich mir das Zeug mal ansehen?«, fragte ich.

»Sie sind der Cop«, sagte die Ärztin.

Die Bankkarte war auf J. Reacher ausgestellt und noch ein Jahr gültig. In dem vor drei Jahren abgelaufenen Pass stand der Name *Jack Reacher*. Nicht John. Also musste Jack auf seiner Geburtsurkunde gestanden haben. Kein zweiter Vorname, was in den USA ungewöhnlich war. Das Passfoto entsprach ungefähr dem Gesicht, das ich im Bett gesehen hatte. Es war dreizehn Jahre jünger, und sein Gesichtsausdruck wirkte ungeduldig, als würde er dem Fotografen die benötigte Zeit zubilligen, aber keine Sekunde länger.

Kein Führerschein, keine Kreditkarten, kein Handy.

Ich fragte: »Was hat er angehabt?«

»Billige Sachen«, sagte die Ärztin. »Wir haben sie verbrannt.«

»Warum?«

»Infektionsgefahr. Manche Stadtstreicher im Park sind besser angezogen.«

»Ist er obdachlos?«

»Er hat wie gesagt kein Wort gesprochen. Wer weiß, vielleicht ist er ein exzentrischer Milliardär?«

»Er scheint gut in Form zu sein.«

»Außer dass er dick verbunden im Krankenhaus liegt, meinen Sie?«

»Generell, meine ich.«

»Gesund wie ein Ross. Stark wie ein Pferd.«

»Wann wacht er wieder auf?«

»Vielleicht heute Abend. Ich habe ihm eine Pferdedosis gegeben.«

Obwohl meine Schicht zu Ende war, fuhr ich noch einmal zurück. Unbezahlt, aber ich war neu und wollte einen guten Eindruck machen. Eigenartigerweise lag keine Meldung über eine Schießerei vor. Es gab auch keine Gerüchte. Keine weiteren Verletzten, keine Zeugen, keine Anrufe bei der 911. Was an sich nicht ungewöhnlich war. So war die Stadt eben. Ihr Bauch führte ein Eigenleben. Wie in Vegas. Was dort ablief, blieb dort.

Ich verbrachte einige Zeit damit, die Datenbanken abzufragen. Reacher war kein häufiger Name, und ich rechnete mir aus, dass die Jack-ohne-Reacher-Kombination noch seltener sein würde. Aber es gab keine wirklichen Informationen. Oder um es anders auszudrücken: Alle Informationen waren negativ. Der Kerl hatte kein Telefon, kein Auto, kein Boot, keinen Wohnwagen, kein Kreditrating, kein Haus und keine Versicherungen. Rein gar nichts. Aus lange zurückliegender Zeit gab es Militärakten. In der Army war er bei der Militärpolizei gewesen, hauptsächlich bei der Criminal Investigation Division, ein vielfach ausgezeichneter Offizier, was in mir anfangs kameradschaftliche Gefühle weckte, bevor es anfing, mir Sorgen zu machen. Er hatte dreizehn Jahre ehrenhaft gedient, und nun war er obdachlos, war angeschossen worden und trug so billige Klamotten, dass das Krankenhaus sie hatte verbrennen müssen. Das war nichts, was man als junge Kriminalbeamtin an ihrem ersten Tag im Dienst hören wollte.

Es war schon dunkel, als ich ins Krankenhaus zurückkam, aber oben im vierten Stock traf ich den großen Kerl wach an. Weil ich seinen Namen kannte, stellte ich mich ihm fairerweise vor. Um höflich zu sein. Ich erklärte ihm, ich müsse einen Bericht schreiben, denn der sei vorgeschrieben. Ich fragte ihn, was passiert sei.

Er sagte: »Ich kann mich an nichts erinnern.«

Was plausibel war. Ein physisches Trauma kann retrograde Amnesie nach sich ziehen. Aber ich glaubte ihm nicht. Ich hatte das Gefühl, er speise mich mit einer Ausrede ab. Ich begann zu begreifen, weshalb seine Akte so dünn war. Um unter dem Radar zu bleiben, muss man hart arbeiten. Was mir ehrlich gesagt nur recht war. Man hatte mich befördert, weil ich eine gute Vernehmerin war. Und ich mochte Herausforderungen. Ein früherer Freund meinte einmal, das müsse auf meinem Grabstein stehen: *Jeder packt aus.*

Ich sagte: »Kommen Sie, helfen Sie mir ein bisschen.«

Er erwiderte meinen Blick mit klaren blauen Augen. Woraus der Schmerzmittelcocktail, den er bekam, auch bestehen mochte – seine Denkfähigkeit beeinträchtigte er offenbar nicht. Sein Blick war sorglos und freundlich, aber auch ausdruckslos und gefährlich, klug und primitiv. Ich hatte das Gefühl, er kenne hundert Möglichkeiten, mir zu helfen, und hundert Methoden, mich zu liquidieren.

Ich sagte: »Ich bin neu in diesem Job. Heute ist mein erster Tag. Wenn ich nicht liefere, krieg ich einen Tritt in den Hintern.«

»Was schade wäre«, sagte er. »Weil's ein sehr hübscher Hintern ist.«

Dafür wäre er im Department zu einem Antisexismusseminar verdonnert worden, aber ich durfte keinen Anstoß nehmen. Er lag verletzt und hilflos da, war halb nackt und verströmte einen gewissen Charme.

»Sie waren ein Cop«, sagte ich. »Das weiß ich aus Ihrer Akte. Sie haben in einem Team gearbeitet. Haben Sie mal jemandem den Arsch gerettet?«

»Gelegentlich«, sagte er.

»Gut, dann retten Sie jetzt meinen.«

Er schwieg.

»Wie hat alles angefangen?«

»Es ist spät«, sagte er. »Haben Sie kein Zuhause, das auf Sie wartet?«

»Haben Sie eines?«

Er gab keine Antwort.

»Wie hat alles angefangen?«, fragte ich nochmals.

Er seufzte, atmete tief durch, was schmerzhaft sein musste, und sagte, es habe angefangen, wie solche Dinge meist anfingen. Indem sie eigentlich gar nicht anfingen. Er sagte, in den meisten Bars gehe es ruhig und friedlich zu. Er sagte, in den meisten passiere nie etwas.

Ich fragte ihn, wie er das meine.

Er sagte, in Groß- und Kleinstädten mache er sein Ding, ohne irgendwie aufzufallen. Er aß seine Mahlzeiten, schlief, duschte und wechselte seine Kleidung und sah, was er sah. Manchmal hatte er Glück und konnte sich eine Stunde lang unterhalten. Manchmal hatte er Glück und fand eine Gefährtin für eine Nacht. Aber meistens passierte nichts. Er sagte, er führe ein ruhiges Leben. Er sagte, zwischen Tagen zum Vergessen lägen oft Monate.

Aber falls etwas passierte, hatte es immer mit Leuten zu tun. Im Allgemeinen mit Leuten in Bars oder Diners oder Restaurants. Lokale, die Speisen und Getränke servieren, in denen eine gewisse Art Gemeinschaft erwartet wird und wo Essen und Trinken den Leuten einen Grund dafür liefert, nichts zu reden.

Weil niemals jemand etwas sagt. Stattdessen begnügen sie sich mit Blicken. Es ging immer um Blicke. Genauer gesagt ums Wegsehen. Es kann einen Kerl geben, den die Leute geflissentlich ignorieren. Vielleicht allein an der Bar oder allein in einer Diner-Sitznische oder an einem Tisch im Restaurant. Die Leute meiden ihn teilweise, aber vor allem fürchten sie ihn. Sie ahnen, dass er eine Art Rowdy ist. Unbeliebt, aber dessen ist er sich bewusst. Er weiß, dass die Leute in seiner Nähe schweigen, und er weiß, dass sie wegsehen, und er genießt das. Er liebt dieses Gefühl der Macht.

»Hat es so angefangen?«, fragte ich. »Gestern?«

Reacher nickte. In einer Bar hatte ein Kerl gesessen. Reacher kannte die Bar nicht. Er gehörte nicht zu den Stammgästen. Er war den ganzen Tag mit dem Greyhound unterwegs gewesen und am Busbahnhof zwei Blocks von der First Street entfernt ausgestiegen. Er war hinübergegangen und hatte die Bar gefunden. Nicht weiter schwierig. Eine Bar so nahe am Busbahnhof konnte möglicherweise die einzige der Stadt sein. Er war hineingegangen und hatte sich an einen der kleinen Tische gesetzt, an denen bedient wurde. Er wollte sich nicht an die Theke stellen. Er wollte dem Barkeeper nicht persönlich gegenüberstehen. Er hatte keine Lust auf witzig gemeinte Konversation.

Ich sagte: »Halt, gehen wir noch mal kurz zurück. Sie sind mit dem Greyhound-Bus angekommen?«

Er nickte. Das hatte er mir bereits erzählt. Auf seinem Gesicht erschien wieder der Ausdruck wie auf dem Passfoto. In Maßen geduldig, aber er wollte, dass die Welt mit ihm Schritt hielt.

Ich fragte: »Woher sind Sie gekommen?«

Er sagte: »Ist das wichtig?«

»Wieso sind Sie hergekommen?«

»Irgendwo muss ich ja schließlich sein. Ich dachte, ein Ziel sei so gut wie das andere.«

»Wofür?«

»Um ein paar Tage zu verbringen. Oder ein paar Stunden.«

»Aus den Unterlagen geht hervor, dass Sie keinen festen Wohnsitz haben.«

»Dann stimmen die Unterlagen. Was beruhigend ist, vermute ich. Aus Ihrem Blickwinkel.«

»Was ist in der Bar passiert?«

Er seufzte nochmals, holte erneut tief Luft und erzählte dann recht freimütig weiter. Meine Vernehmungsmethode bewährte sich. Oder vielleicht wirkte der Cocktail aus Schmerzmitteln in seinem Körper wie ein Wahrheitsserum. Er sagte, die Bar sei ziemlich voll gewesen, aber er habe sich einen Platz mit dem Rücken zur Wand gesichert, von dem aus er den Raum und seine beiden Eingänge im Blick behalten konnte. Aus alter Gewohnheit. Militärpolizisten ermitteln oft in Bars. Die Bedienung war gekommen und hatte seine Bestellung aufgenommen. Er wollte Kaffee, den es nicht gab, und nahm stattdessen ein Bier.

Rolling Rock in der Flasche. Er war nicht wählerisch, sondern mit dem zufrieden, was es im jeweiligen Lokal gab.

Dann hatte er den Mann an der Theke beobachtet. Eine massige Gestalt, groß und mit dunklem Teint, die dort gebieterisch und selbstzufrieden saß. Während alle anderen es vermieden, den Kerl anzusehen. Reacher nahm seine instinktive Grundhaltung ein: das Beste hoffen, aber aufs Schlimmste vorbereitet sein. Und bei einem Typ dieser Art konnte das Schlimmste nicht allzu dramatisch sein. Er würde von seinem Barhocker aufstehen, um mehr Bewegungsfreiheit zu haben. Vielleicht würde es zu einer kurzen Rangelei kommen. Schläger lebten vor allem von ihrem Ruf, und je schlechter ihr Ruf war, desto weniger Praxis hatten sie, weil niemand sich mit ihnen anlegen wollte. Daher waren die Fertigkeiten solcher Leute eingerostet und erodiert. Ein simpler »Zigarettenschlag« würde das Problem lösen. Der Ausdruck stammte aus einer Zeit, in der jedermann rauchte. Der Kerl würde mit leicht geöffnetem Mund dastehen, um die nächste Zigarette zwischen die Lippen zu nehmen, eine spöttische, genau berechnete kleine Pause, vielleicht mit einem schwachen Lächeln, und ein exakt geschlagener linker Uppercut unters Kinn würde seinen Mund mit solcher Gewalt zuklappen lassen, dass er ein paar Zähne verlor und sich vielleicht die Zunge durchbiss. Damit hieß es *Game over,* und wenn das nicht reichte, genügte eine rechte Gerade gegen die Halsseite, als wollte man einen Schwellennagel mit der Faust einschlagen. Kein großes Problem. Nur rauchte leider niemand mehr, zumindest nicht in geschlossenen Räumen, also musste man zuschlagen, während der andere redete, was okay war, weil alle ständig quatschten. Schläger am meisten. Die redeten viel. Alle möglichen Drohungen und Schmähungen und *Was gibt's da zu glotzen?*

Aber aufs Beste hoffen.

Reacher nahm einen Schluck aus seiner langhalsigen Flasche und wartete. Die Bedienung hatte im Augenblick nichts zu tun und kam herüber, um zu fragen, ob er noch etwas wolle, was anscheinend eine Ausrede für einen kleinen Schwatz war. Reacher gefiel sie auf den ersten Blick. Vielleicht gefiel er ihr auch. Sie war ein Profi. Ungefähr vierzig Jahre alt. Keine Studentin, keine junge Frau, die schon auf dem Sprung zu etwas Besserem war. Auch sie vermied es, den großen Kerl anzusehen. Um seine Bedürfnisse kümmerte sich der Barkeeper, was der Bedienung nur recht zu sein schien. Das war mehr als offensichtlich.

»Wer ist er?«, fragte Reacher.

»Nur ein Gast«, sagte sie.

»Hat er einen Namen?«

»Weiß ich nicht. Ich meine, er hat bestimmt einen, aber ich weiß ihn nicht.«

Das glaubte Reacher nicht. Den Namen eines Kerls dieser Art wusste jeder. Weil solche Kerle dafür sorgten, dass jeder ihren Namen kannte.

Reacher fragte: »Kommt er oft her?«

»Jede Woche einmal.«

Was ein seltsam präziser Zeitplan war. Der irgendetwas bedeuten musste. Darüber wollte die Frau jedoch nicht reden. Stattdessen begann sie, die üblichen Fragen zu stellen. Neu in der Stadt? Von woher? Zu welchem Zweck? Lauter Fragen, die Reacher schwierig zu beantworten fand. Er war immer neu in der Stadt, er kam von praktisch überall und verfolgte keinen bestimmten Zweck. Er war sein Leben lang beim Militär gewesen, erst als Sohn eines Offiziers, dann selbst als Offizier, war auf Stützpunkten in aller Welt aufgewachsen, hatte auf Stützpunkten in aller Welt gedient, war dann gegen seinen Willen Zivilist

geworden und hatte es nicht geschafft, in die Art Leben hinein-
zufinden, das normale Leute zu führen schienen. Also zog er
durchs Land, besichtigte Sehenswürdigkeiten, für die er früher
nie Zeit gehabt hatte, fuhr hierhin, fuhr dorthin, blieb ein bis
zwei Nächte und zog dann weiter. Ohne Gepäck, ohne Termine,
ohne Plan. Leicht reisen, weit reisen. Anfangs hatte er geglaubt,
seine Wanderlust im Lauf der Zeit ablegen zu können. Aber diesen Ehrgeiz hatte er schon lange nicht mehr.

Er fragte: »Und wie geht das Geschäft hier?«

Die Bedienung zuckte mit den Schultern, schob die Unter-
lippe vor und sagte, es laufe ganz gut, aber das klang nicht
überzeugend. Und Bedienungen kannten sich aus. Sie erlebten
alles aus nächster Nähe. Besser als Bilanzbuchhalter oder Wirt-
schaftsprüfer oder Analysten. Sie sahen das bedrückte Gesicht
des Besitzers genau einmal pro Woche – am Zahltag.

Was ebenfalls etwas bedeuten musste. Die einzige Bar in der
Nähe des Busbahnhofs hätte unbedingt florieren müssen. Lage
war alles. Und das Lokal wirkte überfüllt. Alle Tische waren besetzt, und an der Theke standen die Leute Schulter an Schulter –
in respektvollem Abstand von dem großen Mann auf dem Hocker. Massenhaft Gläser und Flaschen wurden über die Theke
geschoben, und Fünfer, Zehner und Zwanziger wanderten in
endlosem Strom in die Registrierkasse.

Also blieb Reacher noch etwas länger, bestellte nach dem ersten Bier noch ein zweites, trank langsam, sah dann, wie ein weiterer Mann den Raum betrat, und spürte, wie die Atmosphäre
sich veränderte. Als wäre der Augenblick der Wahrheit gekommen. Als stünde der eigentliche Zweck des Abends plötzlich im
Fokus. Der neue Gast – auffällig besser gekleidet als jeder andere – durchquerte selbstbewusst den Raum. Seine Bar. Ihr Besitzer. Unterwegs begrüßte er einzelne Gäste, etwas vage, leicht

geistesabwesend, trat hinter die Theke und verschwand durch eine kleine Tür. Vermutlich in sein Büro. Sein Reich.

Als er zwei Minuten später wieder auftauchte, hielt er etwas in der Hand. Er blieb hinter der Theke, zwängte sich an dem Barkeeper vorbei und ging auf den großen Kerl an der Bar zu. Als er stehen blieb, waren die beiden nur noch durch die Mahagonitheke getrennt. Alle sahen weg.

Alle außer Reacher. Er beobachtete, wie der Besitzer den mitgebrachten Gegenstand auf die Theke legte. Blitzschnell und unauffällig wie durch einen Zaubertrick. Der Kerl griff danach und ließ ihn in seiner Tasche verschwinden. Eben noch da, im nächsten Augenblick schon fort.

Aber Reacher hatte gesehen, worum es sich handelte.

Um einen prall mit Geldscheinen gefüllten weißen Briefumschlag.

Vermutlich Schutzgeld.

Der Kerl auf dem Barhocker blieb noch sitzen und leerte demonstrativ langsam sein Glas, um den anderen seine Überlegenheit spüren zu lasen. Er besaß Macht. Er war ganz Muskel. Reacher wusste, wie solche Dinge funktionierten. Er hatte solche Szenen schon öfter erlebt. Ihm war klar, dass der Umschlag auf kürzestem Weg an irgendeinen Gangsterboss ginge, während der Kerl auf dem Hocker einen gewissen Prozentsatz als Provision erhielte.

Die Bedienung kam zurück, um zu fragen, ob Reacher ein drittes Rolling Rock wolle. Reacher lehnte dankend ab und fragte: »Was passiert jetzt?«

»In welcher Beziehung?«

»Sie wissen, was ich meine.«

Die Frau zuckte mit den Schultern, als wäre eine beschämende Tatsache ans Licht gekommen. »Wir bleiben eine weitere Woche im Geschäft. Wir werden nicht zertrümmert oder angezündet.«

»Wie lange geht das schon so?«

»Ein Jahr.«

»Ist etwas dagegen unternommen worden?«

»Nicht von mir. Mir gefällt mein Gesicht, wie's ist.«

»Mir auch«, bestätigte Reacher.

Sie lächelte ihn an.

Reacher sagte: »Der Besitzer könnte etwas tun. Schließlich gibt es Gesetze.«

»Aber erst, wenn etwas passiert ist. Die Cops sagen, dass jemand verprügelt werden muss. Oder Schlimmeres. Oder dass die Bar in Flammen aufgeht.«

»Wie heißt der Mann?«

»Ist das wichtig?«

»Für wen arbeitet er?«

Sie presste Daumen und Zeigefinger zusammen und machte eine Bewegung, als zöge sie einen Reißverschluss vor ihren Lippen zu.

»Mir gefällt mein Gesicht, wie's ist«, wiederholte sie. »Und ich habe Kids.«

Sie nahm seine leere Flasche mit, ging zu ihrem Platz neben der Theke zurück. Der große Kerl auf dem Hocker trank aus und stellte sein Glas auf die Bar. Er zahlte nichts, und der Barkeeper verlangte auch nichts. Er stand auf und ging durch eine Schneise, die sich plötzlich im Gedränge öffnete, zum Ausgang.

Reacher glitt von seinem Stuhl und folgte ihm nach draußen. Die First Street war von Straßenlampen in großen Abständen nur spärlich beleuchtet. Der Kerl mit dem Geldumschlag in der Tasche hatte sieben, acht Meter Vorsprung. Aufrecht gehend schien er einen Meter achtzig groß und neunzig Kilo schwer zu sein. Nicht klein, aber kleiner als Reacher. Jünger, aber ziemlich sicher dümmer. Und weniger geschickt, weniger erfahren und andererseits gehemmter. Das konnte Reacher sich ausrechnen. Ihm war noch kein Kerl begegnet, der ihm in diesen Kategorien überlegen war.

Er rief laut: »He!«

Der Mann blieb stehen, drehte sich überrascht um.

Reacher schloss zu ihm auf und sagte: »Ich glaube, du hast etwas, das nicht dir gehört. Aber das war sicher ein Irrtum. Also möchte ich dir Gelegenheit geben, ihn richtigzustellen.«

»Verpiss dich«, entgegnete der Kerl, aber das klang nicht restlos überzeugt. Er war nicht der absolute König des Dschungels. Nicht in diesem Augenblick.

Reacher fragte: »Wie oft sollst du heute Abend noch kassieren?«

»Hau ab, Kumpel. Das geht dich nichts an.«

»Wen geht es wirklich an?«

»Verpiss dich«, sagte der Kerl noch mal.

»Hier geht's um Willensfreiheit«, sagte Reacher. »Um eigene Entscheidungen. Möchtest du wissen, welche Wahl du hast?«

»Welche?«

»Du kannst mir seinen Namen gleich sagen. Oder nachdem ich dir die Beine gebrochen habe.«

»Welchen Namen?«

»Den des Kerls, für den du kassiert hast.«

Reacher beobachtete die Augen des Mannes. Wartete auf eine Entscheidung. Es gab drei Möglichkeiten: Der Kerl konnte weglaufen, kämpfen oder reden. Er hoffte, dass er nicht flüchten würde, weil er ihn dann hätte verfolgen müssen – und er hasste es zu rennen. Reden würde der Mann bestimmt nicht; daran hinderten ihn sein Ego und die Vorstellung, die er von sich selbst hatte. Also würde er kämpfen müssen. Oder es zumindest versuchen.

Und Reacher behielt recht. Der Kerl kämpfte, versuchte es wenigstens. Er machte einen Ausfallschritt und schwang die linke Faust nach unten, als hielte er ein Messer. Aber das war natürlich nur eine Finte. Als Nächstes würde eine ziemlich hoch angesetzte rechte Gerade folgen. Aber darauf würde Reacher nicht warten. Er hatte vor vielen Jahren kämpfen gelernt, auf schwülheißen Stützpunkten im Pazifik, auf kalten, düsteren Gassen Europas, in verarmten Städten der amerikanischen Südstaaten, gegen Kinder aus Soldatenfamilien und feindselige einheimische Jugendliche, bevor die Ausbildung in der Army ihn zu einer Kampfmaschine gemacht hatte. Und aus alledem hatte er eine goldene Regel gelernt: *Bring deinen Gegenschlag zuerst an.*

Er trat einen Schritt vor, beugte sich nach vorn und traf das Gesicht des Kerls mit einem wuchtigen Ellbogenstoß. Im Allgemeinen war es besser, auf die Kehle zu zielen, aber der Kerl sollte noch reden können, statt mit zerschmettertem Kehlkopf zu ersticken. Deshalb zielte er auf die Oberlippe dicht unter der Nase und legte seine ganze Kraft in diesen Stoß, der Zähne ausschlagen und Knochen brechen würde, sodass der Kerl anschließend etwas undeutlich sprechen, aber wenigstens nicht ganz stumm sein würde. Der Ellbogen traf, und der Kopf des Mannes flog nach hinten; dann bekam er weiche Knie, plumpste schwer auf seinen Hintern und blieb wild um sich starrend und mit Blut um Mund und Nase auf dem Gehsteig sitzen.

Reacher war von Natur aus ein Raufbold, und der Traum jedes Raufbolds war, den Gegner so vor sich zu haben, dass ein Tritt an den Kopf den Sieg brachte, aber er hielt sich zurück, weil er einen Namen wollte. Er sagte: »Letzte Chance, mein Freund.«

Der Kerl sagte: »Kubota.«

Undeutlich. Fehlende Zähne und Blut und Schwellungen.

Reacher sagte: »Buchstabieren!«

Was der Kerl hastig und gehorsam tat – nicht mehr als König des Dschungels. Was Reacher begrüßte. Weil es nicht so einfach war, einem Kerl die Beine zu brechen. Das hätte viel Kraft und Anstrengung gekostet. Er fragte: »Wo finde ich Mr. Kubota?«

Und der Mann sagte es ihm.

An dieser Stelle hörte Reacher zu reden auf, atmete erneut tief durch und ließ den Kopf aufs Kissen sinken.

Ich fragte: »Und was dann?«

Er sagte: »Genug für heute. Ich bin müde.«

»Ich muss alles wissen.«

»Kommen Sie morgen wieder.«

»Haben Sie Kubota gefunden?«

Keine Antwort.

Ich fragte: »Hat es einen Streit gegeben?«

Keine Antwort.

»Hat Kubota auf Sie geschossen?«

Reacher schwieg. Und dann kam die Ärztin herein. Die Frau mit den silbernen Strähnen im Haar. Sie erklärte mir, aus medizinischen Gründen beende sie diese Befragung augenblicklich. Was frustrierend, aber nicht fatal war. Ich hatte genügend nützliche Informationen erhalten. Als ich das Krankenhaus verließ, malte ich mir einen erfolgreichen Zugriff aus. Eine auf Schutzgelderpressung spezialisierte Bande zerschlagen – und das gleich an meinem ersten Tag im Department! Unbezahlbar. Frauen müssen doppelt so viel leisten, um die halbe Anerkennung zu bekommen.

Ich fuhr geradewegs ins Dienstgebäude zurück. Unbezahlt,

aber ich hätte ihnen sogar noch etwas gezahlt. Ich fand eine dicke Akte über Kubota. Trotz vieler Hinweise, vieler Stunden Ermittlungsarbeit hatten wir nie einen Haftbefehl beantragen können. Diesmal war es anders. Er hatte eine Straftat mit einer Schusswaffe verübt. Sein Opfer lag hier bei uns im Krankenhaus. Es konnte als Augenzeuge aussagen. Und mit etwas Glück lag das herausoperierte Geschoss noch irgendwo in einer Stahlschale.

Gold wert.

Der Nachtrichter sah das ebenso. Er unterschrieb einen Standardhaftbefehl, und ich stellte ein Team zusammen. Reichlich Uniformierte, Fahrzeuge, schwere Waffen, drei weitere Kriminalbeamten, alles höhere Dienstgrade als ich, aber ich hatte die Einsatzleitung. Dies war mein Fall. Eine ungeschriebene Regel.

Wir vollzogen den Haftbefehl um Mitternacht, ein juristischer Euphemismus dafür, dass wir Kubotas Haustür aufbrachen, ihn zu Boden rangen und seinen Kopf noch ein paarmal auf die Fliesen schlugen. In einem Hinterzimmer fanden wir den Kerl aus der Bar in erbärmlichem Zustand vor. Als wäre er unter einen Lastwagen gekommen. Ich ließ ihn unter Bewachung in ein anderes Krankenhaus bringen.

Dann transportierten die Uniformierten Kubota in Untersuchungshaft ab. Meine drei Partner von der Kripo und ich verbrachten nahezu den Rest der Nacht damit, sein Haus zu durchsuchen, als hielten wir Ausschau nach einem winzigen Chromteilchen, das sich im größten Heuhaufen der Welt von der kleinsten Nadel gelöst haben sollte.

Sein Haus war eine Schatzkammer.

Wir fanden Plastiktüten voller Geld ungeklärter Herkunft, fast dreißig verschiedene Bankkonten und Notebooks, Kontobücher und Quittungsblöcke sowie Stadtpläne. Auf den ersten

Blick war klar, dass der Mann Unsummen einnahm, indem er von über hundert Betrieben Schutzgeld erpresste. Aus seinen Aufzeichnungen ging hervor, dass im letzten halben Jahr nur drei nicht hatten zahlen wollen. Wir gaben die Daten durch und konnten sie drei Fällen von ungeklärter Brandstiftung zuordnen. In zwei Fällen waren die Zahlungen vorübergehend ausgeblieben, und als wir die Daten mit Krankenhauseinlieferungen abglichen, stießen wir auf einen Beinbruch und eine zerschmetterte Kniescheibe. Wir hatten alles.

Nur die Tatwaffe nicht.

Aber das war eigentlich nur logisch. Er hatte sie eingesetzt, er hatte sie entsorgt. Das war üblich. Sie würde von einer Brücke geworfen im Fluss liegen. Eine Wegwerfwaffe. Vermutlich wie seine alten Prepaidhandys. Ihre Verpackungen und die Verträge hatte er weggeworfen – aber aus irgendeinem verrückten Grund nicht die Ladegeräte. In einer Schublade fanden wir fast fünfzig Stück.

Bei Tagesanbruch saß ich ihm dann persönlich im Vernehmungsraum gegenüber. Er hatte seinen Anwalt dabei, einen smarten Kerl in einem eleganten Anzug, aber ich sah ihm an, dass er wusste, wie aussichtslos eine Verteidigung sein würde. Von unserer Seite war nur ich anwesend, aber ich vermutete, dass sich hinter dem Einwegglas Zuhörer drängten, die miterleben wollten, wie die Magie meiner Vernehmungsmethode funktionierte. Und sie wirkte anfangs ganz gut. Ich legte es darauf an, den Verdächtigen daran zu gewöhnen, bei allen Geständnissen Ja zu sagen, weshalb ich mit den einfachen Dingen begann. Ich zählte eine Bar, ein Restaurant und einen Diner nach dem anderen auf und erklärte ihm, wir hätten die Terminkalender und die Hauptbücher, das Bargeld und die Bankauszüge sichergestellt, und er gestand nach kurzem Zögern alles. Schon nach zehn Minuten hatten wir genug auf Tonband, um ihn für viele Jahre hinter Gitter bringen zu können. Aber ich sorgte dafür, dass er weiterredete, nicht weil wir dieses Zeug wirklich brauchten, sondern um ihn auf den großen Augenblick vorzubereiten.

Der jedoch ausblieb.

Er leugnete die Schießerei. Er leugnete, am Vorabend mit Reacher zusammengetroffen zu sein. Er behauptete, verreist gewesen zu sein. Er leugnete, eine Schusswaffe zu besitzen. Er behauptete sogar, nicht schießen zu können. Ich setzte ihm weiter zu, bis mein zweiter Tag im Department offiziell begann. Dann kam mein Lieutenant ausgeschlafen und frisch geduscht herein und wies mich an, die Vernehmung zu beenden.

Er sagte: »Kein Problem. Sie haben klasse gearbeitet. Wir haben genug. Dafür kommt er lange hinter Gitter. Der Zweck ist erreicht.«

Das war die Mehrheitsmeinung innerhalb des Departments. Es gab kein Gefühl eines Misserfolgs. Ganz im Gegenteil. Die Neue hatte gleich am ersten Tag im Dienst eine Erpresserbande auffliegen lassen. Ein großartiger Erfolg.

Aber das wurmte mich. Ich vernachlässigte meine Arbeit und schürfte tiefer. Ich wusste, dass ich etwas finden würde, und wurde nicht enttäuscht. Aber was ich entdeckte, hatte ich nicht erwartet.

Der Barbesitzer, den Reacher gesehen hatte, war der Schwager der Ärztin. Der Frau mit Silbersträhnen im Haar.

Mir war vor Übermüdung fast schwindlig, was in diesem Fall nützte. Ich stellte blitzschnell Verbindungen her, die ich bei vernünftiger Überlegung ausgeschlossen hätte. Kubotas dicke Akte, voller vergeblicher Versuche, einen Haftbefehl zu erwirken. Die endlose Suche nach mehr. Das übermächtige Bedürfnis, den Mann endlich hinter Gitter zu bringen. Das unablässige Piepsen des Monitors an Reachers Bett, viel zu kräftig für einen Kranken. Sein klarer Blick und sein klarer Verstand, obwohl er angeblich mit genügend Opiaten vollgepumpt worden war, um ein Pferd flachzulegen.

Ich fuhr ein drittes Mal ins Krankenhaus. Reachers Zimmer war leer. Nichts wies darauf hin, dass es vor Kurzem noch belegt gewesen war. Die Frau mit Silbersträhnen im Haar beteuerte, in der fraglichen Nacht niemanden mit einer Schusswunde behandelt zu haben. Sie bot mir Einsicht in ihre Unterlagen an. In ihrem Diensttagebuch kam kein Jack Reacher vor. Ich sprach mit den Krankenschwestern, mit jeder einzeln. Keine packte aus.

Dann stellte ich mir Reacher in der bewussten Nacht vor, wie er Kubota nicht finden konnte, weil der Kerl verreist war. Ich stellte mir vor, wie er in die Bar zurückgekehrt war, dem Besitzer das Geld zurückgegeben und gemeinsam mit ihm versucht hatte, eine dauerhafte Lösung zu finden. Ich stellte mir vor, wie der Barbesitzer seine Schwägerin angerufen hatte.

Ich stellte mir den Busbahnhof um Mitternacht vor. Ein großer Kerl, der in einen Greyhound stieg, der wenig später abfuhr. Kein Gepäck, keine Termine, keinen Plan.

Ich fuhr zur Polizeistation zurück. Als ich sie betrat, wurde ich mit Applaus empfangen.

DIES IST KEINE ÜBUNG

Eines führt zum anderen, und in Jack Reachers Fall führte an einem warmen, planlosen Augusttag eine Fahrt per Anhalter mit einem leeren Holzlaster nach East Millinocket in Maine, was dann zu einem ordentlichen zweiten Frühstück in einem Schnellrestaurant an der I-95 führte, was zu einer stockenden Unterhaltung zweier eigentlich zurückhaltender Kerle mit dem Mann am Nebentisch führte, die wiederum dazu führte, dass er zum Mitfahren nach Norden, zu einem Ort namens Island Falls, eingeladen wurde. Der unausgesprochene, aber deutlich kommunizierte Preis für diese Mitfahrt waren der Kaffee mit Kuchen dieses Mannes, aber das Lokal war billig, und Reacher hatte Geld in der Tasche, und weil er wie immer kein bestimmtes Ziel hatte, nahm er die Einladung an.

Eines führt zum anderen.

Das Auto des Mannes erwies sich als weich gefederter alter Chevrolet und Island Falls als hübscher kleiner Ort an einem See hoch im Norden, wo Maine als lang gestreckte Halbinsel nach Kanada hineinreicht und links von Quebec und rechts von New Brunswick begrenzt wird. Vor allem lag Island Falls ziemlich am Ende der I-95, was verlockend war. In Bezug auf Orte hatte Reacher eine Art Sammlertrieb entwickelt. Das Südende der I-95 – über neunzehnhundert Meilen entfernt, knapp nach der Stadtmitte von Miami – kannte er ziemlich gut. Aber ihr Nordende hatte er noch nie besucht.

Er musste nirgendshin.

Eines führt zum anderen.

Von Island Falls wegzukommen war ganz einfach. Er trank in der Hütte neben dem Slip eines Kajakverleihs einen Kaffee, stand von Insekten umsummt am Seeufer, um die Aussicht zu genießen, machte dann kehrt, verließ den Ort auf der Straße, auf der ihn der Chevrolet hergebracht hatte, und marschierte zu dem Autobahnkleeblatt zurück. Er stellte sich an die nach Norden führende Einfahrt und wartete. Er würde nicht lange warten müssen, vermutete er. Es war August, es war warm, dies war eine Ferienregion. Die Stimmung war entspannt. Es war Tag. Er war sauber. Seine Klamotten waren erst zwei, sein Bart nur drei Tage alt. Alles in allem beste Voraussetzungen.

Tatsächlich dauerte es keine zehn Minuten, bis ein älterer Jeep Cherokee mit Kennzeichen aus New Brunswick langsamer wurde und neben ihm hielt. Gelenkt wurde er von einer Frau, und auf dem Beifahrersitz saß ein Mann. Die beiden schienen Mitte dreißig zu sein, echte Outdoortypen, von Wind und Wetter gegerbt und braun gebrannt. Zweifellos nach einem Aktivurlaub auf der Heimfahrt. Vielleicht waren sie mit dem Kajak unterwegs gewesen. Oder hatten gecampt. Oder beides. Auf der Ladefläche hinter dem Rücksitz türmte sich alles mögliche Zeug.

Der Beifahrer auf der rechten Seite fuhr sein Fenster herunter, und die Frau machte einen langen Hals, um mich ebenfalls begutachten zu können. Der Mann sagte: »Wir fahren nur bis Fredericton – also leider nicht sehr weit. Nützt Ihnen das etwas?«

Reacher fragte: »Liegt das in Kanada?«

»Klar doch.«

Reacher sagte: »Dann ist's ideal. Ich will nur kurz an die Grenze und wieder zurück.«

»Haben Sie was gegen Kanada?«

»Mein Pass ist abgelaufen.«

Der Mann nickte. Die Zeiten, in denen man ohne Kontrollen von einem Land ins andere gelangen konnte, waren leider vorbei. Dann sagte er: »Aber zwischen hier und dort gibt's nicht viel zu sehen. Und der Blick durch den Zaun ist auch nicht gerade lohnend. An Ihrer Stelle würde ich in Island Falls bleiben.«

Reacher entgegnete: »Ich will das Ende der Straße sehen.«

Der Mann sagte: »Das klingt heavy.«

Die Frau sagte: »Aus unserer Sicht beginnt sie dort.«

»Gutes Argument«, meinte Reacher.

Der Kerl sagte: »Steigen Sie hinten ein.« Er drehte sich halb auf seinem Sitz um und schob Sachen beiseite, um auf der Rückbank Platz zu machen. Reacher öffnete die Tür, stieg ein und benutzte seine Hüfte, um sich mehr Raum zu verschaffen. Er schloss die Tür. Die Frau gab Gas, und sie fuhren entspannt durch die letzten gut dreißig Meilen der USA.

Die letzte Ausfahrt führte zu einer Kleinstadt namens Houlton. Oder die erste Ausfahrt, vermutete Reacher, aus kanadischer Sicht. Nach ungefähr einer Meile durchs Hinterland tauchten kleine Autoschlangen und Schlagbäume, Wachhäuschen und Staatswappen auf. Reacher blieb bis kurz vor der Schranke in dem Jeep; dann bedankte und verabschiedete er sich, stieg aus und setzte einen Fuß aufs letzte Stück Asphalt direkt unter dem Schlagbaum.

Das Ende der Straße.

Eines führt zum anderen.

Er wandte sich ab, überquerte die nach Süden führenden Fahrspuren und bezog dreißig Meter von der Grenze entfernt erneut Stellung. Aus Kanada kommende Autofahrer sollten reichlich Zeit haben, ihn zu sehen, aber nicht so viel Zeit, dass sie schon zu schnell waren, um noch anhalten zu wollen. Auch diesmal rechnete er nicht damit, lange warten zu müssen. August, Tageslicht, Sonnenschein, Urlaubsregion, warmherzige und entspannte, großzügige und wohlwollende kanadische Autofahrer. Maximal zehn Minuten, dachte er, vielleicht auch nur fünf, und möglicherweise würde sogar der erste Wagen stoppen, um ihn mitzunehmen.

Der erste war's nicht, aber der zweite. Es war eine Art Minivan, doch nicht von der Art, auf die eine Soccer-Mom stolz gewesen wäre. Er sah alt und schmutzig und leicht verbeult aus. Ursprünglich vielleicht einmal hellblau, jetzt eher grau, von Sonne und salzhaltiger Luft ausgebleicht. Am Steuer saß ein junger Mann, neben ihm eine junge Frau und auf dem Rücksitz eine weitere junge Frau. Der in New Brunswick zugelassene Van zog eine Ölfahne hinter sich her, als er nach der Grenzkontrolle beschleunigte.

Aber Reacher hatte schon schlechtere Mitfahrgelegenheiten gehabt.

Der Van wurde langsamer und hielt neben ihm. Das vordere rechte Fenster war schon geöffnet. Die Frau auf dem Beifahrersitz sagte: »Wir fahren nach Naismith.«

Das war ein Ort, von dem Reacher noch nie gehört hatte. Er sagte: »Tut mir leid, ich weiß nicht, wo das ist.«

Der Kerl am Steuer beugte sich nach rechts und erklärte: »Am Allagash River, Mann. Ungefähr eine Stunde nordwestlich der Route 11. Dort beginnt ein Wilderness Trail durch die Wälder. Echt coole Gegend.«

Reacher fragte: »Nördlich von hier?«

Der Kerl sagte: »Herrliche Landschaft, Mann. Sie sollten diese Wälder sehen! Echter Urwald. Abseits des Weges könnte man überall der erste Mensch sein, der dieses Stück Land betritt. Wirklich. Seit zehntausend Jahren unberührte Natur. Seit der letzten Eiszeit.«

Reacher schwieg.

Der Kerl sagte: »Lassen Sie sich das nicht entgehen, mein Freund. Ewig ist der Urwald nicht mehr da. Der Klimawandel macht ihm den Garaus.«

Kein bestimmtes Ziel.

Reacher sagte: »Okay, klar, danke.«

Eines führt zum anderen.

Er ging hinten um den Van herum. Die junge Frau auf dem Rücksitz öffnete die auf ihrer rostigen Schiene quietschende Schiebetür, und er stieg ein. Im Laderaum hinter dem Rücksitz standen zwei große Rucksäcke und ein Hartschalenkoffer. Der Sitz war mit einem Nylongewebe bezogen, das im Lauf der Zeit speckig geworden war. Er nahm seinen Platz ein und schloss die Schiebetür. Der Van fuhr wieder an und stieß erneut eine Rauchwolke aus.

»Danke«, sagte Reacher zum zweiten Mal.

Die drei stellten sich vor. Die junge Frau hinten hieß Helen, die auf dem Beifahrersitz Suzanne und der Fahrer Henry. Henry und Suzanne waren ein Paar. Die beiden führten in einem Ort namens Moncton einen Bike Shop. Helen war ihre Freundin. Geplant war Folgendes: Henry und Suzanne wollten auf dem Wilderness Trail von Naismith aus nach Norden wandern, bis sie nach vier Tagen den Ort Cripps erreichten. Dort würde dann Helen mit dem Van auf sie warten, nachdem sie sich diese vier Tage mit anderen Dingen vertrieben hatte, vielleicht mit der Jagd auf Antiquitäten in Presque Isle und Caribou.

»Ich mag den Wald nicht«, meinte sie, als hielte sie eine Erklärung für angebracht.

»Warum nicht?«, fragte Reacher, weil er spürte, dass eine Reaktion erwartet wurde.

»Zu unheimlich«, antwortete sie. »Zu düster. Zu viele Käfer.«

Sie tuckerten an Houlton vorbei weiter, bis Henry auf die 212 abbog, die bald auf die Route 11 nach Norden stieß, eine landschaftlich schöne Strecke. Rechts voraus erhob sich der Saddleback Mountain, und links der Straße wechselten sich Wälder und Seen ab. Die Bäume waren grün, das Wasser glitzerte, der Himmel leuchtete blau. Eine herrliche Landschaft, genau wie Henry gesagt hatte.

»Ich mag den Wald nicht«, wiederholte Helen.

Reacher schätzte sie auf Ende zwanzig. Bestimmt nicht älter als dreißig. Sie war blasser als ihre Freunde, auch gepflegter und eleganter. Ganz sicher kein Outdoortyp. Eher städtisch als ländlich. Wie ihr Gepäck. Sie glich einem Hartschalenkoffer, keinem Trekkingrucksack. Henry und Suzanne waren stämmiger, zerzaust und von Wind und Wetter gegerbt. Aber nicht älter. Vielleicht kannten sie sich aus dem College, Freunde, die ein paar Jahre nach dem Studium immer noch zusammen unterwegs waren.

Henry sagte: »Tatsächlich ist der Wald fantastisch, Helen.«

Das meinte er freundlich, voller Enthusiasmus. Ohne eine Andeutung von Konfrontation oder Tadel. Nur ein Kerl, der den Wald liebte und nicht verstehen konnte, dass seine Freundin das nicht auch tat. Die Idee, Land betreten zu können, auf das noch kein Mensch den Fuß gesetzt hatte, schien ihn wirklich zu begeistern. Als Reacher fragte, woher sie alle stammten, zeigte sich, dass Henry und Suzanne aus Vororten von Vancouver und Toronto kamen und Helen die Einzige vom Land war: aus dem unwegsamen Norden der Provinz Ontario. In diesem Fall, fand Reacher, hatte sie ein Recht auf ihre Meinung.

Dann fragten sie, woher er komme, und seine Biografie füllte die nächsten Meilen. Die Marine-Corps-Familie, die ständigen Umzüge, das halbe Dutzend Grundschulen, das halbe Dutzend Highschools, dann West Point, danach die U.S. Army, die Militärpolizei, wieder häufige Versetzungen, teils an schon bekannte Orte, teils in neue Weltgegenden, niemals lange genug, um irgendwo heimisch zu werden. Dann der Personalabbau und die Entlassung sowie das Wanderleben. Das Reisen per Anhalter, die Fußmärsche, die Motels. Das unstete, ziellose Herumziehen. Henry fand das alles echt cool, Suzanne wohl weniger, dachte Reacher, und Helen vermutlich überhaupt nicht.

Sie wurden langsamer und bogen nach links auf eine schmale Landstraße ab, die in westlicher Richtung schnurgerade durch den Wald führte. Auf einem angerosteten Wegweiser stand *Naismith 40 Mi.* Die Straße mochte früher über Bankette verfügt haben, doch die waren langst von Unterholz und bis zu zwölf Meter hohen Laubbäumen überwuchert. Manchmal trafen ihre Äste sich über der Straße, sodass man Hunderte von Metern weit wie durch einen grünen Tunnel fuhr. Reacher schaute links und rechts aus den Fenstern. Auf beiden Seiten konnte er keine zwei Meter weit in die Vegetation hineinsehen. Er fragte sich, wie viel urzeitlicher ein Wald noch sein konnte. Brombeerranken und Unterholz bildeten eine hüfthohe Barriere, und die Luft war feucht und still. Das Asphaltband vor ihnen wirkte altersgrau, und in der von ihm abgestrahlten Hitze wimmelte es von winzigen Insekten. Nach fünf Meilen war die Frontscheibe von ihnen völlig verschmutzt.

Reacher fragte: »Wart ihr schon mal hier?«

»Einmal«, antwortete Henry. »Wir sind nach Süden zum Center Mountain gewandert. Das war langweilig, Mann. Ich bleibe lieber unterhalb der Baumgrenze, bin eher ein Waldmensch.«

»Gibt's dort drinnen Tiere?«

»Bestimmt Bären. Und natürlich massenhaft Kleinzeug. Aber das Unterholz weist keine Fressspuren auf, also gibt's kein Rotwild. Aber wieso nicht? Vermutlich wegen irgendwelcher Raubtiere. Nur welche? Pumas kämen infrage. Oder Wölfe, obwohl die nie zu sehen oder zu hören sind. Aber es muss dort Raubtiere geben, das steht fest.«

»Und ihr übernachtet in einem Zelt?«

»Kuppelzelt«, sagte er. »Kein Problem. Verpackt man seinen Proviant gut und wäscht sich nach dem Essen Gesicht und Hände, nehmen sie keine Witterung auf. Bären fressen gern, aber wenn man ihnen nichts hinlegt, lassen sie einen in Ruhe. Aber das weißt du bestimmt alles selbst? Euch bildet die Army doch überall aus? Und ihr werdet auf Einsätze in allen Klimazonen vorbereitet.«

»Nicht in einem Wald wie diesem«, erklärte Reacher. »Durch den kann man nicht marschieren, keine Fahrzeuge benutzen und erst recht nicht schießen. Ihn mit Napalm und Sprengstoff zu roden würde ewig dauern. Also müssten wir ihn umgehen. Dichte Wälder sind die besten natürlichen Barrieren.«

Als sie weiterfuhren, verschlechterte sich der Straßenzustand zusehends. Das Unterholz hatte auf beiden Seiten faustgroße Asphaltbrocken gelockert, der Belag war von Baumwurzeln aufgebrochen, und Winterfröste hatten die Risse verbreitert – und die Reparaturen staatlicherseits waren zu selten und zu mangelhaft gewesen. Die Federung des alten Vans quietschte und rumpelte protestierend. Über ihnen gingen die grünen Tunnels jetzt ineinander über. An einigen Stellen hingen belaubte Ranken herab, die Frontscheibe und Dach peitschten.

Genau eine Stunde nachdem sie die Route 11 verlassen hatten, stand auf dem Bankett, das hier auf dreißig Meter Länge gerodet war, eine Holztafel mit eingebrannter Schrift: *Welcome to Nai-smith, dem Tor zur Wildnis.* Ungefähr eine Stunde zu spät, fand Reacher. Er hatte das Gefühl, diese Schwelle längst überschritten zu haben.

Henry fuhr langsamer. Die Straße machte eine Linkskurve und erreichte eine Lichtung von der Größe eines Footballstadions. Vor ihnen erstreckte sich ein See in Form eines gekrümmten Zeigefingers, der erst nach Norden wies, um dann nach Osten abzuknicken. Die Straße wurde zu einer Art Main Street, die zum See hinunterführte. An ihrem Ende lag ein Kajaksteg, und links und rechts standen niedrige Holzhäuser, davor kleinere Ferienhäuser am Wasser, ein General Store, ein Diner und dahinter weitere Wohnhäuser. Von der Main Street zweigten breite, ebenfalls asphaltierte Seitenstraßen ab. Naismith, Maine. Eine malerische Kleinstadt mitten in der Wildnis.

Suzanne sagte: »Ich habe Hunger.«

»Ich lade euch zum Lunch ein«, erklärte Reacher. »Das ist das Mindeste, was ich tun kann.«

Henry parkte den Van vor dem Diner und stellte den Motor ab. Die Welt wurde still. Sie stiegen aus, reckten und streckten sich. Die Luft fühlte sich zugleich frisch und drückend an, weil der Geruch des Seewassers sich mit dem der Bäume vermischte. Das einzige Geräusch war das nur unterschwellig wahrgenommene Schwirren von unzähligen winzigen Insekten. Man hörte keinen Wind, kein Blätterrauschen und keinen Wellenschlag.

Das Schnellrestaurant bestand ganz aus Holz, innen und außen, sägeraue Planken, die an manchen Stellen von Händen, Ellbogen und Schultern blank gewetzt waren. In Kühltheken wurden Kuchen und Pasteten angeboten, und es gab acht quadratische Tische mit rot karierten Decken. Die Bedienung war eine mürrisch wirkende Frau von ungefähr sechzig, die eine Männerbrille und Filzpantoffeln trug. Zwei Tische waren besetzt; an beiden saßen Leute, die mehr wie Henry und Suzanne als Helen aussahen. Die Bedienung deutete auf einen freien Tisch und verschwand, um Speisekarten und Gläser mit Wasser zu holen.

Das Essen war das gleiche, das Reacher schon in tausend anderen Diners verspeist hatte, der Kaffee jedoch frisch und stark. Alle waren zufrieden, obwohl die jungen Leute nicht sonderlich darauf achteten, was sie aßen und tranken. Sie redeten miteinander, gingen ihren Plan, der unkompliziert klang, nochmals durch. Sie würden hier in vorausgebuchten Blockhäusern übernachten, und bei Tagesanbruch würden Henry und Suzanne dann zu ihrer Wanderung aufbrechen, während Helen zur Route 11 zurückfuhr und sich auf die Suche nach Antiquitäten machte. Vier Tage später würden sie sich am Ende des Wilderness Trails wieder treffen. Alles ganz einfach.

Reacher zahlte für alle und verabschiedete sich. Er rechnete nicht damit, sie jemals wiederzusehen.

Von dem Diner aus schlenderte er zum Kajaksteg hinunter, spazierte bis an das Ende und stand dort mit den Zehen über dem offenen Wasser. Der See war ein leuchtend blauer Speer, der nach Norden zielte und in der Ferne nach Osten schwenkte, bestimmt über zehn Meilen lang, aber an seiner breitesten Stelle nur wenige hundert Meter breit. Darüber wölbte sich ein wolkenloser Sommerhimmel mit einigen Kondensstreifen von Verkehrsflugzeugen in zehn, zwölf Kilometern Höhe, von und nach Europa, von und nach Boston, New York und Washington. Großkreisrouten über den Norden Kanadas und Grönlands, die dann wieder nach London, Paris und Rom führten. Gerade Linien auf einem kugelförmigen Planeten, nicht jedoch auf einer flachen Landkarte.

Auf der Erde drängte von beiden Ufern Wald an den See heran: ein geschlossenes grünes Dach, das alles bedeckte, was nicht aus Wasser bestand. Tausende und Abertausende von Quadratkilometern Wald. Zehntausend Jahre unberührter Natur hatte Henry gesagt, und genauso sah sie hier aus. Die Erde hatte sich erwärmt, die Gletscher waren zurückgegangen, der Wind hatte Samen mitgebracht, Regen war gefallen, und hundert Generationen von Bäumen waren gewachsen und eingegangen und wieder gewachsen. Anderswo auf dem riesigen Kontinent hatte der Mensch Wälder gerodet, um Felder anzulegen, oder weil er Bauholz oder Brennmaterial für Öfen und Dampfloks brauchte. Doch manche Wälder hatte man unberührt gelassen, sie würden es vielleicht ewig bleiben. Man konnte der Erste sein, der ein Gebiet abseits des Wilderness Trails betrat, hatte Henry gesagt, und Reacher glaubte es ihm.

Er ging an den Ferienhäusern, die still dalagen, vorbei zurück. Alle Urlauber waren unterwegs und taten offenbar das, wozu sie nach Naismith gekommen waren. Er fand eine Abzweigung nach rechts, im Prinzip nach Norden, und folgte einer hundert Meter langen Seitenstraße bis zu einem zeremoniellen Torbogen aus entrindeten und dunkelbraun gestrichenen Baumstämmen. Buchstäblich ein Tor zur Wildnis. Dahinter begann der Wanderweg. Von Stiefeln ganz ausgetreten führte er ungefähr fünfzehn Meter geradeaus und verschwand dann hinter der ersten Biegung. Nächster Halt: die Kleinstadt Cripps, vier Tage von hier.

Er passierte den Torbogen und blieb auf dem ersten Meter des Wilderness Trails stehen. Dann ging er zwanzig Schritte bis zur ersten Biegung weiter, bog ab, machte weitere zwanzig Schritte und hielt nochmals inne. Der Trail war ungefähr eineinviertel Meter breit. Auf beiden Seiten drängte Wald heran.

Die Baumstämme hingen bis hinauf zu dem hohen grünen Gewölbe voller abgestorbener Zweige. Im Wettlauf um Sonnenlicht waren die Bäume hoch und gerade gewachsen. An manchen Stellen betrug der Abstand zwischen den Stämmen bis zu einem Meter, an anderen berührten sie sich fast. Manche wirkten ehrwürdig alt, knorrig und knotig, mit bis zu einem Meter Stammdurchmesser; andere waren jünger, schlanker und blasser, nutzten entstandene Lücken wie opportunistisches Unkraut. Unter Hüfthöhe, wo stachelige Ranken mit dunklen Blättern sich um Totholz wanden, sah das Unterholz dicht verfilzt aus. Die stehende Luft war absolut windstill, das grünliche Licht gedämpft. Reacher drehte sich einmal um die eigene Achse. Nach nur vierzig Schritten auf dem Wilderness Trail kam er sich vor, als befände er sich eine Million Meilen von der Zivilisation entfernt.

Reacher machte noch zwanzig Schritte. Nichts änderte sich. Der Trail verlief nicht schnurgerade, sondern mit kleinen Abweichungen nach links und rechts. Vermutlich sorgte irgendeine Forstbehörde dafür, dass das Unterholz zurückgeschnitten wurde, und überließ es den Stiefeln der Wanderer, aufkommende Jungbäume zu zertreten. Ohne solche menschliche Intervention würde der Trail in ein, zwei Jahren überwuchert sein, vermutete er. Oder in höchstens drei Jahren. Er würde unpassierbar werden, die Natur ihn zurückerobern. Vermutlich hatte man an einigen Stellen größere Lichtungen angelegt, um sie als Campingplätze für Kuppelzelte zu nutzen. Sonst gab es hier keine Übernachtungsmöglichkeiten.

Er blieb noch ungefähr eine Minute in dem grünlichen Dämmerlicht und der fast unheimlichen Stille stehen. Dann machte er kehrt, ging zurück zur Main Street von Naismith und folgte ihr in die Richtung, aus der sie gekommen waren, bis zu dem Willkommensschild auf dem Bankett. Doch es gab keinen Verkehr aus dem Ort heraus, und nach kurzer Überlegung wurde ihm klar, dass damit erst am folgenden Morgen zu rechnen war. Die Ferienhäuser mussten vermutlich bis elf oder zwölf Uhr mittags geräumt sein, was bedeutete, dass der heutige Exodus bereits stattgefunden hatte. Das Schnellrestaurant und der General Store würden gelegentlich Lieferungen erhalten, aber die Chancen dafür, dass schon bald ein zurückfahrender Lieferwagen auftauchen würde, standen schlecht. Er blieb noch eine Weile in der tiefen Stille stehen, um sie zu genießen, und machte sich dann auf den Rückweg durch die Kleinstadt an den See.

Die Ferienhäuser waren willkürlich verteilt, als hätte jemand eine Handvoll Würfel über Naismith ausgekippt. Reacher vermutete, das am weitesten vom See entfernte Blockhaus werde das am wenigsten begehrte sein, und tatsächlich diente es als Unterkunft des Verwalters, der ein Zimmer nach vorn hinaus als Büro nutzte. Eine Fensterhälfte war als Schiebefenster umgebaut worden, und auf der Fensterbank war Platz für eine Messingklingel und einen Kugelschreiber an einer dünnen Kette. Als er klingelte, dauerte es einige Zeit, bis ein alter Mann aufkreuzte, der sich so langsam bewegte, als hätte er Arthritis. Ja, eines der Ferienhäuser sei frei. Der Preis für eine Nacht war nicht hoch. Reacher zahlte bar, trug sich mit dem angeketteten Kugelschreiber ein und bekam dafür den Schlüssel zu einem winzigen Blockhaus, in dem es modrig roch. Nicht in bester Lage, aber immerhin mit teilweisem Seeblick aus einem der Fenster. Ansonsten war natürlich überall nur Wald zu sehen. Der Hauptraum verfügte über ein Bett, zwei Sessel und eine Küchenzeile, außerdem gab es ein winziges Bad mit Toilette und neben dem Bett ein kleines Regal mit eselsohrigen, zerlesenen Taschenbüchern. Draußen hinter dem Haus lag ein kleines Sonnendeck mit zwei Liegestühlen, deren

Bezug von der Sonne ausgebleicht war. Den Rest des Nachmittags verbrachte Reacher in einem davon, hatte die Füße auf dem anderen hochgelegt und las ein Buch aus dem Regal: allein, entspannt und glücklich wie selten zuvor.

Er wachte um sechs Uhr auf, blieb aber noch eine ganze Stunde mit ausgestreckten Armen und Beinen im Bett liegen, damit die Wanderer und Kajakfahrer vor ihm im Diner frühstücken konnten. Er rechnete sich aus, dass sie früh würden aufbrechen wollen. Er hatte es nicht eilig. Er schätzte, dass die beste Zeit gegen zehn Uhr sein würde, wenn die ersten Gäste Naismith verließen. Er brauchte nur jemanden, der ihn wieder zur Route 11 mitnahm. Bis zur I-95 wäre ein Bonus, und Bangor, Portland oder eine noch südlicher gelegene Stadt wäre der Zuckerguss auf der Torte gewesen. Als Nächstes hatte er New York im Auge. Karten für die Spiele der Yankees würden leicht zu bekommen sein. Die Hundstage des Sommers, viele Leute im Urlaub, reichlich Platz auf den oberen Tribünenreihen in der Sonne.

Wider Erwarten fand er den Diner nicht leer vor.

Henry und Suzanne waren mit neun anderen Personen da, die herumstanden, durcheinanderliefen und aufgeregt miteinander redeten wie in einer Filmszene, in der Leute erfahren, dass die Bergwerksgesellschaft ihr Wasser vergiftet hat. Als er eintrat, drehten sich alle zu ihm um. Er fragte: »Was ist los?«

Henry sagte: »Sie haben den Trail gesperrt.«

»Wer?«

»Die Cops. State Police, glaub ich. Sie haben den Zugang mit Flatterband abgesperrt.«

»Wann?«

»Heute Nacht.«

»Warum?«

»Das weiß niemand.«

»Sie wollen's uns nicht sagen«, erklärte Suzanne. »Wir telefonieren schon den ganzen Morgen herum. Aber sie sagen nur, dass der Trail bis auf Weiteres gesperrt ist.«

Ein anderer Kerl meinte: »In Cripps ist er auch gesperrt. Letztes Jahr sind wir von dort losgegangen. Die Nummer des Motels hatte ich noch. Das gleiche Bild. Ein Flatterband zwischen den Bäumen.«

Reacher sagte: »Das ist eine Viertagewanderung, richtig? Dann müssen noch etliche Leute auf dem Trail unterwegs sein. Vielleicht ist irgendwas passiert.«

»Warum sagen sie's uns dann nicht?«

Reacher schwieg. Nicht sein Problem. Er wollte nur Pfannkuchen. Und Kaffee, den noch dringender. Er schaute sich nach der Bedienung um, machte sie auf sich aufmerksam und suchte sich einen freien Tisch.

Henry folgte ihm dorthin. »Dürfen sie das überhaupt?«

Reacher fragte: »Was denn?«

»Den Trail einfach so sperren.«

»Sie haben's gerade getan.«

»Ist das legal?«

»Woher soll ich das wissen?«

»Du warst mal ein Cop.«

»Ich war Militärpolizist, kein Parkranger.«

»Naturschutzgebiete sind öffentlich zugänglich.«

»Vielleicht gibt es einen guten Grund dafür. Vielleicht ist jemand von einem Bären gefressen worden.«

Die anderen Enttäuschten kamen nacheinander herüber und umringten den Tisch. Elf Leute standen, nur Reacher saß. Der Mann, der noch die Nummer des Motels in Cripps hatte, fragte: »Woher wissen Sie das?«

Reacher sagte: »Was soll ich wissen?«

»Dass jemand von einem Bären angefallen worden ist.«

»Ich hab' ›vielleicht‹ gesagt, war scherzhaft gemeint.«

»Angriffe von Bären sind nicht sehr witzig.«

Ein Mann sagte: »Vielleicht ist's nur eine Übung.«

»Was für eine Art Übung?«

»Wie eine Generalprobe. Zum Beispiel für einen medizinischen Notfall. Für die Rettungskräfte.«

»Würden sie dann nicht ›vorübergehend‹ sagen? Würden sie nicht ›bis heute Mittag‹ oder so ähnlich sagen?«

Ein anderer Mann fragte: »Wen könnten wir anrufen?«

Suzanne sagte: »Wir erfahren überhaupt nichts.«

»Wir sollten's mit dem Büro des Gouverneurs versuchen.«

Eine Frau meinte: »Als ob *der* uns was erzählen würde, wenn alle anderen dichthalten.«

»Wegen der Bären ist's nicht.«

»Weshalb sonst?«

»Weiß ich nicht.«

Suzanne sah Reacher an und fragte: »Was sollen wir tun?«

Reacher antwortete: »Sucht euch einen anderen Trail.«

»Das können wir nicht. Wir sitzen hier fest. Helen hat den Van.«

»Sie ist schon weggefahren?«

»Sie wollte nicht hier frühstücken.«

»Könnt ihr sie nicht anrufen?«

»Kein Handyempfang. Wir erreichen sie nicht. Wir haben's vom Münztelefon im Laden aus versucht. Sie meldet sich nicht.«

»Versucht es mit Kajakfahren. Das macht bestimmt auch Spaß.«

Henry sagte: »Ich hab keine Lust, mit dem Kajak zu fahren. Ich will auf dem Trail wandern.«

Nach einiger Zeit löste sich die kleine Menschenansammlung auf und verzog sich, noch immer leise murrend, auf den Parkplatz. Die Bedienung kam, um Reachers Bestellung aufzunehmen. Er aß und trank schweigend, verlangte die Rechnung und zahlte bar. Dann fragte er die Bedienung: »Wird der Trail oft gesperrt?«

Sie sagte: »Dies ist das erste Mal.«

»Haben Sie gesehen, wer das war?«

Sie schüttelte den Kopf.

»Ich hab noch geschlafen.«

»Wo ist der nächste Stützpunkt der State Police?«

»Der Kajakverleiher sagt, dass es Soldaten waren.«

»Tatsächlich?«

Die Bedienung nickte. »Er sagt, dass er sie gesehen hat.«

»Mitten in der Nacht?«

Sie nickte erneut. »Er wohnt nah am Tor. Sie haben ihn geweckt.«

Reacher legte noch einen Dollar auf das Trinkgeld und ging auf die Straße hinaus. Er wandte sich nach rechts, Richtung stadtauswärts. Doch dann kehrte er um und marschierte zu der hundert Meter langen Seitenstraße, die zu dem Torbogen führte.

Henry und Suzanne standen dort. Allein. Mit geschulterten Rucksäcken. Das Tor war mit drei Flatterbändern in Knie-, Hüft- und Brusthöhe abgesperrt: stellenweise verdrehte fünf Zentimeter hohe Plastikbänder, weiß-blau mit dem Aufdruck *Polizeiabsperrung. Durchgang verboten.*

Henry sagte: »Siehst du?«

Reacher sagte: »Ich hab's dir gleich geglaubt.«

»Also, was denkst du?«

»Ich denke, dass der Trail gesperrt ist.«

Henry drehte sich um und starrte das Absperrband an, als

könnte er es durch reine Willenskraft verschwinden lassen. Reacher lief zur Main Street zurück, verließ die Stadt und bezog wieder Posten bei dem *Welcome*-Schild. Zehn Minuten, rechnete er sich aus. Vielleicht weniger. Der morgendliche Exodus würde bestimmt rascher vonstattengehen als sonst.

Aber der erste Wagen, den er sah, war in Richtung Naismith unterwegs, nicht in Gegenrichtung. Und es war ein Militärfahrzeug. Genauer gesagt ein Humvee mit schwarz-grünem Tarnanstrich. Er röhrte mit aufheulendem Motor, pfeifendem Getriebe und holpernden Reifen vorbei, nahm die Kurve und kam außer Sicht.

Besetzt war er mit vier Männern, harten Kerlen, alle im neuen Kampfanzug der U.S. Army.

Reacher wartete. Eine Minute später kam ein Wagen aus dem Ort, aber er war voll. Zwei vorn, zwei hinten. Kein Platz für einen Anhalter, vor allem für keinen in Reachers Größe. Er erkannte Leute, die er in dem Diner gesehen hatte, enttäuscht und wütend, mit Stiefeln an den Füßen abmarschbereit, ihre Rucksäcke in einer Ecke gestapelt, plötzlich ohne Ziel dastehend.

Er wartete.

Beim nächsten Wagen handelte es sich wieder um einen Humvee, der nach Naismith fuhr. Röhrender Motor, pfeifendes Getriebe, holpernde Reifen, vier Kerle in Kampfanzügen. Reacher schaute ihm bis zur Kurve nach und hörte ihn aus der Ferne langsamer werden, als der Fahrer herunterschaltete und dann wieder beschleunigte. Rechts abgebogen, sagte er sich und hätte die paar Bucks in seiner Tasche darauf verwettet, dass er zu dem Torbogen unterwegs war.

Er starrte ihm grübelnd nach.

Dann tauchte das nächste Fahrzeug aus dem Ort auf. Eine

Limousine. Zwei Personen, der Rücksitz leer. Der Fahrer war der Mann, der noch die Nummer des Motels in Cripps hatte. Er bremste und hielt. Die Frau neben ihm fuhr ihr Fenster herunter und fragte: »Wohin sind Sie unterwegs?«

Reacher schwieg.

Sie sagte: »Wir fahren nach Boston zurück.«

Was großartig gewesen wäre. Nur drei Stunden von New York entfernt. Dichtes Straßennetz, viel Verkehr. Aber Reacher sagte: »Sorry, ich hab's mir anders überlegt. Ich bleibe hier.«

Die Frau zuckte mit den Schultern, und der Wagen fuhr davon.

Er ging wieder zum Vermietungsbüro für Ferienhäuser und klingelte. Sein kleines Blockhaus war noch frei. Er zahlte eine weitere Nacht und bekam denselben Schlüssel. Dann machte er sich auf den Weg zum Torbogen am Ende der hundert Meter langen Seitenstraße und fand dort die beiden Humvees und ihre acht Insassen vor. Die Fahrzeuge hatten gewendet und waren so nebeneinandergefahren, dass sie die Straße absperrten. Die mit Sturmgewehren M16 bewaffneten Soldaten waren dabei, eine Sperrzone einzurichten. Das war offensichtlich. Zwei Gruppen, vier Stunden Dienst, vier Stunden frei. Bestimmt Militärpolizei. Auch das erkannte Reacher. Keine Nationalgarde. Reguläre U.S. Army. Keine Übung. An diesen Männern kam keiner vorbei.

Henry und Suzanne waren nirgends zu sehen.

Reacher sagte: »Sergeant?«

Einer der Soldaten drehte sich um. Dienstgradwinkel auf dem Anhänger in der Brustmitte. Mindestens zwanzig Jahre jünger als Reacher. Eine völlig neue Generation. Bei der Militärpolizei gab es keinen geheimen Händedruck. Kein Schlüsselwort. Und keine wirkliche Begeisterung dafür, mit irgendeinem alten

Knacker zu quatschen, unabhängig davon, was er einst gewesen zu sein behauptete.

Der Sergeant sagte: »Sir, Sie müssen zehn Meter zurücktreten.«

Reacher entgegnete: »Das wäre ein verdammt langer Schritt, nicht wahr?«

Zwei Obergefreite luden Metallböcke aus einem der Humvees aus. Und Balken, die mit *Kein Durchgang* beschriftet waren.

Reacher sagte: »Ich vermute, dass Sie Befehl haben, niemanden in den Wald zu lassen. Mir ist das egal. Geben Sie sich ruhig Mühe. Aber bei näherer Betrachtung würden Sie feststellen, dass der Wald dort anfängt, wo er anfängt – nicht zwanzig Meter hinter Ihren Humvees.«

Der Sergeant fragte: »Wer sind Sie?«

»Ein Mann, der mal die Verfassung gelesen hat.«

»Hier hat's überall Wald.«

»Das ist mir auch schon aufgefallen.«

»Stören Sie uns jetzt bitte nicht weiter bei der Arbeit.«

»Einheit?«

»345th MP.«

»Name?«

»Cain. Ich buchstabiere: *C,A,I,N,* ohne *E.*«

»Haben Sie einen Bruder?«

»Als ob ich das nicht schon oft gehört hätte.«

Reacher nickte und sagte: »Weitermachen, Sergeant«, drehte sich um und ging.

Er suchte erneut das Vermietungsbüro auf und klingelte. Als der alte Mann herangehumpelt kam, fragte Reacher ihn: »Sind meine Freunde noch da? Die Leute, mit denen ich angekommen bin? Henry Soundso und Suzanne Soundso?«

»Die haben heute in aller Frühe ausgecheckt.«

»Und sind nicht zurückgekommen?«

»Sie sind fort, Mister.«

Reacher nickte. Dann machte er sich auf den Weg zu seinem Blockhaus, wo er die folgenden vier Stunden auf dem rückwärtigen Sonnendeck verbrachte, in einem Liegestuhl saß, die Füße auf dem anderen hochlegte und den Himmel betrachtete. Das Wetter war wieder herrlich, und er sah nichts als ein wolkenlos blaues Himmelsgewölbe mit einigen dünnen Kondensstreifen, die zehn, zwölf Kilometer über ihm fernen Zielen zustrebten.

Am frühen Nachmittag ging Reacher zu einem späten Lunch in das Schnellrestaurant. Er war der einzige Gast. Die Kleinstadt lag wie ausgestorben da. Kein Trail, kein Umsatz. Die Bedienung wirkte unglücklich, aber nicht nur wegen der fehlenden Einnahmen. Sie stand an dem Wandtelefon, hörte jemandem zu, war sichtlich besorgt. Anscheinend schlechte Nachrichten. Eine Minute später hängte sie ein und kam an Reachers Tisch.

Sie sagte: »Sie schicken von Cripps aus Suchmannschaften nach Süden. Nach den Wanderern. Die werden geschnappt und eilig rausgebracht. Echt schnell.«

Reacher fragte: »Soldaten?«

Sie nickte. »Jede Menge.«

»Merkwürdig.«

»Das ist noch nicht das Schlimmste. Die Wanderer werden festgehalten und vernommen. Sie sollen sagen, ob sie irgendwas gesehen haben.«

»Das machen Soldaten?«

»Männer in Anzügen. Meine Freundin glaubt, dass sie vom FBI sind.«

»Wer ist Ihre Freundin?«

»Sie arbeitet in dem Motel in Cripps.«

»Was sollen die Leute gesehen haben?«

»Darüber gibt's nur Gerüchte. Vielleicht einen Bären, einen bösartigen Einzelgänger. Einen Menschenfresser. Rudel von Kojoten, Pumas, Bigfoot-Monster. Oder einen gefährlichen Schwerverbrecher, der irgendwo ausgebrochen ist. Oder Wölfe. Oder Vampire.«

»Glauben Sie an Vampire?«

»Ich sehe genauso fern wie alle anderen.«

»Vampire sind's nicht«, meinte Reacher.

»Irgendwas ist dort draußen im Wald, Mister.«

Reacher ließ sich ein heißes Thunfischsandwich schmecken und trank Kaffee und Wasser, bevor er sich wieder auf den Weg zum Torbogen machte, um ihn sich ein weiteres Mal anzusehen. Die Böcke mit den Balken waren zehn Meter hinter den geparkten Humvees aufgebaut. Vier Soldaten mit umgehängten Gewehren hielten dort entspannt Wache. Eine Machtdemonstration. Keine Übung. Insgesamt angenehmer Dienst, wegen des Wetters. Der Winter wäre weit schlimmer gewesen.

Reacher ging in den Ort zurück. Als er gerade die Main Street erreichte, bog der farblose Minivan um die Ecke. Am Steuer saß Helen. Sie hielt neben ihm, fuhr ihr Fenster herunter.

Sie fragte: »Hast du Henry und Suzanne gesehen?«

Er antwortete: »Seit dem Frühstück nicht mehr.«

»Die Leute sagen, dass der Trail gesperrt ist.«

»Das stimmt.«

»Deshalb komme ich, um sie abzuholen.«

»Viel Glück dabei.«

»Wo sind sie?«

»Ich glaube, dass Henry nicht leicht von etwas abzubringen ist.«

»Sie sind trotzdem losgegangen?«

»Das vermute ich.«

»Nach der Sperrung?«

»Das war für kurze Zeit möglich. Nach dem Anbringen der Bänder, bevor die Soldaten eingetroffen sind.«

»Von den Soldaten habe ich schon gehört.«

»Was hast du noch gehört?«

»Im Wald treibt sich etwas Schlimmes herum.«

»Vielleicht Vampire«, meinte Reacher.

»Das ist kein Witz. Ich habe gehört, dass es Deserteure oder ausgebrochene Sträflinge sein könnten. Sehr gefährliche Leute. Alle Welt redet davon, auch im Radio. In Cripps sind schon die ersten Fernsehteams eingetroffen.«

»Gehen wir einen Kaffee trinken?«

Helen parkte vor dem Schnellrestaurant, und sie gingen hinein und setzten sich an Reachers angestammten Tisch. Die Bedienung brachte ihnen Kaffee, dann hastete sie wieder ans Wandtelefon. Vermutlich um mit ihrer Freundin in Cripps zu sprechen. Um neue Informationen und Klatsch und Gerüchte zu hören.

Helen sagte: »Henry ist ein Idiot.«

»Er liebt die Wälder«, sagte Reacher. »Das kann man ihm nicht zum Vorwurf machen.«

»Aber dort droht jetzt irgendeine Gefahr.«

»Das stimmt wohl.«

»Was er gewusst haben muss. Dazu braucht man kein Genie zu sein. Er ist ein Idiot, doch kein richtiger *Idiot*. Aber er ist trotzdem losgezogen und hat Suzanne mitgeschleppt. Er ist wirklich ein Idiot. In zweifacher Beziehung.«

»Suzanne hätte Nein sagen können.«

»Ach, die ist genauso schlimm. Kann keinem Impuls widerstehen. Wie ich erfahren habe, sind von Cripps aus Suchmannschaften unterwegs.«

Reacher nickte. »Das habe ich auch gehört. Aus sicherer Quelle, aber gewissermaßen aus zweiter Hand. Unsere Bedienung hat dort oben eine Freundin.«

»Wonach suchen sie?«

»Leute wie Henry und Suzanne. Sie werden in Sicherheit gebracht und gefragt, ob sie was gesehen haben.«

»Aber Henry und Suzanne werden sie verpassen, nicht wahr? Das ist unvermeidlich. Sie rechnen mit drei Tagen Vorlauf. Sie stellen die Suche ein, wenn sie alle Leute haben, die gestern Morgen losgezogen sind. Henry und Suzanne kommen vierundzwanzig Stunden später. Also holt niemand sie dort raus, bringt niemand sie in Sicherheit. Das ist nicht gut.«

»Die Wälder sind riesig.«

»Dieses Raubtier könnte auf der Jagd umherstreifen. Oder wenn es ausgebrochene Häftlinge sind, würden sie auf dem Trail bleiben. Dann bekämen Henry und Suzanne es allein mit ihnen zu tun.«

Reacher sagte: »Hier geht's um keine ausgebrochenen Häftlinge.«

»Woher weißt du das?«

»Ich war bei den Soldaten am Torbogen. Sie sind Militärpolizisten, wie ich einer war. Aber was sie dort draußen machen, ist theoretisch nicht ganz koscher. Militärpolizei darf keine zivilen Polizeiaufgaben übernehmen. Das regeln alle möglichen Vorschriften. Aber ihr Sergeant hat mir bereitwillig die Nummer seiner Einheit genannt. Und genauso seinen Namen. Er hat ihn mir sogar buchstabiert: Cain ohne *e*.«

»Was hat das alles zu bedeuten?«

»Es bedeutet, dass er vor nichts Angst hat. Also konnte er mich barsch wegschicken. Das bedeutet, dass er die absolute Garantie hat, dafür nicht belangt zu werden. Was wiederum einen dringenden Befehl von ganz weit oben voraussetzt. Von einer Stelle, der niemand etwas anhaben kann. Macht ein kleiner Bürger wie ich Schwierigkeiten, wird er von der Maschine zerquetscht. Und der Sergeant bekommt einen Orden. Was beweist, dass es hier um eine Frage der nationalen Sicherheit geht. Alle Anzeichen dafür sind vorhanden. Und ausgebrochene Sträflinge sind kein Problem der nationalen Sicherheit. Für die ist der jeweilige Bundesstaat zuständig.«

Helen schwieg einige Sekunden.

Dann sagte sie: »Ein nationales Sicherheitsproblem könnte eine desertierte Militäreinheit sein. Oder eine Gruppe bewaffneter Terroristen. Auch geflüchtete Abschiebehäftlinge des Ministeriums für Innere Sicherheit. Oder irgendein Mutant ist ausgebrochen, aus einem Labor für Gentechnik. Oder andere Leute haben *ihren* Mutanten freigelassen. Absichtlich. Vielleicht ist dies ein Angriff. Und Henry und Suzanne sind mittendrin.«

»Es ist nichts dergleichen«, beruhigte Reacher sie.

»Woher weißt du das?«

»Weil ich den ganzen Vormittag von meinem Liegestuhl aus den Himmel beobachtet habe.«

»Und das hat dir was gesagt?«

»Keine kreisenden Aufklärer, keine Drohnen, keine Hubschrauber. Wären sie auf der Suche nach Warmblütern, hätten sie den ganzen Tag mit Wärmebildkameras die Gegend abgesucht. Und mit IR-Sonden, Radar und was es sonst noch so an modernen Aufklärungsmitteln gibt.«

»Was suchen sie also deiner Meinung nach?«

»Nichts. Das habe ich dir schon gesagt. Keine Überwachung aus der Luft.«

»Wonach suchen sie also nicht?«

»Nach etwas ohne Wärmesignatur, das zu klein ist, um von Radar erfasst zu werden.«

»Was könnte das sein?«

»Keine Ahnung.«

»Aber es muss etwas sein, das wir offenbar nicht sehen sollen. Etwas, von dem wir nichts wissen dürfen.«

»Das liegt auf der Hand.«

»Es könnte sich um einen Kaltblüter handeln. Zum Beispiel um eine Schlange.«

»Oder um einen Vampir. Sind die Kaltblüter?«

»Das Ganze ist kein Witz. Aber okay, vielleicht geht's um kein Lebewesen. Vielleicht eher um ein geheimes Gerät, ein geheimes Ausrüstungsteil. Das irgendwie inert ist.«

»Schon möglich.«

»Wie ist es dorthin gekommen?«

»Das ist die große Frage«, sagte Reacher. »Ich denke, dass ein Flugzeug es verloren hat.«

Sie ließen sich Kaffee nachschenken, und Helen grübelte weiter über das Problem nach, bis sie zuletzt sagte: »Das ist eine schlimme Sache.«

Reacher meinte: »Eigentlich nicht. Von einem inerten Ausrüstungsteil haben Henry und Suzanne nicht viel zu befürchten. Es springt nicht auf und beißt sie in den Hintern.«

»Doch, genau das tut es – bildlich gesprochen. Sie sind widerrechtlich im Wald unterwegs, vierundzwanzig Stunden später als alle anderen. Das wirkt heimlichtuerisch. Als hätten sie den Auftrag, das Teil zu finden und rauszuschmuggeln. Vielleicht ist's eine Bombe oder eine Lenkwaffe? Das kommt vor, nicht? Bomben und Lenkwaffen fallen manchmal versehentlich vom Himmel, korrekt? Das habe ich in einem Buch gelesen. Aber in vielen Fällen steckt Absicht dahinter. Als gäbe es eine große Verschwörung. Was machen wir, wenn Henry und Suzanne für den in Marsch gesetzten Bergungstrupp gehalten werden? Sie schlüpfen durch die Absperrung, sind vierundzwanzig Stunden allein im Wald, sie sollen die Lenkwaffe *vor* den Amerikanern bergen und an ihre Auftraggeber weiterleiten. Eines Tages wird dann ein Jet im Anflug auf den JFK International abgeschossen, und wir stehen vor einem zweiten 9/11.«

»Henry und Suzanne sind Wanderer. Naturliebhaber. Wir sind mitten in der Urlaubszeit. Und die beiden sind Kanadier.«

»Was heißt das?«

»Die nettesten Leute der Welt, fast so gut, wie Schweizer zu sein.«

»Aber man wird sie auf jeden Fall überprüfen.«

»Namen und Zahlen in ein paar Datenbanken. Das hat nichts zu bedeuten.«

»Suzanne hat eine Vorgeschichte.«

Reacher fragte: »Welcher Art?«

»Sie ist ein liebenswerter Mensch. Das musst du wissen. Sie sympathisiert mit jedem.«

»Ist das ein Problem?«

Helen sagte: »Natürlich ist es eins. ›Mit jedem‹ bedeutet buchstäblich mit jedem, was gefährlich sein kann. Lenkt man den Suchscheinwerfer in eine bestimmte Richtung, kann man Sympathien für Ideen entdecken, die unser Staat nicht billigt. Aus dem Zusammenhang gerissen, durch anderes mehr als wettgemacht und nicht fair beurteilt, aber Tatsachen sind eben Tatsachen.«

Reacher schwieg.

Helen sagte: »Und sie ist politisch sehr engagiert. Und sehr aktiv.«

»Wie aktiv ist sehr aktiv?«

»Sie macht praktisch nichts anderes. Als wär das ihr Job. Den Bike Shop führt Henry die meiste Zeit allein.«

»Also ist sie in mehr als ein paar Datenbanken. Mindestens in ein paar hundert.«

»In den meisten vermutlich mit einem roten Warnsignal. Ich meine, sie ist nicht Che Guevara oder Mao, aber Speicherplatz ist heutzutage sehr billig und muss mit irgendwas gefüllt werden. Sie gehört bestimmt zur obersten Million. Und ich bin ebenso davon überzeugt, dass die Behörden über programmierte Abwehrmechanismen verfügen. Dann blinken alle Warnleuchten, und sie wird in ein Geheimgefängnis in Syrien oder Ägypten gesteckt. Vielleicht darf sie nach einem Jahr oder so wieder nach Hause – ganz verändert und leicht verwirrt. Wenn sie's überlebt.«

Reacher sagte: »Vielleicht war's keine Lenkwaffe, sondern ist irgendeine langweilige Blackbox voller codierter Informationen, mit denen kein Außenstehender etwas anfangen könnte. Womit sich die Sache mit einem Bergungsteam erübrigen würde. Dann macht niemand Jagd auf Schatten. Sehen sie Henry und Suzanne wie Wanderer angezogen, wie Wanderer gehen und reden, werden sie in ihnen auch nur Wanderer sehen, ihnen ein Glas Wasser anbieten und sie weiterziehen lassen.«

»Das weißt du nicht mit letzter Sicherheit.«

»Es ist eine von mehreren Möglichkeiten.«

»Und wie sehen die anderen aus?«

»Manche davon könnten dem von dir geschilderten Szenario ziemlich nahe kommen, fürchte ich.«

»Wie viele davon?«

»So gut wie alle. Letzten Endes ist sie eine Ausländerin mit verdächtiger Vorgeschichte mitten in einer staatlich verordneten Sperrzone.«

Helen sagte: »Wir müssen sie rausholen.«

Widerstand war zwecklos. Das wusste Reacher sofort, schließlich war er Realist. Ein Stoiker im ursprünglichen Sinn des Wortes. Ein Mensch, der die Umstände akzeptierte, wie sie waren, und nicht versuchte, sie zu ändern. Er fragte: »Wie schnell marschieren sie?«

Helen antwortete: »Nicht sehr schnell. Sie halten Zwiesprache mit dem Wald, hinterlassen Fußabdrücke in jungfräulicher Erde. Sie sehen sich alles genau an. Sie horchen auf Vögel und den Wind in den Bäumen. Wir müssten sie einholen können.«

»Überholen wäre besser.«

»Wie?«

Sie begannen mit der Küche des Diners, in der der leicht verwirrte Koch sich beschwatzen ließ, ihnen zwei große Fleischermesser auszuhändigen, die wie Macheten aussahen. Als Nächstes hasteten sie zum Kajaksteg und mieteten einen schlanken Zweisitzer. Er war hellorangerot und hatte um die Sitzöffnungen herum schwarzes Gummigewebe, mit dem sich ein wasserdichter Verschluss herstellen ließ, wie Reacher erkannte. Damit kein Wasser eindringen konnte. Im August und auf einem Binnengewässer, das friedlich dalag wie ein Dorfteich, erschien ihm das übertrieben.

Reacher saß hinten. Er passte nur knapp hinein. Helen auf dem Vordersitz hatte keine Probleme. Der Vermieter löste die Leinen, und sie paddelten los; anfangs chaotisch, dann koordinierter und besser. Viel besser. Es ging darum, den richtigen Rhythmus zu finden. Lange, gleichmäßige, Tempo bringende Züge. Wie Schwimmbewegungen, aber schneller als schwimmen. Auch schneller als wandern. Bestimmt schneller als Menschen, die Zwiesprache mit dem Wald hielten, Fußabdrücke in jungfräulicher Erde hinterließen und den Vögeln lauschten. Vielleicht doppelt so schnell. Oder noch schneller, was gut war. Der See glich einem gekrümmten Zeigefinger, was ihnen die Möglichkeit zu einem natürlichen Umgehungsmanöver bot: anfangs parallel zu dem Trail, aber auf Höhe des imaginären Fingernagels näher an ihn heranführend. Weil der See sich in die Wälder bohrte, wie der Bundesstaat Maine sich hier in Kanada hineinbohrte. An der Fingerspitze würden sie voraussichtlich nur wenige hundert Meter – maximal eine Viertelmeile – von dem Trail entfernt sein. Dieser schmale Streifen Urwald würde kein unüberwindbares Hindernis darstellen.

Sie paddelten weiter. Nicht im Sprinttempo, eher wie bei einem Zehntausendmeterlauf. Nicht lockerlassen. Durchhalten. Verbissen weiterkämpfen. Die Macheten lagen zwischen Reachers Füßen auf dem Bootsboden. Bei jedem Paddelzug rutschten sie vor und zurück, vor und zurück.

Die Spitze des Zeigefingers war ein unter die Bäume hineinreichendes felsiges V. Das machte es leicht, das Kajak vor dem Aussteigen zu stabilisieren. Überall gab es Handgriffe. Aber die Bäume stellten ein gewisses Hindernis dar, an Land zu gehen. Man musste sich mit einer Schulter voraus zwischen ihnen hindurchzwängen, dann die Gegenschulter einsetzen, den hinteren Fuß nachziehen und sich wie durch Partygedränge bewegen – nur mit dem Unterschied, dass die Gäste hier Statuen wie aus Eisen waren. Und das Ganze nicht bei Kerzenlicht, sondern in dem merkwürdigen grünen Schimmer von Sonnenlicht, das von unzähligen Blättern und Nadeln gefiltert wurde.

Und jede kleine Lichtung war eine Behinderung, weil alle mit Brombeer- und Dornenranken überwuchert waren. Ein Stück weit konnte man mit Gewalt hindurchbrechen, aber in neunzig Prozent der Fälle musste man auf den letzten Metern die Messer einsetzen, um die Knöchel aus Ranken zu befreien.

Reacher fragte: »Alles okay mit dir?«

Helen antwortete: »In welcher Beziehung?«

»Du magst den Wald nicht.«

»Du darfst dreimal raten, warum nicht? Gleich jetzt, in dieser Minute.«

Sie arbeiteten sich weiter vor. Reacher ging voraus und schlug eine Schneise in die Vegetation. Helen folgte ihm dichtauf, und beide hinterließen Fußabdrücke in einem Gebiet, das noch kein Mensch betreten hatte. Nach einer Weile spürten sie den Trail mehr, als sie ihn sahen: als Schneise, als Diskontinuität, als Fehlen von Unterholz und Bäumen. Eine Lücke in den Waldgeräuschen. Ein veränderter Himmel. Ein Riss im Laubdach. Im nächsten Augenblick erreichten sie ihn, stiegen über den letzten umgestürzten Baum, richteten sich auf und standen auf einem buchstäblich viel begangenen Pfad. Die Luft war feucht und auffällig kühl.

Helen fragte: »Sind wir vor ihnen?«

»Ich denke schon«, antwortete Reacher. »Bestimmt, wenn sie sich unterwegs Zeit lassen. Vielleicht nicht, wenn etwas sie so erschreckt hat, dass sie sich beeilen. Aber ich bin mir ziemlich sicher, dass wir's geschafft haben. Und wenn's um Spekulationen geht, bin ich eher vorsichtig.«

»Dann warten wir hier?«

»Am effizientesten nutzen wir unsere Zeit, wenn wir ihnen

entgegengehen. Dann können wir sie näher bei Naismith zum Umkehren bewegen.«

»Vielleicht entfernen wir uns dann von ihnen.«

»Das Leben ist ein Glücksspiel, stimmt's?«

»Die Situation war von Anfang an unheimlich. Vielleicht haben sie sich die ganze Zeit beeilt. Nur um sagen zu können, dass sie den Trail gemacht haben. Sie können vor einer halben Stunde hier vorbeigekommen sein.«

»Ich vermute, dass sie sich nicht beeilt haben. Sie kamen mir wie echte Naturliebhaber vor, die häufig haltmachen und dieses und jenes betrachten. Hier draußen ganz allein. Nur sie und der Wald. Wahrscheinlich sind wir ihnen eine halbe Stunde voraus.«

»Du hast so was schon mal gemacht, richtig?«

»Gelegentlich.«

»Hast du dabei recht behalten?«

»Manchmal.«

Helen atmete tief durch, dann sagte sie: »Okay, hoffen wir also, dass wir ihnen begegnen. Und wenn wir's nicht tun, werfe ich dir ein paar sehr unkanadische Ausdrücke an den Kopf. Einige mit mehreren Silben.«

»Stock und Stein brechen mein Gebein, doch Worte bringen keine Pein«, reimte Reacher.

»Ich gehe voraus«, sagte sie.

Der Trail war viel leichter begehbar und verlief ohne die kleinste Abweichung schnurgerade, sodass sie auch auf Dinge achten konnten, die weiter als anderthalb Meter entfernt waren und von denen es viele gab. Und die sie letztlich mehr aufhielten als die Stolperdrähte aus Brombeerranken. Urweltlich war das richtige Wort. Nicht ganz Reachers Ding, aber er konnte eine gewisse primitive Beziehung nicht leugnen. Das mochte auch daran liegen, dass hundert Generationen seiner Vorfahren in Wäldern gelebt hatten. Die Baumstämme waren bedeckt mit Flechten und glatt von hellgrünem Moos, sie bogen und verdrehten sich und konkurrierten um Platz und Licht, und ihre düsteren Umrisse schienen zu sprechen, ganz leise, einem fernen Summen gleich. *Links voraus ein idealer Ort für einen Hinterhalt, sieh dich vor. Rechts voraus zwei Verteidigungsstellungen, also nimm dir vor, die erste zu nutzen, damit du dich notfalls in die zweite zurückziehen kannst.* Hundert Generationen, die allem Anschein nach überlebt hatten, weil es ihn sonst nicht gegeben hätte.

Sie gingen in der kühlen Luft weiter, die sich wie Kellerluft anfühlte. Der Pfad war dunkler, mit Laub angereicherter Lehm, auf dem es sich federnd weich gehen ließ. Wie ein hochfloriger Teppich.

Keine Wanderer in Sicht.

Nicht in den ersten fünf Minuten oder den ersten zehn. Zwei Paare auf genau entgegengesetzten Kursen, eines schnell unterwegs, das andere langsam, fünfzehn Minuten bereits verstrichen. Das Zeitfenster, in dem es zur Begegnung kommen musste, wurde kleiner und kleiner. Falls es eine geben würde, musste es bald so weit sein.

Aber es gab keine.

Nicht in den folgenden fünf Minuten, nicht in den folgenden zehn. Kaum vorstellbar, dass Henry und Suzanne so langsam sein konnten. Außer sie hatten es mit der Angst zu tun bekommen und waren umgekehrt und schon fast wieder in Naismith. Vielleicht hatte die Vernunft gesiegt. Vielleicht waren sie in genau dem Augenblick hinter Sergeant Cain erschienen, in dem Reacher und Helen vom Kajaksteg ablegten.

Das ließ sich unmöglich sagen.

Keine Wanderer in Sicht.

Helen sagte: »Reacher, du hast's vermasselt.«

Er sagte: »Fang mit den einsilbigen Wörtern an. Ich lerne immer gern dazu.«

Sie sagte: »Vielleicht ist ihnen schon etwas zugestoßen.«

»Aber was? Von Naismith aus werden keine Suchmannschaften nach Norden geschickt. Wanderer sind auch keine unterwegs. Das verschwundene Ausrüstungsteil springt auch nicht auf und beißt sie in den Hintern. Nicht wirklich. Das kann man später in übertragenem Sinn behaupten, aber vorerst kann ihnen nicht viel passiert sein.«

»Wo sind sie dann?«

»Sie müssen haltgemacht haben und stellen vielleicht schon ihr Zelt auf. Weil sie den idealen Platz gefunden haben.«

»Ich glaube, dass sie sich beeilt und wir sie verpasst haben und wir hinter ihnen rausgekommen sind.«

»Das Leben ist ein Glücksspiel«, wiederholte Reacher.

Sie marschierten weiter, jetzt etwas schneller, und ignorierten die kleinen Lichtungen links und rechts des Trails, die Sälen in einem Museum glichen. Hoch über ihnen war eine Brise aufgekommen, die in den Wipfeln rauschte und die Baumstämme knarren ließ. Unsichtbare kleine Tiere flüchteten raschelnd ins Unterholz. Insekten bildeten dichte Wolken, die man umgehen oder um sich schlagend durchqueren musste.

Dann schlängelte der Weg sich um einen riesigen bemoosten Felsblock, und sie sahen vor sich im Halbdunkel auf dem Waldboden zwei Gegenstände in leuchtenden Neonfarben. Rot, Orange und Gelb, Nylon, Riemen, Schnallen und Schlösser.

Rucksäcke.

»Ihre«, sagte Helen sofort.

Reacher nickte.

Er hatte diese Rucksäcke erst kürzlich gesehen, zuletzt an diesem Morgen auf dem Rücken zweier Wanderer an dem Tor zum Wilderness Trail. Sie blieben neben dem Gepäck stehen. Es war nicht einfach zurückgelassen worden. Die stehenden Rucksäcke waren aneinander gelehnt, also sorgfältig abgestellt worden.

»Sie haben den Pfad kurz verlassen«, erklärte Reacher. »Um einen kleinen Abstecher zu machen. Unsinnig, dabei die Rucksäcke mitzuschleppen.«

Bis auf das Atmen und Summen des lebenden Waldes war es um sie herum still. Kein Keuchen, keine Rufe, keine Schritte. Nichts.

Helen fragte: »Sollen wir sie rufen?«

Reacher antwortete: »Nicht zu laut.«

»Henry? Suzanne?« Sie sprach ihre Namen flüsternd wie auf der Bühne, jedoch nachdrücklicher, lauter als in gewöhnlicher Rede aus, aber leiser als ein Rufen, mit einem sorgenvollen Fragezeichen.

Keine Antwort.

»Suzanne? Henry?«

Keine Antwort.

Sie sagte: »Sie sind bestimmt nicht weit weg.«

Reacher betrachtete das Unterholz auf beiden Seiten des Trails. Logischerweise würden die beiden ihn in der Nähe ihres Gepäcks verlassen haben. Es wäre unlogisch gewesen, die Rucksäcke abzustellen und sich erst hundert Meter weiter in die Büsche zu schlagen. Also wusste er, wo seine Suche beginnen musste. Doch er war durchaus kein erfahrener Fährtensucher. Nicht hier draußen in der Wildnis. Nicht wie im Film, wo der Mann in die Hocke geht, kurz nachdenkt und dann sagt: *Sie sind vor drei Stunden hier vorbeigekommen, und die Frau hat eine Blase an der Ferse.*

Aber an einer Stelle fanden sie abgebrochene Zweige und ein paar abgerissene Blätter. Sie ließen den Eindruck entstehen, dass hier ein Fuß aufgesetzt worden war und ein kurzer, vorsichtiger Schritt folgte, danach der zweite Fuß und eine der ersten folgende zweite Person, die sich mal mit einer, mal mit der anderen Schulter voraus durch die Lücken zwischen den Bäumen schlängelte.

Helen fragte: »Sollen wir's versuchen?«

Reacher sagte: »Ruf sie noch mal.«

»Henry? Suzanne? Wo seid ihr?«

Keine Antwort. Kein Echo aus dem Wald.

Reacher bahnte sich einen Weg durchs Unterholz, suchte den Waldboden vor sich ab und achtete auf Spuren wie geknickte Zweige oder Saft, der aus abgebrochenen Stängeln austrat. Ein mühseliger Vorgang. An den meisten Stellen gab es keine klar erkennbare Richtung, die man hätte einschlagen können. Alle paar Meter musste er stehen bleiben, den Halbkreis vor sich absuchen und aus gleich plausiblen Winkeln die am wenigsten unwahrscheinliche Möglichkeit auswählen. Er rechnete sich aus, dass Niederwild Grashalme ebenso zur Seite drücken konnte wie ein menschlicher Fuß, aber dass nur das Gewicht eines Menschen trockene Zweige zersplittern ließ, die dicker als ein Bleistift waren, und stellte seine Vermutungen aufgrund solcher Spuren oder ihres Fehlens an. Weiter und weiter, wie ein Algorithmus, ja und nein, nein und ja.

Tiefer in den Wald hinein.

Alle zehn Meter machten sie halt, um zu lauschen, wobei ihr Unterbewusstsein die normalen Geräusche ausblendete und auf anomale horchte. Aber sie hörten nichts, nicht beim ersten Halt und auch nicht beim zweiten oder dritten, aber beim vierten Stopp glaubte Reacher zu spüren, dass jemand in seiner Nähe den Atem anhielt: eine angespannte menschliche Reaktion, die der Steinzeitmensch als von einem Jäger oder seiner Beute stammend interpretierte, was beides gleich interessant war. Hundert Generationen, die alle überlebt hatten. Dann vernahm er ein leises Geräusch, eine Mischung zwischen einem asthmatischen Klicken und einem hellen Surren, ein leises Pfeifen voller winziger Quietschgeräusche und mit einem höhlenartigen Echo. Wie bei einer Nikon-Kamera, aber doch nicht ganz. Eine elektronische Imitation, ganz dünn und substanzlos.

Ein Handy, das ein Foto machte.

Und noch eins.

Reacher setzte sich wieder in Bewegung, hob die Füße, um nicht in Ranken hängen zu bleiben, quetschte sich durch eine Lücke zwischen Baumstämmen und erblickte dann plötzlich Henry und Suzanne. Sie standen keine drei Meter von ihm entfernt Schulter an Schulter, schauten zu Boden und machten mit einem Handy Aufnahmen von etwas, das vor ihnen auf der Erde lag. *Keine Wärmesignatur und zu klein, um im Radar sichtbar zu sein*. Das stand verdammt fest.

Vor ihnen lag ein Toter, klein, dunkelhäutig, hager und asketisch, in einem alten orangeroten Häftlingsoverall. Er lag auf dem Rücken, und sein Hals und seine Gliedmaßen sahen unnatürlich verrenkt aus. Innerlich schien er weich, fast flüssig zu sein, als wären die Knochen zerschlagen und seine Organe zerdrückt.

Reacher sagte: »Er ist aus einem Flugzeug gefallen. Durch die Tür hinaus. In großer Höhe. Also wird er wegen Sauerstoffmangel sofort ohnmächtig oder erleidet in der Eiseskälte einen Herzinfarkt – aber so oder so fällt er wie eine Stoffpuppe, durchschlägt das Laub- und Nadeldach und bleibt zerschmettert auf dem Waldboden liegen. Das grüne Dach über ihm schließt sich wieder, sodass aus der Luft nichts zu sehen ist. Der Tote kühlt rasch auf die Umgebungstemperatur ab, sodass Infrarotkameras ihn nicht entdecken können. Und fürs Radar unterscheidet er sich nicht von einer Baumwurzel oder einer Ansammlung abgebrochener Äste.«

Suzanne sagte: »Ich hoffe, dass er in der Kälte einen Herzinfarkt erlitten hat.«

Reacher bemerkte: »Fragt sich nur, ob er gesprungen ist oder aus der Maschine gestoßen wurde.«

»Er ist gesprungen.«

»Wer ist er?«

»Ein kanadischer Bürger. Er wollte über Toronto aussteigen. Aber das hat er verpasst.«

»Und wer bist du?«

»Nur eine weitere kanadische Bürgerin.«

»Für wen sind die Fotos?«

»Für seine Angehörigen.«

»Wer ist er?«, wiederholte Reacher.

»Ich sehe beide Seiten«, erklärte Suzanne. »Ich würde alles tun, um einen weiteren Anschlag zu verhindern. Aber diese Sache wird immer verrückter. Diese Kerle werden von Guantánamo nach Ägypten und Syrien gebracht, wo man sie unter Anwendung von Gewalt verhört. Nach einiger Zeit müssen die Überlebenden zurückgebracht werden, weil die Ägypter und Syrer sie loswerden wollen. Aber ihr Amis wollt sie nicht zurückhaben, denn was tätet ihr mit ihnen? Guantánamo ist immer voll, und ihr könnt sie nicht einfach laufen lassen, weil jeder von ihnen Geschichten zu erzählen hat.«

»Was machen sie also mit ihnen? Und sag mir, woher du das alles weißt.«

»Es gibt ein Netzwerk für Leute mit Gewissen. Im innersten Dark Net. Bestimme Tatsachen sind dokumentiert. Eure Bodenmannschaften blockieren Sicherheitsmechanismen, damit die Flugzeugtür sich in der Luft öffnen lässt. Bei sehr geringer Geschwindigkeit, in sehr geringen Höhen, meistens im Radarschatten über dem Nordatlantik, wo man ungesehen tiefer gehen und die Luke öffnen kann. Genau das machen sie mit ihnen. Problem gelöst.«

»Und?«

»Das spricht sich herum, und dieser Mann weiß, dass er unter der Folter sterben oder auf dem Rückflug aus der Maschine geworfen werden wird. Für ihn gibt es kein Happy End. Also beschließt er, auf dem Hinflug aus dem Flugzeug zu springen. Um sie zu überrumpeln. Irgendwo in der Nähe von Toronto. Um seinen und ähnliche Fälle anzuprangern. Vielleicht hätte die Berichterstattung unserer Presse etwas Druck aufbauen können.«

Reacher nickte. Toronto war nicht sehr weit von hier entfernt. »Was ist schiefgegangen?«, fragte er.

»Eigentlich nicht viel. Das Netzwerk hat Zugang zu Informationen und verfügt über Experten aller Art. Sie kennen die Route, die sich nie ändert, und die Überflugzeiten. Es ging also nur darum, die Minuten im Kopf mitzuzählen und dann zur Tür zu stürzen. Aber das ist wohl nie sehr genau. Obwohl er's monatelang trainiert hat. Auch Gegenwind in Flughöhe kann viel ausmachen, denke ich. Kleine Ungenauigkeiten multiplizieren sich.«

»Für wen sind die Fotos?«, fragte Reacher wieder.

»Für seine Familie. Sonst lässt sich nichts tun. Nichts von alledem ist aktenkundig. Die prompten Dementis wären glaubwürdig. Sie würden behaupten, diese Fotos seien gefälscht. Schwaches grünliches Licht, ein bisschen körnig. Radikale Ausländer mit einem Bike Shop. Die ganze Aufregung würde keinen Tag lang anhalten.«

»Hätte sie in Toronto länger gedauert?«

»Davon waren alle überzeugt. Großstädte und ihre Vororte sind anders. Dort gibt es massenhaft Zeugen und Cops und Fernsehteams. Da lässt sich nicht so leicht etwas vertuschen. Die Aktivisten dachten, das könnte eine Wende einleiten.«

»Du weißt anscheinend recht gut, was alle denken.«

»Ich versuche herauszufinden, was alle denken. Das ist der Schlüssel zu mehr Verständnis. Im Übrigen war dieser Kerl kein Unschuldslamm, sondern ein Verbrecher wie aus dem Mittelalter, ein grausamer Mörder. Ich bin froh, dass er sich aus dem Flugzeug gestürzt hat. Aber er hatte ihnen längst alles erzählt, was er wusste. Trotzdem haben sie ihn fortgeschickt. Aus alter Gewohnheit. Das ist das Irre daran.«

»Woher wusstet ihr, wo ihr suchen musstet?«

»Unsere Experten haben den Flug ausgewertet.«

»Wieso ihr?«

»Wir waren am nächsten.«

»Wie viele hätten zur Wahl gestanden?«

»Viele.«

»Auch Helen?«

Helen sagte: »Natürlich.«

Henry sagte: »Es war ihre Idee, anzuhalten und dich mitzunehmen. Wenigstens haben wir auf diese Weise einen amerikanischen Zeugen. Was du gesehen hast, musst du bezeugen.«

Reacher sagte: »Wir müssen nach Naismith zurück.«

Aber so weit kamen sie nicht. Nicht als Gruppe. Als Erstes wollten sie zum Trail zurück. Reachers deutlicher Fährte rückwärts zu folgen war ganz leicht. Ungefähr dreißig Meter vor dem Trail hörte er vor sich Geräusche und ahnte eine in einer Lücke zwischen den Bäumen aufblitzende Bewegung. Als er warnend die Hand hob, erstarrten hinter ihm Suzanne, Helen und Henry. Er schlich ohne sie weiter, wechselte mehrmals den Blickwinkel, statt sich zu bewegen, und spähte nach vorn.

Vier Männer in Kampfanzügen. Einer von ihnen war Sergeant Cain. Alle vier starrten die Rucksäcke an. Sorgfältig abgestellt. Aneinander gelehnt.

Reacher schlich zurück und flüsterte: »Bleibt noch hundert Meter im Wald. Holt weit aus. Beeilt euch, wenn ihr südlich von ihnen den Trail erreicht. Dann springt ihr in den Van und fahrt geradewegs nach Hause. Viel Glück dabei! Lasst euch hier nicht wieder blicken.«

Sie schüttelten ihm dankbar die Hand und verschwanden im Wald, während Reacher wartete. Er ließ ihnen drei Minuten Vorsprung, dann bewegte er sich absichtlich laut auf die Soldaten zu, zertrampelte Ranken und knickte bei jeder Gelegenheit Zweige. Sie hörten ihn aus zehn, zwölf Metern Entfernung, drehten sich wie ein Mann nach ihm um und rissen ihre M16 hoch. Reacher hörte ein vierfaches Klicken, als vier Sturmgewehre entsichert wurden. Deutliche, präzise Geräusche, hart und real, nicht wie der imitierte Kameraverschluss.

Reacher sagte: »Langfeuerwaffen sind für Wälder wenig geeignet, Sergeant Cain. Man kann zielen, wie man will, und hat immer einen Baum vor sich. Das war Ihr erster Fehler – und hoffentlich Ihr letzter.«

Cain fragte laut: »Sind diese Leute bei Ihnen?«

»Welche Leute?«

»Die Eindringlinge.«

»Sie sind Wanderer aus Kanada. Ich habe sie seit heute Morgen nicht mehr gesehen.«

»Das glaube ich Ihnen nicht.«

»Lassen Sie's gut sein, Sergeant. Seien Sie clever. Hier gibt's keine Orden zu holen. Schon morgen hat sich die ganze Sache erübrigt.«

»Sie könnten Spuren eines Geheimunternehmens gesehen haben.«

»Sie haben gesehen, was sie sehen sollten.«

Cain fragte: »Was soll das heißen?«

»Denken Sie an einen Magier auf der Bühne«, erklärte Reacher. »Große Bewegungen mit der linken Hand, die alle Aufmerksamkeit auf sich zieht, während die Rechte die eigentliche Arbeit macht. Auf der Welt gibt es nun mal Aktivisten, Sergeant. Die können wir uns nicht wegwünschen. Sie sind ständig auf der Suche nach etwas, über das sie jammern und wehklagen können. Also geben wir ihnen etwas. Mit großartigem Schwung der linken Hand. Etwas, worüber sie sich aufregen können. Aber nicht zu sehr, denn wem ist ein grausamer Mörder direkt aus dem Mittelalter nicht scheißegal? In der Zwischenzeit tut die Rechte ungestört, was getan werden muss. Eine klassische Irreführung.«

»Wer sind Sie?«

»Ich war mal ein MP. Der Boss des Bosses Ihres Bosses. Und mein Bruder war eine Zeit lang beim Militärgeheimdienst. Ich habe einige seiner Leute kennengelernt. Ziemlich kluge Köpfe, Sergeant. Vor allem ein alter Mann namens O'Day. Ich wette zehn zu eins, dass er diesen Plan ausgeheckt hat. Überlegen Sie mal: Hunderte von Leuten, eine geheime Website, aufwendige Geheimhaltung, umfangreiche Planungsarbeit. Das saugt Energien auf wie ein Schwamm. Und sie bleiben dort, wo wir sie sehen können.«

Keine Antwort.

»Lassen Sie's gut sein, Sergeant«, sagte Reacher noch mal. »Spielen Sie Ihre Rolle, die daraus besteht, grimmig neben Ihren Humvees zu stehen. Keiner dankt es Ihnen, wenn Sie sich nicht an Ihren Text halten. Solche Dinge sind sorgfältig orchestriert.«

Dann trat Reacher einen Schritt zurück und überließ es Cains Karrierebewusstsein, die richtigen Schlüsse zu ziehen. Eine Minute später gab der Sergeant einen kurzen Befehl, woraufhin die vier kehrtmachten und in Richtung Naismith davontrabten. Reacher folgte ihnen mit fünf Minuten Abstand. Vorsichtshalber beschrieb er auf den letzten hundert Metern durch den Wald einen Bogen, sodass er auf einer anderen Seitenstraße herauskam. Zwei Minuten später stand er an dem Schild *Welcome to Naismith* und wartete auf eine Mitfahrgelegenheit aus der Stadt.

VIELLEICHT GIBT ES EINE TRADITION

Es begann am Abend eines eisigen 24. Dezember in New York City in einer Bar in der Bleecker Street in West Village. Jack Reacher kam mit dem Kinn im hochgeschlagenen Kragen seiner Winterjacke vergraben daran vorbei und hörte das Wummern interessanter Rhythmen. Er stieß die Tür zu Wärme und Lärm auf und fand einen Saxofonisten mit zwei Begleitern auf einem Podium vor, das ungefähr die Höhe einer Orangenkiste hatte. Wichtiger war jedoch, dass er eine Blondine entdeckte, die allein an einem Zweiertisch saß. Sie hörte dem Trio aufmerksam zu. Wie sich herausstellte, kam sie aus Holland. Sie war Anfang dreißig und über einen Meter achtzig groß. Sie unterhielten sich, als die Musiker eine Pause machten. Sie sprach sehr gut Englisch.

Sie war Stewardess bei der niederländischen KLM, den Royal Dutch Airlines. Sie sagte, sie habe leider keine Zeit, sich lange zu unterhalten. Tatsächlich müsse sie in genau zwanzig Minuten gehen. Der Crewbus werde sie abholen. Sie sei für den Nachtflug nach Amsterdam eingeteilt.

Sie unterhielten sich noch etwas länger, und nach ziemlich genau einer Viertelstunde lud sie ihn ein, sie zu begleiten. Nach Amsterdam. Kostenlos. Sie hatte einen Gutschein. Für einen Freiflug für eine Person ihrer Wahl. Auf diesem Flug würde es freie Plätze geben.

Reacher sagte Ja. Er hatte kein bestimmtes Ziel und alle Zeit der Welt, um dorthin zu gelangen. Weihnachten in Amsterdam war eine Idee, die ihm gefiel. Er hatte seinen Reisepass in der Tasche und die Klappzahnbürste in der anderen, seine Bankkarte und ein Bündel Geldscheine in einer dritten. Mehr brauchte er nicht. Wie immer war er jederzeit reisebereit.

Sie fuhren zum Flughafen, wo sie zu einer Besprechung wegen eines Notfalls weggerufen wurde. Und das war so ungefähr das Letzte, was er von ihr sah.

Das Problem war ein Schneesturm. Er würde über Großbritannien hinwegziehen und dann auf das europäische Festland treffen. Inklusive Amsterdam. Jedoch nicht so bald. Das Flugzeug konnte ihm wahrscheinlich zuvorkommen. Aber diese Hoffnung erfüllte sich nicht. Der Sturm nahm unerwartet an Geschwindigkeit zu. Er ließ Großbritannien in Schnee versinken und zog weiter, während die KLM-Maschine hoch über dem Atlantik den Punkt erreichte, an dem sie nicht mehr umkehren konnte. Die Computer prognostizierten, sie würde genau auf dem Höhepunkt des Schneesturms in Schiphol landen. Sie würde einen Ausweichflughafen anfliegen müssen, den der Sturm schon passiert hatte, sodass die Start- und Landebahnen wieder geräumt waren. Am geeignetsten erschien der englische Flughafen Stansted in Essex. Reacher sah seine neue Freundin nur flüchtig, und eine andere Stewardess erklärte ihm die Planung. Sie sagte, seine Freundin lasse sich entschuldigen, aber sie müsse beim Flugzeug bleiben. Also hatte er an Weihnachten keine Gesellschaft.

Es war noch nicht sechs Uhr morgens, als Reacher aus der Passkontrolle auf dem Flughafen Stansted kam. Christmas Day in England. Am Taxistand wartete ein einzelner Wagen. Der Fahrer trug einen Turban. Reacher fragte ihn, was in der Umgebung liege. In einer Richtung eine Kleinstadt namens Harlow, sagte der Mann, eine namens Chelmsford in der anderen – und im Norden Cambridge, ungefähr doppelt so weit entfernt.

»Cambridge«, sagte Reacher. Dort war er einmal im Auftrag der U.S. Army gewesen. In seiner aktiven Dienstzeit. Cambridge hatte eine Universität. Und in der Nähe lagen Flugplätze. England war ein schönes Land, aber er konnte nicht ewig an einem Ort bleiben.

»Straßen sind sehr schlecht, Sir«, teilte ihm der Taxifahrer mit. »Nach Cambridge schaffen wir's nicht.«

»Wie viel Schnee?«

»An manchen Stellen über ein halber Meter.«

»Sie sind heute Morgen auch hergekommen«, meinte Reacher. »Wir versuchen's mit Cambridge.«

Sie fuhren los und kamen auf den ersten zwanzig Meilen recht gut voran. Bis dorthin, wo Fuchs und Hase sich gute Nacht sagten. Dann war ihr Glück erschöpft. Straßen und Steinmauern verschwanden unter hohen Schneewehen, deren glitzernde, verkrustete Formen kaum ahnen ließen, was unter ihnen lag.

Der Fahrer sagte: »Ich kehre um.«

Es war noch dunkel. Ringsum eine Schneewüste. In weiter Ferne ein Licht. Vielleicht ein Haus, ein Fenster im ersten Stock, in dem die ganze Nacht eine Lampe brannte. Geschätzte zwei Meilen weit entfernt. In einsamer Gegend. Ein Herrenhaus auf dem Land.

Reacher sagte: »Sie können mich hier absetzen.«

»Soll das ein Witz sein?«

»Ich kehre nicht gern um, schaue lieber nach vorn. Das ist eine Frage des Prinzips.«

»Hier kommen keine Autos vorbei. Sie sitzen den ganzen Tag fest. Sie erfrieren!«

»Ich gehe weiter. Dort vorn steht ein Haus. Wahrscheinlich

ein Landsitz. Ich werde an die Küchentür klopfen. Vielleicht gibt es eine Tradition. Ich könnte ein Weihnachtsdinner unter der Treppe bekommen. Oder wenigstens einen Becher Kaffee.«

»Ist das Ihr Ernst?«

»Wer nicht wagt, der nicht gewinnt.«

Also fuhr das Taxi schließlich weg und ließ Reacher allein in der Schneewüste zurück. Er blieb noch einen Augenblick im Dunkeln stehen, dann marschierte er im knietiefen Schnee los, der bei jedem Schritt hochstob. Der böige kalte Wind wehte ihm Schneekristalle wie Nadeln ins Gesicht. Reachers Füße ertasteten Asphalt, auf dem er blieb, weil er zur Ecke einer hohen Parkmauer aus schneebedeckten Natursteinen führte. Die Straße folgte etwa eine halbe Meile weit der Mauer, bis sie ein schmiedeeisernes Tor zwischen hohen Torsäulen erreichte, die von Löwenstatuen gekrönt waren. Vielleicht stellten sie auch mythische Ungeheuer dar. Das war in der Dunkelheit vor Tagesanbruch schwer zu erkennen.

Zum Design der Tors gehörte je ein schmiedeeisernes Wort auf beiden Flügeln. Links stand *Trout,* rechts *House.* Der Name des Landsitzes. Hinter einigen Fenstern des Haupthauses brannte Licht. Oben gewöhnliche Glühbirnen, im Erdgeschoss rot und grün blinkende Lämpchen. Eine Weihnachtsdekoration, die auch nachts brannte.

Reacher stapfte die Einfahrt entlang, riss bei jedem Schritt die Knie hoch, machte unbeholfene Riesenschritte. Unter seinen Stiefeln spürte er gefrorenen Kies. Er war hungrig und hoffte, die Köchin würde gute Laune haben. Was nicht sicher war. Er hatte britische Fernsehshows gesehen, die auf Landsitzen spielten. Auf Überraschungen reagierten Köchinnen manchmal ungehalten.

Er erreichte das Haus, ein großes altes Herrenhaus wie in einem Film. Der Rücheneingang lag vermutlich hinten, war nur durch weitere Schneewehen zu erreichen. Andererseits hatte er hier die Haustür mit dem gusseisernen Klingelzug vor sich.

Reacher zog an dem Griff. Er hörte einen sonoren Glockenton, dann kamen eilige Schritte näher, und die Haustür wurde aufgerissen. Eine Frau schaute ins Freie. Er schätzte sie auf fünfzig. Offensichtlich reich. Sie trug ein Abendkleid, schwarzer Samt, und wirkte übernächtigt, als hätte sie die ganze Nacht kein Auge zugetan. Sein erster Eindruck: eine schwierige Person.

Sie sagte: »Gott sei Dank! Sind Sie der Arzt oder der Polizeibeamte?«

Reacher entgegnete: »Weder-noch.«

»Wer sind Sie dann?«

»Mein Taxi ist wegen des Schnees umgekehrt. Ich habe gehofft, hier einen Kaffee zu bekommen.«

»Taxi wohin?«

»Cambridge.«

»Unmöglich.«

»Offenbar. Trotzdem fröhliche Weihnachten.«

Die Frau starrte ihn an. Der entscheidende Moment. Auf den ersten Blick wirkte er nicht wie der ideale Hausgast. Er war ein riesiger Kerl, ganz Knochen und Muskeln, sah nicht besonders gut aus und war nicht sehr gut angezogen.

Die Frau fragte: »Haben Sie irgendwo dort draußen den Arzt oder den Polizeibeamten gesehen?«

Er antwortete: »Ich habe niemanden gesehen. Haben Sie ein Problem?«

»Kommen Sie lieber rein.«

Sie trat ins Halbdunkel zurück, und Reacher folgte ihr in eine Eingangshalle von der Größe eines Basketballfelds. Der hier stehende Weihnachtsbaum war mindestens drei Meter hoch, die in den ersten Stück hinaufführende Freitreppe mindestens drei Meter breit.

Die Frau fragte: »Wissen Sie bestimmt, dass Sie kein Polizeibeamter sind?«

»Ich war mal einer«, sagte Reacher. »In der Army. Jetzt nicht mehr.«

»In unserer Army?«

»In der U.S. Army.«

»Ich sollte Sie dem Colonel vorstellen. Meinem Mann.«

»Wozu brauchen Sie einen Polizeibeamten? Und einen Arzt?«

»Weil jemand meine Kette mit dem Brillantanhänger gestohlen hat und meine Stieftochter oben liegt und ein Baby bekommt.«

»Allein?«

»Wir haben Weihnachten. Das Personal ist gestern abgereist. Vor dem Schneesturm. Hier ist sonst niemand.«

»Außer Ihnen und dem Colonel.«

»Ich verstehe nichts von Babys. Ich hatte nie eines. Ich bin nur ihre Stiefmutter. Den Arzt habe ich vor fast vier Stunden angerufen. Und die Polizei auch. Ich dachte, Sie müssten einer der beiden sein.«

Ein Mann stieg die breite Treppe herunter, hielt sich am Geländer fest, schlurfte vor Müdigkeit. Er trug einen Smoking, aber dazu braune Wildlederpantoffeln. Er kam ganz herunter, richtete sich auf und fragte: »Wer sind Sie, Sir?«

Reacher nannte seinen Namen und erzählte seine kurze Geschichte: im Schnee gestrandet, das einzelne Licht in einem fernen Haus, die Hoffnung auf eine Tasse Kaffee. Der Hausherr stellte sich mit dem Dienstgrad Colonel vor. Reacher sagte, unter den Umständen wolle er nicht länger stören und sofort wieder gehen.

Die Frau sagte: »Mr. Reacher war Polizeibeamter in der Army.«

Der Colonel fragte: »In unserer Army?«

»Onkle Sams«, entgegnete Reacher. »In einem halben Dutzend MP-Einheiten.«

»Ich wollte, Sie wären stattdessen Sanitäter gewesen.«

»Gibt's ein Problem?«

»Es ist ihr erstes Baby und kommt noch dazu ein paar Tage zu früh. Ihr Arzt hat anscheinend Schwierigkeiten herzufinden.«

»Kennt der Arzt sie gut?«

»Oh, seit Jahren.«

»Also wird er sich besonders anstrengen.«

»Sie. Ihr Arzt ist eine Frau. Sie wird sich besonders anstrengen.«

»Deshalb könnte sie irgendwo feststecken«, meinte Reacher. »Vielleicht hat sie versucht, die letzten paar Meilen wie ich zu Fuß zu gehen. Das ist so ungefähr die einzige Möglichkeit.«

»Dann erfriert sie. Was sollen wir nur tun?«

Reacher sah zum Fenster und sagte: »Wir sollten eine Viertelstunde warten, bis es etwas heller ist, dann die Straße vom ersten Stock aus absuchen. Mit einem Fernglas, wenn Sie eines haben. Wir sollten Ausschau nach einer Spur halten, die irgendwo dort draußen aufhört.«

Der Colonel sagte: »Sie müssen irgendeine medizinische Grundausbildung erhalten haben. Unsere MPs scheinen ziemlich viel mitzubekommen.«

»Geburtshilfe hat bei uns nicht dazugehört«, erklärte Reacher. »Bei Ihren Leuten bestimmt auch nicht.«

Die Dame des Hauses sagte: »Ich kann dort nicht reingehen. Das wäre unpassend.«

Eine Viertelstunde später war der Schnee in fahles Grau getaucht, und in weitem Umkreis konnte man alle möglichen natürlichen Details erkennen. Sie fingen im Schlafzimmer des Colonels an, dessen Fenster nach Westen hinausführte. Dort war nichts zu sehen. Kein verlassenes Auto, keine erratischen Fußabdrücke, die irgendwo aufhörten.

Als Nächstes standen sie am Ende des oberen Flurs an einem Fenster mit Blick nach Norden und erblickten wieder nur überall das Gleiche. Der stetige Nachtwind hatte die Schneewehen glänzend blank poliert, und ihre geschlossene Oberfläche schien nirgends unterbrochen zu sein.

Im Süden sah es genauso aus. Eine leere weiße Fläche. Nirgends Fußspuren.

Der Osten erwies sich als schwieriger. Die einzige gute Aussicht hatte man von einem Fenster im zukünftigen Kreißsaal aus. Oder der Entbindungsstation. Oder wie man den Raum sonst bezeichnen wollte. Hoffentlich nicht die Intensivstation. Der Colonel wollte dort nicht hinein. Er sagte, das gehöre sich nicht. Seine Frau hatte ihre Position bereits klargemacht.

Also klopfte Reacher höflich an, hörte ein gekeuchtes *Herein!*, trat also ein, wobei er angelegentlich geradeaus schaute, erklärte den Grund seines Besuchs, hob das Fernglas an die Augen und machte seine eigene nächtliche Fährte aus, die von weit rechts herankam, dann der Parkmauer folgte und durchs Tor die Einfahrt erreichte.

Aber er entdeckte auch eine zweite Fährte, die aufs Haus zuführte. Aus entgegengesetzter Richtung. Sie begann auf selber Höhe wie seine, nur weit links davon, und näherte sich in ähnlich gleichmäßiger Kurve, bis sie plötzlich abbrach. Noch ein gutes Stück von der Mauer entfernt.

Vom Bett aus fragte eine Stimme: »Haben Sie sie gefunden?«

Er sagte: »Ich denke schon.«

»Sehen Sie mich an.«

Das tat er. Sie war eine Brünette mit hochrotem Gesicht, die sich unter ihrer Decke vor Schmerzen wand.

Sie sagte: »Bitte gehen Sie raus und retten Sie sie. Bringen Sie sie zu mir. Ich schaff's nicht allein.«

»Ihre Stiefmutter käme bestimmt, wenn Sie's wirklich wollten.«

»Um Himmels willen! Dies ist alles ihre Schuld. Ich habe gesehen, dass sie den Brillanten trägt. Der hat meiner Mutter gehört. Ich bin ausgeflippt, und dann haben die Wehen angefangen. Ich brauche Hilfe.«

Reacher nickte und trat wieder auf den Flur hinaus. Das Ehepaar folgte ihm die Treppe hinunter. Er sagte: »Halten Sie heißes Wasser bereit – und ein paar Wolldecken. Die Ärztin kann lange dort draußen gelegen haben.«

Dann marschierte er los. Die Einfahrt entlang zurück, wobei er in die eigenen Fußstapfen trat, um nicht noch mal spuren zu müssen. Ab dem schmiedeeisernen Tor wandte er sich in einer symmetrischen Kurve nach links, suchte den nahen Horizont vor sich ab, pflügte durch jungfräulichen Schnee und kniff im Wind die Augen zusammen. Zunächst fand er nichts, dann entdeckte er einen Schatten, aus dem ein Loch im Schnee wurde, an dem die Spur endete, die er durch das Fernglas erblickt hatte.

Tatsächlich sogar zwei parallel verlaufende Fährten.

Ein großes Loch im Schnee.

Reacher stapfte weiter. Er sah zwei Menschen im Schnee liegen. Eine Frau in einem Parka und einen Cop in einer unförmigen gelben Polizeijacke. Beide zitterten mit geschlossenen Augen vor Kälte. Reacher wälzte den Cop zur Seite und richtete die Ärztin sitzend auf. Sie öffnete blinzelnd die Augen. Neben ihr rappelte sich der Cop auf. Reacher fragte ihn: »Wie lange sind Sie schon hier draußen?«

Der Mann schaute auf seine Uhr. »Ich seit ungefähr zwei Stunden. Ich hab das verlassene Auto entdeckt und bin ihrer Spur im Schnee gefolgt. Aber ich bin nicht weiter gekommen als sie.« Er sprach undeutlich, weil er stark zitterte, und stieß bei jedem Wort eine kleine Dampfwolke aus.

Die Frau war eiskalt.

Reacher fragte den Cop: »Wie weit ist es bis zu Ihrem Wagen?«

»Weiter als bis zum Haus.«

»Dann gibt's nur eine Möglichkeit. Ich trage sie, und Sie tragen ihre Tasche.«

»Was macht sie überhaupt hier? Ich dachte, ein Brillant sei verschwunden. Ist jemand verletzt?«

»Die Tochter des Hauses bekommt ein Baby. Und der Brillant ist nicht verschwunden. Aber darüber reden wir später.«

»Wer sind Sie?«

»Ich bin zufällig vorbeigekommen und dachte, sie würden mir eine Tasse Kaffee servieren. Oder sogar ein Christmas Dinner.«

»Wieso sollten sie das tun?«

»Ich dachte, das könnte eine Tradition sein.«

»Wie war ihre Reaktion?«

»Sie waren abgelenkt.«

Reacher hob die Frau auf, machte kehrt und stapfte in die Richtung zurück, aus der er gekommen war. Der Cop bemühte sich, mit ihm Schritt zu halten, schaffte es aber nicht, weil er kleiner war. Reacher beeilte sich, versuchte zusätzliche Körperwärme zu erzeugen und hielt die Ärztin an sich gedrückt, um ihr etwas davon abzugeben. Sie erlangte langsam wieder das Bewusstsein. Er stapfte verbissen weiter. Dann wurde sie rasch ganz wach und begann in Panik zu strampeln.

»Wir sind zu ihr unterwegs«, sagte Reacher, vor Anstrengung keuchend. »Sie hält durch, bis Sie kommen.«

»Wie spät ist es?«

»Ungefähr drei Stunden später, als Sie dachten.«

»Wer sind Sie?«

»Lange Story. Fängt mit einer Holländerin an. Aber das ist jetzt nicht wichtig.«

»Haben die Wehen schon eingesetzt?«

»Vielleicht ganz kleine. Bisher ist sie noch ruhig. Aber sie ist ganz allein.«

»Ihre Stiefmutter hat eine Phobie. Vermutlich wegen eines eigenen Traumas.«

»Sie hat gesagt, sie habe nie Kinder gehabt.«

»Das sagen solche Leute immer.«

Reacher bog durchs Tor ab, musste kämpfen, um das Gleichgewicht zu halten, und stapfte mit dem atemlosen Cop etwa zwanzig Schritte hinter sich von einem alten Fußabdruck zum nächsten. Sie schafften es bis zur Haustür, die vor ihnen aufgerissen wurde und wo sie mit einer Unmenge von heißen Handtüchern und angewärmten Wolldecken empfangen wurden. Die Ärztin stufte sich schon bald als wieder fit ein und hastete die Treppe hinauf. Das Haus schien auszuatmen und sich zu entspannen. Der alte Colonel bezog Posten auf dem Flur im Obergeschoss und ging dort in traditioneller Manier auf und ab – als werdender Großvater ebenso nervös, wie er eine Generation zuvor als werdender Vater gewesen sein musste.

Die werdende Stiefgroßmutter schaffte es die halbe Treppe hinauf, indem sie sich am Geländer festhielt. Dann blieb sie stehen, konnte keinen Schritt weitergehen. Aber sie blickte nach oben und wartete.

Der Cop gesellte sich in einer Ecke der Eingangshalle zu Reacher und sagte: »Erzählen Sie mir jetzt von dem Brillanten.«

Reacher sagte: »Er hängt offenbar an einer Halskette und

hat der ersten Frau gehört, nicht der zweiten. Auch wenn diese Leute sehr reich sind, muss er so groß und schwer sein, dass sein Fehlen sofort auffällt. Also hat sie ihn nicht verloren, als sie zum Dinner bei Freunden waren. Was stimmt, weil sie Abendkleidung tragen – und weil die Köchin gestern über die Feiertage weggefahren ist. Die Tochter hat sie heute Abend nicht begleitet, aber sie hat die beiden bei der Rückkehr gesehen. Dabei ist es zu einer Auseinandersetzung wegen des Brillanten ihrer Mutter gekommen, bei der die Stiefmutter ihn abgelegt haben dürfte. Später war er dann verschwunden, und wegen des Streits weiß sie nicht mehr genau, was mit dem Ring passiert ist, denkt an den Abend zurück und vermutet, sie habe ihn bei der Dinnerparty verloren. Oder das Garderobenmädchen habe ihn entwendet.«

»Wo ist er also?«

»Die Tochter hat ihn an sich genommen. Den Brillanten ihrer Mutter. Teils aus Besitzerinstinkt, aber vor allem, weil sie ihr Baby ganz allein würde bekommen müssen und als Trost etwas aus dem Besitz ihrer Mutter umklammern wollte. Wie einen Talisman. Also sind Sie vergebens hergekommen. Den Brillanten finden Sie in ihrer Hand oder unter dem Kopfkissen.«

»Ihr Baby wird zu Weihnachten geboren.«

»Wie eine Drittelmillion weiterer Kinder. Das dürfen Sie nicht zu hoch hängen.«

»Sie sollten mal in der Küche nachsehen. Ich wette, die Köchin hat alles vorbereitet. Das Ehepaar isst heute bestimmt nichts. Viel zu nervös. So kommen Sie doch noch zu Ihrem Christmas Dinner.«

Und genau das tat Reacher, allein in der Küche im Tiefparterre des Trout House, während über ihm die anderen warteten. Dann zog er weiter, ohne jemals zu erfahren, wer dort an diesem Tag geboren wurde.

EIN KERL KOMMT IN EINE BAR

Sie war ungefähr neunzehn. Nicht älter. Vielleicht sogar jünger. Eine Versicherung hätte ihr noch mindestens sechzig weitere Lebensjahre zugebilligt. Ich vermutete, eine genauere Vorhersage wären sechsunddreißig Stunden gewesen – oder sechsunddreißig Minuten, wenn alles vom Start weg schiefging.

Sie war blond und blauäugig, aber keine Amerikanerin. US-Girls besitzen den Glanz, die Glätte von vielen Generationen im Überfluss. Diese junge Frau war anders. Ihre Vorfahren hatten Angst und Entbehrungen gekannt. Von diesem Erbe zeugten ihr Gesicht, ihr Körper und ihre Bewegungen. Ihr Blick war misstrauisch, ihr Körper mager. Nicht mager, wie man von einer Diät wird, sondern die Darwin'sche Art Magerkeit, die davon zeugt, dass jemandes Großeltern zu wenig zu essen hatten und entweder durchkamen oder verhungerten. Ihre Bewegungen waren scheu und angespannt, vorsichtig, leicht nervös, obwohl sie sich nach außen hin so gut amüsierte, wie man sich als junge Frau nur amüsieren konnte.

Sie saß in einer New Yorker Bar, trank Bier, hörte einer Band zu und schien in den Gitarristen verliebt zu sein. Das war offensichtlich. Soweit ihr Blick nicht misstrauisch wirkte, sprach aus ihm Bewunderung, die ausschließlich in seine Richtung ging. Sie war vermutlich Russin. Sie war reich. Sie saß allein an einem Tisch in der Nähe des Podiums, hatte einen Stapel druckfrischer Zwanziger aus dem Geldautomaten vor sich liegen, bezahlte jede neue Flasche mit einem davon und verlangte kein Geld zurück. Die Bedienungen liebten sie. In einer Sitznische weiter hinten in der Bar hockte ein Kerl, der sie nicht aus den Augen ließ. Vermutlich ihr Leibwächter. Ein großer muskulöser Mann mit kahl rasiertem Schädel und einem schwarzen T-Shirt unter einem schwarzen Anzug. Dass sie mit vielleicht kaum neunzehn Jahren in einer Bar in der City Bier trinken durfte, war wohl ihm zu verdanken. Dies war kein Luxuslokal mit festen Regeln für minderjährige reiche Girls, sondern ein schäbiger Schuppen in der Bleecker Street, in dem magere Kids bedienten, die damit ihr Studium finanzierten. Und ich vermutete, dass sie sich nach einem Blick auf sie und ihren Aufpasser blitzschnell gegen Unannehmlichkeiten und für Trinkgelder entschieden hatten.

Ich beobachtete sie eine Minute, dann schaute ich wieder weg. Mein Name ist Jack Reacher, und ich war früher bei der Militärpolizei – mit starker Betonung auf *früher*. Ich bin schon fast so lange draußen, wie ich drinnen gewesen war. Aber alte Gewohnheiten halten sich hartnäckig. Ich hatte die Bar so vorsichtig betreten, wie ich geschlossene Räume immer betrat. Es war 1.30 Uhr morgens. Ich war mit dem A Train zur West 4th Street gefahren, auf der Sixth Avenue nach Süden gegangen und nach links auf die Bleecker Street abgebogen. Dort hatte ich mich auf den Gehsteigen umgesehen. Ich wollte Musik, aber nicht die Art, die Scharen von Gästen zum Rauchen nach draußen treibt. Die wenigsten Raucher standen an der halben Treppe, die zu einer Bar hinaufführte. Am Randstein parkte ein glänzend schwarz polierter Mercedes mit dem Fahrer am Steuer. Die ins Freie dringende Musik wurde durch die Wände gedämpft, aber ich konnte einen agilen Bassisten und einen temperamentvollen Drummer hören. Also stieg ich die Stufen hinauf und zahlte fünf Dollar fürs Gedeck und zwängte mich an einigen in der Tür stehenden Gästen vorbei.

Zwei Ausgänge. Einer die Tür, durch die ich eben gekommen war, der andere am Ende eines langen düsteren Toilettenkorridors im rückwärtigen Teil der Bar. Der Raum war schmal, aber fast dreißig Meter tief. Vorn links eine Theke mit Barhockern, dann gepolsterte hufeisenförmige Sitznischen und davor frei stehende Tische in einem Bereich, der an anderen Abenden wahrscheinlich als Tanzfläche diente. Und davor befand sich das Podium mit den vier Musikern.

Das Quartett machte den Eindruck, als wäre es nach einer Falschablage in einer Talentagentur zufällig zusammengewürfelt worden. Der Bassist war ein stämmiger alter Schwarzer in einem Anzug mit Weste. Der Drummer hätte sein Onkel sein können, ein großer alter Mann, der es sich hinter seinem einfachen Schlagzeug bequem gemacht hatte. Der Sänger spielte auch Ziehharmonika und wirkte älter als der Bassist, jünger als der Drummer und größer als die beiden. Schätzungsweise sechzig, nicht für Tempo, sondern für Komfort gebaut.

Der Gitarrist war völlig anders. Er war jung und weiß und schmächtig. Ungefähr zwanzig, ungefähr einen Meter fünfundsiebzig groß, ungefähr fünfundsechzig Kilo schwer. Er spielte eine elegante blaue Elektrogitarre mit einem fabrikneuen Verstärker, der alle möglichen Effekte produzierte. Sein Verstärker musste bis zum Anschlag aufgedreht sein, denn der Sound war unglaublich laut. Er schien den gesamten Raum auszufüllen. Ein Mehr an Lautstärke hätte er nicht verkraftet.

Aber die Musik war gut. Die drei schwarzen Männer waren Profis, und der Junge kannte alle Noten und wusste genau, wann und wie und in welcher Reihenfolge er sie spielen musste. Zu einer schwarzen Hose trug er ein rotes T-Shirt und weiße Tennisschuhe. Sein Gesichtsausdruck war sehr ernst. Er sah irgendwie ausländisch aus. Vielleicht kam er ebenfalls aus Russland.

Die erste Hälfte des ersten Songs verbrachte ich damit, den Raum in Augenschein zu nehmen, die Gäste zu zählen, Gesichter zu begutachten, Körpersprache zu deuten. Alte Gewohnheiten sind schwer abzulegen. An einem der Tische saßen sich zwei Kerle gegenüber, die beide ihre Hände unter der Tischplatte hatten. Einer verkaufte, der andere kaufte etwas, der Deal wurde rein durch Tastsinn abgewickelt und mit verstohlenen Blicken besiegelt. Das Barpersonal betrog den Besitzer, indem es mitgebrachtes Bier aus einem Kühlschrank heraus verkaufte. Jeweils zwei Flaschen des einheimischen Gebräus waren legitim, dann gab es die dritte aus dem eigenen Kühlschrank. Ich bekam eine davon. Mit feuchtem Etikett und großer Gewinnspanne. Ich nahm meine Flasche zu der an der Wand umlaufenden Sitzbank mit. Als ich mich niederließ, fielen mir die junge Frau allein an ihrem Tisch und ihr Leibwächter in seiner Nische auf. Ich vermutete, der draußen geparkte Mercedes gehöre ihnen. Ich vermutete, Daddy sei ein B-Oligarch, der zwar Millionen, aber keine Milliarden besaß und sein Töchterchen mit vier Jahren an der New York University und einer unerschöpflichen Bankkarte verwöhnte.

Nur zwei Leute von etwa achtzig in diesem Raum. Keine große Sache.

Bis ich die beiden Kerle sah.

Die beiden waren ein Team. Große junge Weiße, billige enge Lederjacken, kahl rasierte Schädel mit verschorften kleinen Schnitten von stumpfen Rasierern. Vermutlich ebenfalls Russen. Gangster, keine Frage. Komplizen, kein Zweifel. Wahrscheinlich nicht die besten der Welt, aber vermutlich auch nicht die schlechtesten. Sie saßen weit voneinander entfernt, aber im Schnittpunkt ihrer Blicke befand sich das Girl allein an seinem Tisch. Sie wirkten angespannt, entschlossen, auch leicht nervös.

Ich erkannte die Anzeichen dafür. Mir war schon viele Male ähnlich zumute gewesen. Sie waren kurz davor, in Aktion zu treten. Also hatten zwei B-Oligarchen Streit miteinander, und einer ließ seine Tochter von Fahrern und Bodyguards beschützen, während der andere Kerle um die halbe Welt schickte, um sie entführen zu lassen. Dann würde es Lösegeldforderungen und Erpressungen und Ultimaten geben, bevor ein Vermögen – oder Uranvorkommen, Erdöl- oder Gasfelder oder Kohlebergwerke – den Besitzer wechselte.

Geschäfte auf Moskauer Art.

Aber dies war kein im Allgemeinen erfolgreiches spezielles Geschäft. Entführungen sind von tausend Zufällen abhängig und können auf tausenderlei Weise schiefgehen. Die mittlere Überlebensdauer von Entführungsopfern beträgt sechsunddreißig Stunden. Einige überleben, aber die meisten nicht. Manche sterben gleich zu Anfang in der ersten Panik.

Der Stapel aus Zwanzigern vor dem Girl zog die Bedienungen an wie ein Picknick die Wespen. Und sie verscheuchte sie nicht. Sie kippte eine Flasche nach der anderen in sich hinein. Und Bier war Bier. Sie würde bald auf die Toilette müssen, wahrscheinlich sogar mehrmals. Und der Korridor zu den Toiletten war lang und düster, endete am Hinterausgang der Bar.

Ich beobachtete sie in dem bunten reflektierten Licht, während um mich herum die Musik kreischte und wummerte. Die beiden Kerle beobachteten sie. Ihr Bodyguard beobachtete sie. Und sie beobachtete den Gitarristen. Er konzentrierte sich verbissen, wollte keine Tonarten- und Tempowechsel verpatzen, aber ab und zu hob er den Kopf und lächelte, als wäre er selig darüber, auf dem Podium spielen zu dürfen. Aber zweimal lächelte er auch die junge Frau an. Das erste Lächeln war noch schüchtern, aber das zweite wirkte schon etwas mutiger.

Die junge Frau stand auf. Sie rempelte die Tischplatte mit einer Hüfte an, kam dahinter hervor und machte sich auf den Weg zu den Toiletten. Ich war vor ihr dort. Die Damentoilette lag in der ersten Hälfte des Korridors, die der Herren ganz am Ende. Ich lehnte an der Wand und verfolgte, wie das Girl auf mich zukam. Sie trug High Heels und eine enge Latexhose und machte kurze, präzise Schritte. Sie wirkte keineswegs betrunken. Schließlich war sie eine Russin. Sie legte eine blasse Hand an die Klotür und stieß sie auf. Verschwand auf der Toilette.

Keine zehn Sekunden später betraten die beiden Kerle den Korridor. Ich nahm an, dass sie auf die junge Frau warten würden. Aber das taten sie nicht. Ihr Blick streifte mich nur kurz, als gehörte ich zur Einrichtung, dann rammten sie die Tür auf und betraten die Damentoilette. Einer nach dem anderen. Hinter ihnen fiel die Tür ins Schloss.

Die Musik spielte weiter.

Ich folgte ihnen. Jeder Tag bringt etwas Neues. Ich habe mich noch nie in einer Damentoilette aufgehalten. WC-Kabinen rechts, Waschbecken mit Spiegeln links. Helles Licht und Parfümduft. Das Girl stand an der Rückwand des Raums. Die beiden Männer hatten sich so vor ihr aufgebaut, dass sie mir den Rücken zukehrten. Ich sagte »He!«, aber sie hörten mich nicht. Die Musik war zu laut. Ich packte sie an den Ellbogen, mit jeder Hand einen. Sie fuhren herum, wollten kämpfen und unterließen es dann doch lieber, denn ich war größer als die Kühlschränke, von denen sie zu Hause in Russland geträumt hatten. Sie standen einen Augenblick reglos da, drängten sich dann an mir vorbei, zogen die Tür auf und verschwanden nach draußen.

Die junge Frau musterte mich sekundenlang mit einem Ausdruck, den ich nicht deuten konnte. Ich murmelte eine Entschuldigung, verließ hastig die Damentoilette und kehrte an meinen Platz zurück. Die beiden Kerle saßen bereits wieder auf den ihren. Der Bodyguard hockte träge da. Er beobachtete das Podium. Die Combo war mit ihrem Gig fast zu Ende. Die junge Russin befand sich noch immer auf der Toilette.

Die Musik verstummte. Die beiden Kerle standen auf und gingen wieder in Richtung Toiletten. In der Bar herrschte plötzlich ein Gedränge von Leuten, die aufgestanden waren und durcheinanderliefen. Ich arbeitete mich zu dem Bodyguard vor, tippte ihm auf die Schulter und deutete auf den Korridor mit den Toiletten. Er reagierte nicht darauf, blieb einfach sitzen, bis der Gitarrist im Begriff war, das Podium zu verlassen. Erst dann stand er auf, und als ich sah, wie perfekt synchron ihre Bewegungen waren, wurde mir klar, dass ich mich gründlich geirrt hatte. Keine verwöhnte Tochter. Ein verwöhnter Sohn. Daddy hatte die Gitarre und den Verstärker gekauft, die Musiker engagiert. Ein Traum des Jungen. Vom Probenraum aufs Podium. Sein Fahrer draußen am Randstein, sein Bodyguard jede Sekunde hellwach. Kein Zweierteam eines Konkurrenten, sondern ein Dreierteam. Ein schmachtendes Groupie. Ein weiterer Traum des Jungen. Die klassische Honigfalle. Auf der Toilette eine taktische Besprechung in letzter Minute, dann der Zugriff.

Ich arbeitete mich zum Hinterausgang vor und erreichte die Straße lange vor dem Bodyguard, als das Girl eben den Jungen umarmte, sich halb mit ihm umdrehte und ihn in die Arme der beiden Männer stieß. Ich traf den Ersten hart und den Zweiten noch härter, wobei viel Blut von seiner aufgeplatzten Oberlippe auf mein Hemd spritzte. Die beiden Kerle gingen zu Boden, während die junge Frau flüchtete. Erst dann kreuzte der Bodyguard auf. Ich brachte ihn dazu, mir sein T-Shirt zu überlassen. Blutflecken wecken immer unerwünschte Aufmerksamkeit. Dann lief ich durch die Bar zurück und nach vorn hinaus. Logischerweise hätte ich mich nach rechts wenden müssen, deshalb ging ich nach links, stieg an der Kreuzung Bleecker Street und Lafayette Avenue in den 6 Train und fuhr im vorletzten Wagen nach Norden. Ich machte es mir bequem und fing gleich wieder an, Gesichter zu kontrollieren. Alte Gewohnheiten sind schwer abzuschütteln.

KEIN RAUM IN DER HERBERGE

Es schneite, als Reacher in einem Gebiet der Vereinigten Staaten, in dem es nicht oft Schnee gab, aus dem Bus stieg. An diesem Spätnachmittag brannte bereits die Straßenbeleuchtung. Die Menschen wirkten wegen des ungewohnten Wetters aufgeregt und besorgt zugleich. Matschiger Schnee lag etwa fünfzehn Zentimeter hoch, und der dichte Flockenwirbel war eine Augenweide. Manche Leute hatten Lust, Schlittenfahren zu gehen oder eine Schneeballschlacht zu veranstalten, während andere fürchteten, bald werde der Strom ausfallen und der Verkehr für Monate lahmgelegt sein. *Kontext,* dachte Reacher. Was nach nördlichen Begriffen kaum der Rede wert war, wuchs sich im Süden zu einer Riesensache aus.

Er stapfte über den mit Matsch bedeckten Gehsteig zu einer leicht erhöhten Fläche, die vermutlich mit Gras bewachsen war. Wie ein Dorfanger mit einem Fahnenmast, von dem die Stars and Stripes durchnässt und steif gefroren herabhingen. Die Kleinstadt lag nur eine Meile von der Interstate entfernt und bestand praktisch nur aus Tankstellen und Diners, Inns und Motels. Ein Boxenstopp, nicht mehr, ganz auf die Bedürfnisse Durchreisender ausgerichtet. Speziell an diesem Tag. Schon jetzt verließen viele Autos die Interstate und platschten auf der Suche nach einer nicht eingeplanten Übernachtungsmöglichkeit durch den Matsch der Innenstadt. Alles, um dem sicheren Tod in dem angekündigten katastrophalen Blizzard zu entgehen.

Kontext, dachte Reacher wieder. *Und Melodrama.* Er rechnete sich aus, dass er gut daran täte, sich ein Zimmer zu sichern, bevor die Panik zu einer Stampede führte. Aus dem Fernsehen kannte er Szenen, in denen gestrandete Reisende in den Empfangsbereichen von Motels schliefen. Kein Raum in der Herberge.

Was ihn daran erinnerte, dass heute Christmas Eve, der 24. Dezember war.

Er entschied sich für das am billigsten aussehende Motel, eine Bruchbude neben der großen Shell-Tankstelle, in der auch Sattelschlepper tanken konnten. Von den zwölf Zimmern waren zehn schon belegt, was darauf hinzudeuten schien, der Run habe schon begonnen. Dieses Motel konnte niemandes erste Wahl gewesen sein. Es war nicht das Ritz. Das stand fest.

Er zahlte bar, bekam einen Schlüssel und ging mit gegen Flugschnee hochgeschlagenem Jackenkragen die Reihe entlang zu seinem Zimmer. Vor zehn Türen parkten eingeschneite Wagen mit Streusalzstreifen, alle mit Kennzeichen aus dem Süden, alle mit Gepäck und Päckchen vollgeladen. Familien, vermutete Reacher, die Einladungen zu Weihnachten hatten: ihre Fahrt unterbrochen, ihre Pläne zunichtegemacht, ihre Geschenke nicht überbracht.

Er sperrte auf und betrat sein Zimmer, das ihm in jeder Beziehung ausreichend erschien. Hier gab es ein Bett und ein separates Bad. Sogar einen Sessel. Er schüttelte Schmelzwasser von seinen Stiefeln, ließ sich in den Sessel fallen und beobachtete durch ein angelaufenes Fenster den Flockenwirbel vor einer gelben Natriumdampflampe. Er rechnete sich aus, dass Scharen von Autofahrern die Interstate verlassen würden. Aber sie würden erst eine Unterkunft suchen, bevor sie an Essen dachten, sodass die Diners noch einige Stunden lang schwach besucht sein würden. Er knipste die Nachttischlampe an und zog ein Taschenbuch aus einer Jackentasche.

Eineinhalb Stunden später saß er in einem Diner und wartete auf einen Cheeseburger. Das Restaurant füllte sich allmählich, und der Service lief schleppend. In dem Raum herrschte eine Art übersteigerter Energie, eine Folge der fast zwanghaften guten Laune vieler. Die Leute versuchten sich einzureden, sie erlebten ein Abenteuer. Irgendwann kam sein Cheeseburger, und er verspeiste ihn in aller Ruhe. Um ihn herum herrschte immer mehr Betrieb. Leute kamen herein und standen einfach rum, wirkten niedergeschlagen. Die Motels waren voll, erkannte Reacher. Kein Raum mehr in der Herberge. Einzelne Leute begutachteten schon den Fußboden des Diners. Wie in Fernsehberichten über von Schneestürmen überraschte Touristen. Er bestellte Pfirsichkuchen und schwarzen Kaffee und richtete sich auf eine längere Wartezeit ein.

Spät am Abend schlenderte er zu seinem Motel zurück. Es schneite weiter, aber weniger heftig. Der morgige Tag würde besser werden. Er bog zum Empfangsbereich des Motels ab und musste abrupt innehalten, um nicht mit einer hochschwangeren Frau zusammenzustoßen. Sie war in Begleitung eines Mannes, und Reacher konnte sehen, dass sie geweint hatte.

Hinter den beiden stand mit laufendem Motor ihr Auto: ein altes Coupé, schnee- und salzverkrustet, voller Gepäck und Päckchen.

Kein Raum in der Herberge.

Reacher fragte: »Alles okay, Leute?«

Der Mann gab keine Antwort, und die Frau sagte: »Nicht direkt.«

»Kein Zimmer mehr frei?«

»Die ganze Stadt ist voll.«

»Sie hätten weiterfahren sollen«, sagte Reacher. »Der Schneefall lässt nach.«

»Ich wollte von der Interstate runter«, erklärte die Frau. »Ich hab mir Sorgen gemacht.«

»Was haben Sie jetzt vor?«

Die Frau gab keine Antwort, und der Mann sagte: »Ich denke, wir werden im Auto schlafen.«

»Da erfrieren Sie.«

»Was bleibt uns anderes übrig?«

Reacher fragte: »Wann soll das Baby kommen?«

»Bald.«

Reacher sagte: »Ich tausche mit Ihnen.«

»Was gegen was?«

»Ich schlafe in Ihrem Wagen, und Sie kriegen mein Zimmer.«

»Das können wir nicht annehmen.«

»Ich habe schon oft in Autos geschlafen. Aber ich war dabei nie schwanger. Das stelle ich mir schwierig vor.«

Weder der Mann noch die Frau sagte etwas. Reacher zog seinen Schlüssel aus der Tasche und erklärte: »Nehmen Sie ihn oder lassen Sie's bleiben.«

Die Frau gab zu bedenken: »Sie werden erfrieren.«

»Keine Angst, ich komme schon zurecht.«

Und dann standen sie noch eine Minute lang unentschlossen herum und traten in der Kälte von einem Bein aufs andere. Aber schon bald nahm die Frau den Schlüssel, und sie und ihr Partner machten sich langsam auf den Weg zu Reachers Zimmer: leicht verlegen, aber im Prinzip sehr glücklich und ohne dem Drang nachzugeben, sich nach ihm umzusehen. Reacher rief ihnen *Fröhliche Weihnachten!* nach. Sie drehten sich um und wünschten ihm das Gleiche. Dann gingen sie hinein, und Reacher wandte sich ab.

Er schlief nicht in ihrem Auto. Stattdessen ging er zu der Shell-Tankstelle und fand einen Kerl, der mit seinem Tanklaster zwanzigtausend Liter Milch transportierte, die ein Verfallsdatum hatten. Und das Wetter wurde allmählich besser. Der Mann wollte die Weiterfahrt riskieren, und Reacher gesellte sich zu ihm.

DER EINSAME DINER

Jack Reacher stieg an der 23rd Street aus der R Train und stellte fest, dass der nächste Treppenaufgang mit Kunststoffband der Polizei abgesperrt war. Es war blau-weiß gestreift, führte von einem Geländer zum anderen, flatterte im Fahrtwind der U-Bahn und war mit *Police Do Not Enter* bedruckt. Was Reacher ohnehin nicht vorhatte. Er wollte die Station verlassen. Dazu würde er allerdings die Treppe benutzen müssen. Was eine linguistische Komplikation darstellte. In diesem Fall sympathisierte er mit den Cops. Sie hätten für unterschiedliche Situationen unterschiedliche Bänder gebraucht. Aber *Polizei – kein Durchgang zum Verlassen der Station* gehörte nicht zu ihrem Inventar.

Also machte Reacher kehrt und marschierte den halben Bahnsteig entlang zur nächsten Treppe. Die ebenfalls abgesperrt war. *Police Do Not Enter.* Blau-weiß, in den letzten Luftwirbeln hinter dem abgefahrenen U-Bahn-Zug sanft flatternd. Was er merkwürdig fand. Er war gern bereit zu glauben, die erste Treppe habe wegen Verkehrsgefährdung gesperrt werden müssen, vielleicht wegen eines herabgefallenen Betonbrockens, einer herausgebrochenen Treppenkante oder sonst einer Gefahr für Leib und Leben. Aber nicht zwei Treppen. Nicht beide gleichzeitig. Vielleicht lag das Problem oben auf dem Gehsteig. Auf der Länge eines ganzen Straßenblocks. Vielleicht ein Unfall mit mehreren Autos. Oder ein verunglückter Bus. Oder ein Selbstmörder, der sich aus einem Fenster gestürzt hatte. Oder jemand war im Vorbeifahren erschossen worden. Oder ein Sprengsatz war detoniert. Vielleicht war der Gehsteig glitschig von Blut und mit Leichenteilen übersät. Oder mit Autoteilen. Oder mit beidem.

Reacher drehte sich halb um und sah über die Gleise hinweg. Der Ausgang direkt gegenüber war ebenfalls gesperrt. Und der nächste und der übernächste. Vor jeder Treppe ein Absperrband. Blau-weiß, *Police Do Not Enter*, kein Ausgang. Was ein Problem darstellte. Die Broadway Local war eine klasse Linie, und die 23rd Street Station einer ihrer besten Bahnhöfe. Reacher hatte schon oft an viel schlimmeren Orten genächtigt, aber er hatte einiges zu tun und nicht allzu viel Zeit dafür.

Er ging wieder zur ersten Treppe und schlüpfte unter dem Absperrband hindurch.

Beim Aufstieg war er vorsichtig, verrenkte sich den Hals, um nach vorn und vor allem nach oben zu schauen, und konnte nichts Ungehöriges entdecken. Kein defekter Stahlbeton, kein herabgestürzter Betonbrocken, keine beschädigten Stufen, keine dünnen Blutrinnsale, keine Fleischfetzen an den Wandkacheln.

Nichts.

Er blieb auf der Treppe stehen, als sich seine Nase auf einer Ebene mit dem Gehsteig der 23rd Street befand, und suchte ihn nach links und rechts ab.

Nichts.

Er stieg eine Stufe höher, drehte den Kopf zur Seite und sah über den unebenen Asphalt des Broadways zum Flatiron Building hinüber. Zu seinem Ziel. Er blickte nach links und rechts, ohne etwas zu sehen.

Er sah weniger als nichts.

Keine Autos. Keine Taxis. Keine Busse, keine Lastwagen, keine flinken Lieferwagen mit fantasievollen Firmennamen auf den

Türen. Keine Motorräder, keine Vesparoller in Pastellfarben. Keine Radkuriere oder Ausfahrer von Restaurants auf Fahrrädern. Keine Skateboarder, keine Rollerblader.

Keine Fußgänger.

Es war Sommer, kurz vor dreiundzwanzig Uhr und noch warm. Direkt vor ihm überquerte die Fifth Avenue den Broadway. Vor ihm lag die Chelsea Street, hinter ihm der Gramercy Park, links von ihm der Union Square, und rechts von ihm ragte das Empire State Building wie der unverrückbare Monolith auf, der es war. Er hätte hundert Menschen sehen müssen. Oder tausend. Oder zehntausend. Kerle in Leinenschuhen und T-Shirts, Girls in kurzen Sommerkleidern, manche ziellos dahinschlendernd, andere eilig auf dem Weg zu Klubs und Bars mit angesagten Drinks oder zu Spätvorstellungen in Kinos.

Auf der Straße hätten Massen von Menschen unterwegs sein müssen. Reacher hätte Lachen und Gespräche, Schrittgeräusche und das Schreien und Johlen einer fröhlichen Menge um dreiundzwanzig Uhr an einem warmen Sommerabend hören müssen. Und Sirenen und Autohupen, das Abrollgeräusch von Reifen und aufheulende Motoren.

Aber er hörte nichts.

Reacher ging wieder die Treppe hinunter und schlüpfte erneut unter dem Absperrband hindurch. Auf dem Bahnsteig ging er nach Norden zu der zweiten Treppe, an der er schon gewesen war, und stieg über das blau-weiße, tiefer angebrachte Band hinweg. Er bewältigte die Treppe ebenso vorsichtig, aber etwas rascher und kam diesmal an der Straßenecke heraus, wo der Madison Square Park mit seinem schwarzen Eisengitterzaun und den dunklen Massen von Bäumen vor ihm lag. Wider Erwarten standen seine Tore noch offen. Nur war dort keine Menschenseele zu sehen.

Er trat auf den Gehsteig, blieb dicht an dem Geländer, das die Treppe oben umgab. Etwa anderthalb Blocks westlich entdeckte er Blinkleuchten. Blau und rot. Dort blockierte ein quer gestellter Streifenwegen die Fahrbahn. Eine Straßensperre. *Durchgang verboten*. Reacher schaute nach Osten. Ein ähnliches Bild. Rote und blaue Blinkleuchten bis zur Park Avenue hinüber. *Durchgang verboten*. Die 23rd Street war abgeriegelt. Das waren vermutlich auch weitere Querstraßen, ebenso Broadway, Fifth Avenue und Madison Avenue etwa auf Höhe der 30th Street.

Kein Mensch in Sicht.

Reacher blickte zum Flatiron Building hinüber. Ein schmales Dreieck mit scharfer Vorderkante. Wie ein dünner Keil oder ein bescheidenes Tortenstück. Aber für ihn hatte es am meisten Ähnlichkeit mit einem Schiffsbug. Als käme ein Ozeanriese langsam auf ihn zu. Keine wirklich originelle Vorstellung. Er wusste, dass viele Leute ähnlich dachten. Sogar der Kuhfänger-Glasvorbau im Erdgeschoss, der manchen das Bild ruinierte, verstärkte es in seinen Augen, weil er an den Stromlinienkörper vor dem Bug eines Supertankers erinnerte, der nur sichtbar war, wenn das Schiff ohne Ladung fuhr.

Nun sah er erstmals jemanden. Durch zwei Fenster des Glasvorbaus. Eine Frau. Sie stand auf dem Gehsteig der Fifth Avenue und starrte nach Norden. Zu einer schwarzen Hose trug sie eine kurzärmelige schwarze Bluse. In der rechten Hand hielt sie etwas. Vielleicht ein Handy. Vielleicht eine Glock 19.

Reacher stieß sich von dem Geländer ab und überquerte die Straße. Theoretisch bei Rot, aber hier gab es keinen Verkehr. Man kam sich vor, als ginge man durch eine Geisterstadt. Als wäre man der letzte Mensch auf Erden. Abgesehen von der Frau auf der Fifth Avenue, zu der er unterwegs war. Er hielt auf die Spitze des Glasvorbaus zu. In der Stille klangen seine Schritte laut. Der Kuhfänger hatte einen dreieckigen Stahlrahmen, eine Miniaturversion des riesigen Gebäudes, an das er angebaut war, sodass der Eindruck entstand, ein winziges Segelboot versuche, vor einem Ozeanriesen zu entkommen. Der Rahmen war moosgrün gestrichen und hatte Schnörkel im Zuckerbäckerstil; was nicht aus Stahl war, bestand aus Glas in riesigen zwei mal fünf Meter großen Scheiben.

Die Frau sah ihn kommen.

Sie wandte sich ihm zu, wich aber gleichzeitig etwas zurück, als wollte sie ihn anlocken. Reacher begriff, dass sie ihn mit in den Schatten ziehen wollte. Er umrundete die Spitze des Kuhfängers.

Sie hielt ein Mobiltelefon in der Hand, keine Pistole.

Sie fragte: »Wer sind Sie?«

Er sagte: »Wer will das wissen?«

Sie kehrte ihm kurz den Rücken zu und wandte sich sofort wieder um, als hätte sie beim Basketball einen Spielzug angetäuscht. Das genügte jedoch, um ihm die Buchstaben *FBI* zu zeigen, die in großen gelben Lettern auf ihrem Rücken standen.

»Beantworten Sie jetzt meine Frage«, sagte sie.

»Ich bin nur ein Kerl.«

»Der was tut?«

»Sich dieses Gebäude ansieht.«

»Das Flatiron?«

»Nein, diesen verglasten Vorbau.«

»Warum?«

Reacher fragte: »Habe ich zu lange geschlafen?«

Die Frau fragte: »Wie meinen Sie das?«

»Hat irgendein verrückter Colonel sich an die Macht geputscht? Leben wir jetzt in einem Polizeistaat? Das muss ich verschlafen haben.«

»Als Federal Agent bin ich berechtigt, nach Ihrem Namen zu fragen und einen Ausweis zu verlangen.«

»Mein Name ist Jack Reacher. Kein zweiter Vorname. Ich habe meinen Pass in der Tasche. Soll ich ihn rausholen?«

»Ja, aber ganz langsam.«

Das tat er. Wie ein Taschendieb benutzte er zwei Finger als Pinzette, zog das dünne blaue Büchlein heraus, hielt es hoch, damit sie sehen konnte, was es war, und reichte es ihr. Sie schlug es auf.

Sie fragte: »Warum sind Sie in Berlin geboren?«

Er antwortete: »Ich konnte die Bewegungen meiner Mutter nicht steuern. Ich war damals nur ein Fetus.«

»Wieso war sie in Berlin?«

»Weil mein Vater dort diente. Wir waren eine Marine-Corps-Familie. Sie hat erzählt, ich sei beinahe im Flugzeug zur Welt gekommen.«

»Sind Sie ein Marine?«

»Im Augenblick bin ich arbeitslos.«

»Was waren Sie davor?«

»Langzeitarbeitsloser.«

»Und *davor*?«

»Army.«

»Einheit?«

»Militärpolizei.«

Sie gab mir den Pass zurück.

Sie fragte: »Dienstgrad?«

Er sagte: »Ist das wichtig?«

»Ich bin berechtigt, danach zu fragen.«

Sie blickte an seiner Schulter vorbei.

Er sagte: »Ich bin als Major entlassen worden.«

»Ist das gut oder schlecht?«

»Überwiegend schlecht. Wäre ich ein guter Major gewesen, hätten sie mich nicht gehen lassen.«

Sie gab keine Antwort.

Er fragte: »Was ist mit Ihnen?«

»Was soll mit mir sein?«

»Dienstgrad?«

»Special Agent in Charge.«

»Sind Sie heute Nacht hier verantwortlich?«

»Ja, das bin ich.«

»Kompliment.«

Sie fragte: »Wo kommen Sie her?«

Er sagte: »U-Bahn.«

»Waren die Aufgänge nicht abgesperrt?«

»Weiß ich nicht mehr.«

»Sie haben die Absperrung ignoriert, sind einfach raufgekommen.«

»Lesen Sie im Ersten Verfassungszusatz nach. Ich weiß ziemlich sicher, dass ich herumlaufen darf, wo immer ich will. Gehört das nicht zu den Dingen, die Amerika großartig machen?«

»Sie stören hier.«

»Warum?«

Sie sah weiter an seiner Schulter vorbei.

Sie erklärte: »Das darf ich Ihnen nicht sagen.«

»Dann hätten Sie veranlassen sollen, dass der Zug durchfährt. Flatterband allein reicht nicht aus.«

»Dafür war keine Zeit.«

»Weil?«

»Das darf ich Ihnen nicht sagen.«

Reacher schwieg.

Die Frau fragte: »Warum interessieren Sie sich für den verglasten Teil dieses Gebäudes?«

Reacher antwortete: »Ich überlege, ob ich mich hier als Fens-terputzer bewerben soll. Vielleicht komme ich so wieder auf die Beine.«

»Einen Federal Agent zu belügen ist eine Straftat.«

»Jeden Tag sehen sich eine Million Leute diese Fenster an. Haben Sie die auch gefragt?«

»Ich frage *Sie*.«

Reacher sagte: »Ich glaube, Edward Hopper hat *Nachtschwär-mer* hier gemalt.«

»Was ist das?«

»Ein Gemälde. Ziemlich berühmt. Ein Blick von außen durch die Fenster eines Diners, spätnachts, auf die drinnen sitzenden einsamen Gäste.«

»Ich kenne keinen Diner namens Nachtschwärmer. Nicht hier in der Gegend.«

»Die Nachtschwärmer sind die Leute im Diner.«

»Ich habe hier nie von einem Diner gehört.«

»Ich glaube nicht, dass es einen gegeben hat.«

»Vorhin haben Sie das Gegenteil behauptet.«

»Ich vermute, dass Hopper diesen Glasvorbau gesehen und zu einem Diner umfunktioniert hat. Zumindest zu einer Lunch-theke. Die Form ist genau identisch. Exakt von hier aus gese-hen.«

»Ich glaube, ich kenne das Gemälde. Drei Personen, nicht wahr?«

»Und ein Mann in Weiß hinter der Theke. Er steht gebückt da, scheint etwas heraufholen zu wollen. Hinter ihm befinden sich zwei Kaffeebehälter.«

»Auf der einen Seite sitzt ein Paar nebeneinander, aber ohne sich zu berühren, und vorn ein einzelner Mann. Mit dem Rücken zu uns. Er trägt einen Hut.«

»Alle Männer tragen Kopfbedeckungen.«

»Die Frau ist rothaarig. Sie sieht traurig aus. Das ist das einsamste Gemälde, das ich kenne.«

Reacher schaute durchs Fenster vor ihnen. Man brauchte nicht viel Fantasie, um sich dort drinnen helles Neonlicht vorzustellen, das die Leute wie ein Suchscheinwerfer festnagelte und sie unbarmherzig den dunklen Straßen ringsum auslieferte. Nur waren die alle leer, sodass niemand sie sehen konnte.

Auf dem Gemälde und im richtigen Leben auch nicht.

Er fragte: »Wo bin ich reingeraten?«

Die Frau antwortete: »Sie bleiben stehen, wo Sie sind, und rühren sich nicht, bevor ich's Ihnen sage.«

»Oder was?«

»Oder ich verhafte Sie wegen Behinderung einer Operation, die die nationale Sicherheit betrifft.«

»Oder Sie verlieren Ihren Job, weil Sie die Operation nicht abgebrochen haben, als plötzlich ein störender Zivilist aufgetaucht ist.«

»Die Operation findet nicht hier, sondern drüben im Park statt.«

Sie sah über die breite Kreuzung dreier Hauptverkehrsadern zu der Masse aus dunklen Bäumen hinüber.

Er fragte wieder: »Wo bin ich reingeraten?«

Sie sagte: »Das darf ich Ihnen nicht sagen.«

»Ich habe bestimmt schon Schlimmeres gehört.«

»Militärpolizei, richtig?«

»Wie das FBI, aber mit viel weniger Geld.«

»Wir haben eine Zielperson im Park. Sie sitzt ganz allein auf einer Parkbank. Wartet auf einen Kontaktmann, der aber nicht erscheinen wird.«

»Wer ist er?«

»Ein fauler Apfel.«

»Aus unserem Lager?«

Sie nickte. »Einer von uns.«

»Ist er bewaffnet?«

»Das ist er nie.«

»Warum kommt sein Kontaktmann nicht?«

»Er ist vor einer Stunde bei einem Verkehrsunfall mit Fahrer- flucht gestorben. Der Fahrer hat nicht angehalten. Niemand hat sich sein Kennzeichen gemerkt.«

»Das ist eine große Überraschung.«

»Der Verunglückte war Russe. Das Außenministerium musste das Konsulat benachrichtigen. Tatsächlich hat der Mann dort gearbeitet. Reiner Zufall.«

»Ihr Mann hat mit den Russen geredet. Tun die Leute das noch immer?«

»Mehr und mehr. Und die Folgen sind immer gravierender. Die Leute sagen, dass wir auf dem Weg zurück in die achtziger Jahre sind. Aber sie irren sich. Wir sind auf dem Weg zurück in die dreißiger Jahre.«

»Also kann Ihr Kerl nicht darauf hoffen, Mitarbeiter des Mo- nats zu werden.«

Sie gab keine Antwort.

Er fragte: »Wohin wollen Sie ihn bringen?«

Sie schwieg einen Moment. Dann sagte sie: »Alles das ist ge- heim.«

»Alles das? Was alles? Er kann nicht zu mehreren Zielen gleichzeitig unterwegs sein.«

Sie gab keine Antwort.

Nun schwieg Reacher eine Weile.

Er fragte: »Ist er in die von Ihnen gewünschte Richtung un- terwegs?«

Sie gab keine Antwort.

»Ja oder nein?«

Sie sagte: »Nein.«

»Wegen irgendwelcher Vorgesetzten?«

»Wie immer.«

»Sind Sie verheiratet?«

»Was hat das mit irgendwas zu tun?«

»Sind Sie's?«

»Ich halte durch.«

»Also sind Sie die Rothaarige.«

»Und?«

»Ich bin der einzelne Kerl mit Hut, der uns den Rücken zukehrt.«

»Und das bedeutet?«

»Das bedeutet, dass ich jetzt einen Spaziergang machen werde. Wozu mir der Erste Verfassungszusatz das Recht gibt. Und es bedeutet, dass Sie hierbleiben werden. Weil das eine clevere taktische Entscheidung ist.«

Reacher wandte sich ab und ging davon, bevor sie etwas einwenden konnte. Er umrundete den Bug des Glasvorbaus, marschierte zügig durch die Mitte der komplexen Straßenkreuzung, ohne sich durch Bordsteine, durchgezogene Linien oder rote Fußgängerampeln aus dem Tritt bringen zu lassen, und betrat schließlich den Madison Square Park durchs Südwesttor. Geradeaus vor sich hatte er einen trockenen Brunnen und einen jetzt geschlossenen Burgerstand. Der breite Hauptweg, offenbar Teil eines planmäßig angelegten Wegenetzes, das auf großen Ovalen wie Tartanbahnen basierte, beschrieb eine Kurve nach links.

Verschnörkelte Kandelaber an gusseisernen Masten verbreiteten schwaches Licht, und der Widerschein der Leuchtreklamen am Times Square glich einer fernen Magnesiumfackel.

Reacher konnte ziemlich gut sehen, aber er machte nur leere Bänke aus, zumindest im ersten Abschnitt der Kurve. Als er weiterging, kamen neue Sektoren in Sicht, aber auch sie blieben leer bis hinauf zum anderen Ende des Ovals, wo es einen weiteren trockenen Brunnen, einen Kinderspielplatz und die Fortsetzung des Hauptwegs gab, der auf der anderen Seite des Ovals in Richtung Südwesttor verlief. Auch dort standen wieder Bänke.

Und eine davon war besetzt.

Von einem großen Mann, rosa und fleischig, ungefähr fünfzig, in einem dunklen Anzug. Aufgedunsenes Gesicht, schütter werdendes Haar. Ein Kerl, der aussah, als wäre das Leben an ihm vorbeigegangen.

Als Reacher vor ihn hintrat, schaute der Kerl auf, drehte dann jedoch den Kopf zur Seite. Aber Reacher setzte sich trotzdem neben ihn. Er sagte: »Boris oder Wladimir oder wie er sonst heißt, kommt nicht mehr. Und *Sie* sind aufgeflogen. Die anderen wissen, dass Sie unbewaffnet sind, aber sie haben die Umgebung schon mal weiträumig abgesperrt, was bedeutet, dass sie Sie erschießen werden. Sie sind kurz davor, hingerichtet zu werden. Aber nicht, solange ich neben Ihnen sitze. Nicht vor einem Augenzeugen. Und ich weiß zufällig, dass die SAC, die den Einsatz leitet, darüber nicht glücklich ist. Aber sie bekommt mächtig Druck von oben.«

Der Mann fragte: »Und?«

Reacher antwortete: »Und hier kommt meine gute Tat des Tages. Wollen Sie sich stellen, begleite ich Sie. Auf dem gesamten Weg. Sie können ihr berichten, was Sie wissen, und sichern sich damit für den Rest ihres Lebens drei kräftige Häftlingsmahlzeiten pro Tag.«

Der Mann gab keine Antwort.

Reacher sagte: »Aber vielleicht wollen Sie den Rest Ihres

Lebens nicht hinter Gittern verbringen. Vielleicht schämen Sie sich. Vielleicht ist ein Selbstmord durch Cops besser. Wie komme ich dazu, darüber zu urteilen? Also besteht meine supergute Tat des Tages darin wegzugehen, wenn Sie das wollen. Sie haben die Wahl.«

Der Mann sagte: »Dann gehen Sie weg.«

»Sicher?«

»Ich könnte es nicht ertragen.«

»Warum haben Sie's gemacht?«

»Um jemand zu sein.«

»Was könnten Sie der SAC erzählen?«

»Nichts Wichtiges. Denen geht's vor allem um Schadensbegrenzung. Aber sie wissen bereits, wozu ich Zugang hatte, also wissen sie auch, was ich verraten habe.«

»Und Sie haben nichts Wichtiges hinzuzufügen?«

»Überhaupt nichts. Ich weiß nichts. Meine Kontaktleute sind nicht dumm. Ihnen ist klar, dass so was passieren kann.«

»Okay«, sagte Reacher. »Ich gehe jetzt.«

Und das tat er. Durchs Parktor in der Nordostecke, wo eine Stimme im Schatten über Funk sein Weggehen meldete, und einen verlassenen Block die Madison Avenue hinauf, wo er am Sandsteinfundament eines massiven Gebäudes lehnend wartete. Vier Minuten später hörte er Pistolen mit Schalldämpfern, elf oder zwölf Schuss, eine gedämpfte Salve, als knallten Telefonbücher auf Schreibtische.

Danach herrschte Stille. Er stieß sich von der Mauer ab, ging auf der Madison Avenue nach Norden weiter und stellte sich vor, er säße wieder an der Lunchtheke, mit seinem Hut auf dem Kopf, die Ellbogen angelegt, in einem Leben, das schon voller alter Geheimnisse war, ein neues Geheimnis bewahrend.

»Die britische Antwort auf Jason Bourne.«

Daily Mail

672 Seiten. ISBN 978-3-7341-0626-2

Eine skrupellose serbische Gang, die Geld mit gefälschten Atomwaffen macht. Ein in Ungnade gefallener russischer General, dem eine echte in die Hände fällt. Ein rachsüchtiger somalischer Warlord mit einer Mission, für die er die Welt in Schutt und Asche legen würde. Eine überforderte geheime Regierungsorganisation ohne die Mittel, ihn zu stoppen. Nur ein Mann sieht vorher, was auf die Welt zukommt: der britische Agent Marc Dane. Doch wird er in der Lage sein, die Katastrophe zu verhindern?

Lesen Sie mehr unter: **www.blanvalet.de**